CATHERINE CLÉMENT

O SANGUE DO MUNDO

A outra viagem de Théo

Tradução:
ANTONIO CARLOS VIANA
ANDRÉ VIANA

CIA. DAS LETRAS

Título original:
Le voyage de Théo: Le sang du monde

Capa:
Helio de Almeida

Ilustração da capa:
Laurabeatriz

Preparação:
Valéria Franco Jacintho

Revisão:
Ana Maria Barbosa
Cláudia Cantarin

Os personagens e as situações desta obra são reais apenas no universo da ficção; não se referem a pessoas e fatos concretos, e sobre eles não emitem opinião.

Dados Internacionais de Catalogação na Publicação (CIP)
(Câmara Brasileira do Livro, SP, Brasil)

Clément, Catherine, 1939–
O sangue do mundo : a outra viagem de Théo / Catherine Clément ; tradução Antonio Carlos Viana, André Viana. — São Paulo : Companhia das Letras, 2005.

Título original: Le voyage de Théo : le sang du monde
ISBN 85-359-0726-2

1. Romance francês I. Título.

05-6855 CDD-843

Índice para catálogo sistemático:
1. Romances : Literatura francesa 843

2005

EDITORA SCHWARCZ LTDA.
Rua Bandeira Paulista 702 cj. 32
04532-002 — São Paulo — SP
Telefone (11) 3707-3500
Fax (11) 3707-3501
www.companhiadasletras.com.br

Para Marie-Christine C.

SUMÁRIO

Iqaluit
Ottawa
La Hague
Flamanville
Saint-Pierre-
et-Miquelon
Saint-Louis
Dacar
Iaund
Kribi
0
2000 km

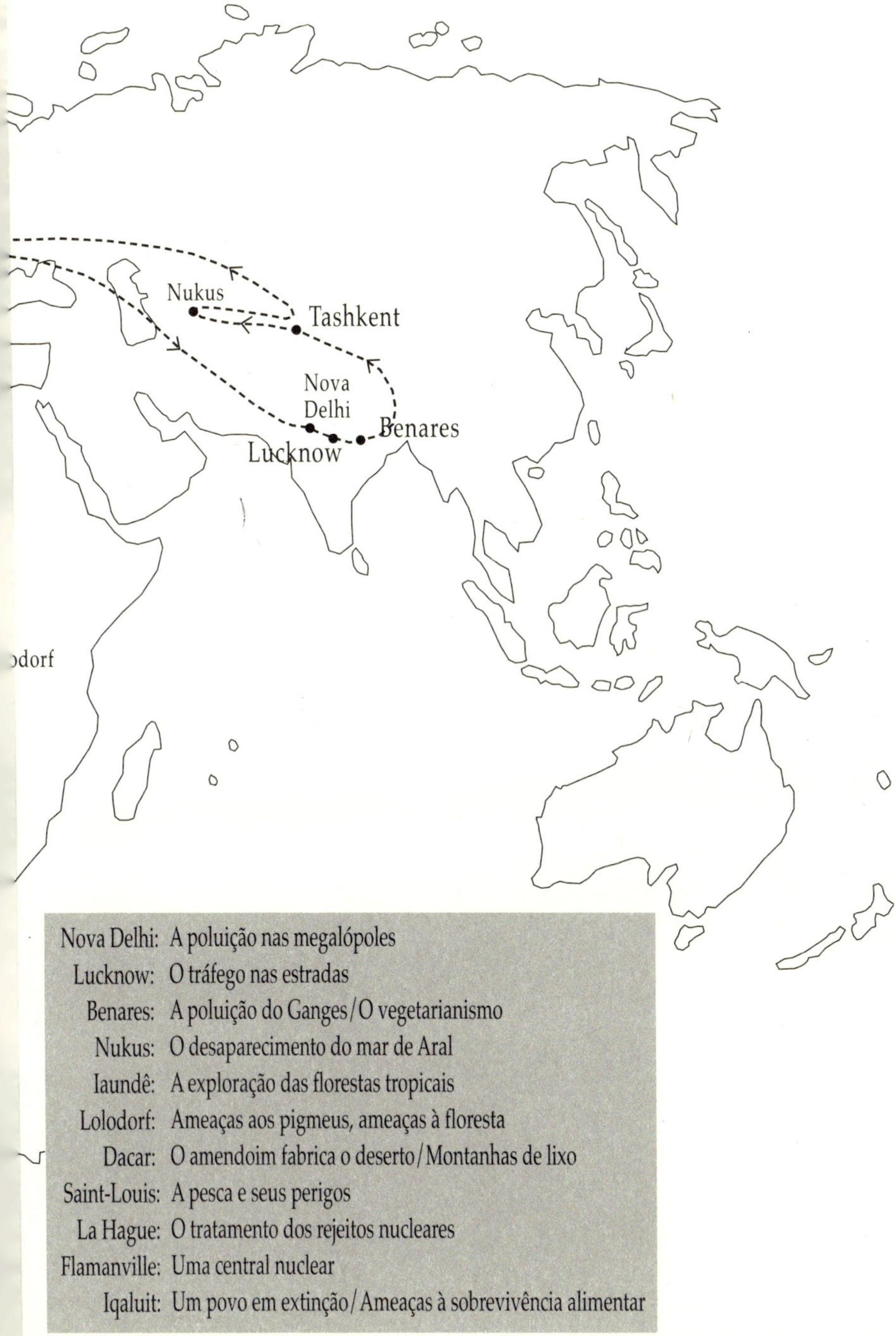

Nova Delhi: A poluição nas megalópoles
Lucknow: O tráfego nas estradas
Benares: A poluição do Ganges / O vegetarianismo
Nukus: O desaparecimento do mar de Aral
Iaundê: A exploração das florestas tropicais
Lolodorf: Ameaças aos pigmeus, ameaças à floresta
Dacar: O amendoim fabrica o deserto / Montanhas de lixo
Saint-Louis: A pesca e seus perigos
La Hague: O tratamento dos rejeitos nucleares
Flamanville: Uma central nuclear
Iqaluit: Um povo em extinção / Ameaças à sobrevivência alimentar

— Théo, está me ouvindo?

Mesmo que aquela voz viesse do além, eu a reconheceria.

Minha queridíssima e louquíssima tia Marthe.

Parece bêbada, mas ela não é dada a bebedeiras; a voz, no entanto, hesita; ou então — sim! claro! — a comunicação me vem do outro lado do mundo, Sydney, Manila ou Wellington... Dopado de sono, olho de relance o despertador: três da manhã.

Tomado pelo pânico, dou um pulo da cama. Tia Marthe é excêntrica, mas não a esse ponto. Iria me acordar por pura diversão? Não. Ela não faria isso. Três horas da manhã! O que aconteceu? De onde me chama dessa vez? Caramba! Essa merda de telefone que nunca funciona!

— Théo, meu querido... estou... eu não... estou bem... venha!

— Alô, Marthe? Não estou ouvindo nada! Alô? Fale mais alto!

O telefone engasga, emite um som estranho e por fim emudece.

— *Are you misterr Theo?* — diz, de repente, uma voz masculina do outro lado. — *Yourr aunt is verry ill, verry ill, sirr. You must come. She is in New Delhi Memorial Hospital, rroom 350.*

Despertei de vez. Tia Marthe está na Índia, muito doente.

— *I want to talk to her!*

— *She does not speak any more, sirr. Do come!*

Se ela não pode falar é porque está muito mal.

Não posso perder tempo.

Cueca, meia, jeans — teria Marthe pegado febre tifóide? Mas isso tem cura —, camisa, blusão — dengue? cólera? —, relógio, tênis, laptop, passaporte. Peste pulmonar? Alastra-se na Índia a cada vinte anos. Um clique no micro, abre-te, mais depressa, mouse, pronto, rápido, vamos! Conexão internet. Passagem de avião on-line... Próximo vôo saindo de Londres, Air India, 12h15. O tempo de pegar o Eurostar até o aeroporto inglês.

Faço quatro ligações e deixo três mensagens. Uma para o hospital, uma para o Médicos Sem Fronteiras, onde trabalho, uma outra para minha amiga Fatou e uma para minha querida Bozicka, a Bozzie! Caio em três secretárias eletrônicas — estranho Bozicka não atender! Só encontrei Fatou, e Fatou me dá a maior força. Pego a mochila — sempre pronta — e calculo dez minutos para passar um café. Às cinco da manhã, monto na minha fiel bicicletinha e vôo para a estação do Norte. Faz um frio de rachar, o que é normal no final do inverno.

Desde que tia Marthe foi morar no Nordeste do Brasil, nunca mais a vi. Como era de esperar, seu novo marido a segurou em Recife, sua cidade; conhecendo-a, eu a imaginava uma grande borboleta exótica exposta num quadro de madeira, asas bem esticadas; mostra como és bela, Marthe! Quando era pequeno, em cada uma de suas aparições, tia Marthe vinha com um traje diferente, de tibetana, de xamã iacuto, coberta com um manto de pele, de feiticeira vudu, com colares brancos, turbante azul, vinha de lugares inusitados, encantadora e sempre gordinha.

Gordinha, continua sendo, mas o resto mudou. Desde seu casamento com o senhor Brutus Carneiro da Silva, ela usa tailleurs à Chanel e correntinhas douradas na cintura, certamente para agradar o marido. Vimos aparecer em seus olhos rímel lilás e, no pescoço, pérolas grandes demais para serem verdadeiras. Não era de forma alguma a tia Marthe que eu amava, que se movimentava com toda liberdade, mas, se ela está feliz, afinal, por que não?

Era isso o que eu pensava.

Até ouvir aquela voz moribunda ao telefone.

Doze anos se passaram desde que ela me salvou, arrastando-me num périplo maluco, quando já me davam como caso perdido. Achavam que eu ia morrer, condenado a pouco tempo de vida. Marthe se revoltou. Morrer por morrer, vamos viajar! Depois de cinco anos estudando medicina e de uma especialização como clínico geral, compreendi do que escapei: injeções, químio, aparadeira, transfusões, tubos no nariz, tudo teria sido em vão! É bom dizer que minha tia fez muito. Em vez de me internar num hospital, Marthe me levou para uma viagem de sonho. Jerusalém, Luxor, Istambul, Jacarta, Salvador, África, Índia, América, e, nesse circuito insano, a gordinha tia Marthe e seu pequeno Théo percorreram de deuses a espíritos em busca da saúde... A idéia da viagem que cura é velha como o mundo, mas Marthe estava certa. Voltei da suposta leucemia mais esperto do que um gato.

Assim que parti, mamãe ficou grávida. Eu tinha quinze anos quando ela deu à luz Zoé, e a vida — poço sagrado que inspirou o nome de origem grega dado a minha irmã — se refez. Minha cura, que parecia um milagre, a gravidez de minha mãe, espantosa para sua idade, toda aquela barafunda de deuses, templos, igrejas, nossas angústias, nossos segredos de família... Razão não me faltava para ficar atordoado. Não entendia o que havia acontecido. Assim, depois do colegial, comecei a estudar medicina. Precisava acertar algumas contas antigas. Por que disseram que eu tinha leucemia? Como foi possível errarem assim?

Para mim, tudo estava confuso. Opacidade absoluta. Comprimidos, exames de sangue, perfusões, scanner, doppler, IRM, não havia nada de humano nessas formas de agir, e eu me lembrava de meus velhos curandeiros que em regiões pobres se serviam de plantas, mas com grande sabedoria. Os que me trataram não tinham água corrente, mas procuravam inicialmente me entender, eu e meus miseráveis problemas de criança mimada. Em Darjeeling, a médica tibetana atendia numa cabana; em Luxor, a sacerdotisa do rito que me salvou não tinha luz elétrica. E porque, como enfermo, eu havia percorrido países pobres, logo me desiludi de nossa medicina. Eu queria tratar das pessoas. Mas não dos ricos, não de nós. Estava até aqui com as especialidades, com os grandes laboratórios, com as análises clínicas. Quando chegavam as férias, eu me engajava em ações humanitárias.

Na primeira vez fui para o Sahel. Para um pequeno povoado à margem do rio Senegal. Pelo menos eles têm água!, pensamos. Apesar dos ventos de areia e do deserto em volta, era um prazer contemplar as mulheres que se banhavam enquanto lavavam roupa. Gotículas de água sobre a pele negra — na época, eu estava loucamente apaixonado por minha amiga Fatou —, deixei-me levar por essa visão do paraíso. Não por muito tempo. Naquela noite mesmo, o chefe da equipe me ensinou a reconhecer os sinais da esquistossomose, uma doença parasitária causada por um verme, o esquistossomo, da ordem dos trematódeos. Esse verme de água doce, que pegamos ao contato com moluscos contaminados, alcança a bexiga, ataca os genitais, entra no intestino, penetra nos pulmões ou na conjuntiva. No início, não nos damos conta, ele entra pela planta dos pés, parece apenas uma urticária. Depois vem o pior. Para as moças, esterilidade, abortos, gravidez extra-uterina. E os rapazes urinam sangue abundantemente. Duzentos milhões de doentes. Comprimidos e cápsulas, com freqüência fora de prazo. E o mundo era isso?

Era isso e muito pior. A guerra por todos os lados.

Eu tinha ouvido falar dela em casa. Meus avós gregos tinham escapado das brutalidades da ditadura militar, e meu avô francês fizera parte da Resistência, aos quinze anos. Isso parecia distante, irreal, histórico. Eu nunca havia visto a guerra, nunca passara por uma. Engajando-me como médico humanitário, sabia que ia dar de cara com ela. Fui eu que procurei? Acho que sim. Todos os rapazes do mundo precisam de competição, é uma idéia idiota, eu sei, mas e daí? Enfrentar o perigo nos faz crescer. Às vezes não é preciso muito, eu mesmo coloquei um piercing aos dezessete anos, coisa banal. Oh, um furinho de nada! O tamanho exato para enfiar um brinco. Mamãe esbravejou, mas meu pai entendeu. "Chamar a atenção com sua doença não bastou, não é, filho?"

Na mosca!, pensei.

Depois desse episódio, aprendi a desconfiar de mim. Sim, ficamos excitados ao arrumar os apetrechos de viagem para bancar o herói no outro lado do mundo. Sem dúvida. Mas e daí? Atitude, você pode ter enquanto viaja, aproveite! Uma vez em campo, ninguém pensa mais nisso. Parecer o tal lhe permite exatamente vencer um pouco o medo. E só. O que sobra é muito sangue, muco, diarréia, moscas e mais moscas, é a guerra, é o mal.

No ano seguinte tive sorte, estava em Serra Leoa, Oeste da África, na saída de Freetown. Os boinas-azuis, da ONU, nos davam cobertura. De todo canto, chegavam nos braços dos pais crianças vivas, por vezes mortas. Como todo mundo, eu tinha visto essas cenas na televisão, mas, quando vivemos a coisa, não temos tempo para ficar observando aqueles olhos negros, de uma opacidade profunda, acusando-nos na telinha por seu sofrimento! Eu tinha de perfurar as veias frágeis das crianças, cuidar dos cotos — algumas delas sem pés, arrancados pelas minas, esses minúsculos pontos semeados pelos caminhos, de propósito, para mutilar os fracos. Eu via os efeitos mortais da malária, o agente plasmódio, meu inimigo pessoal, que, por causa da febre, sufoca os bebês. E a vida dá seus solavancos, sacoleja e renasce, as mulheres põem a roupa novamente para secar, o arroz ferve na panela, as bocas se abrem e comem, os intestinos funcionam, os canais da vida nunca param. E é verdade, sim, tive o prazer de salvar pessoas.

Uma noite, eu me afastara do acampamento, mas não muito. Mesmo com minha lanterna de bolso, nunca deveria ter corrido aquele risco. De uma moita, saíram bruscamente duas coisas armadas. Usavam saiotes de dançarinas, de tule rosa, sobre as pernas nuas e calçavam sapatos de grife. Metralhadora pronta para atirar, machadinha para decapitar; bem enterradas na cabeça, toucas de banho. Drogados até os olhos, as duas coisas eram rebeldes que riam desbragadamente.

Mais tarde, disseram-me que o saiote rosa fazia parte da vestimenta do ritual iniciático da região. Eles não usavam também colares de miçangas?, perguntaram-me com ar grave. A tiracolo, sobre a pele nua, claro que sim! Tente lembrar. Não entendo de nada disso, não tenho como bancar o etnólogo. Não precisa ter medo dos rituais, disseram-me. Um rebelde com trajes de iniciação não é o mesmo que um rebelde desgarrado. Não é, doutor? Compreender tranqüiliza...

Mas compreender o quê? Aqueles caras estavam ávidos de sangue.

Eles me metralharam, mas não me acertaram. Voltei correndo, cagando de medo. O mundo era isso. Exultantes, aquelas coisas inomináveis atiravam, não chegavam a ser homens, nem mesmo monstros. Você pode sempre dispensar cuidados sob as tendas de um acampamento, mas, assim que for embora, seus pacientes encontrarão aquelas coisas que os matarão. Odeio a guerra. Odeio as personalidades ponderadas que, com a mão no coração, zombam dos pacifistas "berradores". O adjetivo só pode ser esse. Um pacifista berra. É um carneiro. No melhor dos casos, talvez seja um cordeiro que será sacrificado, um ser indefeso, um fraco. Mas a maior parte do tempo, aos olhos das pessoas importantes, o carneiro pacifista é simplesmente desprovido de virilidade. Você tem coragem? Vá fazer a guerra! Eu sei, é irritante. Isso também me irrita. Penso com as palavras à minha disposição, o que não significa muito, mas, quanto a isso, não posso fazer nada. Minhas idéias nem sempre são claras, e ainda menos as palavras de que preciso.

Parece que antigamente, segundo conta tia Marthe, havia luz sobre o futuro das mulheres do mundo inteiro. As liberdades do corpo, da gravidez, o direito de trabalhar, de ganhar dinheiro, de se defender, de chegar ao poder, tudo era lento, dizia Marthe, confuso, caótico, mas progredia. Quando isso? Antes. Antes de quê, tia Marthe?

Antes da queda do Muro de Berlim, antes da derrocada da história, diz ela com suas belas e grandiosas palavras. Prefiro ouvir o que diz Fatou. Foi antes de o Ocidente dar à luz islamitas obcecados em castrar suas mulheres. Pequenos monstros alimentados pela luz divina e que, na idade adulta, passaram a odiar metade do céu. É isso o que me diz Fatou, minha amiga de infância, senegalesa e oficialmente "revoltada". Ela ficou assim um dia depois de ser promulgada, em seu país, a primeira lei do continente africano que proibia a excisão das meninas. Resposta dos imãs: excisões em massa. Trezentas e cinqüenta num só dia. Ah, querem liberar o clitóris? Vão se foder, vamos extirpá-lo. Fatou chorou ao saber disso. Sua revolta começou ali. Não como eu achava que deveria ser.

Fatou está terminando seus estudos de direito, quer se especializar em direito internacional — há tempo milita no SOS-Racismo. Um dia, em sua família, um rapaz quis dar uma de esperto. Fatou e eu tínhamos dezoito anos, o cara também. Ele se escondeu no trem de pouso de um airbus e foi encontrado congelado em Roissy. Fatou nunca se refez do choque. O tempo todo ela recita as litanias dos direitos do homem, que estão só no papel, mas ela acredita piamente neles. Se tento falar de energias renováveis ou do aquecimento global, ela me responde que não dá para fazer nada; isso quando Fatou é educada, porque ela costuma perder as estribeiras.

No passado nos entendíamos muito bem. Fatou usa jeans e casaco com forro de lã sobre uma camiseta disforme, geralmente cinza; além disso, usa uma peruca étnica, trancinhas artificiais de fibras sintéticas com continhas douradas nas pontas; é bonito, mas estraga seus cabelos crespos. Quando lhe disse isso, ela raspou a cabeça! Brigamos com freqüência, ela me acha insensível. Minhas idéias ecológicas a horrorizam, seu idealismo me irrita; acho que ela ficou feia, ela diz que sou um traidor — mas traio o quê, a quem? A ela, sem dúvida. Já fomos muito apaixonados.

De vez em quando a gente ainda fica, mas, não sei por quê, ela quer continuar virgem. Não é o meu caso.

A primeira era mais velha que eu, tinha lá seus trinta, mas tudo bem, chamava-se Margareth, era atriz. Rose, Noémie, Alice, Louisa, Judith, rodei um bocado antes de conhecer Bozzie. Uma noite de inverno eu estava num bistrô em companhia de amigos barulhentos. Na mesa ao lado, vi uma pequena mão erguer os cabelos lisos, quase brancos de tão louros. A pele alva percorrida por veiazinhas azuis. A mão era a de uma fada diáfana de olhos claros, *duffle-coat* aberto por cima da minissaia, pulôver curtíssimo, seios pequenos. A jovem deve ter sentido que eu estava com uísque no sangue e me olhou sem sorrir. Bruscamente a desejei — um desejo de arrepiar a espinha.

Bozicka é eslovaca, nascida em Bratislava, e era criança durante a Revolução de Veludo.* Lembranças de infância: passeatas pacíficas com os pais, a noite sob a neve, e as rondas iluminadas pelas tochas para derrubar o regime. Foi bonito aquele movimento pacífico nas ruas de Bratislava. O fogo no gelo nasceu lá. Minha Rainha das Neves, minha querida.

O oposto de Fatou. Loura, reservada, tímida, com uma loucura interior. Ecologista de sete costados, estudante de arquitetura. Uma garota de princípios. Casacos sintéticos, alimentação natural, voto verde, vegetariana roxa, beirando a anorexia... E apaixonada por cães. O dela é uma mistura de vira-lata com teckel, um coitado recolhido na Sociedade Protetora dos Animais. Quando Bozzie o agarra pelas orelhas e mergulha seu olhar azul nos olhos amarelos do cão, ela fica irresistível, uma fofa!

Meus amigos estão quase todos casados. Problema deles. Adoro Bozzie na cama, partilho de suas idéias, ela é minha consciência. E isso basta.

É agressiva em relação a certas coisas. Capaz de abrir as gaiolas dos pássaros ou de pular na garganta de velhinhas que usam

(*) Em 1948, os comunistas assumiram o poder na Tchecoslováquia, e os tchecos tornaram-se mais poderosos que os eslovacos. Em 1988, com o enfraquecimento da União Soviética, pacificamente, tchecos e eslovacos derrubaram o regime autoritário a que estavam submetidos, estabelecendo um Estado democrático. (N. E.)

casaco de pele. Não me incomodo. Uma vez, no outono, caminhávamos pelo campo e cruzamos com um caçador solitário. Bozzie não disse palavra, nem mesmo bom-dia, mas, quando o homem passou, ela começou a esbofeteá-lo, *vlac! vlac!* Penei para impedir que o infeliz caçador levasse minha Bozzie à delegacia.

Bem que ela merecia. Terrível! Quando Bozzie fala, as palavras deslizam de seus lábios finos como lâminas. Ela precisa da agressividade para purificar o mundo. Mas, no fundo, é uma boa menina, até beijou o caçador esbofeteado para ser perdoada. Ainda o vejo, tão surpreso que devolveu o beijo resmungando: "Só faltava essa!". E ela, a menina travessa, colou em mim; o que você quer que eu faça? Nada!

Vá entender por que gosto tanto dela.

Ela me segura pelo que tem entre as pernas. Bozzie me mima quando volto cansado. Usa óculos de sol irisados azul-turquesa, bem redondos, com armação de aço. Tem uns dentinhos de coelho engraçados na frente, um lábio superior que deixa ver a gengiva rosa-pálido brilhante, bem espessa... Não se droga, não bebe, não fuma, nem mesmo um baseadinho, o que, francamente, me aborrece. Injeta em mim altas doses de idealismo. Para ela, não são as pessoas que temos de salvar, mas a natureza, ou morreremos.

Digo que a energia de Bratislava vem de uma central nuclear de fabricação soviética, modelo Chernobyl, que dá arrepios.

A Tchecoslováquia acabou. Nascida tcheca, anos depois, Bozzie é apenas eslovaca. E de que vive a Eslováquia? Eu não sabia, mas ela me descreveu com muita precisão quando nos conhecemos, há quase dois anos. Enormes fábricas em ruínas, cuja tubulação circula pelos bosques, pelo ar, pelos campos. Elas invadem tudo e fabricam armas. As mesmas que estão nas mãos daqueles drogados nos campos de batalha em plena floresta; essas armas saem da Europa, fabricadas por nós. Com sua voz gelada em que os erres vibram docemente, Bozzie me diz que elas destruirão o mundo, como a energia nuclear e as pestes químicas. Que o poder não faz bem, e que o homem é mau.

Graças a ela, virei ecologista. Eu não estava longe disso. Já vira muita gente se envenenar com a água poluída, árvores cortadas para aquecer o jantar com carvão vegetal. Não me transformei num ecologista, já o era, como o sr. Jourdain, da peça *O doente imaginário*, de Molière, que fazia prosa sem saber. Simplesmente aprendi, simplesmente entendi. E foi ainda por causa de minha Bozzie que me inscrevi naquele concurso internacional que tia Marthe vai me fazer perder.

A oportunidade de minha vida! Eu teria doze meses para preparar meu dossiê, apresentá-lo, ganhar uma bolsa de estudos ecológicos por dois anos, e sem mais nem menos tudo vai pelo ralo. Deixa pra lá. Adeus concurso, porcos, galinhas.

Estou com sono e com fome. Vontade nenhuma de me mexer. Por que parti como um louco? Se bem a conheço, tia Marthe não tem nada! Uma bronquite, qualquer tolice! Que imbecil que sou! Para completar, tinha encontro marcado com minha gata. Ela deve estar dormindo ainda, é tão jovem! Na verdade, não. Bozzie tem vinte anos. Mas, como parece ter quatro ou cinco a menos, chego a pensar que estou corrompendo uma menor. Pele transparente, olhar adolescente azul-gelo, um bebê, minha Bozzie.

Fatou: "Aquela garota é uma tarada". Odeio quando Fatou fala assim. Fatou: "Mas você não vê que ela é um zumbi?". Claro que vejo, mas gosto dela. Fatou: "Ecologista, parece brincadeira! Enquanto houver um ser humano sofrendo, estou pouco ligando para os animais". E ela me manda para os quintos dos infernos, preocupa-se, trabalha feito louca, fuma vinte cigarros por dia, não se diverte, uma loucura.

Seria melhor se eu dormisse. Em Londres vou ter tempo de sobra para comer. Depois, no avião... Nem me lembrei de que precisava de um visto! Parabéns, Théo! A gente quer ser o sobrinho gentil e se precipita; fazemos o gênero bom moço, sonhamos com nossos amores, é isso, garoto, saia dessa agora!

A vantagem de se engajar em expedições humanitárias é que a gente aprende a arte de se virar. Com três telefonemas, resolvo o problema do visto. Um cara da embaixada em Nova Delhi virá me esperar na saída do avião, e precisarei de duas horas para as formalidades. Não foi caro.

Mas que o concurso seria uma bela idéia, isso seria. Organizado pela Fundação Our World Is One, vai premiar os candidatos que relatarem o máximo de problemas ecológicos analisados em campo no espaço de um ano. O prêmio do primeiro lugar é tão bom que dá para fazer os melhores cursos, ou as melhores viagens, ou o que quer que seja. Pudera: a fundação OWIO é composta de banqueiros arrependidos, aconselhados por antigos bambambãs do Fundo Monetário Internacional e do Banco Mundial. Parece que pretendem selecionar os melhores ecologistas para desenvolver o lobby atual: bagunçado e às vezes excessivo. Evidentemente, foi Bozzie quem soube do concurso. Ela tem tudo para ganhar, mas preferiu estudar para prestar seus exames na faculdade.

Não concordamos em tudo. Como é bondosa, Bozzie endossa o lado humanitário e se comove com os relatos dos horrores que já presenciei. Mas ela não dissocia a guerra da natureza e, para ela, a humanidade é a causa do mal. E, como estuda filosofia, cita Heidegger ou então os estóicos. "A técnica é o mal, disse Heidegger. Ele compreendeu tudo, veja, o extermínio não teria sido possível sem a técnica, o mal é a técnica, Théo!" Bozzie é a inocência em pessoa. Imagina o mundo como um grande animal peludo que sofre ao manifestar raiva. Sua preferência não recai sobre os humanos. Ela escolheu a natureza em detrimento dos homens, sem nenhum sentimento de culpa. Será que é tão simples?

Às vezes penso que, ao contrário de Fatou, em Bozzie é o espírito que é virgem. Não vejo o mundo como um grande animal. Eu o vejo miserável, vergando sob o peso do ônus que os países ricos colocam em suas costas, com suas indústrias, suas chaminés e suas Bolsas de Valores. As Bolsas ou a vida! Eu nem me espantaria se virasse um pouco comunista.

Quando estou com minha família, papai sempre me acha muito desassossegado. Mamãe lhe diz: "Não, ele é elétrico, sempre foi, é de seu temperamento, não é desassossego". A verdade é que, toda vez que volto ao meu país, eu me sinto entediado. Na África, fumo um baseadinho para relaxar antes de dormir, não vejo como podia ser diferente, e; além do mais, tenho uma amiga que diz: "O baseado é tão importante quanto a cebolinha na salada". Quando estou em Paris, não como mais cebolinha por causa de Bozzie. Mas não acredito que isso seja o motivo da minha agitação. Sou agitado por natureza, um coração culpado.

Abro um olho para ver o filme projetado na tela. Vejo caras puxarem do nada seus fuzis durante uma perseguição que termina — surpresa! — numa megaexplosão. Minha vizinha assiste ao filme desatenta, chupando uma bala de alcaçuz; o mundo está tão acostumado a esse tipo de cena que nem pensa mais nas queimaduras provocadas pelas chamas. Fecho os olhos. Acho que dormi. A luz se acende bruscamente na cabine, vejo passar o carrinho de café, tomo uma xícara rapidamente, e o avião continuou sua descida. Duas da manhã na Índia.

Sempre que vejo aquele chão estrelado, luzes trêmulas de sódio e as minúsculas lamparinas das metrópoles pobres, eu me emociono. Não é como nas capitais dos países ricos. Nada de vitrines iluminadas, nada de iluminação pública, nenhum desses grandes espetáculos de luzes que fazem de Nova York ou de Paris rios de diamantes perenes.

Não há mais noite nas cidades do Ocidente. Brilham demais, brilham de forma incandescente. Tão forte que os espécimes noturnos nelas se perdem e não encontram mais seus ciclos biológicos. Roedores, répteis, insetos, todas as espécies de animais não têm mais a escuridão de que precisam para se alimentar e se reproduzir. Enquanto isso, iluminamos. Em nome da beleza, mas que papel! Quem está preocupado com os seres noturnos incomodados pela luz?

Na Índia, a noite existe. As raras estrelas que vemos do avião não são diamantes; amarelas, piscam. As luzinhas são, em sua maioria, fogueiras ao redor das quais os operários se aquecem. Pequenas fogueiras, grandes misérias. Avisto também o enorme caldeirão que não deixa dúvida de que chegamos a Nova Delhi, uma das seis cidades mais poluídas do mundo.

Foi por causa de Marthe que conheci a Índia, e fiquei sem pôr os pés nela durante quase seis anos. Arrastando minha carcaça sonolenta pelo corredor de saída do aeroporto Indira Gandhi, pergunto-me que doença minha querida tia pode ter pegado. Os médicos indianos têm boa formação, sabem melhor que nós tratar de seus males, mas que diabos ela tem? *Very ill*, muito doente, disse a voz ao telefone. Será que botei entre minhas coisas a vacina contra encefalite japonesa? Porque se for o caso...

Nem tive tempo de pensar nisso. Bem antes de chegar aos guichês de polícia, sou agarrado pelo adido humanitário que me espera. Um dândi, cerca de trinta anos, cabeleira loura, escorrida. Ele conversa com os policiais bigodudos que controlam os vistos, mostra a eles uma carta oficial da embaixada e, de repente, sorriso aberto, o bigode policial dá uma carimbada no passaporte sem visto, eu passo. Agora só falta escapar da multidão e sair.

Direto para o hospital onde minha tia Marthe está morrendo. O adido humanitário me leva em seu próprio carro. No trajeto, tenta entabular uma conversa, que não vai muito longe... Tenho um nó na garganta, os dentes cerrados. O cara é gentil, mas não consigo dizer nada. O carro investe pela neblina, tentando evitar as pessoas; não vejo mais vacas, meus olhos ardem. Nosso campo de visão não vai além de dez metros. Preciso respirar.

— Os lenços de papel estão no porta-luvas — diz o dândi enquanto desvia de uma criança. — Eles tomaram as medidas necessárias, mas nem parece. Controle dos escapamentos dos carros de passeio, ônibus velhos demais foram mandados pro lixo, multas, fizeram o possível...

— E então? — murmurei enxugando as lágrimas.

Ele lança um olhar de banda, para ver qual a origem de minhas lágrimas. Nem adianta querer saber, meu amigo. Um pouco de tristeza, um pouco de fumaça, no entrecruzar da noite que se vai e do dia que começa.

— Às vezes dá para ver o céu — suspira. — O que fazer se os parques automobilísticos a cada dia jogam de cinco a seis mil carros nas ruas, hein? A classe média está enriquecendo com muita rapidez, compra carros, o que é bom para a Índia, mas a poluição... Por acaso você é asmático? Parece que você está engasgando. Se quiser, tenho uma bombinha de reserva.

— E as vacas? Antigamente elas vagavam pelas ruas...

— Ah! A prefeitura proibiu. As vacas sumiram. Atrapalhavam o trânsito. Aí você vai me dizer que é a tradição que se perde. Parece que Nova Delhi antigamente tinha um monte de pequenas aldeias. Pois bem, agora acabou!

— Não pensaram no rodízio? Medem o nível de poluição ao longo do dia?

Ele dá de ombros. Na calçada, uma macaca defende seu filhote de uma horda de macacos velhos. Isso gera um tumulto entre eles. Os caminhões desviam, deixando rastros enormes da fumaça negra que sai dos escapamentos imundos. As folhagens que fazem da cidade um jardim estão cinza de poeira. De repente, vejo que não tirei minha jaqueta e que, em suas motocicletas, os condutores estão cobertos de lã até os olhos.

— Parece que faz bastante frio — digo, arrepiado.

— A essa hora? Não muito, dez graus mais ou menos. Não estamos em janeiro, quando faz dois graus às nove da manhã! Por volta de meio-dia, você sentirá calor, isto é, se o nevoeiro acabar, porque com o tempo assim o sol costuma desaparecer. Em casa, é simples, meus filhos dormem de meia e touca. Tudo isso por causa da poluição. Imagine como vivem os favelados... Se sua tia estiver melhor, talvez você possa me dar uma mãozinha na sua área. Na verdade, não faz parte do meu trabalho, mesmo assim gostaria de ouvir dois ou três conselhos. Como distribuo as subvenções, gostaria de tirar proveito de seus conhecimentos, tudo bem?

Toma lá, dá cá. Ele me tirou do aperto com o visto, agora lhe devo uma. Meu Deus, como ele dirige devagar!

— Sou um leigo em matéria de pobreza — digo prudentemente. — As pessoas aqui morrem de fome?

— Ah, não! — diz, com um riso estranho. — Não, aqui o problema não é a fome. Nunca mais houve na Índia um surto de fome desde o fim do Império Britânico. Em compensação, não há uma só gota de água potável para os pobres. Dá raiva ver que a Índia enriquece e deixa seus filhos adoecerem por falta de água. Por falar nisso, liguei para o hospital para saber de sua tia. Ela está no setor de pneumologia.

Pneumologia! Todos os vírus do mundo marcam encontro nos pulmões.

TIA MARTHE ESTÁ DOENTE

Tia Marthe está no terceiro andar. O hospital é de primeira, mas os elevadores não funcionam, bloqueados, como sempre. Duas ou três jovens indianas me sorriem gentilmente, balançam a cabeça, como quem diz "não é tão grave", e sacodem os cabelos curtos. Subo as escadas correndo e chego sem fôlego. Quarto 350. Ninguém por perto, entro. Acendo a luz. Ela está com a máscara de oxigênio.

Seus olhos azul-porcelana me fixam inquietos. Depois se fecham e choram, e ela me estende os braços. Para beijá-la, tiro a máscara e ouço-a cochichar: "Obrigada, meu Deus". Recoloco a máscara, toco sua testa; morna, não está com muita febre. A pele é de uma palidez preocupante. Com mão imperiosa, ela aponta um maço de papéis sobre o criado-mudo. Quando conseguiu escrever? A letra é trêmula. Um resmungo furioso sai de sob a máscara: diz que devo ler os papéis. Entendi.

"Encaminhar ao senhor Théodore Fournay, rua do Petit-Pont, 34, Paris. Este é meu testamento. Ao meu sobrinho Théo, que me deu tantas alegrias, eu deixo..."

Ao ler isso, paro e dou um grito. Minha tia não tem juízo! Mas da cama vem um outro resmungo. Há também uma carta. Deve ser lida antes, tia Marthe? É isso?

— Sim — dizem os olhos azul-porcelana, que abrem e fecham como se suplicassem.

> Meu menino, vou morrer. Estou com pneumonia dupla e não tenho mais vontade de viver. Meu médico está fazendo tudo para não deixar que eu vá para um lugar que me chama, para o melhor ou para o pior. Nunca deveria ter me casado de novo. Saí do Recife e retomei minha vida agitada, mas estava muito triste e não se-

gurei a onda. Então comecei a fazer caminhadas, decidi caminhar bem cedinho debaixo do frio, coisa de querer morrer. Fiz isso diariamente com roupa inadequada, pescoço desprotegido, nada sobre as costas. Queria morrer a qualquer preço. Quase tinha conseguido meu objetivo quando me internaram. Ontem arranquei a máscara de oxigênio e chamei por você, não sei por quê, um último arroubo, talvez, antes de partir. Peço-lhe perdão, meu menino. Senti falta de você. P.S.: Ditei esta carta a uma encantadora pessoa que domina o francês e o computador.

Dobro a carta com cuidado, recoloco o testamento no envelope e fico em silêncio. Os olhos azuis me encaram assustados. Vamos lá, sem meias palavras.

— Você está com medo, hein, sua tonta? Pois bem, você tem razão. Antes de tudo, se pensa que vai morrer, errou. Em segundo lugar, você me fez vir para nada, e isso não dá para perdoar. Agora, madame, se matar por causa de uma dor-de-cotovelo? Que é isso! Não, não, não arranque a máscara, você não tem o direito de falar. Olhe, ouça bem o que estou dizendo, não vou repetir. Eu lhe perdôo por uma única razão. No testamento está escrito: "Ao meu sobrinho Théo, que me deu tantas alegrias...". Que *deu*, verbo no passado! Oh, Marthe... É minha vez de lhe pedir perdão. Não lhe dei a atenção necessária nesses últimos anos. Não... Não se mexa. Nada de arrancar a máscara, não, mas o que é...

Tarde demais. Ela me manda pastar, arranca a máscara e se recosta, furiosa, no travesseiro:

— Théo, você me tira do sério!

Ressuscitou!

Ela fica sem ar. Reponho a máscara nela, Marthe me pega pelo pescoço, e eis que estamos prontos para o carinho do século. Como isso faz bem! Vejo-a fechar os olhos cinza-pérola e as lágrimas brotarem, mas, ao mesmo tempo, ela ri, está viva... Com um mesmo gesto, nós nos viramos para a janela e vemos juntos o primeiro clarão iluminar o mundo.

A porta se abre. Uma enfermeira gorda nos olha, indignada.

— Que *tamasha* é esse? — diz com uma voz aflautada. — Quem deixou você entrar?

Tento explicar que sou o sobrinho. O Théo, sabe? Ela nem quer saber, já me arranca da cama e me põe contra a parede. Sob a máscara, tia Marthe emite uns mugidos de vaca apartada do bezerro. A enfermeira se inclina sobre a cama, pega seu pulso, verifica o balão de oxigênio, levanta a máscara, mete o termômetro na boca de tia Marthe, pega o tensiômetro, aperta a pêra com força, mede a pressão, retira o termômetro, repõe a máscara. Depois emite um suspiro, me ameaça com o dedo em riste e ao sair fecha a porta com um ferrolho. Estamos presos.

Tia Marthe tira a máscara calmamente.

— Você vai passar uns quinze minutos de cão — ela diz. — A não ser que a enfermeira encontre logo o doutor Narayan... Enfim, vou lhe dizer o que penso antes que ela volte: acho que estou curada.

— Mas que história foi essa de querer morrer?

Ela balança a cabeça, repõe a máscara e choraminga.

— Deixe eu adivinhar. Seu Brutus lhe botou chifres, foi isso? Foi. Quantas vezes?

Ela ergue uma mão e, com a outra, conta cinco, depois, com os dez dedos levantados várias vezes, chega a trinta. O professor da Silva, trinta amantes em doze anos! Caramba! A máscara de Marthe se embaça.

— Não é razão para suicídio!

— Mas não... é... pro... blema — diz a máscara. — A... úl... ti... ma... ez... a... moça...

— Deixe de tolice, tire esse negócio da cara — digo num tom ríspido. — Você está respirando muito bem, pare de se esconder. E então?

Então que, da última vez, a moça era menor de idade. Morta de vergonha, Marthe Carneiro da Silva, nascida Fournay, pediu o divórcio antes de deixar o Brasil. E depois foi parar na Índia, e em janeiro.

— O diagnóstico não deu outra. Demoraram a encontrar os antibióticos corretos, e, como nada parecia funcionar, tive a idéia de lhe telefonar.

— Tenho cara de penicilina?

— Até que tem — ela admite. — Você é um remédio eficaz, eu achava. Perdoe-me por ter tirado você de seu sossego... Você não sabe como lhe sou grata.

— Não seja por isso — resmungo.

— Sei perfeitamente que sou culpada. Fabriquei minha pneumonia como a heroína de Balzac em *Memórias de duas jovens casadas*. Você já leu? Claro que leu! Das duas esposas, a que casa com um poeta e morre de ciúme fica tuberculosa ao passear à beira de um lago de manhãzinha...

— Deixe de gozação! E os antibióticos?

A gente começa a discutir. Imaginava que ela fosse feliz, e eu precisava tratar da minha vida. Vivia rodando o mundo, mas por acaso nunca parava no Brasil. "Você queria me evitar, Théo! Queria construir sua vida, tudo bem. Desfiz a minha, você está contente, Théo?" Etc. E o bate-boca ainda iria durar um bom tempo se o médico não tivesse aparecido.

À primeira vista, sei que a gente vai se entender. Longilíneo, mais ou menos idoso, lentes grossas numa armação de tartaruga preta, calvo, ar gentil.

— Vejo que está melhorando — ele diz. — Doutor Narayan, muito prazer! Você é o sobrinho, *I presume*? Era o que eu pensava. Sem sua presença, ela não ia querer ficar boa. Não se preocupe, ela está bem melhor. *She is much better*. Ainda vai ficar aqui uns dois ou três dias, depois você poderá viajar com ela. Enfim, é o que sua tia diz. *Do you agree?*

Viajar! Estou ficando maluco! Viajar para onde? Por acaso tia Marthe estaria pensando em refazer todas as peregrinações que tinham me curado?

— Não se preocupe, querido... — diz Marthe. — Já organizei tudo.

Ah, não! Tudo de novo. Não tenho mais quinze anos, Marthe! Sou um adulto!

— *I see* — constata o médico olhando para minha cara. — Meu caro colega, e se fôssemos discutir o prontuário da paciente?

Ele prontamente liga o balão de oxigênio. E, juntos, eu num lado da cama e ele no outro, repomos a máscara na cara enfezada de tia Marthe.

Ela teve uma bela pneumonia dupla. Chora muito. Pressão de menina, coração em perfeito estado. Evidentemente, sua asma é de origem genética. Crises repetidas, alergias de origem desconhecida, poluição, pólens, ela precisava fazer os testes. Durante a espera, tomou gosto pela máscara, da qual é preciso afastá-la. Uma droga como qualquer outra. O dr. Narayan insiste, uma viagem fará bem. Ele parece saber que eu mesmo, em outra época, passei por essa experiência e que...

— O senhor ouviu o que Marthe disse, ela já organizou tudo! — digo sem esconder que estou chateado. — Eu a conheço. Hotel cinco estrelas, estadas de luxo, e, sinceramente, doutor, isso para mim é inconcebível. Ela lhe disse qual é o meu trabalho? Medicina humanitária. O senhor consegue me ver deitado de pernas pro ar?

— *I see* — ele murmura, o olhar perdido. — Compreendo. Pensando bem, o contato com a dura realidade lhe faria muito bem. Ela nutre, digamos, interesse demais por si mesma... Você não teria na manga uma missão adequada? Não vamos correr o risco, melhor evitar lugares com doenças epidêmicas. Mas um poço a perfurar num deserto, um curso de preparação de enfermeiras num lugar perdido, *something rather hard, with some difficulties*... O que acha?

— O senhor deve estar brincando...

— Um deserto que não seja quente demais — ele prossegue como se não tivesse me escutado —, com ar puro, miseráveis para cuidar, seria o ideal... O principal é sair da depressão. Pense, meu caro. *Take your time*. Posso mantê-la aqui, digamos, mais uma semana, depois é com você.

Ele me dá um tapinha gentil no ombro e sai para fazer suas visitas. Viro e reviro o prontuário dela. E, de repente, tenho uma idéia.

Muito simples. Levo Marthe comigo, ela pode me ajudar a me preparar para o concurso que farei.

Voltei a seu quarto, ela dormia. Puxei meu caderninho, listei os temas que tinha na cabeça. Excetuando a energia nuclear, que é assunto obrigatório, o resto dá para escolher.

As árvores, o lixo e a água, não importa qual seja a ordem, eis o que imaginava. O mar de Aral, três quartos destruídos; um passeio ao Sul dos Camarões com dois objetivos: o desflorestamento responsável pela destruição das espécies tropicais e a construção de um oleoduto que ameaça os pigmeus no meio do caminho; um grande rio para estudar a poluição das águas doces. Qual? Ainda não escolhi. Para o lixo, escolho Saint-Louis, do Senegal, o que vai me permitir pesquisar também a pesca e as águas salgadas. E me falta o mais importante.

Ainda não encontrei um jeito de tratar da questão nuclear.

A água, o lixo e as árvores. Três dos meus temas se referem à África, onde camelei tanto e não fiz amigos; um outro diz respeito à Ásia Central, nem lembro mais para qual república decidira ir, porque o mar de Aral se divide entre o Cazaquistão e o Uzbequistão. O lixo, as árvores e a água. Agora, por onde começar essa viagem com minha tia Marthe? Certamente não será pelos Camarões, clima úmido e caminhada não combinam com uma convalescente.

Marthe está meio acordada, dou-lhe um beijo na testa e saio na ponta dos pés. Encontrar um quarto barato num hotel, telefonar para meus pais, preciso me organizar. Ah! Não posso esquecer minha Bozzie. São quase duas horas, ou melhor, oito e meia da manhã em Paris, tudo bem. A neblina continua. Pego um riquixá motorizado e vou encontrar meu dândi em seu escritório.

— Então, como ela está? Eu não lhe disse, mas ela recusou o repatriamento sanitário proposto pelo médico da embaixada. Estávamos muito preocupados, pois ela é muito cabeça-dura...

— Eufemismo — resmungo. — Ela sai dentro de alguns dias, está se recuperando. Ajude-me a conseguir um hotel baratinho, veja como posso alugar um celular... e também descobrir qual a temperatura atual no Uzbequistão, à margem do mar de Aral.

Seu rosto se ilumina, ele cai na risada. Difícil encontrar um sujeito tão alto-astral. Ele esfrega as mãos, pega o telefone, conversa em híndi, gesticula, desliga o telefone.

— Não faz muito calor sobre o que resta do mar de Aral — ele diz. — Se pretende levar para lá sua tia convalescente, vai ter que esperar algumas semanas. Diga-me antes o que acontece por lá... Conflito à vista, guerrilha, golpe de Estado?

— Nada disso. Queria dar uma voltinha com minha tia por lá. Ela iria gostar muito, mas, evidentemente, se faz frio...

Ele arregala os olhos. Parece não acreditar em mim.

— Não estou entendendo direito — diz. — Se você procura um rio poluído, vá ver o Ganges, em Benares. Não é muito longe, duas horas de avião no máximo, não faz muito frio para uma convalescente e, quanto à poluição, não ficará decepcionado. Pesquisará sossegado sobre as águas doces, depois poderá partir em direção ao mar de Aral. O que acha de uma bela primavera no Uzbequistão?

Genial, esse dândi! Agradeço-lhe, de nada, não seja por isso. E picas de hotel, ele vai me hospedar na casa dele. Em dois tempos, sua secretária consegue alugar um celular para mim, e logo parto para deixar minhas coisas no quarto de hóspedes dele. Sunder Nagar, 27, bem perto do zoológico.

É um lugar arborizado, tranqüilo, luxuoso, um segurança por casa. Velhotas de sári passeiam com seus cachorrinhos, um vendedor numa bicicleta oferece de porta em porta toalhas bordadas a mão, jovens empresários andam pela rua com o celular sempre grudado no ouvido. Eu também. Ligo para meus pais e conto tudo. Falo sobre a doença de Marthe, seu divórcio, sua tentativa de suicídio, sua cura etc. e tal...

— Não é possível — corta mamãe. — Vocês vão viajar juntos como há doze anos.... Tem certeza de que ela não corre perigo, meu filho?

Sempre preocupada, minha mãe. Maravilha! Isso quer dizer que Zoé está bem. Senão ela encheria minha cabeça. "Sua irmã respira com dificuldade, meu filho. Com a asma que tem, se o problema virar bronquite, ela vai ter que entrar nos antibióticos, e já faz seis dias, estou sem saber como agir. O que devo fazer?" Simples. Viver no campo. Pobre mamãe.

Papai nem liga. Sempre teve mais com que se preocupar. Hoje em dia, ele estuda a anemia falciforme, também chamada siclemia, uma anemia estranha, caracterizada por glóbulos falciformes totalmente anormais, uma irregularidade bem perigosa. Ele me explicou que, em certos casos, a malária protege contra essa merda, mas não sei se entendi direito. Papai se irrita muito com essas histórias de propriedade do genoma humano e diz que veremos clones muito em breve. Ele já pode entrar para um comitê de ética que emitirá opiniões a que ninguém dará ouvidos. Quanto a sua irmã Marthe, ela aprontou tantas que ele nem se assusta mais.

— Ela se divorciou? — pergunta. — Tomara que seja verdade. Brutus sempre me deixou com um pé atrás. Bom, cuide bem dela, traga-a viva, com muita saúde. Pobre Marthe! Emagreceu? Ela estava tão gordinha...

Ouço a voz de Bozzie, e meu coração dispara. Mal a escuto. Adoro quando ela se enrola no lençol, com preguiça de sair da cama. O tempo de lhe mandar um beijo, responder a um "Você me ama?", mentir dizendo que volto amanhã. Em geral, isso dá certo, mas eis que, por azar, um rugido enorme invade o telefone. Jesus, é o zoológico!

— Que ruído foi esse? — murmura minha gata.

— É um tigre branco, amor. Vá dormir, é cedo...

— Vou. Ele está preso, pelo menos?

Clac! Ela desligou.

Pronto, estou livre. Volto para casa, um indiano bigodudo me recebe com as mãos postas, e sai arrastando os pés até a porta de meu quarto. Caio no sono. Estou exausto.

Um discreto ruído na porta me acorda. É ele, o pé arrastado, trazendo chá. O cara tem estilo. *"With milk and sugarrr, sirr?"* São seis da tarde, e o sol se põe. Mas seus últimos raios coroam as bananeiras vistas da janela, e um papagaio anão me encara com seus olhos vermelhos num galho de jasmim-do-campo florido. Coragem! Nada está perdido no melhor dos mundos. Levanto-me, saio. E reencontro a Índia.

É a hora em que os bebês ficam sem ar, a hora em que nos enrolamos nos xales de lã. É a hora do crepúsculo num ar poluído. Aqui, o pôr-do-sol é sempre belo. Irisado como água oleosa.

Certa vez fui catar pedrinhas na praia num dia em que houve um vazamento de óleo na Bretanha. O pior é o cheiro. Sempre esquecem isso. As pessoas acordam de manhã e acham que o cheiro de óleo vem do aquecedor. Todos pensam assim. Vão até o porão: nada. O que será então? Quando vão para a rua é que entendem. O óleo está no mar, empesteando tudo. Em dias assim, essas pessoas que tanto amam o mar ficam loucas. É preciso vê-las retirando sargaços a mancheias para entender o amor que dedicam ao mar. Os sargaços, nem é bom falar! Encharcados de óleo, como as gaivotas. Por que ainda existem esses vazamentos, esses navios piratas, esses petroleiros-sucata, essas monstruosidades flutuantes? Há muita cumplicidade.

Sou ecologista, meu papel é desinfetar o poder quando ele começa a exalar mau cheiro. Não sei se existe um poder que cheire bem. Os verdadeiros ecologistas desconfiam do poder, que enlouquece. Perfumado, pode até existir. Exalando eflúvios artificiais, essências sintéticas e odores químicos, vá lá. Agora, limpo e perfumado ao mesmo tempo? Impossível. São tantos os que se gabam de meter as mãos na lama... As mãos na lama? Limpem logo isso. Esfreguem energicamente com sabão, como os cirurgiões antes de abrir uma barriga. Acabem com os petroleiros-sucata, limpem os mares, está na hora! Operação limpeza. Quanto aos ecologistas encastelados no poder, cago pra eles, como diria

Zoé. Pensar que há exatos seis anos ela voltou da escola com essas palavras na boca!

Zoé, minha irmãzinha, foi prematura. Nascer aos sete meses não é mais problema nos países ricos, e na incubadora a própria Zoé carinhosamente fabricou o tecido pulmonar de que precisava para respirar sozinha. Só que ela vive em Paris. As infecções que adquire não são fáceis. O que fazer, doutor? Antibióticos? Não, já usamos todos. Não sobrou nenhum. Voltamos à Idade Média, esperar pelo pior. Quando penso nessas coisas, faço como um pássaro que dorme. Escondo minha cabeça sob a asa para esquecer.

No céu de Nova Delhi, os gaviões descrevem círculos concêntricos. Não há mais nenhum abutre. Na virada do milênio, uma doença misteriosa os dizimou, para desgraça das populações. Excelentes coveiros, diplomados em carniça, os abutres eram úteis ao mundo. Por que desapareceram? Nenhuma explicação. Quantas outras espécies são extintas a cada ano? Ninguém pode afirmar. Podem apenas supor. Dizem que haveria ao todo dez milhões de espécies vivas, mas quem sabe o número exato? Durante a Cúpula do Rio de Janeiro, na Lista Vermelha,* as estimativas eram de 13% dos peixes, 11% dos mamíferos, 10% dos anfíbios, 8% dos répteis, 4% dos pássaros, espécies ameaçadas de extinção imediata. Um pelotão de papagaios passa chalreando bem alto. O véu da noite acaba de descer.

No Delhi Memorial Hospital, os elevadores voltaram a funcionar, mas há fila.

Vou de escada, de quatro em quatro degraus. Segundo andar: estou sem ar. Fôlego curto. É a asma. Que idiota! Não peguei a bombinha que o dândi me ofereceu.

Degrau após degrau, e, apoiado no corrimão, chego ao terceiro andar. Quarto 350. Tia Marthe come pasta de amêndoas. Com o olho mais azul que nunca, ela espera por mim.

(*) Lista Vermelha de Espécies Ameaçadas, elaborada pela União Internacional para a Conservação da Natureza (UICN). (N. E.)

O QUE PENSAVA TIA MARTHE

"Se eu fosse Deus, teria piedade do coração dos homens..."

Quem escreveu essas palavras? Não sei mais. Quando acordei há pouco, estava com isso na cabeça e me sentia melhor. Melhor, bem, não vamos exagerar, mas, pela primeira vez desde minha pneumonia, eu não sentia uma espécie de torno a apertar meu coração. Dizer que respiro com facilidade seria mentira, porém me sinto mais livre; em todo caso, menos sufocada. Não tenho dúvida, é por causa de Théo. Esse menino me dá asas, sempre me deu.

Era um menininho bem mirrado, mas que serrava os punhos com tanta energia que sentíamos a vida lutar dentro dele. Não era bonito. Enrugado, vermelho de raiva, a gente jurava que ele maldizia o mundo por ter nascido. Não nasceu só, é bom dizer. Era gêmeo de uma menina que não sobreviveu. Depois, Théo virou um menino muito estudioso, obcecado pela morte, perigosamente sonhador. Comecei a me preocupar com o garoto: sua mãe não queria dizer-lhe que ele tivera uma irmã gêmea morta ao nascer, e esse tipo de segredo é um peso entre mãe e filho. As conseqüências não tardaram. Aos catorze anos, Théo quase morreu.

Diferentemente do que ele pensa, não o salvei. Contenteime em proporcionar-lhe uma viagem para distrair seu espírito inquieto, enquanto aqui e ali alguns terapeutas se ocuparam de sua doença. Um xeique sufi em Jerusalém oriental, uma amiga egípcia em Luxor, um monge budista em Darjeeling. O primeiro o ensinou a respirar; a segunda fez o fantasma da irmã morta reaparecer no sacrifício de um galo, de cujo pescoço decepado jorrou um sangue reparador; o terceiro cuidou de seu espírito por meio do riso; a quarta era uma tibetana exilada, que lhe receitou minerais. Depois de tudo isso, meu Théo se curou. Dei minha contribuiçãozinha.

Como lamento a morte de meu amigo, o xeique Suleyman! Morreu antes de Théo ficar curado, vítima de um atentado a bomba. Nunca encontrei coragem para contar a Théo as verdadeiras razões dessa morte. Inventei para meu amigo sufi uma agonia bem suave, bem mentirosa, e Théo não sabe que ele teve metade da cabeça decepada. Agora que o xeique morreu, a quem desabafar as afrontas de minha pobre existência? A meu amigo budista? Dores-de-cotovelo o fazem rir. A minha curandeira egípcia? Não acredito que uma cerimônia com sangue de galo teria o menor efeito sobre mim. A meu amigo grão-sacerdote do macaco divino, em Benares? Eu não ousaria...

O xeique Suleyman, que sabia de meus casos amorosos, não os levaria a sério. Se estivesse vivo, eu teria outra visão das coisas. Quando estava mal, eu tinha o hábito de visitá-lo em sua velha casa em Jerusalém oriental, e ele me curava a seu modo sufista. Sorriso, silêncio e respiração. E também de forma direta, no choque. Ele me teria dito, tenho certeza, que Brutus Carneiro da Silva não era a causa do meu sofrimento, e que, de qualquer forma, eu nunca deixara alguém meter o bedelho em minhas coisas. Que minha dor vinha de longe e de outras situações. Que, de tanto mudar de país, eu sentia uma grande necessidade de me fixar, e a doença, para isso, é excelente. Ele teria me dito isso e muito mais.

Escolhi não ter filhos. É o que digo para mim mesma, não sei se é verdade. Meu primeiro marido, meu querido Tommy, um norte-americano desaparecido no Vietnã, não teve tempo de pensar nisso. Nunca falo desse assunto, eu tinha apenas vinte anos. Théo nem sabe que ele um dia existiu. Seria o choque dessa morte que me acomete, enfim? Depois dele, não tive vontade de ser mãe. Isso não me desagradou, adorei minha liberdade. Suleyman sempre me disse que, por ter optado pela liberdade, eu não tinha sido feita para ter filhos e que, assim, eu acrescentava ao mundo uma solidão especial, uma espécie de brisa marinha a meu modo.

E havia Théo. Enquanto ele era pequeno, alimentei ilusões. Uma vez que minha cunhada era consumida por um sentimento de angústia, desempenhei o papel de segunda mãe, sólida, reconfortante, ah, como era fácil! Mas hoje Théo é um homem, e eu não sou mais nada. Um homem? É o que dizem, mas não tenho certeza.

Já se é um homem aos vinte e seis anos? Não, não. Resta ainda um quê de criança nesse homem. Ele ainda cheira a leite e é meu Théo, meu menino. Isso me tranqüiliza.

Preparei para nós uma viagem que vai encantá-lo. Um mês no Kerala, pois ele não conhece esse pequeno estado da Índia, tão perfeito. Duas semanas em Nova York, muito bom para seu futuro. E, sobretudo, eu o levarei a Samarcanda, ele ficará tão contente! Conheço Théo. Ele não resiste ao gosto da beleza.

A menos que tenha mudado. Não o via desde meu casamento. De vez em quando recebia alguns cartões-postais de suas viagens. Londres, Cotonu, Berlim, Moscou, Atenas, Lagos, Abuja. Sempre terminavam do mesmo jeito: "Saudade de você, tia Marthe", mas ele mesmo não aparecia. Fui pregando esses cartões diante de minha mesa de trabalho e, antes de deixar Brutus, eu os enfiei na minha bolsa. "Saudade de você, tia Marthe"... Mentiroso safado!

Sei que ele andou se metendo em campos de guerra, mas não me abalei, é muito esperto para morrer cedo. Minha cunhada manda poucas notícias de seu querido filho. Parece que ele se enrabichou por uma pequena eslovaca que dá trabalho a toda a família. Sentimental como sou, esperava que ele se casasse com Fatou, sua amiga de infância, mas não. Eles quase não se vêem mais. Meu irmão diz que Théo virou ecologista, assim como meio mundo! Eu, por exemplo, hoje sou mais ligada, não como mais carne vermelha, desconfio de tudo, consumo frutas e legumes, faço um pouco de ginástica todas as manhãs; logo, sou ecologista. E guardei a máscara de oxigênio que queriam me surrupiar, o oxigênio me faz levitar, é bom. Ou seja, em matéria de ecologia, sei do que preciso.

Meu sobrinho querido, ecologista! Isso me faz rir. Em nossa primeira viagem, ele se achava o tal em religião. Que nada! Ele não sabia nada! Não, não, a uma macaca velha não se ensina a fazer careta. Iremos descobrir os campos de pimenta e o espetáculo Kathakali, no Kerala.

Será que ele mudou? Ele pegou o primeiro avião. Na maior pressa, para socorrer sua tia Marthe. Não deixa de ser um bom sinal. Mas... Ele tem no olhar certa dureza que me preocupa. Sim, está aguerrido, no sentido exato do termo. Ganhou corpo, não é mais um adolescente. Cortou inclusive os cachos negros que lhe davam um ar de um jovem deus grego. Quando entrou no meu quarto, tomei um susto! Aquele sujeito de mandíbulas crispadas, cabelo curto, era mesmo meu encantador Théo?

Chega de sentimentalismo! Eis que o pensamento volta... "Se eu fosse Deus, teria piedade do coração dos homens." Isso se exprime em mim como uma fonte que cresce com as chuvas de uma tempestade. Quem escreveu essa frase, quem?

AQUECIMENTO GLOBAL

Mal entrei em seu quarto, senti uma atmosfera estranha. Marthe não parece contente.

— Vá fazer a barba — ela diz de imediato. — Não suporto barba dormida. É assustador, parece um bandido.

— Enlouqueceu? Nunca!

Ela parece espantada. Pequeno ajuste no tom.

— Escute, minha querida. Não tenho mais quinze anos, mas vinte e seis. Ninguém, está me ouvindo, ninguém me fala mais nesse tom. Estou acabado, não dormi quase nada, e você quer que eu faça a barba, assim, agora? E o que mais?

Encurralada, ela se cala. Fica ruminando. Um silêncio hostil se instala entre nós. De repente, ela se põe a chorar e coloca a máscara que tinha escondido sob o travesseiro. Deixe estar. O problema é que ela não pára... Ao fim de três minutos, entrego os pontos. Passo-lhe um lenço de papel, dou um beijo na sua orelha, e as lágrimas cessam. Tomo sua mão e prossigo.

— Queria que me escutasse sem me interromper. Quando você gritou por socorro, eu me preparava para concorrer ao prêmio da fundação Our World Is One. Já ouviu falar? A OWIO. Devo apresentar quatro estudos de campo, em um ano. Decidi levar você comigo. Vou logo prevenindo, teremos o mínimo de conforto, porque trabalho de campo, às vezes, é duro. Em termos médicos, você está curada. Um pouco fraca ainda, mas não começaremos pelo mais difícil. Não lhe peço para me dar a resposta agora, pense com tranqüilidade. Você tem dois dias, tia Marthe. Não mais que isso, senão perco meu concurso, e não quero que isso aconteça. Agora, se você se sente bem, tire sua máscara e fale!

Ela não pensa duas vezes.

Primeiro protesta, ela previra tudo, mas de outra forma, sabe como é, na minha idade e com a minha saúde, seria preciso cancelar as reservas de hotel, isto é muito complicado, enfim, Théo, seja razoável, e patati-patatá. Depois solta um suspiro profundo. Pronta para atacar.

— Tudo bem — ela diz. — Mas tenho algumas condições. Explique esses trabalhos de campo para eu entender melhor. É coisa de ecologia? Porque tenho minhas desconfianças... Você é daqueles que sobem em árvores para não deixar que as derrubem?

— Por quê, isso a incomoda? Pessoalmente, não tenho nada contra os defensores de árvores, apesar de preferir outros meios. Mais autênticos.

— Ai, meu Deus — ela suspira. — Você não virou um ecologista violento, virou?

— Depende — digo com cautela. — Se precisar encarar a polícia, encaro, quantas vezes for preciso. Sou mesmo capaz de querer parar pela força os comboios de transportes de rejeitos nucleares, se preciso.

— Mas nada de bomba, não é?

— Bombas! Está maluca! Os ecologistas são pacíficos, ora...

— *Tss* — sibila Marthe entre os dentes. — E aqueles ingleses que planejam atentados para proteger os animais?

— São extremistas! Sempre há. É como o islã; também temos nossos fundamentalistas. De proteger a vida dos animais, sou a favor, mas de atentados, não. Mas, cuidado; teoricamente eles têm razão! Apenas os meios é que não são aceitáveis.

— "Apenas os meios" — diz ela me imitando. — Que beleza! Posso contestar? Senão desisto de acompanhá-lo. Primeira condição. E então?

Então ninguém no mundo a impedirá. Digo que continue.

— Muito bem. Eu começo. A princípio, Théo, não aprovo a total proteção dos animais. Prefiro os homens, veja você. Enquanto no planeta houver um pobre, seus animais não me interessam. No fim das contas, a missão da humanidade está ligada ao progresso dela, ora bolas!

— Calma! Vou lhe fazer três perguntas. Você tem certeza de que compreendeu o papel exato das espécies animais na natureza? Sua interação, sua regulação? Essa é a primeira pergunta. Você já pensou bem sobre a questão da inteligência animal? Como se orientam os golfinhos, como voam os gansos selvagens? Não! Não terminei. Terceira pergunta. Você conhece os laços entre as sociedades animais e a sociedade humana? Aposto que não.

— Você não vai me dizer que a espécie humana é inferior às espécies animais! Que é isso, Théo!

E aí, subitamente, falo como se fosse Bozzie. Disparo.

— E você sabe o que sua espécie humana faz? Ela só é boa para destruir as outras espécies, sobretudo os animais! Caça, pesca, come os coitados, e ainda os deixa confinados, como faziam antigamente com os presos nas galés. Já imaginou o que é ficar sem ver a luz do sol, sem poder se mexer, comendo farinha artificial, isso depois de cortarem seus chifres porque atrapalham?

— Obrigada pela alusão! — diz Marthe. — Sou chifruda, sei disso, não precisa insistir!

Não deu certo imitar Bozzie.

— E lhe digo mais: não sou uma vaca, mas uma fêmea da espécie humana, aquilo que se chama mulher. Como ousa comparar? Essas histórias de espécies que devemos proteger me torram a paciência! Veja os lobos, por exemplo. Durante séculos, destruíram os rebanhos, atacaram as pessoas, até finalmente serem exterminados. Mas eis que, em nome dessas desgraçadas crenças ecologistas, os trouxeram de volta às florestas. E o que aconteceu? Recomeçaram a devorar os carneiros, pelo amor de Deus...

— Você sabe quantas espécies animais desaparecem por dia?

— Você sabe quantas línguas faladas desaparecem por dia?

Toma lá, dá cá. Não foi um bom começo. É hora de lhe ensinar alguma coisa. Mas como tocar uma mulher que usa casacos de pele, que fuma igual a uma chaminé, que tem sessenta e cinco anos? Difícil...

— Eu me arrisco — digo. — Está pronta? Quando um habitat é destruído — por exemplo, quando uma zona pantanosa seca, uma floresta pega fogo, uma ilha é inundada ou terras são bombardeadas —, basta que cinqüenta por cento desse território desapareça para que noventa por cento das espécies também sumam. Aposto que não sabia de nada disso. É o princípio de Olaf Arrhenius e Edward O. Wilson, segundo o qual...

— Chega! — ela diz com voz enfadada. — Não suporto esse discurso. Números, princípios jogados na cara, lugares-comuns, como quer convencer com essa linguagem? Você parece aqueles personagens de Molière, os médicos, gaguejando seu latim sem compreender nada. Entende?

Entendi, mas também essa não é a minha praia, confesso. Vou pegá-la pelos sentimentos.

— Não falo mais em números, tudo bem. Ouça. Como você sabe, Zoé nasceu prematura. Mas o que você não soube, no seu Brasil infernal, é que por causa da poluição de Paris ela tem crises de bronquite de dois em dois meses. Brônquios, tímpanos, sínus, todo o aparelho respiratório dela inflama regularmente. E Zoé não fuma. Não pretendo falar mal de seu cigarro, mas simplesmente dizer por que você está doente. Você se resfriou numa cidade poluída em que uma gripezinha qualquer logo se transforma em pneumonia.

— Dupla! — ela diz. — Sei disso.

— Você faz tudo para aparecer! Também prefiro os homens aos animais. Tanto que vou cuidar deles enquanto se matam uns aos outros.

— Nesse caso, tudo bem, Théo. Nem precisa discutir!

— Mas claro que precisa! Não posso mais cuidar das pessoas. Deixe-me explicar, você não me deixa falar... Se deixar, começo pela poluição que ataca os pulmões de Zoé. A isso acrescento que os antibióticos existentes quase não surtem mais efeito, que, logo, logo, não poderemos mais combater as infecções, e que voltaremos a épocas que já esquecemos, aquelas em que as pessoas morriam à toa. Sabe por quê? Porque criadores idiotas deram antibióticos a seus animais para engordá-los mais depressa, só pensam em lucro. Como vou tratar de minha irmãzinha?

— Você não vai me dizer que, com o progresso da medicina, somos incapazes de encontrar outros antibióticos!

— Isso mesmo, minha velha. Não encontramos. A esse problema, que atinge tanto pobres quanto ricos, acrescente o do aquecimento da temperatura média. Acho que já ouviu falar disso, ou não?

— Claro! Mas não acredito nisso.

Ela disse "claro" tranqüilamente, alisando o lençol de seu leito de hospital, quase como se eu estivesse falando de astrologia. Simples questão de crença, nem se discute, assunto pessoal, em suma. Marthe Fournay não acredita em aquecimento da temperatura média!

— Quero provas irrefutáveis! — ela diz. — É evidente que

não acredito nisso. Tudo é "provável", "talvez", "possível"... Ah! Claro, na Europa, o mês de agosto de 2003 foi muito quente. Como se fosse a primeira vez. Sempre tivemos verões quentes; o de 76, eu me lembro muito bem!

— Por favor, Marthe. Já faz mais ou menos dez anos que todas as comunidades científicas admitem claramente um aquecimento acelerado da temperatura média no século XX.

— Tudo bem, não vou fugir do assunto! Ouço fanáticos que acham que a humanidade é a grande culpada do efeito estufa, e patati-patatá, o apocalipse no fim do caminho! Não gosto dos profetas, mesmo que sejam ecologistas. Não há nenhuma certeza científica quanto às causas do aquecimento global. Achamos... Pensamos... Mas o que sabemos de verdade mesmo?

— Todo dia um pouco mais, e todo dia as coisas pioram. Não estamos muito seguros de que o homem seja a única causa desse fenômeno, concordo. Mas que o aquecimento da temperatura média está ocorrendo, isso está! Você certamente pôde comparar as fotos das geleiras feitas há vinte anos e hoje. Não?

— Sim — ela resmunga. — Admitamos.

— Admita também que as substâncias emitidas pela tecnologia moderna pioram o problema. Não é difícil entender! A gasolina dos carros, o gás dos escapamentos, os gases dos aparelhos de refrigeração, a madeira e o carvão que queimamos...

— Produzem dióxido de carbono, eu sei. Pelo que você diz, parece que o planeta está prestes a se suicidar, com a cabeça metida num forno a gás!

— Isso mesmo, tiazinha querida. Isso mesmo.

— É mais ou menos o que diziam das estradas de ferro quando apareceram os primeiros trens! Essa recusa do progresso me irrita. Você quer voltar à Idade da Pedra! Bem, me corrija se eu estiver enganada: você tem um micro e um celular, não tem?

— Não sou contra o progresso, tia Marthe! Quero que ele seja regulado. Você sabe que a ONU aprovou uma convenção para reduzir as emissões de gases que colaboram com o efeito estufa?

— Muito bem! Que os países ricos sejam os primeiros! Como você sabe, os países pobres, onde a eletricidade ainda não chegou pra valer, não estão dispostos a renunciar ao progresso! Negue isso...

Não, não ousarei.

Quem poluiu o mundo? Nós, os ricos. E quem dá as lições?

Em princípio, nós, os ricos. Que dizemos aos outros? Ah! Vocês acham que chegaram ao fim de seus sofrimentos, mas ora, de jeito nenhum! Por favor, despoluam! A saúde do mundo depende disso. E o que respondem? Que são livres. Que a era colonial acabou. Que conhecem nossas artimanhas e que estão acostumados com elas. Basta ver como Thabo Mbeki, o presidente da África do Sul, recusou os tratamentos para os aidéticos; tudo bem se ele não tivesse apelado para aquele refrão dos anos 80, de que a aids é uma doença do Ocidente, disseminada pelo Ocidente e que só diz respeito ao Ocidente.

Quanto tempo para convencer Thabo Mbeki, o sucessor de Nelson Mandela? Bote tempo. Leva tempo para recuperar o orgulho perdido.

— Ah! Veja só — diz Marthe, triunfante. — Calei seu bico!

Paciente até então, agora perco a calma.

— Então você se recusaria a aplicar o Protocolo de Kioto? Você não concorda em reduzir as emissões de gás carbônico? Prefere a boa e velha nuvem de fumaça que solta enormes quantidades de carbono? Para seu conhecimento, o deserto avança a passos de gigante na China, a areia da Argélia sopra sobre as costas do golfo da Guiné, e o gelo das calotas polares derrete numa rapidez incrível! Mas, quando a temperatura da água se eleva, ela se dilata, sobe de nível, e as terras são alagadas, não tem jeito. O bastante para inundar rapidamente as costas de Bangladesh. Você sabia que a corrente do Golfo pode desaparecer? Se a água fria se aquecer, ela não poderá mais correr sob as correntes de água quente, e o vasto circuito que assegura o clima temperado na Europa simplesmente vai acabar. Morreremos de frio! E, se você está com uma pneumonia dupla, foi porque respirou ar poluído, sua bocó!

— Você sempre foi muito exagerado — diz balançando a cabeça. — Estou doente porque estou triste, Théo. Não foi nem o fumo nem a poluição, mas a traição. A traição é a poluição do amor, acredite. Mas o ar? Não, não. Muito fácil. Há milhares de meios para reparar isso. O mais simples, acho, é aceitar temporariamente a energia nuclear, porque ela não produz dióxido de carbono.

— Você está brincando! Para que essa solução se estenda ao mundo todo, seria preciso mantê-la com a ajuda de um corpo de engenheiros. Você se lembra do horror de Bhopal, na Índia? Milhares de mortos por gás?

— Porque a matriz americana, Union Carbide, não fez seu trabalho! Claro que me lembro. A Union Carbide nem chegou a indenizar as pessoas corretamente. Mas se a gente estiver vigilante... Suponha que alcancemos certo progresso em termos de manutenção. Que confiemos um pouco na humanidade. Não seria a energia nuclear a solução? Digo isso sem provocação, Théo. Digo porque é verdade.

— Dá para ver que você não tem filhos!

Os olhos azuis vacilam sob o choque.

Pus o dedo na ferida de Marthe. Merda. Agora já disse.

Drenar a ferida.

— Se você tivesse filhos, creio que ia querer — não precisa chorar, ora! —, enfim, você gostaria de lhes legar um mundo sem perigo. Recusamos a energia nuclear porque ela enterra um perigo extremo e imprevisível, sob a forma de rejeitos. Nós a odiamos por causa de nossos filhos. A energia nuclear é egoísta.

— E eu também — diz tia Marthe. — É verdade, a vida é curta, gosto de aproveitar. Socorro meu próximo para não encarar os sofrimentos dele. Não tenho filhos, tenho você. Para esta vida, é o que me basta. Quanto a calcular o futuro daqui a mil anos, desculpe, Théo, mas isso é megalomania. Agora me deixe, estou cansada.

Fico calado. Tenho muito mais coisas para dizer.

Ela tem o focinho obstinado de cão fiel. E o olhar carente, marejado. De repente, Marthe sofre um belo acesso de tosse, fecha os olhos e repõe a máscara para me evitar.

O dr. Narayan me espera no corredor. Não estou orgulhoso de mim, e ele percebe.

— Você não a emocionou muito, espero — diz com ar preocupado.

— Desconfio que sim, doutor. Mas ela me provocou!

Seu rosto sensível se anuvia. Sinto-me pequeno, minúsculo.

— Preste atenção, *young man*. Por ter vivido um pouco no Ocidente, constatei, para minha grande surpresa, que os males de amor eram mortíferos. Aqui, é diferente. As famílias são enormes, e elas fazem o trabalho, você sabe, esse trabalho que vocês chamam de holding. As famílias nos dão apoio, bem ou mal. Mas sua tia é só, e isso é desesperador.

— O senhor acha que ela poderia... fazer tudo de novo?

— Suicidar-se? Ela tem tudo para fazer isso. Sabe que ela recusa os antidepressivos? Você tem formação de terapeuta?

— O senhor quer saber se sou psicanalista? Sou muito jovem ainda!

— Ah, sim — ele resmunga. — É, claro, eu me esqueci. Mas você se sente preparado para escutá-la?

— Mas ela fala o tempo todo, a gente é obrigado a ouvi-la!

As palavras saíram de minha boca, tarde demais. Sucumbo à piedade do dr. Narayan. Derrotado, murmuro, resmungo qualquer coisa.

— Não — digo contemplando meus tênis. — Acho que não saberia escutá-la, não dessa maneira como o senhor deseja. Ela é muito próxima a mim, eu a conheço muito bem.

— *Very bad, very bad*. Vejamos. Você pode levá-la amanhã à casa de um amigo?

Ele vai puxar um guru da manga!

— Não faça essa cara! Não vou confiá-la a um *ashram*! Meu amigo é um psicanalista indiano formado na Alemanha. Trata-se de uma consulta. Se você quiser levá-la, marco hora. *Do you agree?*

— Ela vai aceitar?

— Você não lhe dirá nada. Ficará calado. *Not a single word!*

É uma ordem.

Para minha grande surpresa, tia Marthe aceitou bem a idéia. Suspendi minhas réplicas, fechei minhas comportas, arrefeci, muito gentil, silencioso, e levei minha tia ao psicanalista. Mais indiano, impossível; mais freudiano, impossível. Imponente, rosto largo, cabelos encaracolados e brancos, vestido à indiana, de túnica longa. Nehru de seda crua. Mas os olhos!

Conheço esses olhos. Essa luz intensa, de um olhar negro faiscante. São os olhos de um sábio, de um xeique, de um grande mestre. Quando eu estava doente, meus terapeutas tinham esse mesmo olhar. Toda a minha raiva desaparece e reencontro o bem-aventurado estado de abandono que me salvou. Começo a sorrir, estou feliz... Mas ela?

Fechada, colérica, cabeça-dura. O belo olhar me abandona

e a envolve; ela começa a tossir. Então, calmamente, o belo indiano me dispensa e fica com ela. Porta fechada. Estou só.

Quem está doente agora é ela, não eu. Eu, que me ocupo dos moribundos e dos feridos, eu, que amo em Bozzie seu lado infantil, tenho a alma pesada! Uma velha alma costurada, ferida, uma alma sangrando... Será que a conheço? Não. Tia Marthe sempre cuidou de mim. Agora é a minha vez. Sinto muito medo.

Fechar uma ferida aberta, colocar um dreno, uma sonda, alimentar um bebê desnutrido, essas coisas eu faço razoavelmente bem. Discutir infinitamente, reconstruir o mundo, combater a globalização, isso também sei fazer. Mas curar as feridas de um velho coração?

E se ela tiver razão? E se a proteção dos animais não for nada comparada às dores da alma? Como o lado humanitário é cômodo! Não é preciso pensar muito, nem escutar, há muito o que fazer, muitas vidas para salvar. Você cuida delas e se vai. E, ao voltar para casa, defende um novo modo de vida, coitado...

Ei-la de volta.

Caminha lentamente. Achei que voltaria de cara amarrada, mas sorri. Ele também, o texugo. Não me dão atenção. Encontraram-se, é o *deal*!

Ela me pega pelo braço, saímos.

Fiel a seus princípios, tia Marthe se vestiu à indiana, com túnica folgada sobre calça bufante, lenço no pescoço, musselina esvoaçante. Na calçada larga e caótica, ela tropeça. Amparo-a, Marthe cai em meus braços, está frágil e completamente entregue, sem nenhuma energia. Cambaleamos em meio à multidão descomunal, que, como em toda parte na Índia, avança incansável, humanidade em marcha empunhando telefones celulares. Uma brisa sem-vergonha sopra nos saris, apressa as velhas senhoras de pernas frágeis, levanta os grandes xales de inverno, em lã bordada. Tia Marthe sufoca. Faço um sinal para um veículo de três rodas, que pipoca como nos tempos antigos, e é preto! Parece um forno. Puxo-a, subo, ela protege a boca, respirando a fumaça através da musselina. Nada agradável, convenhamos. Mas ela está tranqüila.

Ardo de impaciência. Vamos lá, tia Marthe, conte!

— Você é tão ignorante assim, meu sobrinho? Nunca, mas nunca mesmo, se conta o que acontece numa sessão!

É demais! Está aí uma mulher que me arrastou a todos os tipos possíveis de terapeutas e ainda acha que sou ignorante!

— Mas você tem de contar. Deve, tia Marthe. E, além do mais, aquele sujeito não é um verdadeiro psicanalista!

— Ah, é? E por que não? Porque estamos na Índia só vamos encontrar gurus? Você acha que ele me enfeitiçou, hipnotizou, que me fez sentar a seus pés para adorá-lo?

— E você vai voltar?

— Amanhã, na mesma hora, e todos os dias.

— Até quando?

Ela se fecha. Caramujo dentro da concha. O que se passa na cabeça de tia Marthe? Não estou gostando disso.

Dou algumas informações.

— Você não quer responder? Tudo bem! Eu lhe digo que partiremos em oito dias, tia querida. Para Benares.

Nenhum protesto.

— Você não me pergunta por quê?

— Desconfio! Deve ser por causa da água. A propósito, gostaria que você me passasse seu roteiro por escrito. Gosto de saber com antecedência.

— Desta vez sou eu que me ocupo dos hotéis, não você!

— Já entendi, Théo. Mas já posso adiantar que seremos três.

O caramujo sai da concha. A terceira pessoa é ele. O psicanalista.

Quase quebrei tudo — modo de falar. A espertinha notou, ri dissimuladamente. O calhambeque se embrenha pelos engarrafamentos, passando ao lado de Marutis novinhos em folha, soltando despudoradamente uma fumaça escura e cheiro de gasolina. Chegamos. Tia Marthe está de volta ao hospital e desaba na cama. Mal dá tempo de ajeitar os travesseiros, cai no sono.

Estranho! Ela não pediu sua máscara de oxigênio...

Encontrar o dr. Narayan. Esperar que ele saia de um quarto onde, evidentemente, algo vai mal.

Enfermeiras agitadas, com máscaras brancas; um pequeno tumulto, a família descabelada, gemidos, um enfermo nas últimas. Reconheço o instante em que a morte vai passar. É um tipo de silêncio cheio de nervosismo, não se pode fazer mais nada, mas assim mesmo fazem. Não sei por que terei sempre uma relação especial com a morte, um pouco como uma amiga que a gente conhece muito bem, com uma cara de criança, uma menina sorridente de mãos dadas comigo. Quase sempre, eu sei. Péssima companhia. Eu devia dispensá-la. Vamos, dá o fora, filhinha!

Agacho no final do corredor.

Mais tarde, quando Narayan tiver purgado sua tristeza, ele me dirá.

Era uma criancinha, e não suportou. Pneumopatia viral. Falar de tia Marthe me parece difícil...

— *Not at all.* Pelo contrário! Pelo menos, ela está salva... Você sabe como precisamos dessas vitórias. E aí, o tal psicanalista?

Pergunto de chofre, ele me explica.

Acontece que eu não sabia de nada. Esse intruso é um velho conhecido de tia Marthe. Recebeu-a como paciente, é verdade, mas em território conquistado, e por amizade. Não é antiético, para um psicanalista? Na Europa, talvez, mas, na Índia, estão pouco ligando. Ele tratou dela? Sim. Como amigo? E daí? Vocês, ocidentais, são complicados. Ela precisava de alguém! Por que não ele?

— Ele colocará entre vocês alguma coisa que falta. Uma distância, rapaz. Um pouco de distância. Sua tia não ficará somente a seu encargo, você a dividirá. Não serão apenas dois, mas três. Três! Pense! Um começo de família, um número sagrado, o trio de onde vêm todos os nossos deuses, a Trimurti...

— Tri o quê?

— Você deveria saber. A Trimurti, três deuses: Brama, Vishnu, Shiva. Criar, manter, destruir. A vida é isso, sir! *Such a love for life!*

Resmungo ainda um pouco. Vislumbro o que me espera: papai, mamãe e eu. Um começo de família, disse-me o bom doutor. E sou quem? O menino Jesus?

— Corrija-me se eu estiver enganado, *dear* Théo. Você não tem umas pesquisas a fazer? Se sua tia e seu amigo indiano estiverem juntos, terá mais tempo...

Entrego os pontos.

Pensando bem, até que o cara é legal. Como é mesmo o nome dele?

A TERRA ESTÁ CANSADA

Ele se chama Prem Chandra Mukherjee.

Bengali autêntico, natural de Calcutá, antiga capital do Império, célebre por seus intelectuais, seus músicos, suas favelas e pela madre Teresa. Estudos em sociologia e psiquiatria, formação de psicanalista em Berlim e Paris. Instalou-se em Nova Delhi porque a clientela aí tem futuro. Filhas de novos-ricos problemáticas, estudantes indianas de volta do Ocidente, ou seja, perdidas, burguesas desiludidas, ricas, claro. Na Índia, os pobres consultam gurus; em Calcutá, as deusas, a sorridente Durga e a furiosa Kâli. Mas os ricos têm grana, daí os psicanalistas. Enfim, é o que ele diz. Acho que está certo.

Prem parece honesto, muito simples. Quer se aposentar e, ainda por cima, é viúvo. Um candidato perfeito. Vai precisar abrir o olho.

À primeira verdadeira saída de tia Marthe do hospital, procuramos um jardim na cidade. Com monumentos, diz Marthe. Num lugar alto, digo. E com uma bela vista, completa o psicanalista. Resultado: o Velho Forte, *Purana Qila* em sânscrito.

A altura é pouca, apenas uma colina; os monumentos são muitos, mesquita e pavilhões; a vista seria perfeita sem a poeira que se acumula em finas camadas sobre as folhas das árvores. Mas enfim!

Meus dois velhos são bem encantadores. Sentados na grama amarelada — no inverno, não chove —, parecem miniatura persa, um pouco nobre, um pouco popular. Marthe veste uma roupa cor-de-rosa, sobre fundo de mesquita vermelha; ele, por sua vez, usa algodão cru, bem debaixo de uma palmeira. Não de qualquer palmeira! Imperial, antiga, com um tronco enorme, bem vertical, de pele de elefante. Palmas em desordem, tropicais. É um jardim mongol: cheio de roseiras. Raquíticas, mas valentes, com rosas brancas esquálidas. Fingimos acreditar que o ar é puro, não queremos ouvir o ronco dos automóveis nas ruas. É o meio do dia, o sol está bem forte. Há flores nas árvores, alaranjadas ou amarelas. A ilusão faz bem, mas não esqueço a cidade a nossa volta.

Catorze milhões de habitantes, 5 mil carros novos por dia, um nascimento por segundo, e, em menos de vinte anos, 2 bilhões de cidadãos indianos.

Não há muita gente, excetuando as colegiais, de longas tranças enfeitadas com fitas vermelhas e de aventais.

— Você vê, Théo — começa tia Marthe com seu tom sentencioso —, quando não há muita gente, respiro melhor. Quer saber? O verdadeiro problema não é a poluição. É a demografia! O mal que destrói o universo é a superpopulação do mundo.

— Justamente, tia Marthe. Como se o número de humanos sobre a terra não levasse à sua destruição! Para alimentá-los, a gente tasca adubo químico. Para iluminá-los, gastamos uma energia louca, e isso sem falar nos meios de transporte! Você acha que está respirando ar puro aqui, neste Velho Forte? Engano. O ar continua podre!

— Então tá! Basta reduzir os nascimentos, e estamos conversados! Nada mais simples. Quando as pessoas enriquecem, têm menos filhos, é uma regra absoluta. Basta uma ajuda básica aos países pobres! Aliás, para começar, é só lhes ensinar como evitá-los.

— Só isso — diz Prem. — Basta vontade política, não é? É bem a sua cabeça, minha querida. Tentamos isso aqui na Índia, faz algum tempo. Nos anos 70, quando Indira Gandhi era primeira-ministra, seu filho Sanjay encabeçou campanhas de contracepção. Para atrair os camponeses, ele lhes prometia radinhos de pilha. O pobre-diabo entrava numa tenda, anestesiavam-no às pressas, cortavam-no lá dentro, ele saía estéril, e não sabia. Vasectomia compulsória. Um dia, os camponeses entenderam. A Índia inteira se revoltou! Indira perdeu o poder. Os indianos a colocaram na prisão. Era justo. Não se pode forçar as pessoas a abrirem mão do direito de procriar, mesmo quando são pobres.

— Sobretudo quando são pobres! — diz tia Marthe. — Antigamente se dizia *proletários*. Aqueles que só têm como recurso os filhos. É sua única força de trabalho. O cúmulo da pobreza. Crie novos-ricos, eles terão menos filhos.

— Não é disso que estou falando — diz Prem educadamente. — Um indiano sem família não existe. Ele perde sua razão de ser, sua vida não tem mais sentido. A estrutura do mundo desaparece, e o fanatismo vem a galope. Desde os crimes de Sanjay Gandhi, ninguém segura mais a natalidade. Você notou o grande relógio na praça redonda? Cada segundo significa um novo indiano. Cada segundo. Não é uma fraqueza, é uma força!

Como são tranqüilos! Discutem pacificamente. Não terão mais filhos, passaram da idade, e vejo isso, meu Deus, como um naufrágio. Uma força, a superpopulação da Índia? Uma força, os bilhões de seres humanos doentes por causa da poluição, esses milhões de carros queimando gasolina, e esses bilhões de pessoas que comem, digerem, trepam, fumam, consomem? Chega!

— Em 2020 seremos 8 bilhões no planeta! — grito. — E sabem quantos estarão vivendo nas cidades? Quatro bilhões! A metade da humanidade, engaiolada! E vocês chamam isso de força?

Aqui não é a Itália, aqui se fala baixo. As estudantes se voltam e cochicham. Prem e tia Marthe me olham petrificados. Como se, ao gritar, eu destruísse o jardim, sua bela ordem, os papagaios, os macacos e até as cobras que cochilam aos pés das roseiras.

— É verdade — digo num murmúrio. — Como alimentar tanta gente? Dar casa a essas pessoas? Que ar vão respirar? Como impedir que se matem umas às outras?

No belo rosto de Prem aparece uma compaixão profunda. Ele tem pena de mim.

— Tenho a impressão de que você mistura tudo — ele me diz. — Analisemos os elementos um por um. Acho que o ritmo do crescimento da população mundial vem diminuindo há alguns anos. Não?

Exato, doutor. Deveríamos ser 10 bilhões em 2020, mas seremos apenas oito. Não deixa de ser uma aceleração fenomenal, agravada pelo envelhecimento. Na China, em que a estratégia da contracepção obrigou as pessoas a ter apenas um filho, como os velhos serão sustentados? Salto no escuro. Como acomodar as cidades quando metade da humanidade se encontrar nelas? Salto no escuro. Há uns cinqüenta anos a espécie humana não se contenta mais em ficar apenas na superfície da Terra, ela penetrou a derme, chegou à carne viva, e ninguém sabe o que vem pela frente.

— Não seja tão pessimista — diz Prem. — Veja a questão da comida. Suficiente para toda a humanidade ou insuficiente? Ainda leio aqui e ali que, na Índia, os surtos de fome são freqüentes. Mentira! Desde a independência, isso não é mais um problema, e foi aqui que se fez a demonstração de como a fome abalaria o mundo. Certo dia, há tempos, Indira Gandhi viajou oficialmente aos Estados Unidos da América. Em plena Guerra Fria, os americanos conseguiam prever como iam ser as colheitas na União Soviética. Naquele ano, as colheitas soviéticas seriam muito ruins, e o presidente Johnson sabia disso. Nesse caso, a Índia, aliada e cliente da União Soviética, iria forçosamente sofrer as conseqüências desse fato, e a fome seria uma ameaça para nós. Eis por que a primeira-ministra da Índia fora solicitar ajuda alimentar ao presidente dos Estados Unidos. Foi então que as coisas se deterioraram. Não sei mais por que razão, por causa da guerra do Vietnã, sem dúvida, Lyndon Johnson tinha necessidade da voz da Índia na Assembléia Geral das Nações Unidas. Indira disse "não". O americano a chantageou. Não era "petróleo *versus* alimento", mas "sua voz na ONU *versus* a ajuda alimentar que a senhora me pede".

— São procedimentos ainda hoje utilizados, e sempre voltados para a guerra — diz Marthe. — As enormes pressões exercidas sobre os países mais pobres. Vote a favor de nossa guerra, vocês terão nosso dinheiro. Que humilhação... Não é de admirar que os países africanos vejam isso com o olhar enviesado.

— Indira também não viu com bons olhos. Retornou na hora. De volta, convocou um de nossos grandes cientistas e lhe pediu que imediatamente criasse grãos que produzissem mais, e bem depressa. Ele conseguiu. Era um geneticista. Criou grãos híbridos para o trigo, para o arroz. Antes havia apenas uma colheita, logo se tornaram várias. Em alguns anos, o sucesso: alcançamos a auto-suficiência alimentar. Chantagem? Nunca mais. Desde 1986, por exemplo, tivemos três anos sem colheita na Índia do Norte. Era para termos morrido de fome. A umidade, os roedores nos silos nos preocupavam... Pois bem, nada disso! Soubemos gerenciar os estoques de grãos. Chamou-se a esse acontecimento de Revolução Verde. Hoje, o mundo todo sabe desenvolver essa idéia.

— Quer dizer que o geneticista de Indira produziu OGM!

Não! Prem não vai deixar Marthe confundir os organismos geneticamente modificados com um procedimento de hibridação! Seria uma asneira...

— Se quiser pensar assim — resmunga Prem.

O amigo Prem resmunga. A verdade está atravessada em sua garganta. Ele a botará para fora, sim ou não?

— O que é que há, Prem? Você sabe, claro, que o genial geneticista não entrou de cabeça nos OGM!

— Sim, mas não é isso o que me incomoda — diz.

— Ah, é? Será que por acaso vocês teriam dúvidas quanto à eficácia da Revolução Verde?

— Quanto à eficácia, não! Ela é total. No entanto, é verdade que os solos são usados demais, eles se esgotam, utilizaram muito adubo químico, e a diversidade dos tipos de arroz se reduziu consideravelmente...

— Ah, veja só! Eu tinha razão!

Banquei um pouco o esperto. Tia Marthe pulou, com todas as unhas de fora.

— Você prefere ver as pessoas morrerem de fome! Mas você é monstruoso, Théo! E, se fosse preciso OGM para prevenir a fome, o que acharia, hein? Você escolheria a pureza dos grãos?

— Há uma diferença entre esse procedimento e o outro, quando se manipulam genes, tia Marthe! Os homens sempre brincaram com a natureza, é verdade. Pense na nectarina: para obtê-la, foi preciso enxertar um damasqueiro num pessegueiro. Entre espécies próximas, é preciso fazer enxerto. Temos o direito de trabalhar sobre as diferenças varietais e criar morangos de longa vida, capazes de viajar de um lado a outro dos Estados Unidos. Não têm gosto, mas não oferecem perigo. A natureza aceita, ela é uma moça educada. Aliás, é capaz de, sozinha, também fazer seus hibridismos com freqüência. Mas, quando mexemos no DNA, a história muda! Escolhemos um caractere de determinada espécie e o enxertamos numa outra com a qual não tem parentesco algum. Podemos acasalar uma mula com um cavalo, mas agora inventam de pôr dentes em galinha e asas em jumenta!

— Interessante — diz Marthe. — Na mitologia grega, os deuses se divertem com esse tipo de brincadeira. Acasalar uma mulher com um touro, por exemplo. Ou então uma mulher com um cisne. Por que não?

— Marthe, me corrija se eu estiver enganado: a história da mulher e o touro é a de Pasífae?

— Sim! Adoro esse mito. Os deuses produziram um engenho maravilhoso! Ela se apaixona pelo touro e, para atraí-lo, se esconde numa vaca falsa preparada para isso, com um buraco no lugar certo. O touro se deixou prender aí, e Pasífae é coberta. É muito excitante, não?

— E o resultado é um monstro — diz Prem. — O Minotauro é um animal assassino, devorador de jovens. Pouco convincente, sua mitologia.

— Não é sempre assim — diz Marthe com vivacidade. — Leda, a mulher do cisne, deu à luz humanos. Sabem quem são suas filhas? Helena e Clitemnestra. A mais bela das mulheres de um lado, a esposa de Agamenon, de outro. Evidentemente, elas fugiram um pouco ao comum. Helena foi o pretexto da guerra de Tróia, Clitemnestra matou o marido.

— Monstros!

Marthe dá de ombros.

— Escute, Marthe, se os deuses precisaram fabricar monstros para fomentar as guerras, trata-se de destruir a humanidade, sim ou não?

— É tolice! Eu me insurjo contra todas as tolices evocadas para recusar o progresso.

É isso, garota, revolte-se.

Dou de ombros. Sem vontade de explicar, pelo menos agora. Falar das grandes empresas americanas que roubam plantas em outros países, criam patentes com elas e procuram fazer crescer plantas antibióticas, ou grama de plástico, sob o risco de contaminar toda a terra? Cedo demais.

— Você parece não me dar razão, Prem — diz Marthe.

— Quer dizer que Théo não é o único com essa opinião — diz Prem. — Em Bangalore, no estado de Karnathaka, camponeses se organizaram para resistir à Revolução Verde.

— Veja só!

— Claro. Eles se queixam de Mahatma Gandhi porque são pacíficos, porque recusam a industrialização sob todas as suas formas, porque são hostis ao progresso e mais ainda aos adubos químicos. Preferem o adubo orgânico à moda antiga, que lhes dá colheitas tão boas quanto o químico, dizem. Mas não seguem todos os ensinamentos de Mahatma Gandhi. Curiosamente, esses camponeses revoltados se definem como gandhistas heréticos, sem dúvida porque, em lugar do algodão branco, seu signo de união é uma echarpe verde, cor de Via Campesina,* o verde dos camponeses do Nordeste, você conhece, Marthe. Seu maior inimigo é a empresa norte-americana Monsanto, número 1 dos OGM, que tem todos os meios de traficar os grãos em detrimento dos camponeses do mundo inteiro.

— Com eles também! Os camponeses de Karnathaka!

— Eles inventam histórias catastrofistas que vão lhe agradar. Por exemplo, o inimigo americano venderia grãos estéreis, imprestáveis para o plantio. Como precisaria comprar dele todo ano e como isso custa caro, o camponês se tornaria o assalariado do dono das sementes.

— Mas isso não é uma ficção! Esse grão existiu, Prem, acorde. A Monsanto o chamava Exterminador do Futuro... E quer saber o pior? A empresa tinha colonizado os conselheiros do presidente Clinton e do vice-presidente Al Gore. Passamos um sufoco! Eles pararam porque a imagem negativa dos OGM poluía demais seu comércio. Seus gandhistas têm razão.

— Mas são minoria — diz Prem, com um suspiro. — Eles fiam piedosamente a roca para fabricar o autêntico algodão, cantam os cânticos que o Mahatma amava, educam austeramente os filhos, são dogmáticos, frios... O que conservaram de Gandhi? A hostilidade selvagem ao mundo moderno, a preferência pelas aldeias, o ódio às cidades, por isso desconfio deles!

— Ah, é? Não vejo por quê.

— Você é muito jovem, Théo. Coisa de genocidas.

— Não entendo nada disso, Prem! O ódio às cidades?

— É muito simples. Já na época do nazismo, a celebração do campo caminhava lado a lado com a condenação das cidades. Cosmopolitas, sujas, poluídas. Precisamos acabar com esse refrão toda vez que falamos em renovar o mundo, pois, depois do

(*) Via Campesina: movimento internacional que coordena organizações camponesas de pequenos e médios agricultores, trabalhadores agrícolas em geral e comunidades indígenas e negras da Ásia, Europa, América e África, em defesa do direito de as comunidades definirem sua própria política agrícola e alimentar.

genocídio cometido pelos khmers vermelhos, sabemos o que significa o horror às cidades. Todos os citadinos vão cuidar da terra, as cidades se esvaziam, resultado: 2 milhões de mortos. E não sabemos ainda o número das vítimas durante a Revolução Cultural da China, quando a Guarda Vermelha, constituída de jovens, levada pela conversa de Mao, destruiu as raízes do passado, mandou as elites para os campos, excluiu os velhos, além de massacrar seus próximos... Ah não! Théo, não posso aprovar esse comportamento. Os gandhistas que detestam as cidades realmente me dariam medo se fossem em maior número. Ter horror às cidades? Desconfie. A Revolução Verde pode até ter desgastado os solos, mas salvou, provavelmente, milhares de indianos da fome. Pensando bem, essa discussão não tem razão de ser.

Não sei por quê, mas penso em Bozzie. Sua juventude me assusta, sua inocência também. Teremos um futuro, eu e ela? Não acredito. Por que esse pensamento? Porque tenho muito medo. E se eu estiver enganado com a ecologia?

Pare, Théo. A Terra está em perigo. Ceda quanto aos alimentos, mas só. Continue!

— Tudo bem. Mas para abrigar as pessoas? Quatro bilhões nas cidades, Prem! O que fazer?

— Quanto a isso você tem razão — diz Prem. — Um dia levo você à famosa Cidade da Alegria, em Calcutá. É nossa ferida. Depois da guerra de Bangladesh, em alguns dias, de 6 a 7 milhões de refugiados foram se acomodar na cidade, dobrando o número de habitantes. O resultado, você conhece. Favelas e esgoto. O mesmo aconteceria em qualquer outro lugar. Oh! O bairro melhorou muito. As ruas hoje são pavimentadas; há luz elétrica. Mas a situação de base não mudou: próximo à ponte de Howrah, ali onde se acumula a fumaça das chaminés e dos carros, vemos bebês mirrados, mães raquíticas com vinte anos, e isso ainda não é o mais grave.

— Escute-o — diz Marthe para mim. — Esqueça um pouco suas guerras.

Como se eu nunca tivesse visto uma favela!

— Você certamente deve ter visto algo parecido na África — continua Prem. — Todo mundo sabe que a superpopulação nas favelas é fonte infalível de violência. Acontece que estudei muito as raízes dos fanatismos na Índia. Hindu, muçulmano. E, quando não há espaço bastante a sua volta, os homens ficam privados de nichos ecológicos.

— Nichos ecológicos? Como assim?

Prem sorri e continua.

— No seu lugar de origem, os camponeses desterrados, que partem em busca de um emprego na cidade, tinham onde reverenciar seus deuses, quaisquer que fossem eles. Seus rituais eram marcados no espaço, o açude, o caminho que levava à mesquita, ou então iam ao templo. Agora, não existe mais nada disso. Quatro paredes de papelão cobertas de palha. Apenas um pôster dos deuses pregado numa tábua. A degradação psíquica dessas pessoas é terrível. Então um desses benfeitores cheio de lábia lhes propõe uma organização, uma disciplina, e sobretudo lhes oferece alternativas para honrar seus deuses... É muita tentação! É muita esperança! Aprenderão palavras de ordem, terão sapatos, uniforme, armas. Se querem pertencer a uma comunidade e reencontrar o sentido que falta, basta lhes dizer quem é o inimigo...

— O outro — diz tia Marthe. — O vizinho que se enche de filhos.

— Não — diz Prem pacientemente. — Quem ameaça o novo espaço que lhes é dado. Não se trata do espaço físico, mas do espiritual.

— Não entendi ainda: o que é mesmo um nicho ecológico?

Prem não responde, e me deixa ao desamparo, com cara de quem diz: "Vire-se! Você já está bem grandinho". Penso em meu quarto de criança. Em meu quarto bagunçado, na forma como me aposso de um quarto de hotel, ou de uma tenda, ou de um pedaço de praia — colocar a mochila, sentar, colocar a pasta, o relógio, isso é comigo! Colocar os objetos numa dada ordem. O espaço espiritual? Não sei o que é.

Tenho a nítida impressão de que, nesses nichos, o deus sou eu.

— Não se esqueça de que, na Índia, a noção de indivíduo não existe — diz Prem. — Não procuramos fazer emergir o *ego*, pelo contrário, não o amamos... O coletivo se sobrepõe a tudo. Para vocês, ocidentais, é fácil! Onde você está, ali está seu espaço psíquico. Vocês o levam consigo, ele é muito pequeno, reduzido. É uma só entidade chamada indivíduo, que vocês consideram independente, livre e sobretudo autônomo. Mas ninguém é livre! No máximo, vocês toleram a existência de um pai e de uma mãe inscritos no inconsciente, o mínimo vital, em suma. Que pálida concessão aos laços do coletivo! Isso posto, vocês gritam vitória. Viva o pequeno espaço da minha liberdade pessoal! É assim que vocês evoluem. Para nós, isso é impossível... O nicho ecológico compreende a família, os deuses, o sacerdote, o guru, o *pîr*, o curandeiro, os vizinhos, o bairro, a aldeia, um monte de gente, nada menos.

É a primeira vez que ouço falar de uma ecologia do espaço psíquico. Isso não me agrada, mas não sei dizer por quê. Ah, sei! Sei por quê. Não gosto nem um pouco de tudo o que lembra a infame teoria nazista do *Lebensraum*, o espaço vital requisitado para os alemães e proibido aos judeus.

— Você pensa em Hitler e tem razão — diz Prem.

Esse homem é o diabo! Ele lê pensamentos!

— Saiba que fiz meus estudos sobre a origem dos fanatismos, Théo. A fim de evitar o pior, precisamos fazer tudo para preservar esse espaço que não é "vital", que não se calcula em metros quadrados, nem em polegadas, mas em vínculos. Sabe o que acho interessante? Temos na Índia dois ou três arquitetos que trabalham na urbanização das favelas.

— Veja só! Urbanizar em vez de reconduzir as pessoas ao lugar de origem... É mais econômico! Uma verdadeira canalhice!

Não concordei. Ele me irrita com esses ares de sabedoria. E, como sempre, cai na gargalhada...

— Ainda bem que Marthe me preveniu — diz ele ao terminar de rir. — Eu já sabia que você se irrita por nada. Quer retomar a história das favelas? É muito interessante. Comparemos. No seu país, as favelas se espalharam a partir da contratação dos imigrantes magrebinos, parece-me; nos anos 60, presenciei isso lá pelos lados de Nanterre, quando concluía meus estudos em Paris. Nem água, nem eletricidade, nem ruas pavimentadas, era uma Cidade da Alegria à francesa. Depois, faz muito tempo, destruíram as favelas para construir conjuntos, mais tarde dinamitados, porque não dava para viver neles, estou enganado?

— Como é possível viver em blocos de concreto, sem comércio, com elevadores que não funcionam, muros pichados? Tinham de pôr tudo abaixo, evidentemente!

— Devagar, Théo. Devagar... O que quer dizer urbanizar uma favela? Os que financiam levam água, eletricidade, ocupamse da instalação de sanitários, mas submetem os infelizes que ali se refugiam a uma concepção de meio ambiente. Vi em Nova Delhi ciganos vindos do Rajastão, todos artistas de rua obrigados por decreto a se fixarem o mais rápido possível. Eles reconstruíram suas casas de taipa, optaram por telhados de palha, traçaram ruas de terra, demarcaram os espaços para estábulos ao lado das casas, construíram pequenos templos de barro, e o todo se transformou numa aldeia indiana em plena cidade.

— Por que você diz "os que financiam"?

— Porque são mecenas visionários, que ultrapassam os poderes públicos. Então, sim, não é preciso deixar as pessoas se amontoarem nas cidades. A poluição não acontece por acaso. É uma outra coisa. A privação do espaço psíquico é desumana. Mas ninguém se preocupa com a ecologia do espírito.

Levanto e me espreguiço. Esse sujeito me dá calafrios. Tiro da minha mochila uma garrafa e engulo a água sem respirar, para lavar meu espírito.

— Preciso telefonar — resmungo enquanto me afasto.

É verdade, puxa! Preciso estar em contato com quem amo. Os pais — ninguém responde. Angústia. A essa hora, deveriam estar em casa. Onde estarão? Zoé no hospital?

Tento Bozzie. Seu "Alô?" um pouco lento. Os silêncios que ela faz entre as palavras. Sua indolência. Insiste em matar aula da faculdade. Por quê? Um encontro com alguém do Greenpeace, quem? Stanislas, quem é esse cara? Não conheço. Para criar um comitê do desenvolvimento sustentado na universidade? Mais um comitê! Stanislas diz que não. Que idade tem esse sujeito? Vinte aninhos. Não, não estou com ciúme, que idéia. Mas... Não! Por favor, Bozzie, não!

Essa mania irritante que ela tem de desligar quando é contrariada.

Volto a passos lentos para meus velhos. Uma poupa listrada, de asas azuis, cisca sem parar a terra ao pé das roseiras. A crista tremula, o bico trabalha, o peito cor de siena freme, o passarinho está todo entregue a sua busca. Parece Bozicka.

— Então, ela vai bem? — pergunta tia Marthe.

Chuto uma pedra com meu Nike.

— Meus pais não estão em casa — resmungo.

— Por isso está preocupado — diz Prem. — Veja só! Mesmo o mais livre dos Théos quer saber como vai sua família. Balancei um pouco seu espaço psíquico individual... E, de repente, como por acaso, você sente falta dela.

— Não é nada disso! O problema é minha irmãzinha Zoé. Ela é muito frágil, é isso.

Eles se calam. Caí na armadilha. Furioso, sento-me.

— Tudo bem. Já que você sabe tudo, camarada Mukherjee, quais são suas soluções para evitar que as pessoas se amontoem nas cidades? Você é macaco velho, deve ter uma saída, uma simpatia, uma receita para entrar no espaço psíquico? Porque senão...

— Théo, por favor! — grita tia Marthe. — Seja educado!

Prem acaricia o capim seco e reflete.

— Em tempos que já vão longe — começa ele em voz baixa —, os deuses se preocuparam com a Terra. Ela se queixava. Estava cansada. Carregava muita gente nas costas. E as pessoas que estavam sobre ela a exploravam sem parar. Os deuses não podiam abandoná-la. E veio a solução. Para aliviar o peso que recaía sobre a Terra, os deuses tramaram a maior das guerras. Não uma guerra-relâmpago, não, era preciso uma que levasse meses e anos, bem sangrenta, o suficiente para matar um grande número de pessoas. Eles enviaram para lá um de seus emissários, um deus para atiçar o ódio, fazer propaganda, mentir, jurar, trair. Foi o deus Krishna. Ele semeou a discórdia numa família unida, primos contra primos. Bastou só um pouquinho de fermento. A uns, os deuses atribuíram o papel do Mal; a outros, o do Bem. O espaço espiritual da grande família foi se abalando devagarinho e se pôs em pé de guerra, os tios, os aliados, servidores e gurus, mestres em artes marciais e as mulheres. Muito tempo se passou até se chegar ao famoso campo de batalha cujos vestígios visitamos hoje em dia.

— Kurukshetra — diz tia Marthe. — Um simples campo, que não chega a ser muito grande.

— Mas toda a Índia da época se achava ali. Dois exércitos frente a frente, dois generais. Arjuna, o mais jovem, recusou-se a lutar contra o mais velho, seu tio-avô, que ele venerava. Repugnava-lhe a idéia de matá-lo. Arjuna estava de pé em sua carruagem, tremendo de angústia, não queria combater, a guerra escaparia ao controle dos deuses... Mas, conduzindo os cavalos de Arjuna, havia um cocheiro, Krishna. O deus forçou o destino, repreendeu o guerreiro temeroso e intimou-o a combater. E a guerra pôde enfim dar um alívio à Terra cansada.

— Você sabe o que Prem acaba de lhe contar? — intervém

tia Marthe. — A mais longa epopéia da Índia antiga, o *Mahabharata*. Um mito grandioso, muito sanguinário.

— *Mahabharata*, ou seja, a Grande Índia. É chocante. Mas você terá dificuldade de encontrar um país cujas origens não sejam marcadas pelo sangue, Théo. Aliás, no seu país — corrija-me se eu estiver enganado —, quando se referem às duas guerras mundiais, falam em "sangria". Será que a Europa unida existiria sem todo esse sangue derramado?

— Se o seu mito é esse, pode ficar com ele!

— Porque evidentemente você é pacifista — diz tia Marthe. — Libertar um país subjugado por outro ou por um ditador, você não admite, não é? Você não vê graça em nenhuma guerra.

— Em nenhuma, tia Marthe! Devemos ser capazes de resolver os conflitos de outra forma. Vou lhe explicar: a partir da Sociedade das Nações, você sabe, aquela anterior à ONU.

— Você sabe disso? — ela diz.

— Nos campos de refugiados, encontramos pessoas, aprendemos um monte de coisas, e, se for o caso, guardamos algumas delas conosco, tia Marthe. Na Libéria, encontrei um cara do Alto Comissariado para os Refugiados. Ele chamava a isso de "genealogia da paz". Você vai ver como estou bem informado. Durante a sua última guerra, a segunda, a mundial, Roosevelt e Churchill decidiram criar a ONU. E sabe quando? Em 1942, num navio de guerra ao largo da Terra Nova. Antes da União Européia — bem antes! —, os Estados do mundo inteiro deram à luz instituições internacionais. Espere! Não só a ONU. Em 1944, sim, em plena guerra, nasceram as organizações de Bretton Woods, o Fundo Monetário Internacional e o Banco Mundial. Não estou dizendo que elas não degeneraram, mas aprovo a idéia. O cara, lá, como você o chama? Arjuna? Ele não queria lutar! Ninguém pode ser forçado a lutar!

— Há algo pior ainda — diz Marthe. — Prem não lhe disse como o deus Krishna o convenceu. Ele se dissolveu inteiramente na atmosfera para aparecer com seu rosto verdadeiro, o cosmo, os átomos, o céu e as estrelas, o oceano e as árvores, os polvos, as medusas, o Absoluto, e se pôs a fazer girar o conjunto dos elementos do mundo, como um fogo de artifício ofuscante. Mostrou o truque do divino. Tomado de vertigem, Arjuna cedeu, orando diante da grandeza do universo. E é essa oração que todos os hindus recitam a cada manhã.

— Você quer dizer que todos os dias milhões de indianos se preparam para a guerra? Estou sonhando!

— Não — diz Prem. — Os milhões de indianos de credo hindu veneram cada manhã, ao nascer do sol, o equilíbrio da criação; é diferente. O próprio Mahatma Gandhi recitava a prece de Arjuna no campo de batalha. Ela se chama Bhagavad-Gîta. Ele não via nisso nenhum mal.

— Em caso de superpopulação, uma boa guerra mundial é a solução. Estou certo?

— Além disso — diz Prem tranqüilamente —, eu e Marthe já vivenciamos guerras de verdade em nossos países. Marthe na Europa, e eu em Bengala, quando a Índia entrou em guerra contra o Paquistão por causa da criação de Bangladesh. Conhecemos o som das bombas; quando caem, é muito estranho, Théo, um assobio, depois uma baforada gigantesca e um tremor. Você deixa de existir.

— Sem falar do cheiro — diz Marthe. — A poeira de aço fumegante.

Vontade de lhes quebrar a cara. De deixá-los ali, no ato.

— Socorro, tia Marthe! Foi você quem me mostrou o perigo que uma verdadeira religião contém! Foi você quem me disse que nenhuma religião era inocente! Todas fazem correr sangue!

— E dá para dizer o contrário? — ela responde. — Na sua opinião, por que lhe falei do truque do divino?

— Ah, foi mesmo. Melhor assim! Mas ele, seu amiguinho, o que pensa a respeito?

— Ele? — diz ela lançando um olhar afetuoso para Prem. — Ele tenta lhe dizer que a guerra faz parte dos homens. Que se servem dos deuses para fazê-la. Não esqueça que Prem pensa como Sigmund Freud. Freud nunca é muito alegre. Ele fala do real.

— Então vocês não querem mudar o mundo!

Eles me olham com ternura.

— Seus velhos idiotas — digo.

— Isso mesmo! — diz tia Marthe. — Mas tentamos.

— Até que conseguimos, num certo sentido — diz Prem. — Um pouquinho só. Evitamos suicídios ou crimes. Combatemos ferozmente o sofrimento. Mudamos as pessoas, e não o mundo, é verdade.

— Mas esse é o seu trabalho — diz tia Marthe. — Agora é com você.

E ela tosse. Puta merda! Eu tinha esquecido da pneumonia!

— Dupla! — ela sopra entre dois acessos. — Você sabe o carinho que tenho por ela. Por minha pneumonia dupla.

— Acabou a brincadeira! Você deve ter engolido um mosquito.

Diante disso, voltamos para casa. É preciso cautela.

Enquanto caminho, rumino.

Pensar que eu, Théo, fiz a apologia dos Estados! Vi os efeitos nos campos de guerra. Vistos de longe, os Estados parecem patriarcas que deliberam sobre o destino das nações. Eles são muito sérios na ONU, sobretudo os do Conselho de Segurança, quinze ao todo, dos quais cinco verdadeiros, os com direito a veto — os outros são transitórios. Visto de perto, um Estado são soldados assustados prontos para qualquer coisa porque estão excitados, são fuzis que atiram quase sozinhos. No fundo, no fundo, o que um Estado perpetra nos emporcalha a alma, isso nos dá nojo.

Nós, ecologistas, não gostamos do papel dos Estados. Queremos um governo mundial que respeite os direitos dos povos, e no momento isso se chama Organização das Nações Unidas. Também não gostamos da idéia de nação, essa maquinaria agressiva que defende as fronteiras e cria guerras, mas, como se trata das seqüelas históricas de *World War Two*, fingimos não ver. Depois de ter massacrado 60 milhões de seres humanos em cinco anos, até que era razoável criar essa grande reunião, dividida, mal-acabada, anárquica, impotente — mas há algo melhor para pôr no lugar? Ali os povos conversam. Brigam, confabulam, tergiversam, mas conversam no mesmo prédio. Um prédio enorme!

De repente, penso em Fatou. Um dia ela estará naquele arranha-céu verde-água, com um crachá no peito, em missão, toda atarefada. Enquanto eu me esfalfarei suturando ventres nos desertos sangrentos, ela, toda séria, acrescentará uma vírgula na resolução número 36 000, condenando firmemente essa guerra inútil entre os zaugares da Ístria e os turaches; os primeiros, muçulmanos sunitas, e os segundos, cristãos ortodoxos, aquela velha história. A Terra está cansada.

— Pare de sonhar, Théo! — repreende tia Marthe. — Ajude-me a descer os degraus. Lá dentro tem um monte de morcegos e fede.

A ÁGUA ESTÁ DOENTE

Um grande sol brilhava naquela manhã. As pessoas fingiam acreditar no bom tempo, mas o azul do céu estava pálido, quase branco. Bonito, o céu? Que pergunta! Poluição e beleza fazem muitas vezes belo par, duas velhas putas maquiadas, aproximem-se, aproximem-se! É de perto que vemos a máscara. Estou exagerando?

É meu maior defeito. Exagerado, não consigo deixar de ser assim. Parece-me que, se eu deixasse de ser, não teria mais a energia necessária para lavar o mundo de suas sujeiras. Dizemos freqüentemente entre nós que ser ecologista é ficar com raiva. Não há escolha! Se você ceder, a industrialização o verá como traidor. Exagerar vira um dever militante, e a paranóia, uma virtude. É assim.

Chegou a hora da grande partida. Eu tinha reservado, pois é!, dois belos Ambassadores, esses automóveis que são o orgulho da Índia independente. Pesadões, ultrapassados, indestrutíveis. Por precaução, pedira que o bom doutor aprovasse nosso meio de transporte até Benares. Dois lentos dias de estrada. Ele não se deixou convencer facilmente.

— Mas por que de carro? *It's such a tamasha!*

Justamente. Para meu primeiro tema da pesquisa, preciso de um percurso rodoviário tumultuado. *Tamasha*, em híndi, significa "grande desordem"; caos, para nós. Estaria eu errado ao pensar que o percurso Nova Delhi—Benares, de carro, era o *tamasha* total?

— Ah, claro! Então vá por etapas. Nossos Ambassadores são fortes, mas balançam. E por que dois?

Por mais que eu seja imprudente, doutor, se um quebrar, temos o outro.

E ali estão. Brancos, brilhantes, belos, cuidados por Khushwant e Baldir, os motoristas. Dois rapagões à moda antiga, de barba na rede, coque sob o turbante, obediência sique, olhar vivo, sorriso esperto. As bagagens de tia Marthe entopem o carro; resta o outro para nós, pobres mortais. Tudo o que carrego cabe numa mochila. Prem só trouxe uma pequena valise, enquanto ela... Não digo nada. Por experiência sei que é um ponto sensível. Desde sempre Marthe carrega esse monte de coisas.

— Tenho medo de que faça frio — ela me diz discretamente. — Por isso trouxe todos os meus xales e casacos forrados. Você entende, Théo, não é? Não se incomoda?

Separá-la de seus bens materiais não será tarefa fácil.

Para atravessar a Índia, tia Marthe anda de trem ou de avião. Quase nunca viaja de carro. Muito perigoso. Acidentes aos montes, imagine por quê! Antes de embarcar em um longo percurso, os motoristas dos pesos-pesados tomam um bom trago de bebida de haxixe, que acalma. Nada melhor para ziguezaguear tranqüilo. Dizer que estou com uma calma olímpica seria mentir. Como rôo uma unha sem me dar conta, Prem me chama à parte.

— Às vezes, para cuidar dos que amamos, somos obrigados a pô-los em perigo. Tarde demais para recuar, *dear boy*.

— *Inch' Allah!* — suspira tia Marthe se ajeitando nas almofadas.

Com exatidão militar, Khushwant e Baldir dão a partida imediatamente. Partimos de Nova Delhi em direção a Lucknow, capital do Uttar Pradesh. Saímos pela auto-estrada, subúrbios intermináveis margeados de salgueiros, templos, cinamomos e *villas*. Estátua gigante de um deus de concreto cinza dominando a pista. Valetas abertas, pista reduzida e, como acontece normalmente, mulheres carregam sobre a cabeça cestos de pedras. No acostamento, vendinhas de biscoito, casas de chá com leite ao ar livre, vendedores de quase tudo na maior desordem. Pequenas mesquitas brancas coroadas de verde Nilo. Até aqui tudo bem. À medida que nos afastamos da megalópole, o céu vai se colorindo. Uma hora e meia depois, é de um azul intenso. Finalmente deixamos a nuvem de poluição.

Quando o céu está claro, vemos melhor a fumaceira dos canos de escape dos caminhões. Tudo bem. A traseira expelindo fumaça não é o pior. O que mete medo são os motoristas. Felizes, o pé no acelerador, a mão desenfreada na buzina, aceleram a todo vapor. Não! Não aceleram, voam, os pneus comidos são ruidosos, os motoristas correm, ultrapassam, não deixam ninguém passar, é uma festa! A estrada é seu parque de diversão. Apostam que não vem ninguém no outro sentido. E, quando o adversário aparece, bem na cara, freiam sem olhar, dão ré sem nenhum cuidado. Têm apenas uma arma de defesa: a buzina. Um só objetivo: vencer. É para isso que servem os amuletos pintados nas portas traseiras, o olho de Shiva, vertical, entre as sobrancelhas negras, o arco do deus Ram, e às vezes um lótus, símbolo nacionalista do partido de extrema direita. Os caminhões do terror devem sua proteção aos deuses.

Única solução: fechar os olhos, concentrar-se em alguma outra idéia, dormir se possível. Não ver.

— São bonitas essas decorações amarelas e cor-de-rosa, não acha? — diz tia Marthe, impávida.

Ele resmunga sem responder. A sólida carroceria dos velhos Ambassadores não vale nada na estrada. Nossos motoristas sabem disso: procuram se isolar. Às vezes, acontece de um caminhão mais bem-intencionado usar um dispositivo preparado especialmente para os pequenos carros: luz verde, pode ultrapassar; luz vermelha, cuidado, caminhão no outro sentido. Um braço fora da cabine e um amplo gesto nobre da mão convidam à ultrapassagem. Dá para confiar? Depende. Luz verde? Gesto do motorista? O destino é o senhor de tudo.

Eu me lembrava vagamente da circulação nas estradas indianas. Mas não desta: construída pelos ingleses na época colonial, a Grand Trunk Road atravessa a Índia por sua parte mais extensa, Bombaim—Calcutá, 3 mil quilômetros. Velocidade de cruzeiro, sessenta por hora. Quando tudo vai bem, um pouco mais. Por causa dos caminhões? Eles não são os únicos ocupantes da estrada. Ultrapassamos os carros de passeio, micróbios insignificantes. Deixemos de lado os ciclistas ziguezagueando entre os obstáculos. Restam duas categorias de usuários suscetíveis de incomodar os caminhões: as carroças e os animais.

Na França, se houve carroças, eu nunca as vi, não são do meu tempo. Na África, são tão pequenas que um burro pode puxá-las, ou mesmo um raquítico pangaré. Mas na Índia as carroças são do tamanho do país. Desmesuradas, enormes, transportam sacos de cereais, de feno, de capim. Para dizer a verdade, não enxergamos nada, a não ser as lonas enormes que as cobrem. Parecem mamas gigantes, tumefatas de leite, prestes a explodir. Por que não explodem? Mistério. Sacolejam, as carrocerias balançam, as lonas estão a ponto de estourar, vamos receber na cara montanhas de palha, himalaias de feno, mas nada acontece. O que as puxa? Zebus. Inúmeros, enormes, sem pressa. Não ultrapassamos as carroças. Não podemos. De cada lado das carrocerias, as mamas infladas tiram a visão. Zebus primeiro.

— Isso me lembra a carroça de meu tio — diz tia Marthe, com ar sonhador. — Sua mula se chamava Pompette.

E o que puxava Pompette? Três barricas ao todo. Cheias uma vez por ano. Cestos de vindima, uns vinte. A colheita de cebolas ou de tabaco. Pouca coisa.

— Pouca coisa pra você, era uma carroça — diz Marthe. — Na época, havia cavalos de tração nas ruas!

Que época? Os cavalos de tração desapareceram nos anos 70. Que animais encontramos hoje em nossas cidades? Em Paris, pôneis para passeios de criança. Às vezes, um gato perdido. Com um pouco de sorte, dá para ver andorinhas no céu. Pombos nos jardins, melros e pardais, tentilhões. Mas o que predomina são os cães. Na coleira. Nos campos a situação é melhor? Encontrar um faisão assustado, uma corsa atravessando a pista, um javali correndo de cabeça baixa, uma lebre selvagem perdida, um verdadeiro acontecimento! Acordamos as crianças, nos comovemos, temos medo de esmagar o animal em fuga da floresta. Tudo está civilizado.

Na Grand Trunk Road, há oficinas em que trabalham crianças enegrecidas por óleo velho e graxa. Os bichos são mais sortudos. Contemplo o espetáculo infinito dos animais que desfilam. Rebanhos maciços, incontroláveis. Quando são carneiros, a fila de caminhões buzina. Vamos, saiam do caminho! Eles balem assustados, atropelando-se uns aos outros. Quando se trata de bovinos, cuidado! São sagrados. Quando uma vaquinha ainda sem chifres se desgarra pela via férrea, esperam-na voltar ao rebanho. Até que ela termine de movimentar suas patas graciosas, porque caminha com dificuldade e é bem novinha. Os enormes bois de Nagaur, com chifres em forma de lira, giram um pouco a cabeça sem se mover um milímetro, deixando escapar um olhar melancólico, investidos de um direito inalienável, superior à ordem dos humanos.

Aqui, ali, um urso domado, mantido na coleira por seu amestrador, e que dança e pede dinheiro nos engarrafamentos. Os macacos — Bandar-log! —, vindos ninguém sabe de onde, surgem de repente, desaparecem mais rápido ainda ou então meditam ao pé de uma árvore. Alguns abutres sobreviventes se aglomeram em torno de uma carniça. Uma fila de camelos se arrasta lentamente ao lado da estrada. E os elefantes, ocupando o espaço com o enorme traseiro, transportam troncos de árvore. Formidável universo! Concordo que aqui, na Índia, os animais devem ter prioridade sobre o homem. Isso é bom.

— Você acha que não se caça na Índia? — pergunta Marthe.

— Mas isso não é bem-visto — diz Prem. — Somos muito ligados à proteção das espécies. Perdemos leões em grande quantidade, e quanto aos tigres...

— Ouvi dizer que, nas regiões pantanosas de Bengala, havia tantos tigres que as mulheres dos pescadores formaram uma associação de futuras viúvas de pescadores devorados pelos tigres!

— Está certa disso? — resmunga Prem. — Contam tantas coisas de Bengala... Os ocidentais acreditam em tudo. Eu mesmo contei algumas mentiras, para testar a credulidade deles. É muito engraçado!

— Você me acha uma idiota, e você não passa de um! — diz Marthe.

— Crédulo, minha cara amiga. É diferente...

Enquanto discutem sobre os tigres de Bengala, percebo na estrada uma criatura estranha. Envolvida de branco da cabeça aos pés, é uma mulher, que caminha lentamente, no acostamento. Ela tem na mão um abana-moscas, mas o que está fazendo? Em vez de agitá-lo para afastar os insetos, está varrendo a estrada!

— E não vá me dizer que... — exclama Marthe.

— *Psiu!* — interrompe-a Prem. — Olhe primeiro. Uma religiosa jainista. Para não correr o risco de caminhar sobre um ser vivo, ela varre adiante dela. A vassourinha é feita de fibras de algodão puro trançado, especialmente suave, para não causar sofrimento. Não é o cúmulo da não-violência?

Vasculho minha memória rapidamente. Conheço os jainistas. Provenientes da mesma época do budismo, sobreviveram apenas na Índia, onde são milhões. Vegetarianos radicais — nem ovos nem raízes; raízes, porque podem esconder parasitas... Pânico da idéia de matar um ser vivo. Trazem na boca uma máscara de tecido fino para evitar engolir um micróbio ou uma bactéria. Algumas vezes passeiam completamente nus, vestidos de nada. Muito empreendedores, tornam-se grandes comerciantes, são austeros, caridosos. Os únicos no mundo que praticam uma não-violência absoluta.

— O que você acha, Théo? — pergunta o psi com um ar psi.

Théo fica incomodado. De um lado, ele respeita; de outro, torce o nariz. Não engolir uma bactéria? Que coisa mais idiota! A própria vida depende disso. Nosso corpo é povoado e colonizado por esses pequenos seres. Varrer a sua frente para não destruir quem? Um vermezinho? Uma formiga? Como se fossem deixar de nos devorar crus quando virarmos cadáveres!

— Quero lembrá-lo de que aqui incineramos os mortos — diz Prem. — Na Índia, somos muito coerentes. Se você é ecologista, é partidário da não-violência, por definição. Pois então olhe aquela mulher em todo o seu esplendor! Ela varre diante de si com medo de matar. Ela merece ser levada a sério. Veja, por exemplo, Gandhi. Não foi no hinduísmo que ele buscou sua não-violência. O hinduísmo não recusa a guerra. Mas a mãe do futuro Mahatma pertencia ao movimento jainista. Foi lá que ele encontrou o *ahimsa*, de *Himsa*, que quer dizer "violência", em sânscrito, e o *a* significa "não"; então, *a-himsa*, não-violência.

— E ele não encontrou nada no budismo? — diz Marthe.

— Encontrou, mas em Londres, onde era estudante, lendo um livro escrito por um inglês. Educado numa cidadezinha do interior, Gandhi não teve nenhuma oportunidade de estudar o budismo. Não pense que na Índia a gente encontra o budismo freqüentemente por onde anda! Tirando alguns eruditos, os budistas são intocáveis cujos líderes convocaram seus seguidores para conversões políticas.

— Políticas? — diz Marthe. — Bonito! Nada mais contrário aos princípios de Buda...

— Eu não sabia que você era uma defensora do budismo, minha querida. Você é incrível! As conversões ao budismo tiram os intocáveis da desigualdade do sistema de castas, uma vez que todos os seres são iguais segundo os princípios de Buda. O político está nisso!

— Eu não sabia — diz Marthe. — Mas você está certo de que *político* é a palavra correta?

— Julgue você mesma. O doutor Ambedkar, líder dos intocáveis na época da independência, havia propagado uma grande palavra de ordem de conversão ao budismo. Foi ele que Nehru escolheu para redigir nossa Constituição... Seria isso suficientemente político? Me parece que sim. Recentemente, uma jovem mulher intocável, eleita *Chief Minister* em seu estado, lançou uma palavra de ordem de conversão. Milhares de intocáveis a seguiram. É uma boa solução.

— O Mahatma Gandhi teria aprovado — diz Marthe.

— Com ele, nunca se sabe. Era um homem contraditório, e, sobre a não-violência, há muito a dizer... Ele mesmo era bastante violento.

Gandhi, violento? Está brincando!

— O Ocidente não gosta que a gente lembre isso — diz Prem. — Jovem recém-casado — tinha catorze anos! —, o pequeno Mohandas Gandhi repreendia severamente sua esposa. Algumas vezes ele foi vítima de iras homéricas, que decidiu dominar. Sim, o futuro Mahatma foi muito violento.

— Melhor assim — diz tia Marthe. — Que bela luta!

— Sublime para uma idealista como você, minha querida! Todos os dias, minuto a minuto, ficar proibido de sentir raiva? Admiro, mas não consigo. E não consigo, pois vejo diariamente a violência vir à tona quando meus pacientes falam. Eu sou mesmo pago para que eles a exprimam. Vou então recalcá-la? Não, muito obrigado! Uma violência que não se exprime nos faz adoecer.

— Não fique triste — Marthe lhe diz. — Pelo menos você conhece os dois lados da questão. No nosso país, a não-violência é desprezada. As pessoas pouco estão ligando. Isso é ruim.

Parabéns, minha velha! Você está muito longe para que eu a abrace, mas não perde por esperar. Não vou me esquecer, aguarde. E eu, sem querer, falo de Bozzie. Falo do movimento não violento da Eslováquia.

— Que idade tem essa garota? — pergunta tia Marthe em tom áspero.

Eu deveria ter fechado o bico. Marthe não gosta de Bozzie, a quem nunca viu. Por quê? Vá saber. Ciumeira?

— Você não me respondeu, Théo. E aí?

Bum! Gritos. Silêncio.

Um caminhão acaba de tombar no acostamento. Salto do carro. O motorista tem o rosto coberto de sangue. Tiro minha camisa, estanco o sangue, vem do couro cabeludo. Pessoas acorrem, puxam-no cuidadosamente, estendem-no no chão, querem virá-lo, grito, deixam-no a meu encargo, eu o apalpo... Ele não tem nada. A multidão a nossa volta se encarrega dos primeiros socorros. As pessoas me afastam, grito: "*Doctor, French doctor*", ninguém me ouve. Corro para pegar minha maleta, tiro meus instrumentos.

De repente, percebem minha presença. Há sempre, nesses casos, um cara para afastar as pessoas e dar uma de polícia. Centenas de olhos me observam tratar do ferimento aberto, limpar com álcool, colocar uma compressa, fazer um grande curativo na cabeça. Ouço uns "*Atcha*" estranhos, como se fossem espirros, mas continuo meu trabalho. Rasgo minha camisa e enfaixo a cabeça do ferido com uma atadura improvisada. Ele consegue me dar um sorriso em troca, um leve sorriso de quem está vivo.

Alguém coloca sobre meus ombros uma manta e me envolve com ela. Perco a noção de tempo. Quando a tensão diminui, não sou mais eu mesmo. É o melhor momento — seu Théo safado! Aproveitador de acidentes! Mãos me pressionam, me puxam, me abraçam, me apertam. Estendem-me um copo cheio de chá com leite muito quente. Oferecem-me um cigarro — não, obrigado, não fumo. Eu tiraria uma boa soneca no acostamento, mas isso foge ao meu jeito de ser. Então me levanto e dou uma de sabichão.

— Deixem ele quieto! Assim deitado! Chamem uma ambulância! Cadê a polícia?

Por mais que eu esteja fora de mim, dá para notar que não estou agradando. As pessoas murmuram, afastam-se. Gentilmente, um caminhoneiro explica para mim que a polícia levará muito tempo para chegar. Ambulância? Para quê? O motorista passa bem! Que eu não me preocupe. Estou a ponto de ter uma síncope quando o bondoso Prem me puxa firmemente e me tira dali.

— O que você fez ajudou muito — ele diz. — Agora, chega. Não vá além disso, por favor...

Ele me leva para o Ambassador branco. As pessoas foram pegar algumas pedras grandes para colocar com cuidado em volta do caminhão virado. O motorista está sentado, toma chá. Põem em suas costas uma manta, tirada ninguém sabe de onde. E é nesse instante que percebo a minha. Verde quadriculada de marrom, áspera e quente, sobre o corpo.

— Não é minha! Vou devolvê-la!

Quero descer, mas Prem me detém.

— Alguém lhe deu — ele diz. — Não se devolve uma doação. Vamos embora.

— Mas o que vai acontecer?

Nada. A espera. Não faltarão pessoas em volta do motorista ferido. Não ficará sozinho, mesmo que isso dure dias. Ele dormirá no local, guardando seu caminhão. Em quatro dias, no máximo, os mecânicos chegam. A carga? Ah, ela será expedida. Sem o caminhão, sem o motorista. As pedras o protegerão, as grandes pedras do campo que formam uma espécie de cerca.

— Veremos outros iguais — diz Prem. — É normal! Assim é a vida na estrada. Seria melhor você dormir...

Mas não consigo. Aqueles estranhos espirros continuam nos meus ouvidos, *Atcha, Attccha*...

— Quando espirram na Índia, isso quer dizer o quê? — pergunto meio adormecendo. — Eles diziam todos "*Atcha!*".

— Muito bem — responde Prem. — Isso quer dizer "muito bem".

— E se escreve *Accha* — diz Marthe. — Estou orgulhosa de você.

Dormi ao som das buzinas. Nossos motoristas pararam à margem da estrada, chá ou xixi, talvez, continuei dormindo. Quando abri o olho, caía o crepúsculo. Entrávamos em Lucknow, tão escura quanto a noite. Pensei ver ruínas de bulbos majestosos, palácios empoleirados no alto de grandes escadarias, a sombra de um minarete imenso, uma cidade-fantasma. Eles encontraram o hotel, um troço luminoso, acordei de vez.

Bem na hora certa para um prato de lentilhas e de carneiro ao curry. Devoro — não, limpo o prato sem levantar a cabeça —, tal a minha fome. E, assim que acabo, vejo o pobre rosto de Marthe. O rosto lívido, a boca aberta, ofegante, respirando sibilante. Em plena crise.

— A bombinha! — berro saltando em cima dela.

Ela não pensou nisso. Cansadíssima. E esse desgraçado do Prem não fez nada! Encontro a bombinha, ponho-lhe na cara, ela inspira, conto até dez com ela, retiro-a, aguardo. Tia Marthe recobra as cores. Respiramos. Merda de estrada!

— E você acha mesmo — diz Prem — que na Índia poderíamos viajar de trem, evitando isso?

Estou pouco me lixando, meu velho! Você e sua cara de inocência, nem mesmo é capaz de ver que sua vizinha está sufocando! Se acha que vai me levar de volta à razão, está enganado!

— As estradas de ferro são boas — prossegue —, mas os trens estão sempre lotados! Mal conseguem fazer as ligações de um lugar a outro, daí os caminhões.

Eu me calo. Nenhuma vontade de falar de transporte ferroviário com um brutamontes de psi. Percebo o olhar preocupado de Marthe, que pressente o bate-boca do século. Ela coloca uma mão sobre o braço de Prem, diz algo no ouvido dele; ele sorri. Um sinal, o garçom está de volta, *Yesse Sir*? Não sei o que ele quer, mas não demora. O garçom traz um prato com folhas, e vários potinhos. As folhas são bem verdes. Recém-lavadas.

— Você vai ver, Théo — diz tia Marthe. — É uma surpresa.

Com gestos estudados, Prem tira dos potes uma pasta branca, cravo-da-índia, três pedacinhos de açúcar-cândi, e espalha tudo sobre uma folha, que enrola e estende para tia Marthe.

— Espere — digo —, detendo-a na hora. — O que é isso?

— *Pân* — ela responde. — É delicioso! Experimente...

Eu pego a folha, mastigo e os sabores explodem. O açúcar, o cravo, um amargo estranho, um gosto esquisito de incenso, minha garganta está toda tomada, a boca saliva, não é nem doce nem picante, queima e refresca, meus pulmões se abrem, meus olhos lacrimejam.

— Digestivo — diz Prem. — Incomparavelmente mais eficaz do que o café. Excitante e tônico, gostou?

Reclamo. Gosto de saber o que estou comendo. A folha é de bétele. A noz é de areca, e é preciso mastigá-la um bom tempo, coisa que não fiz. A pasta é de cal — o calcário é uma delícia! Se entendi bem, acabo de degustar a panacéia do sistema digestivo universal.

— Há dois pequenos inconvenientes — diz Prem. — O suco da noz-de-areca torna a saliva vermelha. Como o *pân* faz cuspir, você verá que as pessoas expectoram jatos que parecem sangue. É um inconveniente menor.

— E o outro?

— Foi provado que o *pân* é muito cancerígeno — ele diz. — Mas a gente tem de morrer de alguma coisa.

— Não toque mais nisso, Marthe! Por favor...

— Você me cansa, Théo — ela diz com ar desolado. — Se fôssemos evitar todos os cancerígenos, a vida seria sinistra. Nem fumo, nem álcool, nem *pân*, nem manteiga. E o que mais? Vou comer *pân*. Me deixe. Passe pra cá.

— Marthe — digo-lhe olhos nos olhos. — Você está saindo de uma pneumonia...

— Dupla!

— Sim. Dupla, e você acaba de ter uma crise de asma. Sou seu médico e digo não.

— Se me dão licença — diz Prem. — O *pân* é muito cancerígeno. E se Marthe prefere o prazer a uma vida sinistra, será que ela não tem esse direito? Vocês, ecologistas, querem regulamentar tudo. Vêem perigo em tudo, no ar, no solo, na água, nos alimentos, e vocês querem nos proteger.

— Mas... Mas é pelo bem da humanidade!

— E o prazer do perigo, o que você acha? Não acredito que exista uma só cultura no mundo sem consumo de um excitante. Nenhuma. Fumo, haxixe, ópio, mescalina, cogumelos, álcool, cocaína, cafeína, e os remédios! Somos todos drogados. Então o *pân* não passa de uma pequena excitação, de um perigo de nada... Se Marthe começar a gostar, aí não digo nada. Mas uma folha de vez em quando...

— Eu me drogo, por acaso?

Fui eu que disse isso? Vendedor de ilusões! Théo, o embusteiro, o apreciador de baseados...

— É verdade — insisto —, não sou drogado!

— Você se droga correndo perigo de vida — diz Marthe. — Nem venha com histórias. Que é isso, vamos fazer uma troca. Renuncio a todos os alimentos cancerígenos se você renunciar a seus campos de guerra. Combinado?

Devolvo-lhe seu bétele.

— E você não vai se espantar se pegar umas amebas. Nem sabe como isso foi lavado.

No dia seguinte, logo cedo, visitamos o túmulo de um sufi. A cidade de Lucknow é uma das principais capitais muçulmanas da Índia. Não há muito o que ver ali, coisa de dez minutinhos, dizem. Não fazemos mais parte do mesmo universo. Parece que Marthe tem o tempo todo a seu dispor. Prem, nem preciso falar, tem a eternidade. Mas tenho pressa. Tenho meu dossiê a fazer, compromissos. Salvar a natureza é uma urgência! Como se pode ficar indiferente?

O túmulo do mestre sufi é enorme. Branco, apenas um pouco encardido pelas passagens das monções. É grande e muito enfeitado de guirlandas pintadas de amarelo em homenagem ao santo que foi capaz de ver Deus. A essa hora da manhã só há um vigia limpando a laje. Quase ninguém. Mas, na Índia, quando não há ninguém sempre há o eterno varredor, magro, discreto e certamente de olhar baixo! Até os muçulmanos refletem no olhar a casta de origem — varredor é um ser inferior, inexistente. É o que acontece agora, ele está ali sem estar. E isso dói no peito.

Ele juntou um montinho de folhas secas em que ateia fogo. A fumaça é amarga e densa, como se um corpo ali queimasse. É um jardim muito grande, triste e belo. O islã respira aqui humildade e simplicidade, como um sorriso que nasce com o dia. Não tenho mais vontade de partir. A urgência não tem vez neste lugar. Algo me segura, não sei bem o quê.

— Então, Théo, você não vem? — diz tia Marthe. — Se quiser chegar esta noite a Benares...

Tudo bem, mas ninguém vai tirar o pai da forca! E dizer que eu estava com pressa há pouco.

Não gosto das manhãs, são angustiantes. A idéia de refazer o mundo todos os dias tem algo de insuportável. Quando durmo numa tenda sobre um terreno minado, acordo melhor, preciso tratar rápido de pessoas que sofrem. Mas, num mundo em paz, o que devo fazer? Escutar as notícias, a Bolsa, os indicadores econômicos? Assistir às aulas na faculdade? É triste! Não há um só dia em Paris em que, ao acordar, eu não sinta o coração apertado.

Mas aqui é diferente. Meu coração se abre. Lembro-me daquela longa viagem que me curou o corpo, abrindo-me o espírito. Eu tinha esquecido disso completamente.

Vou encontrar os dois nos automóveis brancos. Marthe conseguiu um pequeno travesseiro, Prem mastiga um *pân* que deixa os lábios vermelhos. A estrada não me mete mais medo. Caminhões, buzinas, rebanhos, fúria, *pfft!* A raiva passou. Não estou certo de que isso seja positivo.

Rodamos tanto quanto ontem, mas não presenciamos acidentes. Aqui ou ali, cruzamos com velhas carcaças de caminhões completamente pilhados, rodeados por pedras. Basta contorná-los. Assim fazemos. Surgem à nossa frente campos muito verdes, campos de um amarelo vivo — plantações de mostarda —, passamos por povoados tranqüilos, em torno de cisternas, imagens que nunca esqueci: mulheres de sari de algodão transparente descendo as escadas com ânforas na cabeça. O sol é bem claro; as cores, bastante definidas; o rosa, o laranja, o vermelho explodem com tanta força que é difícil esquecê-los.

Prem abre um olho como se me vigiasse. Olho-o, surpreso.

— Em geral — ele me diz com um grande sorriso —, os ocidentais sacam suas máquinas fotográficas e *clique!* Instantâneos. Dizem que essas cenas são bíblicas. Um chavão. Você, pelo menos, não tira fotos. Não tenta roubar nossos seres para exibi-los quando voltar.

— Mas é mesmo muito bonito — digo baixinho.

— Chamo isso de poluição do olhar — diz Prem. — Não somos animais para sermos fotografados.

Prem pega pesado! Poluição do olhar? Nunca pensei nisso! O que isso realmente quer dizer? Que somos colonizadores quando fotografamos? É verdade que, na África, as mulheres ficam tão furiosas quando são fotografadas que exigem pagamento. Temos de entender isso! É preciso pagar na hora senão leva pedrada... E se ele tiver razão?

Não deixo de observar discretamente aquela beleza. Há outros poços, outras cenas bíblicas, crianças agarradas nas costas de um búfalo, homens barbudos, bizarros, enfeitados de fitas, ascetas andrajosos, patriarcas de pés descalços, bengala na mão. Logo chegamos a Benares. Campainhas de bicicletas que vibram sem parar, riquixás puxados por homens esquálidos com senhoras espremidas no seu interior, tongas puxados por pangarés magros, carros, buzinas, guardas fardados de branco nos cruzamentos, procissões dançantes, o caos, enfim. Alegre. Disso eu lembrava.

Reservei um hotelzinho no cais. Da outra vez, durante minha viagem, mal suportara os grandes hotéis luxuosos que ficam fora da cidade.

— Mas você estava doente, Théo — diz tia Marthe.

Justamente. Agora, ficaremos no alto dessas escadarias imensas que se chamam *ghâts* — diz tia Marthe —, bem no topo dos lances de escada à margem do Ganges.

— Não há hotel sobre os *ghâts* — diz tia Marthe, temerosa.

Mas há albergues, ou então os *ashrams*, enfim, lugares em que poderíamos arriar nossa trouxa.

— Espero que tenha chuveiro — ela suspira.

Levamos horas para chegar. Ao fim de uma estreita viela, lá está ele. Já são quase três horas, a cidade faz a sesta. Ninguém nas escadarias, exceto os grandes búfalos. Num plano inclinado, muita roupa secando, lençóis, camisas. Há falsos restaurantes italianos, placas em neon, tudo aqui mudou muito. O sol bate firme, entramos no hotel. Lá dentro é fresco, escuro.

Um cubo de concreto sem graça, chão de cimento lavado à exaustão, quartos do tipo célula, banheiros e chuveiros coletivos. As camas são franciscanas: de madeira com largo estrado de couro trançado, um monte de cobertas, nenhum travesseiro. Mosquiteiro pendurado num gancho no teto. Uma cadeira de vime trançado. Marthe passa o dedo nos vidros.

— Pelo menos estão limpos — diz ela fazendo uma careta.
— Mas as camas!

— *Tcharpoï!* — diz Prem. — São camas tradicionais. Dá pra dormir bem, você vai ver.

— Não tem tapete.

— Pra quê? — diz Prem. — Tapete esquenta demais.

— Não estou acostumada assim — diz ela, com lágrimas nos olhos. — É assustador! Sou uma velha esnobe incurável...

Desapareço, vou em busca de um tapete. O sujeito da recepção fica um pouco agitado e me passa um endereço. Nesse local poderia comprar todos os tapetes do mundo, os mais belos, os mais baratos. Sabe a melhor? Pois é, fui lá.

Não era longe. No bazar chamado Chandi Chowk, no fundo de uma caverna iluminada, encontrei um tapete coberto de pássaros, e o trouxe todo enrolado debaixo do braço. Qualquer coisa para consolar tia Marthe. Entro em seu quarto, e o que vejo? Sobre o mais belo tapete do mundo, coberto de pássaros, Marthe e Prem tomam chá, derreados, confortavelmente acomodados sobre almofadas brancas.

— Um outro tapete? — diz minha tia. — Não precisava, Théo, é demais!

Desenrolo o tapete com um golpe seco. Sento-me, respiro fundo. E, como faço cara feia, Prem me serve chá em sua própria xícara.

— O homem da recepção não fala bem inglês — ele me diz — Eu lhe expliquei quem era sua tia, e ele me deu o tapete. Fácil, fácil.

— E agora, Théo, ao trabalho! — diz tia Marthe.

Quando estava doente, encontrei aqui um amigo de tia Marthe. Na época, eu estava muito excitado com a idéia de conhecer um grande sacerdote hindu de alta estirpe, titular encarregado do templo do macaco divino, tarefa atribuída a sua família desde o século XVI. Um macaco divino! Um templo! Um cargo hereditário! Era uma oportunidade e tanto...

Eu encontrara um homem excepcional, cuja bondade me subjugara. Ser coxo o incomodava, mas, por mancar, havia adquirido uma forma de andar peculiar. Eu fiquei admirado com sua simplicidade. Ele me transmitira, em inglês, alguns ensinamentos de base: como encontrar a paz respirando, como chegar ao desinteresse para melhor encontrar o mundo, como sair das próprias trevas. Chamavam-no *Mahantji*, que significa grande sacerdote venerável. Todo mundo o adorava. Inclusive eu.

Aquele homem tinha também um ofício. Engenheiro, especializado em despoluição das águas, lecionava na universidade de Benares, a mais antiga da Índia, fundada — é o cúmulo! — pela inglesa Annie Besant, que fora, por um tempo, presidente do partido indiano a favor da independência, no começo do século passado. Desde que me engajara como ecologista, ouvia falar desse grã-sacerdote. Fora convidado pelo presidente Bill Clinton para um congresso mundial sobre proteção das águas, estivera na França em visita oficial. Meu amigo do macaco divino se tornara o herói ecologista indiano por excelência.

Ao deixar Nova Delhi, enviei-lhe um e-mail. Ele respondeu algo como "*Welcome*, meu jovem amigo!". Não me esquecera. Ao menos foi o que disse. Vamos nos ver, e isso me dá medo. Tantos anos se passaram! E ele não era jovem...

Chegou a hora. Quero ir só. Irei pelos *ghâts*, sem pressa.

Esqueci que aquilo era um teatro. Vendedores de pôsteres divinos e de amuletos, de chá adoçado com cânabis e leite, eruditos vendendo a leitura de falsos textos em sânscrito, drogados do Ocidente de *kurta pyjama*, crianças oferecendo guirlandas de cravos-da-índia, vacas arrogantes, bebês aprendendo a andar, mães secando saris nos degraus da escadaria, sacerdote hindu oferecendo sacrifícios: "Pouca coisa, *Sirr* — três folhas, uma banana e duas flores, à beira do Ganges, para sua eternidade... Vai querer?".

Não. É longe, faz calor e os degraus são sujos. Por mais que meu pensamento esteja voltado para o Ganges, não dá para acreditar que o rio esteja ali a minha frente, iluminado pelo sol e por uma luz prateada, correndo tranqüilo à luz do dia, sem fogueiras. Em suma, um rio. Tenho de olhar para o chão, tal a imundície das escadarias.

Sim, há muita bosta de vaca, mas, assim que ela seca, as mulheres a levam para usar como combustível. Vejo algumas, um pouco mais lá no alto, a espalhar na parede com a mão a bosta ainda úmida. Graciosa, em forma de flor, renovável, energia que não representa perigo. Recuperar o excremento das vacas para fazer combustível, que achado! Sem comentário. Bosta de vaca não é suja.

Os degraus, sim, são sujos, sujos de merda, para resumir. Na Índia, o excremento humano, ao contrário do que ocorre com o da vaca, não é recuperado, é abandonado. Não são mais os cais sagrados de Benares, mas Cocô Square. Ninguém limpa, ninguém recolhe os excrementos, vejo que defecam até no rio. Os caras não estão nem aí. Não se incomodam. É preciso acreditar que isso faz parte da cultura, pelo menos é isso o que nós, ecologistas, dizemos. Por respeitarmos as culturas, veneramos as diferenças.

Ouço a voz da razão. Digo para mim mesmo que, na China, o excremento humano serve de adubo nos campos. Faço um esforço para concentrar-me na idéia de que aqui, em Benares, até a merda é sagrada. Tocá-la deve ser proibido, talvez ela tenha serventia para os pássaros, deve haver uma explicação. Adiante, Théo! Seu homem mora em Tulsi Ghât, falta um quilômetro, e o rio é sublime.

À medida que me aproximo, os cocôs desaparecem. Nem mais um papel sujo, nem mais um saco de plástico. Passo debaixo de uma construção muito alta, com estranhas tubulações pintadas de zarcão. Debaixo de um pequeno templo, um iogue nu fuma um baseado gigantesco. Bem ao lado, pessoas remexem um braseiro. Estranho esse braseiro numa plataforma. Como não vejo direito, desço alguns degraus... E as pessoas, rapagões negros, fazem sinal para eu me afastar. *Forbidden!* Proibido! Cães ladram, ganham pontapés, ouço passos rápidos atrás de mim, afasto-me, então observo.

O que passa tão rapidamente é o cortejo de um morto que vai para a fogueira. Os que faziam o braseiro retiram as jóias, o ouro dos dentes — é o pagamento. A lembrança volta inteira: o horror sagrado, a simplicidade magnífica da preparação dos mortos para arderem sobre o rio. Tenho vontade de rezar, estou encantado. A morte me pegou. Minha menina, minha amiga. "Venha me ver!", ela diz. Mas claro!

Amarrado sobre uma simples padiola, o morto é levado para a beira do rio, onde irão mergulhar seus pés. A mortalha é vermelha, então trata-se de uma mulher. Tecido florido. Pouca gente. Ela ficará esperando, a fogueira não está pronta. Inclino-me, mãos juntas à altura da cabeça. Depois de saudar a desconhecida, vou embora. Eu havia visto mortos que me deixaram levemente perturbado. Mas não assim. Nunca os vira preparados para assar numa fogueira, com os pés mergulhados nas águas sagradas.

Tulsi Ghât! Cheguei. De baixo, reconheço a casa. Um cubo branco muito simples sob uma figueira-de-bengala. Subo os últimos degraus ofegante — foi dura a subida, meu velho amigo! —, e eis-me no alto, diante da porta da casa dele. Há quatro templos baixos pintados de branco-gelo, quatro estátuas em miniatura; entre elas, a do touro divino, o animal que serve de montaria a Shiva. Tudo! Reencontro tudo nos mínimos detalhes. A gaiola de pássaro pendurada com fios elétricos, o terraço sobre o Ganges, as folhas redondas do pipal sobre o teto de um templo, os macacos curiosos.

E, como por milagre, ei-lo saindo de casa.

Os cabelos embranqueceram, o corpo ficou pesado, ele manca muito, tem dificuldade para descer. Apóia-se nos ombros de duas jovens de sari, como o Mahatma, no final da vida. Ao me ver, seus olhos piscam; adianto-me, ele pára. Não me reconhece. As jovens me fazem sinais desesperados, apontando as sandálias do grande sacerdote. Surge um sujeito, que me dá uma ordem. "No chão!"

No chão?

Lembrei também. Prosternar-se diante do guru. "Tocar a poeira de seus pés", dizem. Toco-lhe os pés, estendo-me diante dele e ouço-o ralhar com seus acompanhantes: "Vocês sabem que odeio isso!". Sua voz não mudou. Rouca, mas muito suave. Ele tinha sérios problemas de cordas vocais, a voz de um *mezzo*, o que o incomodava.

É chegada a hora. Levanto-me, faço um pequeno discurso especialmente preparado. Quando estava condenado à morte, com uma doença no sangue, estive aqui com minha tia Marthe Fournay, lembra-se? Ele escuta, a mão em concha na orelha, e os olhos dele piscam devido ao esforço que faz para escutar. Eu tinha catorze anos na época, Mahantji, ainda era pequeno e mudei muito. O senhor me levou para trás da casa, ali, no terraço, e me falou, caramba, não pode ter esquecido de mim! Faz doze anos, o que são doze anos para um sábio como o senhor, faça um esforço!

Desisto. Fico com os braços pendentes, a vista baixa.

Sinto então sua mão em meu ombro e ouço: "*Are you Théo?*".

Jogo-me em seus braços como uma criança. Incrível como sou ligado a esse homem. Pronto, era o que bastava. Ele me pergunta se Marthe veio comigo — "Sim, Mahantji, o senhor vai vê-la amanhã". Diz que está ocupado, vai celebrar o ofício do macaco divino no templo, e pergunta se posso esperá-lo por uma ou duas horas... — "Claro, Mahantji, esperarei" —, nesse caso posso esperar na casa dele ou no terraço — "Claro, Mahantji, onde o senhor quiser" — "Então até mais, Théo".

Observo o rio, que começou a se animar — barcos, rumores vindos do cais, vozes exaltadas, murmúrios, gritos de crianças ao longe, discussões. Os que lavavam lençóis e camisas recolhem as roupas e as dobram rapidamente, ao colocarem a morta sobre a fogueira. Crianças salpicam água nas mães, uns sujeitos passam com cara de dono do mundo, toalha no ombro, cruzando com o vendedor de algodão-doce. Ainda não é hora de rezar. Cedo demais. Preparam-se. É preciso fazer a vigília do sol que se põe, iluminando o Ganges. Não vai demorar muito. Os pássaros têm encontro nos galhos da figueira-de-bengala, chilreiam estridentemente, é o sinal. O céu fica azul-rei, e os gongos retumbam.

No final do terraço, uma sombra feminina se senta à contraluz, depois some, tão rápido quanto um camundongo. À beira d'água, fiéis fazem girar o *arati*, um lampião cercado de velas acesas que saúdam o pôr-do-sol. Bem depressa, acaba. É noite. O suave batuque de um tabla indica que chegou a hora da música. Está tudo tranqüilo.

Sentei-me em tamboretes forrados de algodão branco, na sala onde o grande sacerdote concede audiência. Lembrei-me subitamente do nome do macaco divino, Hanuman. Trata-se de um bravo, tão devotado a seu mestre, o deus Ram, que, nos pôsteres, retratado de peito aberto, exibe um coração vermelho que sangra, como o coração de Jesus. É um macaco que sorri, cheio de bondade. Um pouco como Mahantji, devotado até a medula.

A sala está tranqüila. Pessoas passam pelos corredores, de pés descalços, tossindo. O rumor do rio desapareceu. Na Índia dorme-se cedo, sobretudo em Benares. Ao regressar, Mahantji mostra-se um pouco cansado. Repetindo seu gesto feito há anos, ele me estende um pacote de folhas envolvendo o alimento do macaco divino: pasta de amêndoas, maçã, um pouco de arroz com açafrão. Manda servirem-me água bem quente, fervendo, num copo de estanho. Pensa em tudo, distribui suas instruções com voz suave. Ouve concentrado a lista dos encontros do dia seguinte, alisando o bigode amarelado. Finalmente, senta-se no chão com as pernas cruzadas sobre o pano, faz sinal para eu falar.

Não há muito o que dizer, fiz medicina em Paris, engajeime nos campos de guerra, vim ver o senhor para que me ajude a conhecer a poluição no Ganges, disseram-me que o senhor é especialista...

— Não estou entendendo — ele me corta delicadamente. — Você é médico ou soldado, Théo?

Um pouco dos dois, Mahantji. Queria ser um *French doctor*, o senhor sabe, aqueles que fazem medicina humanitária, nos lugares onde os homens se matam, em tempo de guerra...

— *I see* — ele diz. — Mas onde entra a poluição dos rios nisso?

É verdade, esqueci de lhe dizer, Mahantji. Virei ecologista, estou me preparando para um concurso, preciso fazer uns relatórios, e escolhi o Ganges...

— Você quer ensinar ecologia?

Não necessariamente, digo-lhe, estou estudando o tema água.

Sabemos que, em alguns anos, em muitos países não haverá mais água potável. Se continuarem tirando água dos lençóis subterrâneos a cem metros de profundidade, sem nenhum cuidado, sem maiores estudos, como é feito hoje em dia, o que será da Terra? Se, pelo menos, preservassem as águas doces, teríamos menos dificuldades para fornecer água potável às pessoas. Então pensei que, na Índia, como há, ao mesmo tempo, rios poluídos, inundações das monções de verão e grandes secas, vocês saberiam resolver a questão, mas talvez eu esteja enganado, não sei me explicar, não sei de nada. Preciso do senhor, Mahantji, entende...

— *Accha* — ele corta minha fala, descruzando as pernas. — Com a ajuda dos deuses, acho que sou o homem de que você precisa. Veremos isso amanhã, se quiser. Encontro às cinco horas lá no pé da escadaria. Diga a minha amiga Marthe que a espero.

Ele se levanta, junta as mãos, abençoa-me e se vai, manquejando.

Volto pelo cais, não muito seguro. Está escuro. Com a lua crescente, a noite é muito profunda, e os cães são maus. No pequeno campo de cremação, a mulher queima ainda. Os rapagões atiçam o fogo com ganchos compridos, liberando fagulhas. Quase não há luz nas janelas. Quero voltar logo para o hotel, a cidade é terrível com mortos a arder e cães carniceiros. Não ficaria surpreso se os cães comessem os pezinhos da morta. Que idéia sair sozinho, às cegas. Poderia ter voltado tranqüilamente pelas ruas, deveria...

Cheguei exausto. Marthe e Prem dormiam. Pus debaixo da porta de Marthe um post-it, já que tenho um encontro com Mahantji. Ajustei meu relógio para as quatro da manhã, me estendi no *tcharpoï* indiano e caí no sono. Tudo está tranqüilo.

As pessoas aglomeram-se nos *ghâts* às cinco horas. Trouxe minha manta de lã, a do acidente. Espontaneamente, acocoro-me nos degraus, enrolado na manta e pareço um hindu em prece. Eles não são muitos nessa hora. Um fanático imerge ruidosamente, nove vezes, cuspindo água na noite escura. Olho a outra margem do Ganges, aquela em que o sol renasce a cada manhã. De tanto apertar os olhos na escuridão, sinto dor, não distingo mais nada, esfrego as pálpebras. Terei sonhado? Vi um clarão de luz sobre as árvores.

O soar dos grandes búzios sagrados com que os sacerdotes sinalizam o nascer do dia abala o universo. O astro nascente é cor-de-rosa, escondido pela bruma. No amanhecer, começa o rebuliço, gongos, campainhas das bicicletas, rumores, e tudo o mais. E eis que Mahantji desce, envolvido num grande xale.

Ele não está só. Dois assistentes o seguram pelo braço. Certamente por causa de seu pé aleijado. Ele me saúda, as mãos postas, em silêncio. Não é a minha vez ainda. Seu maior compromisso é a prece da manhã. Um grande sacerdote deve fazê-la decentemente. Um de seus ajudantes o desvencilha do xale, ele fica só de tanga, com o peito nu, forte, em contraste com seu ar frágil. Mahantji volta-se para os *ghâts*, espera, e eis que um menino mal desperto corre, descendo as escadas sem nenhum cuidado. Traz a cabeça raspada, exceto por uma mecha no alto da cabeça. Estranhamente, ele se parece com as estátuas do deus Hórus quando criança, que vemos nos museus do Egito: grandes olhos negros, lábios fechados, e a mecha que desce por um lado do pescoço.

Mahantji segura-o nos braços, fala em seu ouvido, senta-o num degrau e caminha em direção à água. Quando esta lhe alcança os joelhos, ele reza voltado para o sol. Os lábios dele se mexem, os olhos estão fechados. Ele oferece as duas palmas da mão ao dia que nasce. Depois mergulha no rio. Sete vezes, bem rápido, submerge, de boca fechada. Ao sair da água, rapidamente os dois assistentes o envolvem com uma toalha, enxugam os cabelos brancos dele. Mahantji senta-se perto do menino, tira a túnica que o pequeno traz às costas, verifica se o cordão dos brâmames transpassado no peito está bem ajustado. Imerge o garoto, segurando-lhe as mãos, com suavidade; o menino resiste um pouco, sente frio. Mahantji o mantém de pé, com as palmas voltadas para o sol; o pequeno se acalma. Os assistentes estendem a toalha que vai envolvê-lo ao sair. Depressa! O menino tirita de frio...

— É meu neto — Mahantji me diz com um largo sorriso. — Ele recebeu seu cordão não faz muito tempo. O cordão do segundo nascimento, o do dia de seus sete anos. É um adulto, nascido duas vezes. Vamos, rua!

O menino duas vezes nascido some na hora. Os assistentes vão embora, e eis-nos ali os dois, sentados à margem do Ganges.

— Eu queria que você visse o rio nessa hora — começa. — Não é simplesmente um rio. É o Ganges, a mãe de todos nós.

Mais uma mãe! Na Índia, só dá isso. Nossa mãe Kâli, nossa mãe Durga, nossa mãe Índia — *Mother India.*

— Sim, gostamos de mãe — diz sorrindo. — Em todas as suas formas. Veneramos a energia feminina em si mesma. Então, por que Ganga? Por causa da água. Ganga é a mãe de todas as águas doces. A prece da manhã, a que você acaba de assistir, é uma homenagem ao sol, mas também à Mãe que nos dá sua água. A água é a vida.

Escute, meu velho, não vim à Índia para ouvir sermão! Não comi nada, estou com sono, estou com frio, e ouço meu velho amigo falar de religião? Sinceramente não é possível!

— Paciência — ele diz ao notar minha decepção. — Não estou lhe pedindo que acredite no hinduísmo, e sim que considere que, para todos os indianos, esse rio é uma mãe a ser respeitada. Agora, diga-me. Você observou as fezes nos degraus?

Cocô Square! Difícil seria não notar, Mahantji!

— Pois é! — resmunga. — Os indianos atuais defecam na própria mãe! Não se contentam apenas com as escadas, defecam na água, os miseráveis! Antigamente, tínhamos o hábito de responder ao apelo da natureza nos campos. A terra lavrada é outra história. São latrinas naturais biodegradáveis. Mas na água sagrada! A mesma que engolem enquanto oram! E há milhares que defecam no regaço da mãe Ganga!

Imagino a seqüência do processo: disenteria, cólera. Todos os fermentos contidos na merda se espalham durante o banho dos homens ao fazerem suas orações.

— Com a ajuda dos países escandinavos, instalei lá em cima um laboratório que mede diariamente a poluição do Ganges. As partículas nocivas se multiplicam. Se fossem só as fezes! Mas há as fogueiras. Você observou o campo crematório?

De longe, um foguinho. Não atentamente, Mahantji.

— No passado, os mortos eram queimados quase totalmente. A tradição exige que a casta dos doms, encarregada das incinerações, finalize a cremação amontoando a lenha consumida e a carne incinerada, enfim, o que sobrou dela. Mas a madeira de sândalo começa a faltar, as pessoas têm pressa, e os doms acendem as fogueiras cedo demais... O que fazem com a carne que não é cremada? Jogam-na no rio, com as cinzas. Agora temos cadáveres em demasia no Ganges.

Como ele diz isso! Cadáveres em demasia... Parece que está falando de lixo!

— Não é tudo — diz, olhando-me nos olhos. — É preciso saber que na Índia não queimamos nem crianças com menos de sete anos, nem mulheres mortas por varíola, nem iogues; quanto às vacas, nem preciso falar, são sagradas. Para concluir, some-se a isso a água usada de toda a cidade, que desemboca aqui. É uma catástrofe, Théo. Cinzas, fezes e cadáveres, eis a pureza do Ganges.

— Mas o senhor é especialista em despoluição! Conhece os meios científicos...

— Sou uma contradição viva — diz. — Conheço os perigos, conheço os remédios, mas sou um grande sacerdote, não esqueça! Aqui, os grandes sacerdotes são avalistas da pureza do Ganges. Se me comportar como cientista, traio minha religião. A água do Ganges é pura em Benares, é um ato de fé. Pense, então! Foi aqui, recitando um mantra, que o grande deus Shiva escolheu liberar as almas do ciclo das reencarnações. Como? Derramando uma gota de água do rio em nossos lábios no instante do último suspiro, se tivermos sorte. Para milhões de hindus, beber a água do Ganges em Benares é assegurar a salvação da alma, a futura libertação, o acesso ao nirvana, o bem-aventurado Nada. E você queria que um grande sacerdote lançasse uma advertência sobre a poluição da água do deus Shiva?

Imagino Mahantji em sua proclamação: "Atenção, não bebam. A água que vocês pensam ser sagrada está infecta, envenenada, impura...".

— Pronuncie comigo a palavra *impura*, Théo. Lembrando das regras do sistema de castas, pense nos intocáveis impuros, considerados subomens, e pense nos milhares de anos que os brâmanes da Índia levaram para se preservar de qualquer impureza. Imagine que a sombra de um intocável roce a sombra de um brâmane como eu. Segundo os textos sagrados, isso é o suficiente para macular o brâmane. Então me diga se posso proibir alguém de beber a água do Ganges por ela ser impura. A água do Ganges é a única que um hindu acreditará, durante toda a vida, ser completamente pura.

— Mas a Índia moderna tem os melhores cientistas do mundo! Parece que os americanos os contratam a preço de ouro... O que fazem vocês com o saber, com a ciência?

— É um de nossos problemas — ele suspira. — Você lerá em inúmeros documentos que a água do Ganges é antibacteriana, que sua composição química a preserva de qualquer contaminação, sem falar em ocidentais imbecis que acharam no Ganges, acreditam eles, radioatividade suficiente para purificar a água. A meu ver, a pureza do Ganges não é material. São as intenções que contam, a pureza do coração, o fato de adorarem a mãe dos rios; enfim, é muito simples. Mas os hindus que vêm rezar aqui são pessoas difíceis de convencer. Temos grandes sábios de espírito elevado, mas hoje em dia a política espalha-se por toda parte. Os nacionalistas. Fazer concessões a respeito do hinduísmo, nem pensar! Transformaram minha religião num slogan. Questionar a água do Ganges? Essa atitude desencadearia revoltas! Não posso fazer isso.

E por isso age de outra forma!

— Sim — ele diz, com os olhos faiscando de malícia. — Inventei diversas maneiras de despoluir o Ganges sem precisar tocar no tema água. Recruto garotos em massa. Ao saírem da escola, eles vão vigiar as pessoas no cais. Quando alguém baixa as calças, o menino ralha: "Não tem vergonha de defecar sobre o corpo de sua mãe Ganga?". Na boca de uma criança a frase é eficaz. Não digo que os *ghâts* estejam limpos, mas hoje há visivelmente menos fezes que antes. Você precisava ver os degraus vinte anos atrás! É muito tempo, eu sei. As pessoas nunca são as mesmas, vêm peregrinos todos os dias, é um trabalho diário. Depois, consegui — sem me pôr à frente — mandar instalar perto daqui um incinerador elétrico. Se você veio pelo cais, passou embaixo dele.

— Aquela construção moderna horrível, pintada de zarcão!

— Horrível? — espanta-se. — Não entendo o que a beleza tem a ver com isso. O que nos interessa é que seja útil! Nada de fogueiras improvisadas, menos corpos a serem jogados na água. E menos árvores cortadas, o que é um bom modo de diminuir o desmatamento. A Índia inteira sofre pelo fato de as árvores serem derrubadas para se fazerem fogueiras! Você sabe que não é difícil convencer alguém de que um forno elétrico queima tão bem um corpo quanto uma fogueira.

Mas os rituais, ora essa! Como fazer com que passem da fogueira ao ar livre, à beira do rio, para aquele engenho que queima sem soltar fumaça?

— Argumentando — ele responde. — O princípio da cremação é simples. Assim que a pessoa dá seu último suspiro, o corpo não passa de um dejeto. Mas, como a alma é ainda prisioneira dos restos mortais, não jogamos o cadáver fora. Por que o queimam? Para fazer sacrifício. E depois, ao fim de certo tempo, sob o efeito das chamas, a cabeça estoura, e a alma então escapa, imortal. A partir desse instante, o cadáver pode ser cremado como quisermos. Observe que poucos detalhes desse ritual não são compatíveis com a cremação num forno.

— Mas os deuses não tirarão mais proveito da fumaça!

— Não nos confunda com a Grécia antiga! Os deuses de lá morreram, os nossos estão vivos! O fato de o corpo ser oferecido em sacrifício num forno elétrico não muda a essência do rito. A cabeça vai estourar da mesma forma, só que não veremos, não saberemos. A margem do rio faz parte dos mandamentos religiosos, por isso o incinerador fica bem no meio dos *ghâts*. As cinzas vão para o rio — é uma obrigação —, mas a questão dos cadáveres deixa de existir. Como você provavelmente notou, os dois grandes locais de cremação funcionam em tempo integral, e não posso fazer nada contra isso. Esses locais são tão sagrados que os ricos hindus vêm de toda a Índia para se fazerem queimar ali. A lenda diz que se o corpo é queimado em Benares, a libertação está assegurada. É a tradição, mas será verdade? Não acredito. Se os restos queimam lá ou em qualquer outro lugar, isso não altera o que ocorre depois. Mas vá contrariar esses costumes! Foi preciso buscar outras idéias.

Ele se cala, sorri. O que poderia ter inventado?

— Eu convenci a prefeitura a recolocar tartarugas carnívoras no Ganges. Elas tinham desaparecido, deixamos os trabalhos para os peixes, mas eles não bastam. Temos os grandes golfinhos do Ganges, só que não são suficientemente numerosos. Pensei em colocar crocodilos, mas devorariam os pés dos fiéis. Estou certo de que, utilizando inteligentemente os recursos da fauna, poderíamos livrar o Ganges dos cadáveres.

— Esse é o papel dos cães amarelos nos *ghâts*, não é?

— Os cães são a reencarnação das almas dos ladrões — ele resmunga. — São carnívoros, não gosto deles. Em lugar nenhum está escrito que os cães têm o direito de comer os restos de um cadáver. Os cães, não, por favor. Eu sei, vi que no seu país nada é mais precioso que esses animais, mas vocês não queimam os mortos, é diferente.

Mas o que fazer com a água usada?

— Sim, claro! Nenhum mandamento religioso é contra a purificação das águas usadas. Aqui, em Benares, tivemos vários projetos, um deles veio da França, mas os engenheiros que vieram para cá não se preocuparam em conhecer o aspecto religioso. Não respeitaram nada, Théo! Fracassaram. Há muitos reservatórios para purificar água, mas, como em toda a Índia, ninguém aqui está ligando para isso. No entanto, a questão da água não diz respeito só a Benares; toda a Índia está doente por causa dessa substância, a água está poluída por toda parte!

Vejo apenas uma saída. Primeiro, acabar com a idéia de pureza, separá-la da água material que bebemos, botar essa idéia de pernas pro ar, promover uma reeducação ampla. Mudar as cabeças, subverter os rituais.

— Sim, é o que faço — ele murmura. — À minha maneira. Você se lembra que, na China, Mao Tsé-tung tentou mudar as cabeças, como você está dizendo. Houve milhões de mortos. Não quero revolução cultural. Toda noite rezo para o meu deus, Hanumam. Toda manhã, durante o alvorecer, venero minha mãe Ganga, a deusa. Sou totalmente crente; sei que, de um lado, há algo acima de nós, a transcendência está além das sujeiras produzidas pelos humanos, mas, do outro, sei que, mesmo que a curva demográfica tenha estagnado, o número de meus concidadãos ainda cresce consideravelmente. Precisarão de água para viver. Sonho com um governo central, cujo único programa seja proporcionar água potável a todos. Precisamos de políticos que não se metam com religião! Não gosto dos slogans nacionalistas de políticos que pretendem restaurar um Estado puro, como dizem. Nada disso! Se a idéia de pureza vai acabar com a estrutura social de meu país, então tenho de renunciar a essa idéia. Quero simplesmente água limpa, que possa ser bebida diretamente da torneira, como no seu país.

Ele continua sereno, me olha com seus olhos maravilhosos, mas a raiva vibra dentro de seu velho corpo.

— Sabe o que penso? — diz, recobrando a calma. — Acredito que o acesso à água divide o mundo em dois. Os ricos têm água potável; os pobres não. Não há nada mais importante. Já houve guerra por poços de água, mas creio que hoje essa divisão pode gerar guerras terríveis.

O sol está forte, Mahantji pisca os olhos. As pessoas chegam, colocam as tralhas no chão, pegam o sabonete, a toalha, e fazem a toalete no rio. As mães põem os meninos para urinar na água, limpam a bunda deles. Os que não se lavam entram para rezar, tomam um gole de água; com o olhar triste, desprezam os que se esfregam: por favor, sabonete no Ganges! E precisa? A água não é pura? Mais ao longe, um pequeno corpo verde bóia lentamente. É um bebê morto, Mahantji aponta com o dedo e suspira.

— É hora de voltar — diz. — Pode me ajudar a subir os degraus? Já estou velho.

Ninguém tem o direito de tocar no bebê morto. Quando a corrente o aproxima dos banhistas, estes o afastam com um pedaço de pau. Será que as tartarugas carnívoras estão em greve?

O QUE PENSAVA TIA MARTHE

Prem me convenceu a deixar Théo ir sozinho ao encontro com Mahantji. Eu estava muito reticente; afinal, o grande sacerdote é antes de tudo meu amigo, por que me privar de ir vê-lo? É injusto!

— Inteiramente injusto — disse-me Prem. — Mas, se você quiser ver Théo assumir sua vida adulta, deixe-o. Frustre-se!

E eu, quais os meus direitos? Aceito dormir sobre um *tcharpoï*, atravessar o corredor levando toalha e sabonete até o banheiro coletivo, no qual só há ducha fria. Agüento ficar em um quarto sem cabide e sem televisão, e ainda preciso esperar minha vez?

— Mahantji saberá que você está aqui e a aguardará — diz Prem. — Vocês dois ficarão ainda mais felizes ao se reverem. Espere!

Nunca fui paciente. Sou teimosa, sempre fiz o que quis, sou rica o bastante para viajar como bem entender. Tive quantos amores quis. Será que agora que estou fraca, doente, meu sobrinho querido pretende me reeducar? Eu sonhava viver cercada de luxo e delicadezas; pois bem, consegui! Banho frio e coletivo.

Isso faz Prem sorrir.

Como passeávamos pelo cais, vi que ele aspirava o ar com sofreguidão, como fazem as crianças quando vêem o mar pela primeira vez. Sentamos num degrau um pouco elevado, ele estava grudado no pôr-do-sol e vi que tinha lágrimas nos olhos.

— Eu não achava que fosse tão belo — ele me disse. — Estou contente por estar aqui.

Só então entendi que ele nunca havia estado em Benares.

Que mancada! No entanto, eu devia ter pensado. Os indianos viajam muito pelo interior da Índia, mas quase sempre por razões familiares. A renda média não é suficiente para fazer turismo, e meu amigo Prem, embora pertença à burguesia mais endinheirada, não chega a ser rico. Estou muito envergonhada. Sou egoísta. Sempre soube disso.

— Marthe, chega! Pare de se lamentar — ele me diz. — Já falei que você precisava aprofundar seu fracasso. Um fracasso de vez em quando faz bem. Dá sentido à existência.

Toda minha vida procurei a espiritualidade e acreditava ter alcançado relativo sucesso. "Essas suas maneiras sufi-budistas, esse seu jeito de beata, tudo isso não passa de indiferença!", meu irmão, o pai de Théo, sempre me diz isso. E a vida toda eu contestei esse julgamento. Indiferente, eu? Ligada à elevação do espírito, sim! Em busca de tolerância entre os homens, empenhada em impedi-los de brigar, sim! Indiferente... Por que ele diz isso? "Diga o que já fez pelo mundo, diga. A elevação do espírito é uma grande desculpa! Você não passa de uma folgada!"

Talvez seja verdade. Quando vejo o empenho de Théo para mudar o mundo, acho que perdi tempo. É ele quem tem razão.

Infelizmente, tenho horror a ecologistas. Para mim, o homem é o que há de maior no mundo. Guerreiro, feroz, cruel, o homem não deixa de ser a única espécie capaz de evoluir. Por quê? Porque pensa. Os animais não pensam da mesma forma. Repetem e, se inventam, isso não é nada comparado à grandeza da invenção humana. Parece evidente, não é? Mas não. Para os ecologistas, se não pensar, tudo bem. Nós, das civilizações industriais, somos perversos. Como é que dizem? "A atividade humana." Ou seja, o mal no estado puro. A atividade humana é a causa de todas as desordens. A humanidade, esse parasita que habita a pele da natureza, eles adorariam destruí-la!

Essas pessoas não dão bola para o pensamento, desprezam-no. Bom! Não estou negando as guerras, nem a bomba atômica, nem as aberrações industriais, nem o perigo nuclear. Daí a desqualificar a humanidade em proveito da natureza, há uma boa distância!

Ao voltar para o albergue, Prem deu esmola aos mendigos. Eles ficam agrupados nos degraus, andrajosos, a mão estendida, leprosos sem dedos, cegos, doentes ou então simplesmente velhos. Digo-lhe que, de minha parte, nunca quis ceder a esse costume hindu.

— Você sabe que exercem a piedade mendigando? — Prem me diz.

Evidentemente. Sei também que um indiano piedoso tem o dever de lhes dar esmola. Não penso assim. Sempre preferi a justiça à caridade.

— Então, enquanto espera a justiça ideal, você não dá nada? — diz Prem agastado. — Não quer dividir?

Respondo que quero e então dou esmola. A situação é complicada. Normalmente, não cedo, replico, argumento, nunca deixei que me vencessem. Aqui, é o contrário, obedeço, sou humilde. Todo mundo tem razão, menos eu.

— A depressão está de volta — diz Prem. — Se não posso mais discutir com você, aonde vamos chegar, Marthe? Aonde vamos?

Ao rio, para nos afogarmos. No fundo, bem que eu gostaria. Mas, para fazer bonito, lancei uma frase, só para impressionar Prem.

— Você não sabe o que é a alma — eu lhe digo com ar sério. — Se fosse Deus, teria piedade do coração dos homens.

Ele me olha com ar incrédulo — é um danado.

— É sua essa frase? — pergunta.

Confessei que não. Que não sabia quem era o autor e que essas palavras me invadem. Ele se lançou num discurso do tipo que gosto, sobre a natureza da alma no hinduísmo, o Brama que não é nem este, nem aquele, nem Eu, nem o Outro... Eu deveria ter me entusiasmado, mas fiquei com sono.

— Estou chateando? — perguntou Prem. — Perfeito. Eu prefiro. Por hoje você traficou bastante com a alma.

Curiosamente, dormi muito, enrolada no mosquiteiro. Como estava todo furado, por precaução vaporizei inseticida com uma bomba, pois não sou uma religiosa jainista.

Nada de me deixar devorar por hordas de insetos sob o pretexto de que esses monstros com asinhas são meus irmãos e irmãs na ordem natural.

THÉO

Ajudo Mahantji a subir as escadarias, quando avisto o casal infernal. Marthe e seu psi. Mahantji os viu, ele se apóia com força no meu antebraço, emoção, talvez. Quando chega ao alto da escadaria, levanta acima da cabeça as mãos juntas numa demorada saudação, e Marthe, seguindo o costume, curva-se até tocar os pés do amigo. É só o começo. Depois, dão-se as mãos, sorriem, olham-se carinhosamente em silêncio e se não se beijam é porque não fica bem para um grande sacerdote beijar o rosto de uma mulher em público. A coisa demora. Ninguém reclama. Prem se afasta discretamente. Até quando ficarão se beijando com os olhos?

Quando termina, Mahantji faz sinal para mim e me abraça.

— Seu sobrinho e eu conversamos — diz. — Eu não imaginava que um dia reveria o menino, agora no papel de médico ecologista! É uma grata surpresa, minha cara Marthe. Reconheço bem sua influência nisso...

— Não é minha culpa! — ela se defende. — Pelo contrário! Não tenho nenhuma admiração pelos ecologistas! Eles me irritam!

Ele a olha com tal espanto que ela enrubesce.

— Com exceção do senhor, claro — ela diz precipitadamente. — O senhor é diferente. Antes de tudo, é um grão-sacerdote, um brâmane e um *grand-vivant*...

— Um *grand-vivant*? O que isso quer dizer? — pergunta Mahantji, apertando os olhos.

— Oh, não sei mais — suspira Marthe escondendo o rosto no xale. — Deixe pra lá, Mahantji. Não estou muito bem.

Ele franze a sobrancelha, segura novamente a mão dela. E, sem dizer mais nada, leva-a para dentro de sua casa.

— Acho que ele entendeu o estado de Marthe — diz Prem. — Não vamos voltar a vê-los tão cedo. E se fôssemos visitar o famoso laboratório de despoluição? A televisão já mostrou tanto...

O prédio é pequeno, com uma sala simples e comprida, cheia de computadores e de dossiês. Num painel do lado de fora, uma jovem de branco escreve os resultados da amostra do dia. Tifo, cólera, resíduos de fezes, tudo está ali. Eu a vejo de perfil, ela tem um belo nariz.

Com uma caneta vermelha de ponta porosa, ela registra a morte num painel, mordendo os lábios por causa do esforço. Não é uma indiana. Mãos muito brancas, tranças ruivas. Fico atrás dela. Sinto um perfume bom.

— Atenção! — grita Prem. — Cuidado!

E uma vaca vem a toda brida. Magra, de cernelha elevada, ruiva como a jovem que empurro contra o muro e que treme em meus braços. A poeira sobe, a terra treme, os cascos escorregam, o pêlo lamacento suja a moça de branco, chifres apontados para a frente, a vaca passa, e lhe dou um tapa no traseiro.

Amparada em mim, a jovem se volta, e vejo seus olhos rirem. Dois raios verde-laranja que me enlouquecem.

— *Mera nam Renate hè* — diz ela em híndi. — *My name is Renate*, eu me chamo Renate, *Ich bin Renate*. Que língua você fala?

Estou doido por ela em todas as línguas. Ela me afasta delicadamente, limpa a roupa, contempla os estragos, sacode a trança. Há sardas nas maçãs do rosto e um pequeno diamante na asa do nariz. Depois me sorri, despede-se rapidamente e desaparece no fundo de uma ruela, sob a gaiola dos pássaros.

Prem, que não perdeu nada da cena, tosse e começa a falar em tom sentencioso:

— Aqui, a vaca...

— Que vaca que nada! Isso aí não tem o menor respeito pelas pessoas, quase esmaga todo mundo, tem todos os direitos aqui, e nós, nenhum...

Paro. Prem faz uma cara terrível.

— Prem! O que foi que eu fiz?

— Não chame uma vaca de "isso aí"; francamente, é um insulto! Você sabe muito bem que ela é sagrada!

— Você dizendo isso, Prem? É pra rir?

— De jeito nenhum — ele diz, pela primeira vez um pouco tenso. — Não acredito nos deuses, não tenho religião, mas, quando se trata da vaca, não rio mais. Foi o que me sobrou da infância, desculpe-me. Gosto que as vacas sejam livres e vagabundas e que, na cidade, esbarrem nas pessoas. Gosto de vê-las empacar sobre a linha de trem, engarrafando as ruas, semeando a desordem na ordem estabelecida. Enfim, Théo! Não me diga que você prefere a ordem! Você, não!

— Nããão — murmuro sem convicção. — Mas por que só a vaca? Se o animal tem de ser sagrado, que todos sejam!

— Você não entende — diz Prem, com ar compenetrado. — Foi no couro delas...

— Que os deuses costuraram o primeiro homem, eu sei.

— Nada disso! O homem é o único animal cuja pele é completamente nua! A dele — a que possuía ao nascer — ele perdeu para cobrir o corpo das vacas. Temos de imaginar o homem primitivo bem protegido por um couro grosso. Seu único privilégio é o de tê-lo perdido... Nós, os humanos, somos todos vacas sem couro, essa é a verdadeira história.

— E você vai me dizer que a vaca é sua mãe, como o Ganges, e como todas as deusas. É muita mãe, meu velho, isso não é bom!

— Veja bem com quem você está falando! — ele suspira. — Meus pacientes me dizem isso todos os dias. Você não impedirá que eu seja um indiano, criado na religião hindu, um velho menininho alimentado por uma vaca. Ainda hoje sou incapaz de comer carne de vaca e, quando estou na França, meu Deus, que horror!

— Você é vegetariano, nós não. O que pode lhe acontecer se eu comer um bom bife?

— Vou ficar com a impressão de que você é um canibal — murmura. — Todas essas vacas que vocês criam nos campos, somente para comer, são inchadas, enormes, sem graça! Em meu país, as vacas têm porte de *top model*, são magras e secas, um pouco anoréxicas. Eu as considero mais humanas.

— Só porque não têm nada para comer?

— Sim, acho que sim.

Silêncio. Passa uma vaca esbelta, mãe de esfomeados, uma indiana entre outras.

— Elas produzem vinte vezes menos leite que as de vocês, mas nossa produção global já ultrapassa a dos Estados Unidos — ele retoma. — Quando morrem de fome, durante uma seca, é um longo pesadelo, mas não as abatemos. Os camponeses, que não têm o direito de matá-las, as amarram a estacas e as deixam mugir até a morte. Esse rebanho sagrado conta com 300 milhões de cabeças, é um quebra-cabeça econômico do qual tiramos o melhor proveito possível; sei que é complicado, mas nossas vacas continuarão livres e impunes. Você não impedirá que, aos ouvidos de um hindu, falar mal de uma vaca equivalha a falar mal do homem. Vejo sabedoria nisso. Tive uma idéia; acho que nas redondezas há alguém que lhe explicará esse raciocínio melhor que eu. Espero não estar enganado!

— Aqui?

— Estamos em Tulsi Ghât, não? Venha.

Digo que não podemos abandonar tia Marthe, que ela não vai demorar a voltar, mas ele não está nem aí! Prem não me ouve e tira um pequeno caderno do bolso da túnica. Numa das páginas, há um mapa e um nome: Rajeev R. Sharma. Ele resmunga enquanto se orienta, faz duas ou três perguntas a um transeunte e me puxa pelo braço.

— Eu tinha razão. É bem aqui ao lado, pronto, chegamos — diz parando diante do pátio vizinho. — Fique aí. Vou logo dizendo: o homem tem um jeito meio de louco, mas não se guie pelas aparências. É um grande erudito. Pode parecer difícil se aproximar dele, mas tente, você não vai se arrepender. Atenção! Espere aí. Vou perguntar se ele pode falar conosco.

No fundo, uma cabana rudimentar de barro, três vacas, e um senhor de branco, apoiado em uma bengala. Desgrenhado, com o olhar incendiado, a expressão arrebatada dos iogues. E meu Prem o saúda solenemente...

— Swamiji...

Vejam só, um swami. Embora saiba que essa palavra designa um sábio respeitado, desconfio dos falsos profetas, swamis e marabus. Aliás, era de esperar: o swami de Prem me fuzila com o olhar.

— Está aqui um rapaz que gostaria de aprender a sabedoria das vacas — diz Prem com uma polidez enorme.

— Um estrangeiro? — diz lentamente o velho. — Se ele não é hindu, o que tem a ver com isso?

— Ele ama a Índia, swamiji. E tem o espírito puro.

— Veremos — diz o velho e, pigarreando, lança um jato de saliva vermelha.

Prem me faz sinal para colocar a mochila no chão e avançar. Juntando as mãos, começo minha saudação indiana, "*Namasté, swamiji...*", aquele que não come pão. O outro, sobrancelhas franzidas, junta as mãos por sua vez, observando minha roupa.

— Sandálias — ele diz em tom áspero.

— Tire as sandálias, elas são de couro — cochicha Prem ao meu ouvido. — Vamos!

— Cinto! — grita o velho levantando o bastão.

— O cinto? Mas é de plástico!

— Não discuta — diz Prem. — Tire.

Retiro o cinto sem deixar de protestar, e eis-me de pé, segurando a calça jeans larga demais; se escorregar, azar. Que tenho mais em couro? A pulseira do relógio? Prefiro me antecipar ao velho, tiro-o com uma mão, pronto!, vai para a mochila, e coloco tudo no chão. Esse swami desconfiado me mete um medo dos diabos. O amigo Prem fica com a respiração suspensa. O swami observa minhas roupas, olha demoradamente a corrente de prata que tenho no pescoço, examina-me de cima a baixo e subitamente se ilumina.

— Sentem-se! — diz já no chão, com as pernas cruzadas.

Sentamos. Pequenas e brancas, as vacas do swami têm belos e grandes olhos negros ornados por longuíssimos cílios. Coquetes, divertem-se. O rosto do velho se abre num grande sorriso.

— Nosso jovem amigo perdoará minhas maneiras um tanto rudes, mas ninguém se aproxima de mim se estiver usando alguma coisa de couro. A pele de nossa mãe vaca não é para servir de objeto à espécie humana. Nos verdadeiros templos hindus, os sacerdotes não deixam entrar nada de couro curtido. Oh! Sei que não é assim em lugares que se deixam degradar por negligência, mas aqui não. Pratico a adoração à vaca. E vou explicar por quê.

— É justamente o que desejamos — diz Prem.

— Sejam bem-vindos — diz o swami. — O centro do homem, observem, não é nada mais que excremento.

De novo essa idéia! Parece obsessão! Por que dar ouvidos a tal delírio?

Mas o swami levanta solenemente uma das mãos.

— *Tss*... Ninguém se mexa! Os textos são explícitos: "O centro do Eu é a merda", *Taittirya-Samhita* v, 3, 5, 2. Como chegamos a essa conclusão? Passando pelo Criador do homem e da vaca.

Você não sabe nada desses mistérios. Escute! Nos tempos antigos, nossos altares abrigavam uma minúscula estatueta de ouro que representava o homem, *pasu*. Na verdade, *pasu* é a palavra em sânscrito para "gado". Isso já explica muita coisa. A construção de um altar não é algo simples: reconstituímos o corpo desmembrado do Criador. Nós o reconstruímos com cinco camadas de tijolos crus, cinco camadas entre as quais colocamos terra. Na primeira camada, a de baixo, colocamos a pequena estatueta de ouro, que representa o homem. Bom! Mas, quando falamos educadamente da terra móvel entre as camadas de tijolos, estamos falando na realidade do estrume. Entre as camadas de tijolos que constituem o altar, há esterco de gado, *pasu*. E o que vem a ser a merda do homem? Nada mais que a sobra do sacrifício realizado nesse altar.

E daí, swamiji? Não estou entendendo nada! O homem seria então um dejeto?

— Ele, não, mas sua merda, sim, meu caro. O que sacrificávamos antigamente? Gente, claro. Humanos e outros animais menos convenientes. O fato de esse tempo ter passado não altera em nada a metafísica: no meio do corpo do Criador e no meio do Eu, o elemento que fecha os buracos é o excremento. Eis por que dizemos que o centro do Eu é a merda.

O swami não está brincando. Não se vê nem a sombra de um sorriso. Dificilmente os profetas são pessoas divertidas, mas os olhos dele brilham.

— O essencial ainda é entender o parentesco entre o homem e a vaca — continua, com o indicador erguido. — *Pasu* é o gado e é também o homem. Entendeu?

Digo que sim energicamente.

— Muito bem. Mas, ao contrário do homem, a vaca é generosa. Observe o leite dela. Não é cru como o suor ou as lágrimas! O leite de nossa mãe, a vaca, é cozido, e sabe por quem? Pelo deus do Fogo em pessoa, porque ele ama a vaca e a fecunda. Está escrito nos Vedas: "A vaca é crua, ao passo que o leite é cozido, pois é o esperma de Agni. E é por isso que também ele é sempre branco como o esperma, mesmo que a vaca seja preta ou castanha; ele brilha como o fogo, pois é o sêmen de Agni. É também por isso que é morno quando o tiramos, pois é o esperma de Agni". Só a vaca traz em si o esperma quente de um deus, compreende?

Entendo que tirar leite de vaca é chupar o pau do deus do Fogo. O swami não tem meias palavras! Mas pensando bem... Afinal, não é de admirar que a felação lembre o sugar do seio materno. Como era de esperar, Prem me lança um sorriso de canto de boca. Coisas de adultos.

— E por aí vai — prossegue o swami. — A vaca nos dá o leite, do leite fazemos a manteiga, a coalhada, alimentos nutritivos e cheios de cálcio. Com a urina da vaca, um ótimo anti-séptico, desinfetamos os solos muito castigados. Enfim, de seus excrementos tiramos um excelente combustível.

— Que não desprende CO_2?

— O que está dizendo, rapaz? Falo dos pedaços de bosta de vaca que as mulheres põem para secar nas paredes! O melhor combustível, o mais natural, diariamente renovável, exemplo perfeito de reciclagem! Fator dez, segundo os excelentes critérios dos ecologistas.

— Sim, mas e o CO_2?

— Eu dizia que a vaca tem para o homem cinco utilidades! Cinco, como os cinco dedos da mão e como os cinco elementos da vaca que misturamos para obter nossa bebida sagrada, que os estrangeiros abominam por causa da urina e da merda, que fazem parte dos ingredientes. Como se o homem não os tivesse também! Seu invólucro material é uma carne como qualquer outra, fadada à decomposição, sem importância. Só conta a alma, que se encarna aqui ou ali, de acordo com as vidas passadas. Para nós, hindus, não há separação entre o homem e o animal, pois a alma-brâman-atmã pode reencarnar em qualquer lugar da cadeia das espécies. A humanidade não tem nenhum privilégio! Nenhum!

— Nem mesmo a linguagem?

— Que uso o homem faz dela? Com a palavra podemos chegar à paz, mas só ouvimos as armas. Tiros, bombas, foguetes.

— É verdade, swamiji! Nos nossos países, dizemos que as armas falam.

Saiu sem querer. Esse sujeito me deixa confuso, é maluco, ninguém duvida, mas nessa ele me pegou. Cheio de si, finge que me aponta uma arma imaginária e grita: "*Pam! Pam!*", como um menino.

Uma de suas vacas aproxima-se trotando devagarinho, prepara-se levantando a cauda e deixa cair uma bosta gigante, a dois passos dele. O swami mira a insolente com olhos enternecidos, depois aponta um dedo para mim.

— Você é francês, rapaz? Pelo seu sotaque, é. No século XVII, um de seus filósofos mais famosos cometeu muitos erros lamentáveis. Escreveu que o homem era dali em diante "senhor e dono da natureza". Ele se chama René Descartes.

— Nosso Descartes? O que inventou o "*cogito*"?

— Triste descoberta! Não há nada mais equivocado na Índia que afirmar "penso, logo existo"! Aqui, todos os esforços do pensamento se concentram na tentativa de apagar a consciência individual, pois o centro do Eu é o excremento. Não gosto da idéia de que o exercício do raciocínio só serve para afirmar a existência do indivíduo. Como seu René chegou a essa conclusão?

— René?

— Sim, ora, Descartes! Sozinho em sua casa, perto da lareira, solitariamente, longe de toda a humanidade, observando as pessoas passarem pela janela, ele decidiu ver ali chapéus, somente chapéus, que não cobrem nenhuma cabeça! Releia a primeira das *Meditações metafísicas*!

— Mas o senhor sabe de cor, incrível...

— Sei, acredite, li Descartes. Já fui professor de filosofia longe daqui, num desses países considerados civilizados. Voltei de lá com o coração vazio, desolado por ter visto o homem destruir o mundo que habita. O homem, consciência individual, proprietário de seu pensamento, mestre e dono da natureza? Não! Segundo o Criador, o centro do homem não passa de um dejeto. Lixo! O homem não deveria se proclamar senhor da natureza. Foi dessa reviravolta absurda que nasceram as piores invenções.

— Hiroshima, Nagasaki, bombas atômicas — diz Prem.

— Sim! Poderíamos acreditar que, depois de provocar centenas de milhares de mortes num só dia, a espécie humana iria refletir, mas não foi isso o que aconteceu! O desastre continua. Foi na Europa que resolveram transformar as vacas em canibais? Que as fizeram comer os próprios ossos reduzidos a farinha animal? E o que aconteceu então?

— Surgiu uma doença mortal.

— E a ela deram o nome de doença da "vaca louca"? Mas não é a vaca que é louca, são vocês! Não era necessário fazê-las comer a si mesmas! A coisa não podia ficar impune. Sim, vocês tornaram-se suscetíveis a uma doença mortal! As vacas se vingaram, essa é a verdade.

Dito isso, o swami pontua a raiva com uma segunda cusparada vermelha no chão. Por mais que a estranha personagem me impressione, não vou entrar nessa. Vacas que se vingam! Um professor de filosofia transformado num swami maluco? E o que mais?

Espere, vou dar o troco na mesma moeda, um argumento dos diabos. Vou me divertir!

— Swamiji, essa não foi a primeira vez que se fabricou farinha de ossos. No século XVI, em Paris, durante as guerras de religião, os parisienses se alimentavam de farinha de ossos humanos. A natureza não protestou!

— Antes de tudo, você não sabe de nada — responde. — A medicina não era tão avançada na época, e os arquivos não eram tão bem organizados quanto hoje. Quem lhe disse que não aconteceu nada? É bom dizer que, naquela época, as vacas não foram tocadas, e só elas são sagradas. Você ri? É um erro.

É verdade que sorrio. É verdade, dá para notar. O velho não gostou. Ora bolas! Ele só diz besteira.

— Aproxime-se — diz com ar misterioso. — Vou lhe revelar um grande segredo. Há algo que você não sabe: as almas das vacas assassinadas provocam turbulências que deságuam nas guerras. Verdade.

É demais, caio na gargalhada, não consigo segurar. Prem toca minha mão, pede que eu me cale. Tarde demais! O velho dá um pulo. Suas vacas se afastam mugindo, assustadas.

— Você acha que sou um fanático! — diz. — Embora eu seja velho, ainda não estou totalmente louco. Vejamos os fatos. Depois do mal da vaca louca, não é verdade que seus compatriotas reduziram o consumo de... de... Ah! Não consigo dizer.

— Carne de vaca, swami.

— Essas palavras jamais sairão da minha boca! Enfim, estou consciente de que hoje em dia os europeus comem menos animais. Entenderam a punição. Sabem que a sabedoria consiste em se alimentar de proteínas vegetais, preservando a vida das vacas. Em breve, digo-lhe, a humanidade não consumirá mais uma só vaca, e seus rebanhos pastarão como os nossos, tranqüilos até o desaparecimento natural. Fim dos massacres. No Ocidente, os bovídeos voltarão a ser o que nunca deixaram de ser:

animais selvagens que vivem em liberdade, longe das cidades. Cuidado! Senão as almas assassinadas vão provocar outras guerras! Quando há um massacre humano, vocês julgam um absurdo. Pois bem! Para nós, hindus, a Europa inteira promove uma grande carnificina desses seres que nos são tão preciosos quanto nós mesmos. Acreditando ou não no turbilhão das almas assassinadas, concorde comigo: a humanidade de hoje é menos carnívora do que antigamente, e esse é o caminho correto!

— Não haveria mais guerras?

O velho se levanta. Ele está tão tomado por sua fé, tão imponente que Prem e eu nos levantamos também, para ficar de sua altura ou pelo menos tentar. Ele não tem um só traço de loucura no olhar.

— Podemos aprender mais — diz circunspecto. — Aprenderíamos a não matar mais para comer e, talvez, em outro tempo, a não mais matar uns aos outros. Vocês acham que a agressividade faz parte da natureza humana, mas penso que ela está vinculada à dieta carnívora. Para vocês, todos os elementos do animal devem ser rentáveis. Mas, para nós, a vaca faz parte da família; quando ela morre, é uma tragédia.

O velho me impressiona. Ele sabe disso, sorri e me estende a mão.

— Swamiji, desculpe-me — diz Prem —, mas gostaria de lembrar que, no ano da independência da Índia, 1947, nosso território dividiu-se em dois, Índia e Paquistão; nosso comportamento em relação às vacas não impediu, porém, os massacres gerados por essa divisão. Ainda hoje, basta que um rabo de vaca seja jogado dentro de um templo para o motim começar.

— Sei disso — diz o velho, com voz firme. — E, para ofender o outro lado, basta jogar um rabo de porco dentro de uma mesquita. Estou ciente dessas provocações atuais. Nunca sabemos quem joga o primeiro rabo, nem se é o da vaca ou o do porco. Mas o que vejo é que, nos textos sagrados das duas religiões, do islã e do nosso hinduísmo, define-se que o homem não deve consumir determinado animal. Dizem que o porco foi proibido pelo profeta Moisés por razões de higiene, mas desconfio que não é verdade. Para lembrar ao homem que ele pertence à natureza, e não o contrário, era preciso haver um animal proibido. O homem não entendeu. Ficou doente? Culpa dele. Você queria conhecer a sabedoria das vacas, rapaz. É simples: respeite as espécies naturais como se fossem sua própria espécie. E lhe direi mais, a part...

Ele arregala os olhos, abre a boca. Sufoca num acesso de tosse. Prem se levanta e lhe dá um tapa nas costas, mas não adianta. Precipito-me e escuto os pulmões assobiando. Merda, a asma. E estou despreparado!

Corro feito um louco, enveredo pela casa do grão-sacerdote, tia Marthe está lá, choramingando. Logo agora!

— Passe-me a bombinha! Depressa, Marthe!

A vantagem, no caso dos iogues, é que sabem segurar a respiração durante pelo menos dez segundos. "Inspire, swamiji, segure, expire, inspire..." Duas respiradas para dilatar os brônquios, e o velho volta ao normal.

— Isso me acontece — murmura — quando me aborreço. Sempre acho que vou morrer.

— Não fale muito, swamiji. Está no meio de uma crise de asma. Você é alérgico a alguma substância, poeira, pólen ou a substâncias de origem animal, como lã de carneiro, pena ou...

— Pêlo de vaca? — diz o velho num sopro. — Já desconfiava. Elas se vingam! Quando eu vivia na Europa, aconteceu de... Enfim, tentei...

— Cale-se, swamiji — diz Prem.

— Eu tinha feito isso como desafio — continua o velho. — Não consegui. Impossível comer.

— Não se quebra um tabu impunemente — diz Prem, sentencioso como sempre. — Para continuar a cuidar de suas vacas, será preciso comprar uma bombinha. Esta é de uma amiga muito querida, que não pode viver sem ela, não posso deixá-la com o senhor.

Assustado, o velho agarra-se ao pequeno objeto. Por sorte, Prem traz sempre com ele um bloco de receita. Enquanto escreve, chega tia Marthe, com os olhos vermelhos.

— É dela? — resmunga o swami ao vê-la. — A boca dessa mulher tocou esse objeto?

— Claro que sim! — diz Prem, contrafeito. — Sim, essa mulher impura tocou com os lábios a ponta desse objeto que salvou sua vida. O senhor não vai criar caso!

— Só porque ela é estrangeira e não tem casta? — retruca o velho swami. — Quem o senhor acha que sou? Não sou um idiota!

E ele se inclina diante de tia Marthe, respeitosamente. Nas

mãos unidas dele está o aparelhinho, que ela toma delicadamente, sem tocar a pele do swami. Ele sorri, levanta as duas mãos unidas acima da cabeça e, de repente, empertigado como um pombo que faz a corte, torna-se belo.

O QUE PENSAVA TIA MARTHE

Não entendi por que o swami me saudara com tanta deferência. Segundo Prem, esse hindu tão observante, que venera as vacas conforme a tradição, quase desmaiou ao saber que eu tinha colocado antes dele a boca na bombinha. Ele precisaria se purificar, de acordo com a regra implacável que obriga um brâmane a lavar a mácula adquirida por qualquer contato com um não-brâmane. Que nada! Rajeev — quero dizer, o swami — não parecia ser tão formal. Aliás, ele é um cientista, muito simpático, e conversamos como velhos amigos.

É um antigo professor universitário que se converteu à adoração da vaca depois que se aposentou. Esses temas bovinos me causam horror, e ele deve ter sentido isso, pois nem chegou a tocar no assunto comigo. Acompanhou-me de volta até a casa de Mahantji, e lá, no terraço que domina o Ganges, recitou para mim poemas de Shelley. Momento sagrado! Não pensei mais em minha tristeza. Não pensei mesmo. A ponto de esquecer que Mahantji me esperava em sua casa.

Sim. Um absurdo. Devo entender. Recapitulemos. Uma hora antes, eu tinha encontrado Mahantji, que me levara até sua casa. Foi assim.

Mahantji não me fez nenhuma pergunta. Mandou-me sentar e me olhou. Chorei como uma vaca, se é que as vacas choram. E, quando terminei, ele falou comigo. De tudo, de nada, dos outros. Nunca de mim. Mas de Théo, muito. Ele o achou agitado, como alguém que viu guerras além da conta e não se refez. Muito jovem, muito inocente ainda para um trabalho assim. E eu que queria tanto falar de minha tristeza! Isso não interessava a Mahantji. Foi o que achei.

Nesse ponto do encontro, Théo entrou como uma ventania, pegou minha bombinha, corri atrás dele, e voltei com Rajeev — quero dizer, com o adorador das vacas que me saudara tão solenemente. Enquanto ele recitava Shelley, esqueci completamente de Mahantji. Isso durou... digamos... meia hora! E eu caí em mim. Depressa entrei na casa de Mahantji, que me esperava de pé, com ar preocupado.

— Já que está de volta — disse-me —, é tempo de falar de você. Sente-se. Você veio só, mas estava casada. Lembro que me contou isso pela internet, na época sua mensagem vinha do Brasil. Na sua idade, e como a conheço, é um desses casamentos que, no seu país, chamam de amor, não é? Não me responda, posso imaginar. Como você sabe, aqui esse tipo de casamento não é comum. Desconfiamos desse amor-paixão, preferimos os casamentos arranjados. Deles nasce algo como ternura, algo que não pode ser amputado, enquanto com vocês! Você está acabada. Acho que a paixão a consome. Mas emprego uma palavra cujo sentido desconheço. Pode me explicar?

E comecei a descrever os sintomas: mãos úmidas e coração acelerado, pernas moles, corpo leve; enquanto isso, ele me escutava todo atencioso. Às vezes, Mahantji fazia um gesto de assentimento — e isso me perturbava, já que ele desconhece a paixão, de acordo com o que me disse. Com um belo sorriso, interrompeu-me.

— Também conhecemos muito bem esses sinais, cara Marthe. É assim que ficamos quando um deus nos ilumina. Diante de uma estátua ou diante de uma imagem, se o amor nos fulmina, ele nos vem do divino. Da mesma maneira, quando finalmente encontramos nosso mestre, o rosto dele nos enche de amor, pois o guru, para o discípulo, é uma divindade. Aqui, reconhecemos nosso guru quando ficamos com as mãos úmidas, as pernas moles, o coração acelerado só pelo fato de ele nos olhar. Sem nenhuma relação direta com o sexo e sem que se trate de uma simples união terrestre. E tanto é verdade que, no momento da cerimônia do casamento, para estimular os ardores entre os nubentes, está escrito nos textos antigos que a mulher deve, durante toda sua vida, adorar o marido como um deus! De outra forma, como poderia ela aceitá-lo?

— Mahantji, o senhor não acredita que eu vá aprovar tal subserviência!

— Nos textos antigos, eu disse. Sei bem que hoje é diferente, e que os Direitos do Homem exigem perfeita igualdade entre o homem e a mulher...

— Mais do que o senhor imagina! Na Declaração Universal dos Direitos do Homem, votada na ONU em 1948, um dos artigos afirma que o casamento supõe o livre consentimento entre marido e mulher... O casamento arranjado é inteiramente livre? Qual sua opinião, Mahantji?

— Em 1948? Na ONU? Está certa disso? Há muito tempo desconfio que essas teorias sofrem de um grave mal. Não se sustentam! Vieram do Ocidente! Somos muito ligados à ONU por aqui, mas você não quer nos impor seu casamento por amor, espero! Vamos, Marthe, faça um esforço. Veja como o amor-paixão entre humanos os destrói. Saia de si mesma, pare de sofrer!

— Como eu gostaria! Por infelicidade, sou do Ocidente. Não vejo como mudar o lugar de nascimento!

— Há um jeito. Crie o vazio em você. Cave em você um buraco que não possa ser preenchido e mergulhe nele. Expire...

— Não dá mais! Não sou mais uma criança!

Acho que gritei. Estava exasperada. Esses velhos recursos que havia aplicado em Théo, eu os conhecia na ponta da língua. Não funcionam quando se trata de uma verdadeira dor, pelo menos não no meu caso. Essas histórias fora de hora, essas tolices de iogue! Não agüento mais.

Meus gritos assustaram uma família de macacos, que se sacudiram nos galhos da figueira-de-bengala. Mahantji saiu da casa, desceu com dificuldade as escadas que separam sua morada do vasto terraço, e eu o vi sentar-se no rebordo. Guardei minha raiva e me aproximei. Nem uma só palavra. Silêncio. Dei-lhe um tapinha no ombro, e ele se voltou. Seus olhos tristes brilhavam à contraluz.

— Não se preocupe — disse. — Foi só uma tentativa.

Ele assoou o nariz com força, enxugando cuidadosamente o bigode branco. Senti-me uma idiota e ele também, creio. Ficamos um bom tempo olhando o rio brilhar ao sol. Pouco a pouco fui me acalmando. E, quando respiramos no mesmo ritmo, eu estava em paz. Ele esperou mais um pouco, para ter certeza de que eu estava bem, e desapareceu, não sei exatamente como.

De repente, ele não estava mais lá, e eu estava completamente só, pela primeira vez.

THÉO

Ficamos preocupados com ela. Por fim a encontramos no terraço, absorvida na contemplação do rio, completamente imóvel, bem tranqüila. Não sei o que seu amigo grão-sacerdote fez, mas foi um sucesso! Esta noite, Marthe parece feliz. Sem uma palavra, conseguiu abandonar o espetáculo do Ganges e deu o braço a um Prem estupefato.

— Tudo bem? — ele pergunta, com ar preocupado.

Ela fez sinal de que sim, muito bem, obrigada. Eu os vi sair de braços dados e, como era cedo, fiquei no cais até a noite. Gosto de flanar e estava de saco cheio desses velhos que ficam falando das vacas e do mundo. Gosto da solidão, sobretudo ao cair da noite, e ali estava perfeito. Lua brilhando, ruído das águas — um boto que salta? —, um suspiro adormecido, um bebê que chora, alguém que tosse, um macaco entre as folhagens... Uma pessoa sentada na escadaria.

Reflexos de ouro esmaecido sobre cabelos ruivos. A lua sobre uma jovem de olhar verde-laranja. E o pequeno diamante cintila na asa do nariz. Renate ao natural, seus olhos brilhando na noite azul.

Segurei sua mão, ela não se incomodou. Para beijá-la foi um pouco mais difícil; ela dizia "Cuidado! Aqui as pessoas são muito pudicas", mas me aproximei dos lábios dela, e ela não disse mais nada. Acariciando-a, eu pensava sem parar: "Você vai comer uma garota em Benares"; já ia puxar meu preservativo e estava todo orgulhoso, quando ela deu um pulo: "Assim não", disse, "Assim não, não aqui...". Ela se recobrou, depois se sentou. Respiração curta, nervosa; eu, abobalhado, sentindo o maior tesão por ela.

— Como você se chama? — ela perguntou.

Conversamos durante um bom tempo, bem baixinho. Falamos de nossas famílias. Minha mãe grega, sua mãe judia. Seu pai incorporador de imóveis, meu pai, sua siclemia, nossas mães professoras de colégio. Cruzamos velhas perseguições, o nazismo que matou seus avós, a ditadura dos coronéis na Grécia. Ela é bióloga; eu, médico. Está aqui para estudar a poluição das águas; eu, preparando-me para meu concurso, mas quase não falamos de ecologia. Tínhamos outros assuntos de que falar, e muito mais para fazer.

Quando começou a amanhecer, consegui passar meu braço em torno dos ombros dela; ela estava com um pouco de frio. Acendi um baseado. Acompanhei-a sem pegar em sua mão, não a toquei mais; ela me roçava, era mil vezes melhor. Renate mora numa casa de hóspedes bem em frente à casa de Mahantji. Foi lá que a deixei, no momento em que o dia nascente lançava um pouco de azul sobre as sardas dela.

A fidelidade não é meu forte. Não é a primeira vez que me interesso por uma garota no outro lado do mundo. Geralmente, tudo é muito rápido, sem conseqüências. Desta vez, não sei. A verdade é que não a possuí. Melhor assim. A palavra *possuir* repugna. Toda vez que desejo uma garota, penso em ligar para Bozzie. Mas o telefone do hotel não funciona — óbvio. É estranho, mas estou aliviado.

No café-da-manhã, Marthe me olha demoradamente.

— Onde passou a noite? — pergunta, lançando-me um olhar enviesado. — A impressão é de que você acaba de sair dos braços de uma jovem!

— Exatamente — digo, mastigando um biscoito. — Ela se chama Renate e é alemã. Estuda biologia. Você a viu ontem, sabe bem quem é: a ruiva que trabalha com Mahantji, no laboratório.

— Ah, sim! — diz Marthe. — Muito bonita, tem belos cabelos ruivos.

Marthe! Que maldosa!

— Você não fez nada no cais, não é? — diz Prem.

— Foi lá mesmo.

Os dois velhos se olham, pasmos. Melhor jogar água fria, senão...

— Enganei vocês! Estava brincando! Chega!

Silêncio. "Ainda bem!", diz um. "Safado!", diz o outro. Tranqüilizados. O menino não fez besteira. E, quando tudo volta ao normal, quem aparece?

Ela. Renate, de bata rosa-choque, com um xale nos ombros, um dossiê debaixo do braço. Serena, senta-se conosco. E, segurando minha mão, ela a beija. A cara de tia Marthe!

— Vim ajudar Théo no seu dossiê — diz Renate, firme. — Quando terminarem o desjejum, precisaremos dessa mesa para trabalhar. Trouxe bateria para seu laptop e meu dossiê para cotejar as estatísticas. Tudo está aí. Vamos levar umas duas horas, não é, Théo?

Meus dois velhos somem sem protestar.

Preparamos o dossiê "Despoluição do Ganges em Benares". Depois, conversa vai, conversa vem, falamos das poluições químicas nos outros cantos da Índia, no Gujarat, onde os produtos tóxicos lançados nos rios deixaram os cães verdes — "verdes como a espuma", diz ela. Renate me explicou como o Taj Mahal, essa obra-prima de mármore tão visitada quanto as pirâmides, foi objeto de uma disputa entre as fábricas instaladas nas margens do rio Jamuna, perto do monumento, e os diretores de museus, historiadores, defensores do turismo, simples visitantes. E com razão! O mármore amarelava. Esse conflito perdurou até que, nos anos 80, um juiz decidiu: fora as fábricas! Elas se mudaram.

— Mas, Renate, isso extrapola o tema da poluição de um rio!

Com tranqüilidade, ela me explica que sim, evidentemente, uma vez que as fábricas usaram o rio próximo ao Taj Mahal como lata de lixo, lançando nele seus dejetos, cuja espuma venenosa era arrastada pela água, o que era bem prático para as fábricas. Além disso, diz ela, o Jamuna deságua no Ganges, na região chamada Sangam, perto da cidade de Allahabad, ou seja, o rio que passa ao lado do Taj Mahal é tão sagrado quanto o Ganges, nossa mãe. A mesma história.

Quando chegamos à história das vacas, ela riu.

— Conheço esse swami. Quando a mulher dele morreu, ele renunciou a tudo. Não se refez do luto. Pela manhã, compra quilos de bananas com os quais alimenta as vacas pela cidade. Só assim elas deixam de mastigar lixo e jornal.

— Ele tem uma cara terrível!

— Ele não é mau. Todo mundo gosta dele. Aqui, um louco

a mais ou a menos... O mais engraçado é que ele não sabe do que fala. Suas queridas vacas poluem o ar. Sabe como? Com os flatos.

— Simples peidos de vaca? Está brincando!

— De jeito nenhum. Perceberam recentemente que os rebanhos emitem tanto metano que agravam o efeito estufa! O mesmo ocorre com o arroz, que, ao crescer, emite metano. Já mediram. Pensaram até em criar um imposto.

— Taxar os puns? Espere aí, é impossível!

— Mas desistiram. De taxar os arrozais também. E a Nova Zelândia está prestes a imitar a Austrália, que criou uma vacina contra a flatulência dos rebanhos bovinos, caprinos e outros mais. O mesmo se dá com aos arrotos. Então, é bom dar um desconto para a perfeição sagrada de nossa mãe, a vaca!

Sábia Renate. Foi ela quem me falou da existência dos Sewa, uma cooperativa de mulheres indianas inspiradas por Gandhi. Artesanato, alfabetização, boa organização, formação permanente, *training* audiovisual...

— O Mahatma não teria gostado! — digo, me lembrando do que afirmara Prem sobre a aversão do querido grande homem ao mundo moderno.

Renate dá de ombros. As mulheres do Sewa não são dogmáticas. De qualquer forma, as cooperativas de mulheres são a única solução para tirá-las da miséria. Elas brotam na África sob a forma de tontinas, em Bangladesh onde...

— Você já ouviu certamente o nome de Mohammed Yunus — ela me diz. — Não?

Sem jeito, gaguejo. Não, não conheço.

— Ah — exclama com um leve suspiro. — Vai ser um pouco difícil. Nos campos de batalha não se aprende isso. Então, escute. Esse bangladeshiano genial descobriu que, quando se empresta dinheiro às mulheres mais pobres, elas não só pagam como investem. Então fundou uma rede de bancos que empresta pequenas quantias somente às mulheres que têm pequenos projetos.

— O Grameen Bank?

— Está vendo? Você sabia — diz com ternura. — Não banque o desinformado que você não é. Com certeza também sabe que, se educarem as jovens, é quase certo que o subdesenvolvimento vai diminuir e que...

— Não, Renate! Isso não é verdade! Isso significa regredir.

E não nos entendemos mais. Ela não abre mão de uma velha teoria que data de Matusalém, segundo a qual a educação das mulheres salvaria o Terceiro Mundo. Lógico, mas errado. Às vezes, as mães transmitem às filhas os piores costumes. — "Veja só, Renate, a excisão é um negócio de mulheres! São as mães que exigem! Não, Théo, são os pais! O patriarcado é o único responsável." E não paramos de discutir.

— Bem — digo após um longo silêncio —, não vamos brigar por tão pouco.

— Por tão pouco! Você está brincando! As mulheres, os homens, excisão, circuncisão, assunto não falta para tocar fogo na metade do mundo, Théo!

— Você então é feminista.

— Por quê? Você não é? Eu achava que os ecologistas fossem todos feministas!

— Tudo bem, tudo bem! Não falei nada.

Renate tem vinte e quatro anos, é um pouco mais jovem que eu. Trabalhamos como anjos. E, quando terminamos, ela me leva para meu quarto. Reticências.

Amanhã deixaremos a Índia. Entre um beijo e outro, penso nisso. Penetrando sua doçura, penso nisso. Quando adormece em meus braços, penso nisso. Amanhã.

No fim da tarde, encontro meus velhos. Perplexos, precavidos.

— Teve uma boa tarde? — pergunta Marthe.

— Ah! Deixe-o em paz! — diz Prem.

— Mas o que eu disse de errado?

— Uma tarde muito boa, minha tia. O dossiê Benares está pronto.

— E Renate, onde está? — pergunta Marthe.

— Foi tomar um banho e trocar de roupa.

— A gente parte amanhã ou não? — pergunta Prem.

— Temos reservas no hotel de Tashkent para depois de amanhã! Não temos escolha, droga! Você sabe muito bem disso!

— Não se irrite desse jeito, por favor — diz Marthe. — E seja educado. Quanto a mim, acho essa garota muito legal. Não é, Prem?

Ele se abstém de responder. Não é louco. Vejo aonde Marthe quer chegar. Ela vai propor que leve Renate comigo, mas quem custeará? Ela, claro, minha riquíssima tia. Ah, não! Chega!

— E se a levássemos? — diz ela, como esperado.

Digo não, por bravata. Malandragem! Eu estava tão apaixonado que os deixei pra lá e fui me encontrar com Renate, correndo pelo cais. Arrebentei a cara naquela escadaria dos diabos, cheguei sangrando, por causa dos arranhões. Renate me limpou, fez um curativo, depois se aconchegou a mim. Como sou idiota!

Chorei com ela, e nos separamos.

Vá saber como tia Marthe tomou ciência disso. Estamos no avião para Nova Delhi e somos quatro. Na poltrona ao lado, Renate dorme. O mais difícil, imagino, foi encontrar uma passagem Benares—Nova Delhi em poucas horas, mas, para isso, sem dúvida tia Marthe é genial. Ela está bem na minha frente, ao lado de Prem. Cada um com um livro, na sua. Acho que tia Marthe está melhor.

OS MARES ESTÃO DOENTES

Marthe teve uma recaída. Mal aterrissamos em Nova Delhi, começou a sufocar feio na sala de espera rudemente climatizada. Eu queria retardar a viagem para Tashkent, mas ela não quis ouvir, e partimos, Marthe com tosse seca, um lenço no nariz para os sufocamentos e a bombinha a postos na outra mão.

— Não há... poluição... em Tashkent — ela diz, tossindo pra valer. — Estarei melhor que em Nova Delhi.

— Não a contrarie — cochicha Prem. — As cidades com mais de 15 milhões de habitantes não valem nada. Gente demais, multidões. Suspeito que ela sofre de agorafobia. Eu mesmo, sei lá...

— O que você quer dizer?

— Nada, nada.

Depois, ele fecha a cara de vez. Chegamos a Tashkent, os plátanos brilham, o céu é azul, é uma verdadeira cidade com calçadas, avenidas com grandes árvores, jardins, quiosques, mesquitas, um velho bairro de casas com chão caiado, tabernas sob os caramanchões à beira d'água, montes de lixo, canais, uma pequena ponte, cortinas nas janelas, gansos e até uma ópera. Um vento varre as amplas ruas, e Prem se cala, como se estivesse com medo. Para falar a verdade, estou pouco ligando, tenho Renate.

Renate sai por um momento da sala de espera, e a megera da Marthe não perde tempo. "Como se chama sua queridinha parisiense, a pura e dura ecologista? Bozicka, não é?" Eu a comeria viva. Mas me prometi telefonar de Tashkent, enfim, se me sobrar tempo, se o telefone permitir, e também, merda! Telefono se estiver com vontade. Renate, como eu, é comprometida.

Acomodação no hotel ao cair da noite. Tudo muito soviético. O Uzbequistão reconquistou sua independência em 1991, mas treze anos depois a marca colonial permanece na hotelaria. Decoração amarronzada, luzes trêmulas, estilo pomposo e sofisticado, versão Gorbachev; deram um trato nos afrescos folclóricos e apostaram em cristais modernos para fazer bonito. Os caras fazem o gênero homens de negócio, e as moças são anos 50, grande salto no passado, colonização não concluída. Sala de jantar lúgubre, serviço solene, criadas com chapeuzinho branco, falta sintonia.

— Deus, como é triste! — suspira tia Marthe. — Não conheço ninguém no Uzbequistão. Não tenho nenhum amigo! Como você vai se virar?

Sozinho, como um adulto.

Pela primeira vez, Marthe não tem como me ajudar. Que bom! Fiz bem em não contar que tudo está pronto. Seguindo o conselho do adido humanitário, reservei um carro com chofer, porque no Uzbequistão não é fácil improvisar. Não é sempre nem em todos os lugares, mas os islamitas jihadistas explodem bombas freqüentemente e botam pra quebrar no vale de Fergana. Às vezes, explodem o subúrbio de Tashkent. Marthe não sabe disso. Renate, sim. Juramos que não lhe diríamos nada, nem a Prem.

— Não sei como a gente vai se deslocar, espero que tenhamos armas! — diz o pessimista Prem. — Porque em caso de ataque...

Tia Marthe empalidece e segura minha mão.

— Ataque de quê, Théo? De bandidos? Da máfia?

— Não se preocupe, Marthe. Dos talibãs sob vigilância.

— Talibãs? — diz Prem. — Não só deles! Também temos xeiques wahabitas da Arábia Saudita! Eles pregam o jihad há anos! Querem acabar com o sufismo daqui! Toda a Ásia Central é vítima dessa guerra sem mais tamanho entre os jihadistas e o Ocidente, e nós, os autóctones, estamos na mão de vocês!

— Mas você é indiano — diz Renate. — Não é um uzbeque! Por que se sente vítima dessa situação?

— Já estive aqui faz alguns anos — diz Prem. — E fiquei encantado desde o primeiro segundo. Nove séculos de história de meu país vêm daqui. Foi em Samarcanda, com o grande Tamerlão, que nasceu o império dos mongóis. Mesmo nesta capital de ares modernos, tenho a sensação de visitar meus ancestrais.

— Não fale besteira — diz Marthe. — Você é hindu!

— É pior! Se fosse muçulmano, eu me sentiria orgulhoso de conhecer a origem de um glorioso império. Mas, para um hindu, mesmo descrente como eu, isso é uma espécie de humilhação... Não sei explicar.

— Prem, você não tem vergonha? — ralha Marthe. — Você, que é um modelo de tolerância, se deixa levar por essas infantilidades? O Império Mongol desapareceu no século XIX! Fale-me dos ingleses, que colonizaram seu país até 1947, isto sim, mas dos mongóis, pelo amor de Deus!

— Ser psicanalista — diz Prem — é reconhecer as próprias emoções. Antes dos britânicos, os mongóis colonizaram a Índia. É besteira, eu sei, desprezível, concordo, mas não consegui, de uma só vez, me livrar dessa antiga vergonha.

Eis por que Prem estava de cara amarrada. Renate e eu nos olhamos. Não vivemos mais no mesmo mundo. A França foi ocupada, a Alemanha foi ocupada, mas nossos países não foram colonizados.

— Há outra coisa — ele murmura. — Um dia, faz muito tempo, eu estava com uma das netas de Rabindranath Tagore, nosso grande poeta bengali. Como digna herdeira de seu avô, essa indiana, minha amiga, tinha um coração humanista. Decidimos visitar um santuário sufista, em Ajmer, no Rajastão. Os santuários sufistas estão generosamente abertos aos não-muçulmanos, mas, como nos aproximávamos a pé tranqüilamente, senti minha amiga, mais velha que eu, tremer a meu lado. Ela me disse: "Não posso, Prem. Vão sentir que sou hindu, vão descobrir...".

— Eles, quem? — pergunta Renate.

— Os muçulmanos — diz Prem, num sussurro. — Na adolescência, ela assistira aos motins de 1946, quando Mohammed Ali Jinnah, o líder da Liga Muçulmana, lançara um Direct Action Day, que fez perto de 6 mil mortos hindus em Calcutá, então você pode entender... fugimos. Senti vergonha de mim mesmo. Minha amiga havia me transmitido seu velho medo. Desde que ela morreu, penso nisso. No Uzbequistão, todos são muçulmanos!

— Não — diz Renate. — Há também pessoas de origem russa. Trinta por cento de Tashkent, mais ou menos!

— Antigos colonos — diz Prem, dando de ombros. — Isso não conta.

— Eu tinha um amigo tártaro — diz tia Marthe —, cuja família havia sido deportada da Criméia. Ele decidiu voltar a seu país natal. Mas não me lembro mais quando foram deportados nem quem fez isso.

— Foi Stálin! — diz Prem. — Em 1943. Depois dos cossacos, liquidados em 1920, foi a vez das populações da Criméia.

— Bom, chega! — grita tia Marthe. — Tártaros, russos, uzbeques, muçulmanos, hindus, estou pouco ligando! Não quero mais ouvir falar de comunidades! Você é um insensato, Prem! Uma decepção!

Ela fulmina com tanta força que fica sufocada. Bombinha na boca, dez segundos, pronto! E tudo volta ao normal.

— Agora, eu gostaria de saber o que estamos arriscando — diz ela recobrando o fôlego.

Eu falo. Avaliamos. Três dias de estrada até Nukus, capital do Karakalpakstan, república autônoma situada à margem do mar de Aral. Eu sei por quê, entre todos os mares, escolhi o que foi destruído pelo algodão, mas esse não é o tema do dia. Faremos inicialmente uma parada em Samarcanda, depois em Bukhara e finalmente em Khiva. Estradas muito turísticas, por isso mesmo vigiadas. Perigo praticamente nenhum. Então, Prem?

— Não sei — diz ele. — Da primeira vez, vim a Tashkent para um congresso. Se me disser que contamos com armas, tudo bem.

— Em última instância, sim! — exclamo. — Estou armado! Contente?

Digo isso para que ele não me faça mais perguntas. Claro que não tenho armas. Ah, sim! Meu canivete suíço. Mas Prem não abre a guarda. Que medo horrível!

Foi o que eu e Renate dissemos na cama. Ela estava tépida como um gatinho, tépida como o centro de um altar hindu. Não tive vontade de ligar para Paris.

No dia seguinte, chegam nossos dois motoristas. Aléxis, um russo taciturno, acompanhado de Houdaïcoul, uzbeque da gema, falador e barrigudo. Mas antes de partir, tia Marthe quer ir ao mercado de Tashkent. "Não conhecemos um país se não formos ao mercado", diz ela.

— Justamente, o presidente o reformou — diz Houdaïcoul, solícito. — No estilo timurida, com belas cúpulas. É o mercado Chor Sou.

Percorremos avenidas stalinistas margeadas de conjuntos

habitacionais lúgubres em concreto cinza. Aqui e ali, casas de colunas com ar romântico.

— Ah! São casas do século XIX — diz Marthe. — Melhorou.

— Nada disso — diz Houdaïcoul. — Foram construídas por Stálin antes de 1950, enquanto as outras foram construídas por Brejnev, depois do tremor de terra de 1966. Essas casas são todas de origem russa. E ali, ao lado, vocês estão vendo uma estátua gigante de Timur, o Coxo, que vocês chamam de Tamerlão. No lugar de Lênin, o presidente colocou de volta um Tamerlão, por toda parte.

— Pai de Babur, primeiro imperador da Índia mongol — diz Prem em tom didático.

— Está bem — Marthe lhe diz. — Em Bengala, os muçulmanos chegaram lá bem antes dos mongóis, então se cale, Prem, por favor.

— Justamente — diz Houdaïcoul —, o grande Tamerlão tinha o hábito de dizer: "Aqueles que duvidam de nossa força, que venham contemplar nossos monumentos!". É por isso que o presidente mandou reconstruir o mercado.

Enorme, nele se cruzam vários povos da Terra. Estamos numa Babel que teria sido um sucesso, uma torre ideal ladrilhada de azul, cercada de salgueiros. Ao pé dos largos degraus que levam até as cúpulas, camponesas vendem seus produtos. Mulheres de túnica e calças bufantes, lenço russo florido amarrado sob o queixo, vendedores de uvas-passas, amêndoas, frutas cristalizadas, peixes secos, arroz branco, rabanetes gigantes, pepinos, cenouras amarelas, limões cor de laranja, moças de jeans, de cabelos louros, moças de lenço na cabeça, de cabelos ruivos, e ali, de repente, todo um lado do mercado Chor Sou ocupado por mulheres do Extremo Oriente.

Cabelos espetados, olhos puxados, faces rosadas, lenço russo atado sob o queixo. Chinesas? Japonesas?

— Nada disso — diz Houdaïcoul. — Temos entre nós centenas de milhares de coreanos. São especialistas em conserva de legumes. Querem provar? É muito bom.

Com autoridade, ele escolhe cenouras cortadas em forma de flores e as estende para nós. Agridoces, deliciosas. Bem em frente, Houdaïcoul enche a mão com um punhado de uvas-passas douradas, as saboreia, e nos dá um pouco para provar. Vendedores orgulhosos. A gente quer pagar, que é isso! Largos sorrisos. Houdaïcoul se empanturra.

— Justamente, temos pequenos restaurantes populares, se quiserem experimentar...

Sentamos em tamboretes improvisados em torno de uma mesa de madeira recém-lavada, na confusão benfazeja de um mercado na Ásia Central. Carne de carneiro cozida e pilafe, salame com geléia de cerejas, brotos de cebola, alho tenro e chá à vontade. Nenhuma tensão. Louros e morenos, tudo misturado. Cabeças com ou sem lenço, com capacete ou sem. Prem se sente mais relaxado. Diante de nós, Aléxis devora tudo e Houdaïcoul conta histórias.

O enfrentamento entre a Ásia Central e a Rússia vem desde o fim da Idade Média. A verdadeira conquista das terras da Ásia Central começa sob o comando do tsar Pedro, o Grande, e acaba no século XIX, com a criação do Turquistão russo. A partir de 1917, os soviéticos retalham o Turquistão em cinco repúblicas socialistas soviéticas, entre as quais o Uzbequistão, que faz as vezes de depósito de deportados. O todo engolido pela grande União Soviética, Soyuz.

Ditadura de Stálin. Durante os anos 30, foram deportados para Tashkent 300 mil coreanos, o mesmo número de tártaros da Criméia, sem esquecer os alemães. Nem falemos dos russos; eles estão por todo canto, exilados, deportados ou como simples colonos. Ateísmo e materialismo obrigatórios: se não freqüentarem as Casas dos Ateus, não terão nem açúcar nem farinha. Em 1943, durante a Conferência de Teerã, sob pressão dos aliados ingleses e americanos, Stálin alivia um pouco a mão e concede liberdade religiosa. Embora sob muito controle, o sufismo, cujas origens remontam ao século XIV, renasce imediatamente.

— Justamente — concorda Houdaïcoul. — Quando eu era estudante, os professores aproveitavam o ramadã para nos humilhar... Obrigavam os meninos muçulmanos a beber um gole d'água antes de entrar na sala de aula. Assim, a gente ficava achando que tinha cometido um pecado, era terrível. E, para as cerimônias, éramos obrigados a nos esconder. Mas isso não nos fez perder a crença! Não foi, Aléxis?

De boca cheia, Aléxis, que é russo ortodoxo, assente vigorosamente.

— Por enquanto, tudo bem — continua Houdaïcoul. — Evidentemente, não estamos tranqüilos com os jihads, mas a gente já viu tanta coisa por aqui... Os alemães se foram, os tártaros também, mas os coreanos ficaram. Parece que os tártaros, por sua vez, estão voltando... Isso aqui é um paraíso, vocês verão!

— Não há confrontos entre russos ortodoxos e muçulmanos? — pergunta Prem, com ar cético.

— Palavra que não — diz Aléxis, enxugando os lábios. — Não me sinto russo, sou uzbeque e pronto. Não pratico nenhuma religião, é mais cômodo.

— Acredite, senhor Prem, não estamos na Índia! — protesta Houdaïcoul. — É no seu país que há enfrentamentos entre comunidades, é na Índia que os hindus cortam o pescoço dos muçulmanos!

Prem se levanta de um salto. Sinto que a coisa começa a esquentar seriamente. Marthe intervém. Mas não como eu gostaria.

— Veja, Théo, a Índia hoje é como a França nos anos 60 — diz ela —, quando a polícia francesa matava os magrebinos, os "ratos-de-esgoto", jogando-os do alto das pontes do Sena. Isso se chama racismo. Não é, Prem?

— Nem sei mesmo quem eram esses ratos — ele resmunga.

— Muçulmanos, meu velho! Argelinos! Conhecemos esse ódio em nosso país! Quando vocês vão livrar a Índia dessa chaga?

A coisa não esquenta, pega fogo.

— A Índia é a maior democracia do mundo! Temos eleições livres, não é como no Uzbequistão! Ninguém nos dá lições!

— Mas a democracia convive muito bem com o racismo — diz friamente tia Marthe. — Em 1933, foram eleições livres que levaram Adolf Hitler ao poder. Pergunte a Renate, que é alemã!

Renate se aconchega a mim timidamente. Seguro sua mão, beijo-a na orelha, vamos lá, garota! Uma aulinha de história!

— Dona Marthe tem razão — ela diz com voz firme. — Nós, ecologistas, pensamos que a democracia formal não é suficiente. É verdade, senhor Prem! Todas as leis anti-semitas foram adotadas com o consentimento do povo alemão! Na União Soviética, a Constituição era bem democrática no papel... Vimos no que deu! O senhor não pode mais se contentar em dizer que a Índia é a maior democracia do mundo, senhor Prem.

— Acho que sei — diz Prem. — Não insista.

— Mas é preciso! A Índia é um grande país, o país de Mahatma Gandhi. Então, entenda, se agora podemos massacrar impunemente minorias...

— Já disse que sei! — grita Prem. — No fim das contas, sou mesmo muito idiota. Confiei-lhe minhas emoções, eu as critiquei, e você agora se aproveita delas... O que você quer? Confissões? Sim, não me orgulho de meus medos! Já disse. Sim, tento arrancar de mim as raízes do racismo, e você é perfeita, Renate? Acha que posso aprovar o massacre de muçulmanos em meu país? Pensa que sou o quê? Um criminoso?

Houdaïcoul e Aléxis observaram o bate-boca em silêncio. De repente, como um boneco de mola, Houdaïcoul se levanta e parte em busca de um prato, que, ao voltar, coloca sobre a mesa.

— Torta de pombo — anuncia. — Para o senhor, seu Prem. Era o prato preferido do imperador Babur, o senhor sabe, o que invadiu seu país anteontem. Vamos, por favor, experimente!

— Sou vegetariano — diz Prem, em tom frio.

— Então tenho um cuscuz de sêmola com frutas cristalizadas, aceita?

Uma sorte que Houdaïcoul seja um gourmand refinado.

De volta ao hotel, ligo para Bozzie. Voz terna e adormecida.

— Tudo bem? — Tudo bem. — Não está muito quente aí em Tashkent? — Um clima ideal. — E depois vocês vão para onde? — Você sabe bem, Bozzie, mar de Aral! — Ah, sim. Agora me lembro. O maior desastre ecológico do mundo. Não é longe do mar de Azov, é? — Não, meu benzinho, é na Ásia Central. — Mas é a mesma coisa. Por que você é tão detalhista? (Só Bozzie mesmo. Um horror em geografia, suscetível ao extremo!) — Adoro você, minha Bozzie! — Eu também...

Bem nesse momento, escuto uma voz de homem do outro lado do mundo. Muito claramente, ouço: "Quem é a essa hora?".

Meu coração destrambelha.

Há alguém em sua cama, Bozicka. E desligo. Não posso sentir ciúmes. Vá passear, Bozzie, sua vagabunda, mas você tem esse direito, a gente tinha esse acordo. Quem poderia ser? Pensando bem, estou me lixando. Bom jogador, sim, é isso. Bom jogador.

Longos vales férteis repletos de choupos, campos margeados de pequenos salgueiros floridos, brotos lanosos amarelos, doce aroma, como gosto deste lugar! Desde a independência, os proprietários das casas que margeiam a estrada conquistaram o direito de, sobre mesas postas em seus jardins, servir comida caseira.

Sempre que paramos, Houdaïcoul entra numa casa, debruça-se sobre uma panela, tira a tampa, analisa os cheiros e, dependendo de sua opinião, ficamos ou partimos. Uma limpadela no banco de madeira novinho, cadeiras reviradas, pilafe com cerejas e açafrão, se tivermos sorte. O carneiro de sempre, miúdos frescos. Prem não comerá.

Na estação em que os salgueiros florescem, crescem os frutos das amoreiras, pretos ou vermelhos. As amoras mais doces são brancas e se esmagam na palma da mão. Cerejas nas cerejeiras, e dizer que fazia frio de rachar há algumas semanas, talvez há alguns dias! É uma primavera explosiva e alegre. Não há ainda uvas nos caramanchões, mas as folhas das vinhas que ganham as alturas prometem belos cachos para fazer passas, diz Houdaïcoul. Sobre a mesa de madeira, uma tigela de morangos ao lado de um pequeno pepino descascado. Sob o ar um pouco buliçoso, as crianças se empanturram de frutinhas.

— Compreendo por que o imperador Babur tinha saudade de seu país natal — murmura Prem, pensativo. — E por que se lamentava de não haver bastantes frutas na Índia!

— Você não poderiam voltar aqui em setembro? — diz Houdaïcoul, com ar guloso. — As ameixas, os pêssegos, as uvas, nessa época, são uma bênção, vocês não imaginam!

— Por falar nisso — diz tia Marthe —, tenho uma pergunta. Queria saber por que os limões são da cor de laranja no Uzbequistão. São enxertos?

— Metade laranja, metade limão, desde o tempo dos russos — ele responde. — Começamos então a produzir limões amarelos, mas são mais ácidos, não dá para comê-los *in natura*. Prefiro nossos velhos limões soviéticos com doce sabor e casca cor de laranja.

— Então, Théo, você não diz nada? — escarnece minha querida tia. — Maltratam a natureza, enxertam limão em laranja, e você não protesta?

Lá vem ela mais uma vez. E eu achava que havia explicado tudo!

— Querida tia, por favor. É preciso que você entenda de uma vez por todas o que diz e o que não diz respeito às OGM. Estas são produzidas sem nenhuma transparência, sem nenhuma precaução diante do risco enorme de contaminação — você ri, mas é verdade! —, pensam somente no lucro!

— Eu pensava que pesquisadores trabalhavam a fim de transformar o milho em remédio para tratar a cegueira...

— Que provem isso! E não plantem nos campos suas porcarias feitas em laboratório!

— Você exagera, Théo — diz Renate, segurando-me pela mão. — Primeiro, não são forçosamente porcarias; depois, somos obrigados a fazer experiências. Como você é exagerado!

Está deslumbrante, de jeans preto e túnica caramelo. Hoje deixou os cabelos soltos. Eles voam, se enrolam, indomáveis, que belos! Pela primeira vez, pergunto-me se os cabelos louros de Bozzie são naturais.

— Em que você está pensando? — pergunta minha deusa de íris de gato. — Parece que não está me ouvindo...

— Estou, estou — digo, desfazendo seus cachos. — Você nasceu assim?

— Como?

— Ruiva — cochicho, dando-lhe um beijo no pescoço.

— Que é isso! Seja sério, vamos, estou falando sério, estou falando das OGM, Théo, que é isso...

E em voz alta:

— Você se incomoda se procuram novas moléculas para a cura da aids? Não. Porcarias feitas em laboratório, você não diria isso dos antibióticos. Você é muito radical, Théo.

Como? Ela me contradiz?

— Não se aborreça — diz ao meu ouvido.

— Claro que me aborreço!

— Não — continua ela com sua tranqüilidade habitual. — Lutar contra a poluição do ar, multar os poluidores, acabar com os petroleiros, criar fontes renováveis de energia, proteger as espécies ameaçadas, preservar as florestas, alterar os modos de vida, buscar mais simplicidade, tudo isso, eu também quero. Quanto às OGM, me desculpe, Théo, mas não concordo com você. Sei que atualmente pesquisam sementes que resistam à seca. E você quer que parem?

— Não estou dizendo isso! Falo das empresas americanas que...

— A Monsanto, sim, eu sei. Mas não é por isso que todos os pesquisadores são comprados, não?

Ai! Renate é bióloga. Devagar, meu velho.

— Não estou falando isso contra você...

— Ah, é? Então vou lhe dizer. Você se lembra de Serra Leoa? Um dos mais cruéis campos de batalha do mundo. Claro, você se lembra. Crianças-soldados que metralhavam pessoas diariamente. Refugiados em campos, cruelmente mutilados, braços amputados na altura do punho ou do cotovelo. Como era mesmo o nome do chefe deles? Foday Sankoh.

— Chega, Renate! Aonde você quer chegar?

Estamos em plena primavera! Para que lembrar dessas coisas!

— E alguns humanitários isolados, durante esse tempo, violentavam mulheres dentro dos próprios campos... Ah! Você está vendo agora! Falar das OGM sem pensar no que é que está sendo pesquisado é como acusar todos os humanitários de estupradores. Claro que não é verdade. O mesmo acontece com os laboratórios que trabalham com as OGM. Não dá para generalizar, Théo.

Silêncio. Com o indicador, Renate desenha flores nas costas da minha mão.

— Puxa! Que guinada! — diz tia Marthe. — Estou vendo um Théo que não sabe mais o que falar...

Não me reconheço. Parece que Bozzie fala em meu lugar.

— Os humanitários, é preciso descul... Não, não desculpá-los, não quero dizer isso, quero dizer compreendê-los — digo tropeçando nas palavras. — Acontece que estamos mesmo mortos de cansaço!

Não vou sair dessa. Estou cercado por todos os lados. Marthe, Renate, Prem e até Houdaïcoul, é todo um tribunal dos direitos humanos em ação... Como assim? O cansaço desculparia o estupro?

— Eu não disse isso...

— Sim, você disse.

— Não são minhas palavras! São de outras pessoas!

— Isso é interessante — diz Marthe. — De quem?

— Dos outros! De todo mundo, e sou um cretino! Peço desculpas! Estou errado!

— Bom! — diz Renate. — Primeiro exercício vitorioso. Rebater a heresia de um Théo, e que Théo!

Não respondo. De passagem, observo que, enunciando as causas ecologistas, Renate não mencionou a energia nuclear, nem o aquecimento global. Desconfio.

Não paramos em Samarcanda, quer dizer, não como deveríamos; só ficamos uma noite. Em Bukhara, jantamos à beira de um laguinho, debaixo de abóbadas turquesa, e as árvores são verdadeiras árvores verde-laranja, da cor dos olhos de Renate. No dia seguinte, mudança de cenário. A estrada abandona o verde. Não há mais árvores, mas pedras, plantas suculentas e rasteiras. Chegando à cidade de Khiva, encontramo-nos em pleno deserto sob minaretes azul-rei salpicados de ouro, bem perto de uma mesquita cujas colunas são troncos esculpidos em árvores derrubadas. É errado derrubar uma árvore para fazer uma coluna, mas como são bonitas as colunas da grande mesquita de Khiva!

De volta aos melhores sentimentos, Prem se queixou o tempo todo; queria que fizéssemos uma parada...

— Passar por Samarcanda e não ver o túmulo de Timur! Que desgraça! Não temos esses azuis-claros na Índia!

Flores azuis de ladrilhos mongóis, verde Nilo, amarelo-limão, azul-celeste, bordados onde se enlaçam azul-marinho e branco, adeus, maravilhas.

Surge um rio feio, Amu Daria. Assoreado, cheio de barcos e de correntes, com pontes flutuantes que oscilam, uma atmosfera de mundo em decomposição... Eis a face oculta do país de Cocanha, onde tudo é abundante. Os restos da União Soviética. Seus estragos.

Conheço o dossiê de cor.

Era uma vez um mar interior que estava entre os maiores do planeta. Tenho em mão os números. Em 1960, a superfície do mar de Aral atingia 68 mil quilômetros quadrados, e seu volume era de 1040 quilômetros cúbicos, para uma salinidade inferior a dez gramas por litro. Era um mar interior gigantesco.

Trinta anos depois, em 1990, a superfície é de 38 817 quilômetros quadrados, o volume é de 282 quilômetros cúbicos, e a salinidade, trinta gramas por litro. O mar de Aral está dividido em dois lagos miseráveis. Ele diminuiu 60%.

Projeções para 2010: superfície, 21 058 quilômetros quadrados; volume, 124 quilômetros cúbicos; salinidade, setenta gramas por litro. Deve girar hoje em torno de cinqüenta. Nas imagens obtidas por satélite, partindo da forma inicial em 1960, vemos uma espécie de pata de urso que vai diminuindo a cada década. Em 2000, assemelha-se ao pezinho de um urso bebê. No Norte, os dedos minúsculos da pegada do bebê não se modificaram desde 1995. Parece que o outro rio, o Syr Daria, faz seu trabalho. O Amu Daria, o rio feio, está morrendo.

É o maior desastre ecológico do mundo. O desaparecimento de um mar interior ao vivo.

Ainda não chegamos lá, mas a atmosfera é calamitosa. Não há mais caramanchões carregados de uvas, não há mais salgueiros, apenas campos secos, casas tristes, de concreto, e postos de controle: estamos na fronteira do Cazaquistão. Caminhões militares, soldados armados e sucata por toda parte. Rodamos em silêncio, temos a garganta sufocada. Estranha poeira cinza, meio areia, meio cimento. Não há mais paisagem. No lugar, dunas sem vida e poças mortas, como no célebre *Stalker*, o filme do cineasta soviético Tarkovski. Na estrada que termina em Nukus, a capital da Karakalpakstan, pequenas árvores esquálidas lutam para sobreviver.

A cidade não é primitiva, sem graça; tem o charme especial que confere às pequenas comunidades humanas uma vida autônoma: jardins bonitos, espaços para as crianças, ruas bem cuidadas, bandeiras e insígnias. Algumas plantas, ar alegre, as pessoas fazem o que podem, é preciso viver. Não sei por que estou emocionado. Minha deusa veste uma túnica uzbeque de veludo marrom-escuro, comprada no mercado ao ar livre, sobre calça bufante; usa trança bem comportada; espere para ver como vou despenteá-la em breve, minha Renate. Amanhã veremos o mar.

A pousada. Por fora, uma tenda de aspecto oficial para estrangeiros, de aparência austera. Lá dentro, a Ásia Central exibe-se sem cerimônias. Grandes poltronas com descanso de renda para a cabeça, cortinas com grandes flores, samovar, tapete e chá pelando. A atmosfera não é descontraída, mas calorosa, desajeitada e encantadora; é preciso compreender que visitantes ali são coisa rara. Há felicidade no ar, felicidade à beira do desastre.

Diante do pilafe e do carneiro cozido, faço um balanço dos números pesquisados e do dossiê. Estupefação da comitiva.

— Você sabe muito bem que não entendo nada de números — diz Marthe.

— Mas que as águas tenham baixado 60%, isso lhe diz alguma coisa?

— Claro. Em contrapartida, a salinidade, não estou vendo...

— A taxa de sal aumenta quando o volume das águas diminui, minha tia. É o princípio das marés de sal.

— Ah, sim. Como quando esqueço no fogo a panela de água salgada para o arroz?

E a conversa prossegue. O que aconteceu, e como e por quê...

Ordens vindas do centro. O Partido decide soberanamente. Às margens do mar de Aral, se cultivará algodão. A confiabilidade do cidadão se mede pelos esforços que faz para o bem coletivo. É a época em que o herói soviético, que bate recordes de velocidade no trabalho, se chama Stakhanov. A partir de seu nome, a ditadura inventa o stakhanovismo. Algodão, e já!

A partir de 1960, no Uzbequistão, multiplicam-se por quatro as áreas dedicadas ao algodão, sobretudo com a ajuda de pesticidas e de herbicidas, com a destruição da flora e, logo a seguir, da fauna. Desaparecimento programado dos peixes. Sobre as imagens dos filmes destinados ao Ocidente, camponeses felizes em seus tratores encarnam o futuro da Revolução. Num livro do pós-guerra traduzido para o francês por Elsa Triolet, *Des montagnes et des hommes*, misteriosamente assinado M. Iline, certo dia papai me propôs ler uma frase: "O socialismo é a vitória sobre a natureza".

— Deve haver uma razão para você ter escolhido falar do mar de Aral! — diz tia Marthe.

— O colonialismo.

— Espere, Théo, quando acredito que realmente estamos diante de um verdadeiro problema ecológico, você fala de um fenômeno puramente político! Quem fez o mar de Aral secar?

— O colonialismo explorador!

— Você quer dizer o produtivismo stalinista — intervém Prem. — Que eu saiba, foi sob Stálin que começaram a cultivar o algodão de forma intensiva na região, bombeando a água dos rios em abundância, não? Mas não foi o colonialismo, foi a ditadura stalinista!

— Dá no mesmo e não acabou! A prova? O volume do mar continua a baixar. A agricultura intensiva continua a progredir. Como fazer diferente? É preciso alimentar as populações, e não se consegue pensar em outras soluções!

— Não se consegue pensar — diz Prem. — Entendo. Você quer dizer que o colonialismo perverteu até o inconsciente.

— Parece que sim — diz Marthe. — É isso o que Théo quer dizer. Lembro-me que Malcolm X chamava esse fenômeno de "colonialismo mental".

— Quem, tia Marthe?

— Oh, meu Deus — suspira. — Você não conhece Malcolm X. Só assim reconheço minha idade e minha velhice. Malcolm X, que recusou um sobrenome e preferiu se chamar X, foi um grande líder afro-americano dos anos 60.

— Viva Malcolm X, então! O colonialismo mental, exatamente. É muito simples. Os primeiros números que lhe dei datam de 1960. E Stálin morreu quando? Em 1953! Foi ele quem começou, sim. Mas não explicamos tudo com a ditadura de um homem só! O mal vem de mais longe.

No século XIX, os russos começaram a proibir o uso da língua persa, impuseram a escrita cirílica, fecharam as escolas locais. Quando deram ínicio à cultura do algodão, o mal já estava feito. Os russos mudaram de nome. Chamam-se soviéticos e continuam a explorar a Ásia Central. O colonialismo!

— É sobretudo o método de planejamento — diz Renate. — Quando é autoritário, não funciona.

Alguém tosse discretamente, uma voz grave. Houdaïcoul vai falar, o papo começa a ficar sério.

— Justamente, acho que não é preciso dizer isso, senhorita Renate. Nasci sob o colonialismo russo, e ele se desenvolveu bem, muito bem, com bastante algodão! Quando é autoritário, todo mundo obedece. Por isso é que é feito assim, não é, Aléxis? Estou muito contente por ter reconquistado a liberdade religiosa. Gosto de rezar quando quero, onde quero. Por exemplo, na semana passada, fui ao túmulo do imã Bukhari, o primeiro a reunir os comentários do Corão. Um grande homem! O mausoléu acaba de ser restaurado. Sim, é bom ser livre. Quanto a mudar de sistema econômico, diga-nos como. Você quer que paremos de irrigar nossos campos? Que não cultivemos só algodão! E onde conseguiremos água?

— Pronto! — digo triunfante. — Eu não disse? Problema de raciocínio!

— Diga logo que sou um retardado! — exclama Houdaïcoul,

envergonhado. — Existe no mundo um só lugar onde a irrigação seja feita de outra forma sem ser bombeando água?

— Não, mas o que fazem com a água é diferente. Sim, meu caro Houdaïcoul, existe um lugar que era um deserto e hoje é um jardim. A água lá é usada de maneira rigorosamente econômica, distribuída gota a gota pela tubulação cheia de furinhos minúsculos, da qual é preciso cuidar engenhosamente. Trata-se de um processo bastante minucioso, mas muito eficaz. E esse lugar se chama Estado de Israel.

— Que é isso! — exclama Prem indignado. — Como você pode defender um Estado que pratica o colonialismo...

— Pronto — diz Renate. — Se a gente começar a discutir sobre Israel e os palestinos, nunca falaremos do mar de Aral.

Coloco as mãos sobre a mesa, irritado, e murmuro:

— Tia Marthe, ajude-me. Estamos misturando tudo. Socorro!

— Voltemos ao princípio! — diz tia Marthe. — Não só o colonialismo é mortífero para os colonizados; mesmo depois, quando desaparece, continua a impor raciocínios errados. Todo mundo concorda?

Todo mundo se cala. Ninguém parece concordar. Houdaïcoul suspira. Vou adiante.

— Vejam bem, nos anos 50, na época do protetorado, os franceses quiseram ligar o mar interior de Chott el Djérid, perto da cidade de Tozeur, ao Mediterrâneo. Por quê? A fim de provocar uma mudança climática levando as águas do Mediterrâneo para as regiões baixas da Tunísia, até esse oásis secar. E como queriam fazer isso? De maneira bem simples. Bastava uma bela descarga nuclear para o maciço montanhoso ir pelos ares!

— Mesmo quando as nações se tornaram independentes — diz Prem —, não deixou de haver projetos gigantescos para organizar a distribuição das águas, e, quando esses planos são postos em prática, os resultados são muito contraditórios. Quantos projetos de barragem estão em curso? Quantos vales serão inundados para alimentar as cidades de eletricidade? Veja o futuro da barragem sobre o rio Narmada, na Índia. Desaprovo essa idéia, Théo, mas compreendo que nosso sonho é mudar o clima, mesmo que forçando a natureza. É um belo ideal.

— Você acha?

— Claro! Esses projetos desmesurados são corajosos.

— É corajoso bombear o mar de Aral até seu esgotamento?

— Estúpido, mas corajoso, sim, Théo.

Resolvi não me aborrecer. Mudemos de estratégia.

— Falemos de um outro caso. Interessante, porque se passa na África, num país libertado antes dos outros, em 1958. A Guiné. Até os anos 70, os soviéticos, parceiros quase exclusivos dos guineanos desde a independência, enviaram para essa parte da África, em plenos trópicos, adivinhe o quê? Limpa-neve. E os tchecos mandaram toneladas de bidês, para servirem como contraceptivos para as mulheres...

— Como assim, bidês? — diz Renate. — Nem sei o que é isso!

— Vasos de porcelana onde a pessoa se senta e lava o traseiro — diz Marthe. — Antigamente, nas famílias burguesas, o bidê era usado, depois do coito, para lavar a vagina e retirar o esperma. Nem é preciso dizer que não adiantava nada!

— Não são raciocínios sólidos, são projeções insignificantes — diz Prem. — Um país colonizador projeta necessariamente seus modos de vida sobre outros. Da mesma forma, os britânicos nos impuseram o críquete e o chá com leite, igualmente ridículos, mas demos um jeito, indianizamos esses hábitos. Os limpa-neves na Guiné serviram sem dúvida para tirar as árvores das pistas, e os bidês viraram banheiras para bebês, estou enganado?

— Claro que não! — diz tia Marthe. — Na África, ninguém quer perder esses tesouros!

— É uma questão que, na Índia, conhecemos na ponta da língua. Uma de minhas amigas sociólogas, Ashish Nandy, escreveu um livro cujo título resume meu pensamento: *The intimate ennemy*. O inglês é o inimigo íntimo. Desde 1947, ele se foi, mas continua dentro de mim, em minha intimidade. O que eu, um indiano, posso fazer com meu fantasma de colono britânico?

— Você preferia voltar ao tempo dos mongóis, pelo amor de Deus! — exclama Marthe. — É tão mais cômodo.

— Sem dúvida, Marthe, sem dúvida, mas há outras vias. O colono pode querer impor suas manias, mas o colonizado sabe desviá-las direitinho! Ele pega, ele larga! Na Índia, foi isso o que fizemos. Analise a estratégia de Mahatma Gandhi. Ele queimava as roupas feitas na Inglaterra com o algodão indiano revendido por um preço muito alto ao Império Britânico, mas não tocava no telefone nem nos relógios, tampouco atacava os trens, pelo contrário. O anticolonialismo inteligente consiste em se servir dos progressos que os colonizadores levam, purgando-os economicamente, até eles irem embora. Queimar os tecidos ingleses, fazer greve geral, usufruir do sal à beira-mar para não pagar as taxas que enriquecem o inimigo, isso é inteligente. O colonialismo impõe esquemas, acho, mas não se pode dizer que esses esquemas sejam desprovidos de características interessantes, isso não.

— O colonialismo faz parte da história — murmura Houdaïcoul. — Houve os mongóis, houve os russos, agora os americanos. Seu país, a França, nunca foi colonizado?

— Sim! — diz Marthe. — Fomos colonizados pelos romanos, mas depois de uma terrível resistência.

— Asterix — diz Prem. — Conheço, foi traduzido para o híndi! Vocês, os gauleses. E depois, nada?

— Perdemos guerras e nosso território foi ocupado por tropas estrangeiras, mas... Desculpe-me, Renate.

— Não se incomode comigo — diz Renate. — Os nazistas ocuparam a França durante quatro anos, e, à guisa de revanche, nós, os alemães, do Leste, fomos ocupados durante cerca de quarenta anos. Sabemos o que isso faz com as mentes. São muros. Uma vez erguidos, duram a vida inteira, não caem. Nunca!

Algo acontece. Renate está muito emocionada. Tia Marthe passa o braço em torno do ombro dela.

— Continue, minha querida. Houve algum drama em sua família?

— Sim, diz Renate — minha amiga tem lágrimas nos olhos. — Depois da queda do Muro de Berlim, meu pai escolheu viver numa cidade de sonho, bem ao lado de Pondichéry, na Índia do Sul. O nome do lugar é Auroville. As pessoas vivem lá juntas e separadas ao mesmo tempo, numa comunidade de idéias e de crenças. Quando se instalam, recebem dinheiro e um terreno para construir a casa que quiserem. Meu pai pensou durante muito tempo. E a primeira coisa que fez foi construir em volta da casa um muro. Um muro! Ele, que tinha sofrido tanto por viver em Berlim Oriental! Disse-lhe que estava muito preocupada com ele por causa dessa atitude. Você sabe o que ele me respondeu? Que era melhor para sua saúde mental ter um muro construído do lado de fora que do lado de dentro, na cabeça.

— Ninguém o impediu?

— Auroville é uma cidade onde os espíritos são livres; se alguém quiser se acorrentar, é livre para isso — diz Renate. — Depois, as monções estragaram o muro, e ele diz que a natureza faz seu trabalho. Meu pai é um pouco estranho. Mamãe e eu deixamos Berlim, e vivemos em Frankfurt, onde estão enterrados os antepassados dela. A gente vai vê-lo todos os anos. Ele perdeu um pouco seu muro interior, mas não vive mais conosco. A respeito do colonialismo mental, acredito que Théo tenha razão.

Quando fecho os olhos, vejo imagens. Moscas sobre as feridas, braços decepados. Guerra após guerra, por causa do Ocidente, desde o século XVI. E quem vai dizer que o colonialismo não é nosso erro? Oh, desculpem, é erro da história?

Vou bancar o orador, como num *meeting*. Não é meu estilo, mas continuo meu sermão.

— Ouviram Renate. Quanto aos estragos nos espíritos, vocês concordam comigo, não? Chamo colonialismo à exploração desenfreada das terras, de onde quer que venha a decisão. Chamo colonialismo às decisões autoritárias, sem se consultar a população. Chamo colonialismo à imposição de um só raciocínio, e não me diga que vocês não entendem o que digo! Chamo colonialismo à dominação de um mundo totalmente comercial, obcecado pelo dinheiro e pelo lucro. Fui claro?

— Bravo! Meu sobrinho é revolucionário! — diz Marthe com uma expressão divertida.

Houdaïcoul está boquiaberto.

— Felicitar alguém porque é revolucionário! É melhor ouvir isso do que ser surdo — diz Aléxis, o russo. — Porque eu, os revolucionários, eu os...

— Então se cale — diz Houdaïcoul. — Na Europa, não se tem a mesma idéia sobre a revolução. Mas me diga, senhor Théo, desse ponto de vista, o mundo inteiro é colonizado, estou certo?

Sim. Pois é! Isso é básico!

— Colonizado pelos americanos, então? — ele continua. — Wall Street, o dólar e tudo mais?

— O problema não é esse! O mundo é colonizado pelo liberalismo, que não é só americano! O liberalismo não tem origem, atravessa as fronteiras, é mundial.

— Não sabia — diz perplexo. — E o colono é quem?

— Todo mundo! Seu governo, o nosso, todos os outros! É preciso pôr a humanidade de ponta-cabeça!

— Isso seria bom — ele suspira. — Nesse caso, acho que vou

dormir. O senhor tem pensamentos bem perigosos, senhor Théo. Muito perigosos...

E lá se vai Aléxis com passo miúdo.

— Antes de dar lições àqueles que estão saindo do jugo, você deveria refletir mais, meu sobrinho — diz Marthe. — E se você quer mesmo virar a humanidade de ponta-cabeça...

— Não exatamente de ponta-cabeça, quer dizer, acho que exagerei um pouco...

— O irritante nos ecologistas é que exageram em quase tudo — ela continua. — Com seus desejos de ponta-cabeça, você parecia um khmer vermelho...

— Eu? Oh, Marthe!

— Você, sim! Falou num tom que não me agradou. Mas vocês, ecologistas, são todos iguais! A semente da ditadura não está longe!

— Théo, ela tem razão — diz Renate.

— É melhor você não se meter! Depois do que vi na África, tenho o direito! Todos os direitos!

Elas se olham, cúmplices. Qual das duas vai me fuzilar?

— Estou cansada — diz Marthe. — Todo mundo para a cama!

— Venha, vamos nos deitar — diz Renate.

— Também vou — diz Prem. — Mas tenho uma pergunta a lhe fazer. É muito estranho, sinto em você uma presença hostil, que lhe faz mal. Contra quem você luta na verdade, meu garoto?

Sinto uma pontada no peito. Sei. Gosto da morte um pouco além da conta.

Excetuando as rachaduras de sal na terra seca, não se vê mais nada do mar desaparecido. Brumas brancas, planeta morto. Parece que ao norte do Grande Mar, no Cazaquistão, o porto de Aralsk está agora a oitenta quilômetros da água: carcaças de barcos, areias salgadas e pessoas com câncer de estômago. Falta pouco para o local se parecer com o cenário de *Guerra nas estrelas*, falta apenas Darth Vader. Vestida de saia longa cáqui e com um turbante na cabeça, Renate também parece um fantasma. Como meus cabelos estão compridos, uso um gorro de lã negra *urban wear*, para não piorar o cenário.

Tento imaginar como eu veria esse mar se nada soubesse do desastre que o atinge. Talvez o visse como um lago perdido no horizonte, poético, pontilhado de ruínas românticas de ferro carcomido...

— É feio — diz Marthe. — E os portos são extremamente distantes do espelho d'água, é desesperador!

— Há quem pense que, em lugar do algodão, deveriam recomeçar a cultivar cânhamo — diz Houdaïcoul. — É uma planta fibrosa que não precisa de água e que serve de adubo. Dizem que o cânhamo regenera os solos... Viram nossas amoreiras? Desde a independência, recomeçamos a fabricar seda como antes. Por que não tentar voltar ao cânhamo?

— O pior são as doenças — diz Aléxis, o taciturno. — Alguns dizem que as crianças adoecem por causa da água. Parece que os recém-nascidos sofrem freqüentemente de tuberculose, diarréias, tudo quanto é tipo de porcaria. Não sei até que ponto o que dizem é verdade.

Praticamente só o que se pode fazer é combater a tuberculose, a anemia, o câncer em bebês. Voltar ao estado anterior é impossível. Tenho diversos amigos ecologistas para quem essa região está literalmente morta, como nos arredores de Chernobyl. E aí, devemos abandoná-la?

— Isso não! — diz Renate. — Você não acha que deportaram bastante gente para cá? Nada de abandonar, devemos lutar!

— Com o quê? Aqui, perto do mar de Aral, não há recursos!

— Justamente — diz Houdaïcoul. — Talvez só haja o museu de Nukus. Se você quiser, a gente pode ir lá dar uma volta...

Um museu! Em Nukus! No olhar de tia Marthe, leio uma resignação infinita.

— Em geral, os visitantes ficam muito surpresos — ele diz. — E agora os russos lutam para recuperar as obras...

— Obras de arte? De quem, ó deuses? — diz Marthe.

Minha tia é terrível. Uma esnobe!

— De artistas... — murmura Houdaïcoul, um tanto incomodado.

O museu: um casarão do século XIX caindo aos pedaços, com a aparência nobre da burguesia endinheirada; no ar, cheiro de coisa fechada com toques de mofo. Sem graça por fora. Mas ao entrarmos tudo muda.

Paramos na soleira, como se estivéssemos entrando num lugar sagrado. Malconservado, há vestígios de consertos feitos com os meios possíveis, mas sentimos que há uma energia latente;

somos tomados por uma piedade que nos deixa fora do mundo, não encontramos outros visitantes. Quem virá contemplar esse amontoado de coisas? Quem olhará essas vidas exiladas? Mesmo assim, as obras estão ali. Em todas as paredes, telas dependuradas, algumas com pregos, outras com barbante, quando não os dois; umas sobre as outras, mal se vê o branco do fundo. Há um pouco de tudo, retratos e paisagens, mas há uma constante: linhas abstratas, sombras malva, ruelas brancas, pedaços de parede verde-água, cúpulas à Matisse, rostos à Picasso, mercados vermelhos, fundições brancas. Que salada! Um verdadeiro *tamasha*.

Prem passa lentamente diante de cada obra, dedica um minuto a cada uma delas, como para lhes prestar uma homenagem idêntica. Houdaïcoul observa nossas reações. Não gosto muito que me vigiem; então caminho, passo rápido, pego Renate pela mão e vou embora; tudo bem, mas com Marthe é diferente. Ela pára, recua, se admira, queixo para cima, rechonchuda e de olhos marejados.

— É magnífico, nunca vi igual! — murmura. — Agora entendo! São obras dos pintores exilados durante o período soviético, não é?

— Como eu lhe dizia, senhora, apesar de seu desdém — responde Houdaïcoul. — Como as obras abstratas eram proibidas, seus autores foram enviados para cá... e descobriram o imenso sol de Samarcanda. Deixaram-se seduzir, olhe como é bonito!

Milhares de telas esquecidas no futuro deserto em que se transformou o mar de Aral.

Com mil precauções, a curadora abre uma gaveta da qual retira frágeis papéis desenhados. Estrados de cama de madeira, uniformes de prisioneiros, dorsos nus, corpos amontoados. Muito pouco diferentes das raras fotos feitas nos campos de concentração, um bando de gente desnutrida para imolação. Desenhos feitos no Gulag, com um traço furioso e preciso, para preservar a memória dos campos que não se fotografavam. Numa caixa de fósforos, gravuras clandestinas. Algumas dezenas de obras sobreviventes, dentro de uma gaveta no museu desconhecido da cidade de Nukus.

A curadora fecha delicadamente a gaveta da infelicidade, depois nos oferece chá, no interior de uma iurta especial. Ela é uma mulher bem bonita, esguia. Saudações, agradecimentos, despedida. Breves passos pelo calçadão onde crescem algumas árvores baixas e mirradas, mas vivas. Crianças brincam num banco de areia. Famílias, pequeno carrossel, sentamo-nos num banco. Marthe não parece contente.

— Vocês compreendem por que os museólogos russos enfrentam tanta dificuldade para recuperar essas obras? — diz Houdaïcoul. — Parte da história deles está aqui. Mas não conseguirão levá-las. Foi aqui que esses pintores reencontraram o gosto pela vida. Sua terra de exílio era e deve continuar sendo o Uzbequistão.

— *Tsss* — diz Prem, entre os dentes. — Retirar as obras desse museu seria traí-los ou trair sua história.

Uma bola bate na perna dele. Prem a pega e a entrega a uma menina de vestido cor-de-rosa, olhos puxados, soquetes brancas, rabo-de-cavalo preto.

— Está sozinha?

— Com minha avó — diz —; ela está ali. Vovó não enxerga mais, por isso tomo conta dela. É muito, muito velha, tem mais de cem anos. Quer falar com ela?

Prem levanta-se, nós o acompanhamos. A senhora muito, muito velha, numa cadeira de rodas, usa óculos de lentes grossas, por trás dos quais se vê um par de olhos de um azul-esbranquiçado. Ela ainda tem o ouvido apurado, pois levanta uma das mãos para nos receber.

— Minha bisneta foi incomodar vocês? — diz com voz frágil. — Sultana, você é muito mal-educada. Queiram desculpá-la, por favor. Mas fico feliz por conhecer vocês. Muito prazer, Natalia Ivanovna Boukhirova. Estou nesta cidade desde, deixa eu ver... Não sei mais. Antes eu morava em Bukhara com meu querido marido. Mas, desde que ele morreu, prefiro morar perto do museu. Minhas pinturas estão lá.

— A senhora é uma artista! Uma russa? — diz Prem. — E não quis voltar para o seu país?

— Oh! — diz a velha senhora —, tentei uma vez. Faz vinte anos. Ou trinta? Não sei mais. O presidente era... como era mesmo o nome dele? Boris, acho. Um mujique, um bêbado! Indigno da Rússia. Não tive vontade de ficar lá. Voltamos logo para Tashkent. Sou russa, mas meu falecido marido era inteiramente uzbeque, e essa menina se chama Sultana. Minha família está aqui, e quero morrer ao lado de minhas telas. Vocês foram ao museu? Foram? Então viram... Os minaretes de Samarcanda, fui eu quem pintou, e o suk vermelho, o mercado, também viram? E o retrato do velho rabino de Bukhara? Não posso mais vê-los. Fico tão feliz quando os visitantes entram naquele museu...

— Está falando demais, babuchka! — ralha a pequena Sultana. — O doutor disse que a senhora não pode se cansar... Vamos pra casa.

— Por favor — diz Prem. — Se permitir, gostaríamos de acompanhá-la, Natalia Ivanovna.

Ela levanta os olhos cegos e sorri. Vamos com ela até sua casa, uma pequena construção que dá para um jardim. E, no último instante, não sei como aconteceu, tomo a mão dela para beijar. Uma pele muito suave envelhecida, como papel de seda.

— Muito bem — diz Renate. — Você está agindo de acordo com a tradição.

Eu, um beija-mão!

Ao cair da noite, sentamo-nos em círculo no tapete, agasalhados com xales e cobertores. Bebemos chá em silêncio. Renate se aconchega a mim.

Quando nos separaremos? Ela me acompanhará ainda? Gostaria tanto. Dou-lhe um beijo no pescoço e lhe pergunto: "Tudo bem?". Ela faz sinal que sim, mas baixa a cabeça. Parece estar lendo meus pensamentos...

— Você e Marthe irão para onde depois? — pergunta-me ao ouvido.

Eu a aperto contra mim; digo-lhe: "Camarões".

— Ah — diz. — Então é em breve.

Tudo bem. Vamos nos separar. Ela não irá comigo, acabou. Conheço esses momentos que oprimem o coração, ficamos tristes, instante delicado, depois passa, tudo bem. Pequeno alívio. Quando Renate partir, vou reatar com Bozzie. Minha Renate se espreguiça, é corajosa. E observo tia Marthe, que nos espia com olhar preocupado.

— O que vocês estão conspirando?

— A gente falava da ação do homem sobre a natureza, minha tia.

— Seu nariz está crescendo, meu sobrinho. Você mente muito mal!

— Eu? Eu falava à Renate da siclemia, não é, Renate?

— De quê? — exclama Marthe.

Invento. Falar da siclemia resolverá o problema.

Não quero que Marthe se meta na minha vida.

— A siclemia. É uma doença do sangue que só existe na África Ocidental... Uma anomalia congênita dos glóbulos vermelhos, geralmente mortal.

— Não vejo a relação — diz Marthe. — Onde está a ação do homem?

— Pois bem, a siclemia apareceu na mesma época que a malária, conhecida também como impaludismo, há alguns milênios, já nem sei quando! Na época, os primeiros agricultores desbravaram a floresta de forma intensiva, destruindo ou expulsando a fauna.

— O desmatamento agora — diz Marthe. — Era esperado!

— Estou falando dos primeiros arroteamentos, no período pré-histórico!

— Não é um desmatamento?

— Não! Ou seja, é! Você me confunde, tia Marthe. O problema não é esse. O que conta é o processo. Os homens desmatam, cortam as árvores, criam pântanos, acumulam água parada, e aí surge o impaludismo. Vê o resultado?

Silêncio. Eu me sinto mal. Não posso perder Renate. Estou pouco ligando para a siclemia. Marthe também. Estamos quites. Tudo ia mais ou menos, agora sujou.

— Sinto muito, Théo — diz Renate. — Sinto muito lhe dizer, mas você esqueceu o essencial. A siclemia só é mortal quando herdada da mãe e do pai...

— Geralmente mortal, eu disse! Por que você está rindo?

— Por quê, ora! Se a doença for herdada só de um dos pais, a mutação no estado heterozigoto tem conseqüências positivas, e isso você não diz. Se um só de seus pais lhe legou o gene da siclemia, você está mais protegido contra o impaludismo... Protegido, Théo, está me ouvindo?

— Um minuto — diz tia Marthe calmamente. — Não sou da geração que estudou os fundamentos da genética. Estou perdida, meninos. Vocês podem recomeçar?

Renate me lança um olhar meio indefinido, ar receoso.

— Se eu estiver indo muito depressa, me diga, certo? *Sickle*, em inglês, quer dizer "foice". Dessa palavra inglesa veio a palavra *siclemia* — em inglês dizem *sickle cell anemia*, ou seja, "anemia em forma de foice". É um tipo de anemia que confere aos glóbulos vermelhos a forma de foice (daí o nome), por causa de uma mutação que ocorre no gene da globina. Até aí tudo bem, dona Marthe?

— Globina, não sei o que é — resmunga.

— Vamos! A palavra *hemoglobina* lhe diz alguma coisa, não?

— Não muito!

— Ah, sim, o *hemo, natürlich*! Você não sabe o que é. *Gut*. Então digo logo que *hemo*, o sangue, é o que permite transportar o oxigênio.

— Devagar, Renate — diz Marthe. — Repita.

— A globina fixa o *hemo*, que carrega o oxigênio, ou seja, ele o transporta. E a *hemoglobina* é um agente desse sistema de transporte.

— Um caminhão carregado de oxigênio, então?

— Exatamente. E a doença de que falamos afeta o gene da globina.

— A siclemia?

— *Correct!* Podem ocorrer mutações no gene da globina. Como cada célula possui duas cópias do gene, em geral, não há problema se uma das cópias ficar intacta. Entretanto, se os dois pais carregam um gene ruim, podem legá-lo aos filhos — chamamos esse tipo de homozigoto. Nesses casos, a siclemia revela-se mortal. Os geneticistas sabiam disso desde os anos 50, mas um dia descobriram que o gene da siclemia tinha se mantido numa freqüência elevada, e particularmente nas regiões atingidas pelo impaludismo. Por que as pessoas sobrevivem, já que a siclemia é mortal, e por que justamente nas regiões infectadas pelo impaludismo? Grande enigma!

— É mesmo curioso — diz Prem. — E aí?

— Aí os geneticistas se interessaram pelos indivíduos que tinham herdado apenas um par de cromossomos ruins — ou seja, pelos heterozigotos.

— Há pouco você falou do "estado heterozigoto".

— Sim! Os heterozigotos são infectados pelo impaludismo, mas são mais resistentes a ele. E o que os protege é o cromossomo ruim da siclemia. Não é surpreendente?

— Isso quer dizer que há defeitos que protegem? — diz Marthe.

— Nada disso. O ponto de partida é o impaludismo. Nós sabemos...

— Nós, quem?

— Os estudiosos da pré-história, os antropólogos, os historiadores, os biólogos, os geneticistas, todos os que se encontram no cruzamento entre a natureza e a cultura — enfim, onde se dá a ação do homem, como diz Théo. Eles sabem há certo tempo que a passagem da caça à agricultura traz freqüentemente a malária.

Era exatamente o que eu dizia! Por que me contradizer?

— Porque a malária acompanha o homem, do qual depende para existir. O que você não entende, Théo, é que a evolução em seu todo é um gigantesco jogo de perde-ganha. Quem tem o maior interesse nesse negócio? A malária. Não é o mosquito, do qual, por enquanto, poderíamos dizer que está pouco ligando se transmite ou não a doença. Não é evidentemente o homem, que a malária mata. Mas a malária tem imperativamente necessidade de mosquitos e de mamíferos para sobreviver. Isso quer dizer que, iniciando o processo do desmatamento na África Ocidental, e ao criar pântanos, o homem deu origem a um ecossistema ao qual o plasmódio, o agente do impaludismo, se adaptou.

— Você quer dizer que a malária protegeu o homem intencionalmente? — diz Prem.

— Ai! Total contra-senso, senhor Prem. A malária não protegeu ninguém! Repito. Primeiro, o plasmódio, agente do impaludismo, infecta o homem através das picadas do mosquito. Segundo, a anemia falciforme, ou seja, a siclemia, sob a forma de heterozigoto, protege o homem contra o impaludismo. Terceiro, eis como se explica a alta freqüência do gene modificado nas populações em que o impaludismo ocorre. A natureza não tem nada de intencional. O plasmódio tinha interesse em sobreviver sem necessariamente matar todos os humanos, isso sim. A mutação se produziu sem dúvida em todas as populações do globo, mas não foi selecionada por toda parte. Precisou de condições especiais. O gene modificado foi selecionado no seio das populações próprias das regiões em que a malária se reproduz bem, pois são locais que proporcionam uma vantagem aos indivíduos heterozigotos, que resistem melhor a essa doença. A criança heterozigota afetada apenas pelo lado paterno ou materno da siclemia certamente sofrerá de anemia, terá dificuldades para respirar em altitude, mas não sofrerá de impaludismo. Não morrerá nem de siclemia nem de malária.

— E os outros? — pergunta Marthe.

— Quais são os que morrem? — diz Renate. — Os que herdam o gene dos dois pais, e falecem muito jovens, e os que não têm em absoluto o gene da siclemia, mas que, infectados pelo impaludismo, quase sempre morrem devido a essa doença. Esse custo em vidas humanas é muito elevado, pois, automaticamente, uma em cada quatro crianças é homozigota. Assim, uma em cada quatro crianças morrerá de siclemia, e uma em cada quatro será suscetível ao impaludismo.

— Concluo daí que a malária seleciona os heterozigotos — diz Marthe. — Pois bem! Não imaginava que isso fosse possível.

— Eu diria um pouco diferente. A malária seleciona os heterozigotos portadores da mutação do gene da globina. É preciso prestar muita atenção, pois os geneticistas podem cair na armadilha de certas demonstrações. Imagine que se diga, por exemplo: "O plasmódio decidiu atacar o homem. Para sobreviver à malária, o homem modificou o gene da globina a fim de se tornar resistente ao impaludismo". O fato é que essa formulação não seria aceitável, porque a natureza, repito, não é dotada de nenhuma intenção.

— Mas quem seleciona afinal?

— A seleção se faz ininterruptamente, o tempo todo, a cada instante. Em genética, temos um exemplo muito conhecido, o da borboleta da bétula, na Inglaterra. Nos campos, é branca, nas cidades é preta. Por quê? Porque se adaptou geneticamente ao meio.

— Fantástico — diz Prem. — Não está muito longe das teorias hinduístas. A natureza em sua totalidade vale mais que a humanidade. Muito curioso!

— Não terminei — diz Renate. — E não estou falando em termos de valores; falo em termos de interesse por determinada espécie. Na cidade, onde foi descoberta quando as paredes ainda eram negras de fuligem, a borboleta da bétula tinha interesse em ficar preta, para se esconder dos predadores ao pousar nas casas. Nos campos, onde as paredes são limpas, é mais seguro ficar branca... Quando os animais se fazem notar pelas cores, é porque são tóxicos para os predadores, que aprendem a evitar presas de beleza muito evidente. A falena da bétula não é tóxica, então ela se adapta. É bem simples: primeiro, a sobrevivência. Pela mesma razão, as bactérias buscam logo se adaptar aos antibióticos que podem destruí-las, e dessa maneira se tornam resistentes a eles. E, voltando ao impaludismo, essa maldita doença aprendeu a se defender dos tratamentos contra ela.

— Talvez eu seja idiota, mas não entendo por que você fala dos interesses da malária.

— Oh, Théo! Acabo de explicar! Se não houver mais nenhum ser humano, se a malária destruir a todos, como ela vai sobreviver?

— Ela precisa constituir reservas, em suma.

— Assim voltamos ao começo — diz Renate. — Você fala como se a malária fosse dotada de razão e de psicologia!

— Sim, ouça: quando luto contra as febres que acometem as crianças, a imagem que me vem é que estou lutando contra uma bruxa malvada. Você critica a minha linguagem, mas isso tem importância?

— Entre os geneticistas? E como! Cada palavra é pensada, senão a gente pode se enganar na pesquisa. Não é a malária que faz suas reservas. O sistema evoluiu de tal forma que essas reservas passaram a existir... Mas essa estratégia escapa à malária, Théo, já que implica modificações nos genes do hospedeiro sem que a doença tenha nenhum poder de manipulação sobre eles. E seguindo esse raciocínio chego a conclusões diferentes das suas. No caso da siclemia na África Ocidental, o primeiro arroteamento, uma ação do homem sobre a natureza, provocou processos em cadeia, que, em alguns casos, levaram à proteção do homem contra a doença através de uma outra doença. É dialético.

— Sempre o palavrório — sussurro. — Dialética! Você complica para me desqualificar.

— Mas, Théo! Você não pode estar certo o tempo todo! Você se enganou e basta.

A gente se mede de alto a baixo. Encaro Renate, os olhos dela fuzilam, está irada. Não suporta nossa separação. Agride-me para não sofrer. Ou então não compreendi nada de genética. Tudo é possível. Estou muito apaixonado.

— Calma, crianças! — exclama Marthe. — Vocês não vão discutir por causa de uma doença do sangue! É ridículo! Agora preciso saber quem fala a verdade.

— Tenho talvez uma resposta — diz Prem. — Recentemente, li um artigo de 1958, de um sujeito chamado Livingstone, publicado numa revista americana de antropologia. E acredito que foi ele quem demonstrou a interação entre o arroteamento, a siclemia e a malária. Parece que os momentos críticos foram os de grandes alterações no meio ambiente. Arrotear uma floresta, passar da caça à agricultura representa uma enorme mudança. A malária apareceu nesse momento crítico da história. Temo que nossa amiga Renate esteja com toda a razão. Não é a primeira vez que pegamos Théo em flagrante delito de simplificação, não é?

Théo se cala. Está humilhado.

— Não ligue, Théo — cochicha Renate ao meu ouvido. — Eu te amo assim mesmo.

O cretino do Théo afasta Renate. Ergue-se num salto, vai para o quarto e bate a porta com força. O que me deu para falar dessa merda de siclemia! Dou um soco na parede, estou com raiva. É verdade, ora! Não quero perder Renate. E se eu a levasse comigo? E se eu casasse com ela?

Ela escorregou para a nossa cama e fizemos amor numa espécie de transe. E depois, mais suavemente, como para nos aquecermos. Nós nos entrepenetramos como nunca. De manhã cedo, tentei convencê-la a me acompanhar, e ela nada mais fez que levantar uma das mãos. Cabeça-dura. Vá para o Ganges.

— Seu dossiê sobre o mar de Aral está pronto? — ela me pergunta num tom neutro. — Precisaria acrescentar duas ou três coisinhas. Primeiro, os dinamarqueses testam neste momento uma solha que se adapta bem ao mar de Aral...

— Uma solha! Está brincando!

— Por quê? Elas se reproduzem! Depois, há um crustáceo minúsculo, a artêmia, que constitui fabulosa fonte de alimentação para os peixes de viveiro, e imagine...

— Um crustáceo, agora. Tem certeza?

— Verifique! *Artêmia*. É uma espécie que só pode viver em alta salinidade. Não chegamos ainda a isso, mas acontecerá. Um dia, o mar de Aral poderá alimentar peixes de viveiro. Entendeu bem?

Calo-me; queria que ela ficasse comigo, beijo-a.

— Mas você fez anotações sobre o mar de Aral, não fez?

Devo ter dito um *sim* pouco convincente. Renate então verificou em meu laptop. Não havia nada, claro. Nenhuma anotação.

— Você quer trabalhar? — ela diz baixinho.

Peguei o laptop e o fechei.

Isso foi anteontem.

Voamos para a África, rumo a Iaundê, a capital de Camarões. Tia Marthe cochila ao lado de Prem. Dá uma olhada nesse psi! Armou um verdadeiro circo diante da vacina contra a febre amarela — odeia injeções! Dei-lhe para valer uma picada na nádega. Ele tem um pouco de febre, mas, como de costume, está lendo, sinal de que está bem.

Renate e eu nos despedimos no aeroporto de Tashkent, aonde chegamos de avião vindos de Nukus. Uma pista não é o lugar ideal para despedidas. Cheiro de gasolina, motores ligados, ruídos e zumbidos, jatos de calor e vento encanado, técnicos agitando bandeirinhas para dar ordem aos aviõezinhos, e nós, os apaixonados, em cena de adeus nesse aeroporto da Ásia Central. Renate embarca para Benares. Demo-nos um beijo em cada face, acariciei os cachos ruivos dela, Renate caminhou pela passarela, chegou a se voltar como no final de um filme para fazer um sinal com uma das mãos, enquanto o pequeno diamante na asa do nariz faiscou ao sol, uma centelha de deslumbramento. Sumiu.

Esperando o avião que ia nos levar ao oeste do planeta, tive vontade de telefonar para Bozzie, para ver se eu tinha perdoado aquele cara na cama dela. Bozzie estava acordada, foi gentil. Eu, não muito amável. Ela arrancou de mim um encontro rápido durante a escala no aeroporto de Roissy, antes de nossa partida para Iaundê. Concordei sem protestos. Por quê? Responda você.

O QUE PENSAVA TIA MARTHE

Ignoro por que, à beira do mar de Aral, me lembrei de Delfos. É um lugar que amo, um santuário familiar para mim. Levara Théo lá depois de ficar curado. Esse meninão ecologista é metade grego! Eu queria que ele terminasse de se curar respirando um pouco o ar da Grécia mítica da qual provém. Um pouquinho só! Não sou do tipo que quer meter na cabeça das crianças os germes de uma identidade duvidosa, não ia plantá-lo no antigo oráculo de Apolo, obrigando-o a encontrar ali sua origem grega. Queria simplesmente que fizesse um desviozinho na Europa, que fosse até o lugar em que o mito virou filosofia. Uma passadinha por ali, nada mais. E foi extraordinário. Nas ruínas de Delfos, reuni todas as pessoas que tinham contribuído para a cura dele. Todos, com exceção do xeique Suleyman, morto num atentado em Jerusalém oriental, alguns meses antes.

A última pítia deixou o santuário de Delfos depois que o imperador Constantino impôs o cristianismo como religião do Império Romano, em 380, no dia em que Teodósio, o Grande, publicou o edito de Tessalônica, banindo o paganismo. Sem sacerdotisa, pergunto-me, o que fez o deus Apolo? Morreu de fome, privado das fumaças dos sacrifícios? Ou se transformou numa oliveira? Durante a cerimônia que reuniu os amigos de Théo, parece que Apolo tinha saído do esconderijo. O céu estava puríssimo, o ar muito leve, não se ouvia uma única buzina inconveniente, e por um breve instante os turistas deixaram de tagarelar. Há momentos assim, suspensos, que escapam aos mortais.

A primeira vez que visitei Delfos, cheguei pela estrada que vem do mar. Na época, era um caminho sinuoso margeado de campos de oliva. Eu dirigia um velhíssimo 2 CV, que pifou numa curva. O mar estava ainda visível, e o que eu via? No Mediterrâneo, um assustador cemitério. A algumas centenas de metros do antigo santuário do deus Apolo, via carcaças de petroleiros enferrujados. Isso ocorreu nos anos 80 e acho que hoje não estão mais lá. Devem ter enviado os velhos petroleiros para terminarem seus dias em Bangladesh. Nosso mar interior estaria então salvo? Certamente não. O destino dos mares interiores não é bom, e sei de onde me veio a lembrança de Delfos. Do mar de Aral.

Um cemitério de carcaças de petroleiros no Mediterrâneo. Com a pesca desenfreada, os peixes desaparecem. Quando o problema não é a pesca, é uma alga imbecil que escapa do grande aquário do museu de Mônaco e devasta as profundezas das águas. O norte do mar se despovoa, o sul conhece uma demografia galopante, os *boat-people* afundam às centenas nas costas da Espanha e da Itália, e eu não saberia enumerar as guerras que, desde minha primeira visita ao santuário, fizeram o sangue correr em torno do Mediterrâneo. Entre croatas e sérvios, entre sérvios e albaneses, entre as duas metades de Chipre, entre os argelinos, sem esquecer o pior: Líbano, Israel, Gaza. Esqueci algum? Provavelmente. Sempre haverá em certa parte do mundo uma ilhota disputada entre o norte e o sul de nosso mar comum.

Morrer. Em Delfos, hoje visitamos ruínas. Por essas escadarias passaram milhares de pés para ouvir a tonitruante voz engrolada da pitonisa. Milhares de pés que caminharam tanto, pernas que se moveram num último esforço simplesmente para ouvir a palavra de um deus que hoje está morto. Morto! Posso sempre sonhar que Apolo se metamorfoseou em grua cinzenta e que poderia, sabemos, fazer milagres, mas isso não salvará o Mediterrâneo. São pensamentos tristes. Prefiro aceitar a idéia de que ele sumiu e me dedicar aos vivos.

Desde que melhorei, percebo os outros.

Antes, eu desconhecia esse estado de doença que é um prenúncio de morte, esse nevoeiro confuso em que nada conta. Conhecia apenas um eu enorme, que preenche tudo. Pensar que bastaram alguns dias na Índia para desfazer essa presunção! Minha dor? Um balão de criança cheio de gás. Três palavras no terraço à beira do rio, o balão estoura, *pchttt!* E eis-me de volta a mim. Os pés no chão, reduzida a meu eu normal. Ainda um pouco fraca, mas não infeliz.

Observo. Théo e Renate apaixonados, fingindo indiferença

para terem coragem. Observo a alemãzinha partir sem nenhuma razão, para bancar a tal, talvez para saber se esse jovem cão louco a ama de verdade. Vejo meu Théo de costas, precipitando-se para falar com sua louquinha em Paris, como é mesmo o nome dela? Bozicka. Vá saber por que não gosto dela. Nunca a vi, talvez esteja sendo injusta! Mas, quando Théo se pendura ao celular, parece preocupado. Provavelmente infeliz. Ofegante, fôlego curto. Não se preocupa mais com minha saúde. Só se preocupa com uma coisa, uma voz desconhecida que o domina de vez. Ela é bem jovem, acho. Magra, loura, o olhar esgazeado. Uma coisinha aterradora, vejo isso daqui.

Encontramos mulheres assim em todas as utopias. Ah! Se Théo soubesse! Eu também, nos Estados Unidos, conheci esse tipo de ilusão quando era hippie. Na época, estava completamente louca. Estava doente, é bom dizer. Não gosto de pensar muito nessa história que acabou com minha juventude, mas tenho de encarar. Não vou passar o fim de minha vida tentando esquecer! Tudo isso começou por causa de Kennedy. Em 1963.

Eu havia passado o verão em Chicago, aproveitando um estágio no departamento de história das religiões, e tinha emplacado um emprego de garçonete num bar, meu sonho na época. Ô Marthe, que sonho! Ainda hoje me pergunto por que queria a todo custo usar um aventalzinho bordado com flores por cima de uma saia muito curta, deixando as coxas à mostra — minhas pernas são o que tenho de melhor.

Naquele dia, eu tinha descolado uma roupa de Pernalonga, orelhas de pelúcia na cabeça e um pompom branco no traseiro; devia estar adorável. Rimos muito. Meus amigos, sem acreditar no que viam, tiravam fotos. De repente, veio a notícia.

Na tela, não estava muito claro. O corpo do presidente derreia na parte de trás da limusine, sua mulher o acode, deixando as pernas à mostra, os braços se estendem, tudo é muito confuso. Depois, no transcorrer das horas, as imagens se repetem, de modo que, de tanto ver e rever Kennedy desabar na televisão, terminamos por acreditar que vimos de verdade o cérebro de John Kennedy salpicar o tailleur de sua mulher, o famoso tailleur cor-de-rosa da famosa Jackie. Durante uma semana chorei com meus amigos e decidi ficar. Meus dezessete anos idealistas não aceitavam aquele assassinato. Resolvi fazer minha vida nos locais do crime, por não saber o que fazer para ajudá-los, "eles", os americanos, a humanidade. Oh! Não foi em vão.

Ele e eu nos conhecemos diante da televisão, e nosso amor nasceu no cemitério de Arlington, no formidável cortejo fúnebre de Kennedy. Quando o cavalo do presidente apareceu na tela, com as botas vazias viradas porque o cavaleiro não existia mais, ele segurou minha mão. Seis meses depois, eu era sua mulher. Casamento em Chicago, em uma grande cerimônia, de branco, aliança no dedo (meus pais tinham me emancipado), eu estava loucamente feliz, ele estava muito apaixonado por meus olhos azuis. Ele se chamava Tom, ainda sinto dificuldade de pronunciar seu nome.

Tommy foi para o Vietnã e não voltou. Lembro que esperávamos seu cadáver num *body-bag*, mas nada! Desapareceu na selva. Finalmente, declararam-no morto. Eu era sua herdeira. Fiquei à deriva. Ainda estou. Nunca consegui falar disso.

Com o tempo, sobrevivi. Segui o caminho de Katmandu, arrastei minhas polainas pela Índia no Himalaia, gelei vestida em sari de algodão leve à beira do Ganges, peguei ameba, meditei num canto perdido coberto de neve, *peace and love* e o poder das flores... De volta, comecei meus estudos de psicologia, incipientemente. Tinha outros amigos, todos simpatizantes do movimento Flower Power, e uma idéia nasceu, clara como o dia.

Bastava se isolar do mundo para melhor reconstruí-lo. Comprei alguns hectares de vinhedo em plena Califórnia, havia ainda lugares distantes da civilização naquela época. Formamos uma comunidade, de umas sete pessoas, um número sagrado, e queríamos mudar de vida. Fugir do capitalismo, viver em grupo, eliminar raiva e ciúme, praticar ioga toda manhã, cultivar legumes, comer nossas frutas, criar galinhas.

Marilyn, uma jovem loura, dava as instruções. Eu nunca falava de Tom. Estava com Lewis, um etnólogo americanista que passara um tempo na Venezuela. Ele tivera a idéia de alojar nosso grupo numa casa comunitária, uma grande casa redonda como a dos índios, para melhor partilhar, era o que dizia.

As paredes eram de alvenaria, mas o teto não. Era de palha! Os ameríndios vivem assim, iríamos fazer o mesmo. Queríamos viver numa casa de chão batido, mas, quando houve a primeira tempestade violenta, mudamos de idéia. Havia muita lama, não dava para agüentar. Mandei cimentar o chão, sobre o qual jogamos um tapete. As redes dos primeiros tempos não duraram muito. Bem depressa, para fazer amor, preferi um acolchoado e, para dormir, uma cama de campanha. Evidentemente, não tínhamos eletricidade, e para molhar jardim e pomar havia uma torneira só, um só ponto de água. Passamos um ano recorrendo a lampiões, e também ao LSD, que não causou danos. Os baseados são outra história. Como fumávamos muito, tocamos fogo nas palhas do teto, e rapidinho mandei fazer um banheiro com chuveiro, para nos protegermos melhor em caso de incêndio.

A eletricidade, lembro muito bem, nós a instalamos para que pudéssemos ler tranqüilamente, à noite, antes de dormir. Porque ao fim de certo tempo discutir todas as noites em grupo cansa, com o passar do tempo... E tínhamos muita necessidade de solidão. Leitura, solidão, que venha a eletricidade. Perfeito! Nossos casais se desmanchavam sem dor, a três por dois. O sétimo do grupo nunca ficava só por muito tempo. Ora eu estava com Tony, ou então com Arthur ou com Armando, mas não mais com Lewis, e, diga-se, ninguém queria ir para a cama com ele. Um escandaloso, que berrava na hora do orgasmo, nossa! Quando se vive em grupo, essa atitude é obscena.

Mas ele não foi embora. Estava sempre lá, olhando nossas refregas com o canto do olho, acendendo a luz na hora H, anunciando tremores de terra, espocando sua Polaroid em plena noite. Nós o mandamos passear. Éramos agora seis. Winona ficou grávida, os três companheiros reivindicaram energicamente a paternidade, Winona escolheu Arthur, acabou-se aquela história de troca de casais. Estabilizamo-nos, depois brigamos. Por causa de Winona, que não estava muito bem. Finalmente chamamos um médico, ele mandou que a levássemos depressa ao hospital, em virtude de uma forte anemia. Ela teve uma menina, Dolly, um amor de bebê, mas não voltou para nossa casa. Arthur foi atrás dela, agora éramos só quatro.

Mas, para o pomar, os trabalhos domésticos, as vinhas, a cozinha, os cursos, o artesanato, quatro era pouco. Não dávamos conta. Tony e Armando se juntaram, não restava mais ninguém para Marilyn nem para mim, ela então se foi. Fui para Chicago.

Também queríamos um ar mais puro, uma vida natural, a volta aos valores fundamentais. Também não queríamos guerra, nem indústrias, sonhávamos com rios cristalinos. Procurávamos proteger a terra, vivendo como os adamitas, bem próximos da nudez do paraíso. Havíamos escolhido a beleza dos primórdios, jurando prolongá-los. Tentamos e até que nos saímos bem. Mas não era o ideal. Abrir uma torneira para ter água quente, calefação central, descarga, fossa e lixeira é melhor que a merda ou a bunda ao ar livre. E depois a gente fica doente, a barriga dói, os lábios racham, a pele se estraga, as mãos ficam num estado! Mas não lamento. As coisas poderiam ter chegado a um final infeliz. Foi no fim daqueles anos, em 1978, na Guiana, que um alucinado levou ao suicídio centenas de discípulos — e as mães mataram seus filhinhos com suco de laranja envenenado.

Conseguimos passar cinco anos sem suicídios, ninguém enlouqueceu nem cometeu crimes. Tivemos sorte, acho. Ainda tenho o terreno, e as vinhas são belas. Eu as arrendo a profissionais que produzem chardonnay.

Tony e Armando vivem em Nova York, Marilyn mora, creio, em Houston, e Winona morreu num acidente de carro. De vez em quando, tenho notícias de Arthur e de Dolly, e revi Lewis. Voltamos a viver juntos por muito tempo, num estúdio em que ele podia gritar à vontade.

Não éramos mais vegetarianos, detestávamos lampiões, adorávamos as cidades poluídas, éramos loucos pelas grandes paisagens urbanas de Chicago, por arranha-céus recém-inaugurados com reflexos maravilhosos. Lewis ia freqüentemente à Venezuela, para a tribo que o tinha adotado. Um dia em que me sentia muito sozinha, encontrei Louis, que estava com cinqüenta anos. Ele me educou, mimou, deu ternura para mim, um homem de grande bondade, com quem refiz minha vida, enfim.

Enfim! Marilyn era uma daquelas moças pálidas, de cabelos encaracolados, com voz metálica. Um horror. Vocacionada para o sexo, não tinha nada no lugar do coração. Entre as moças, Marilyn era a que pensava, e de seus lábios saíam normas: "Não devemos beber nada antes da ioga. Devemos defecar antes da ioga. Para a ioga, levantar às cinco da manhã!". Beber leite de vaca? Proibido. O Mahatma Gandhi não permitia. Leite de cabra, sim; leite de vaca, não. Ela sabia tintim por tintim, e tinha razão. No começo, os quatro rapazes ficaram apaixonados por sua lourice extrema, pelo corpo translúcido dela, por suas exigências. Winona e eu éramos extremamente invejosas da cor dos cabelos de Marilyn, loura autêntica, a felizarda.

Marilyn era encarregada de fazer as compras uma vez por

mês. Desaparecia por um dia, voltava mais loura que nunca, com as faces rosadas, trazendo açúcar, farinha, sal e óleo. Aí a coisa aconteceu. Um dia, ela teve gripe, e fui à cidade. Marilyn ficou então dois meses sem pisar lá. Foi tempo suficiente para os cabelos crescerem, pretos, com alguns fios brancos... Os rapazes não se conformaram. Pintar os cabelos contrariava o código da tribo! Marilyn, intratável quando se falava da natureza, a bela Marilyn de cabelos de um louro esmaecido era uma morena oxigenada! Exigimos que deixasse crescer os cabelos naturais. Ela chorou muito. Foi nessa época que decidimos todos comprar uma televisão. Oh, era o fim, claro. A ilusão estava semimorta, não nos incomodávamos mais em ver nosso código se esfrangalhando.

Feitas as contas, tive a chance inaudita de nadar na grande corrente que leva os homens, com febre súbita, em direção ao sonho primordial. Fui o salmão que nada na contracorrente, ultrapassei as barragens, de cauda no ar, *vrruf!* Livre. Houve momentos da história que movimentaram massas incríveis e as puseram em marcha. Aqueles índios atravessando toda a América Latina em busca do lugar bem-aventurado, aqueles jovens numa cruzada a pé, incansáveis até a morte. Façamos a revolução! Mochila nas costas, peito erguido e a flor em vez do fuzil. Trinta anos depois, meu Théo é exatamente isso.

Ele tem os cabelos ouriçados. Não tem mais a cabeça raspada como um soldado. Sua grenha é macia, basta tocá-la para saber. Dentro de dois anos, terá os cabelos nos ombros, ar hippie, vai se sentir livre também.

Infelizmente, isso acaba mal. Os garotos da cruzada terminaram morrendo de fome, os adamitas se destruíram, os índios da América foram assassinados pelos garimpeiros, e os sonhos não sabem envelhecer. Às vezes me surpreendo pensando que meu Tom não morreu, que ele voltará para mim.

DE FLORESTAS E HOMENS

Para ir de Tashkent a Camarões, o trajeto mais simples implica passar por Paris. Uzbequistão Airlines—aeroporto de Roissy, e algumas horas de espera. Não é muito tempo, mas não vou dizer que seja um passeio legal. Durante a conexão, aposto que Marthe vai começar a ter comichões e querer dar uma voltinha, e, além do mais, tenho de cuidar da febre do amigo Prem. Melhor deixá-los dar uma volta por Paris, aproveitando a ocasião para me livrar deles?

Ou será melhor aproveitar a conexão e levar Bozicka com a gente? De onde me veio essa idéia idiota? Théo, cuidado! Tenho seis horas de vôo para resolver isso, mais seis horas de espera entre um avião e outro. Como vai ser esse encontro? De antemão tenho o coração apertado. Bom! Mas, com seis horas de fuso horário no organismo, devo parecer um zumbi. O fuso horário é uma boa desculpa. Isso vai simplificar minha vida.

A cabeça de tia Marthe tomba sobre meu ombro esquerdo. Eu a levanto, ela cai, deixo-a, é pesada. Pobre senhora! Por outro lado, tenho medo. De todas as etapas, a de Camarões é a mais difícil. Durante quanto tempo será preciso caminhar? Não sei. Marthe respira muito bem, está curada, mas daí a se enveredar pela floresta é outra história. E o nosso Prem, que nunca pôs os pés na África... Pois então! Ele também está dormindo. Não há outro jeito, vou ter que tirar essas cabeças do meu ombro.

Preciso acordá-los — "Desculpem, desculpem, preciso me levantar" —, ela boceja, ele resmunga, levanto-me. *Ufa!* Caminho para o fundo do avião, onde não há quase ninguém. O comissário de bordo fuma um cigarrinho escondido, mas apaga ao me ver. Como levar Bozzie? Será que quero mesmo? Tão perto dos seus, tenho esse direito? Pronto, decidi, não a levarei.

Volto para meu lugar, Marthe já acordou. Com o rosto iluminado por um largo sorriso, ela me despenteia, velho hábito seu.

— Quer que eu avise meus pais?

— Claro que não! — diz zombeteira.

— Você não quer ver papai?

— Para choramingar no ombro dele? Nunca!

— Ah! Porque ele não sabe...

— Não, Théo, seu pai não sabe que deixei Brutus. Não tenho a menor vontade de contar!

Tarde demais, minha velha. Dedurei logo que soube.

— Então você não tem intenção de ficar em Paris?

— Nem morta!

Dou detalhes da viagem. A África profunda é bem perigosa. A umidade do ar, que não tem nada de maravilhoso para os asmáticos...

— Não tusso há uma semana! — diz triunfante.

Os mosquitos, o risco da malária...

— *Bah!* Na Amazônia vi coisa pior. E também ficaremos pouco tempo, estaremos protegidos pelos remédios. Que eu saiba, por um mês, esses remédios são eficazes, não?

E a caminhada pela floresta?

— Mas adoro caminhar! — diz, com os olhos brilhantes. — É uma floresta primária, não?

Eu lhe falo das cobras, dos macacos, dos carrapatos, das feras, dos vírus, das baratas, dos cupins, de todos os contratempos. Ela se diverte.

— Você quer se ver livre de mim, não é? — diz. — Mas não adianta, Théo. Eu me diverti muito no Uzbequistão. Se você me abandonar, terei uma recaída...

— Chantagista!

— De jeito nenhum. Pelo menos, a seu lado me sinto viva.

Sem resposta. Digo-lhe que, levando Prem para a mata pela primeira vez, corremos um sério risco.

— Eu o conheço — retruca Marthe. — Ele agüenta.

O problema está resolvido. Eles não me largarão.

— Que pena em relação a Renate — diz Marthe. — Vocês formavam um belo casal, combinavam bem.

Minha amiga não pára de falar.

Abrir o laptop e começar a trabalhar. Enquanto eu estiver olhando para a tela, Marthe me deixará em paz. Clico nos arquivos que copiei sobre os perigos que ameaçam os pigmeus. "Rainforest Action Network Chad-Cameroon"; "Environmental defense, putting people at rishk"; "Drillbits and tailings", site é o que não falta. Marthe se inclina e se esforça para ler por cima de meu ombro.

— Quanta conversa fiada, isso me dá nojo — diz Marthe.

— Do que está falando?

— De seus sites ecológicos! Quando pensam num projeto para ajudar as populações, vocês se opõem! Esse oleoduto, por exemplo, do Chade até Camarões, levará dinheiro para os dois países!

— Marthe, você está me incomodando!

— Se essas grandes obras não tivessem o aval do Banco Mundial, tenho certeza de que você as veria com outros olhos!

— Por favor, Marthe, estou trabalhando.

— A construção desse oleoduto é um trabalho muito sério, você sabe. Tenho um amigo alemão que é etnólogo e nutricionista; pois bem, há anos ele estuda o equilíbrio alimentar dos pigmeus situados no trajeto do canteiro de obras. Se você acha que vão acabar com eles, está enganado! Convocaram hordas de especialistas para proteger os pigmeus de Camarões. O que se escreve na web é mentira.

Tempo perdido. Ela não vai me deixar em paz. Mouse, *clique! clique!* Desligar, fechar. Voltar-me para tia Marthe e olhar feio.

— Bem! Pelo que vejo, você estudou bem meu dossiê. Discretamente, com Renate?

Ela diz que sim, com ar culpado.

— Renate lhe falou quem pagava a seu maravilhoso amigo nutricionista alemão para cuidar de seus pigmeus queridos?

— Companhias petrolíferas, não?

— É isso aí! Exxon, Chevron e Petronas. Grandes consórcios!

— Nem todos os petroleiros americanos são o JR Ewing de *Dallas*! Parece que você está falando do mal absoluto...

— Mas é o mal absoluto! O lucro, a grana, a exploração, e nas costas de quem? Dos pigmeus. São caçadores, tia Marthe! Se destruírem a floresta, não haverá mais o que caçar!

— Tudo de novo — ela suspira. — É preciso preservar as regiões de caça ou alimentar milhões de bocas famintas? A África morre de fome, e você persiste nesse pensamento mesquinho!

— Analise a construção da Transamazônica! Estragaram a floresta, encurralaram as tribos indígenas, empregaram pessoas na agricultura, e não deu certo! Você reconhece o papel da Amazônia no mundo, pelo menos? É o pulmão do mundo! Você, que viveu no Brasil, devia saber, merda!

— Melhor dizer *puta merda* — diz em tom anódino. — Se quer xingar, xingue corretamente; você fala como um carroceiro que não conhece a língua! E, sobre a Transamazônica, você tem razão. Foi um projeto vergonhoso tramado por uma ditadura. Uma falsa utopia, completamente maluca. Estive lá. A estrada sumiu, afundou, o trabalho todo submergiu, e a terra está estéril. Você vai rir, Théo! Não perceberam que o laterito não é solo para agricultura.

— É louco e engraçado ao mesmo tempo. Quantos índios foram mortos?

— É para evitar isso que o consórcio do oleoduto Chade—Camarões faz o que pode, Théo!

— É para o Banco Mundial! Estão pouco ligando para os pigmeus! Acorde, tia Marthe! Nunca a exploração foi tão selvagem! Você sabe que a escravidão está recomeçando? Que o tráfico de seres humanos aumenta a cada ano? Que clandestinos morrem sufocados em contêineres por causa do tráfico das máfias?

— Claro que sei! Quem você pensa que eu sou?! Mas isso não tem nada a ver com ecologia!

É tapada mesmo. Ela não entende nada. Falei da exploração, falei do colonialismo, expliquei, e nada! Ela é muito velha. Disse-me que não é sua responsabilidade salvar o mundo. Acho que não vou me segurar.

— É o capitalismo que é selvagem, Théo! Pelo menos, quando havia dois blocos e a Guerra Fria, a gente tinha certo equilíbrio, regras, compromissos! Agora, não há mais nenhuma regulação, o dinheiro domina e mata, mas isso, meu garoto, são negócios, precisa ser regulamentado...

— Você não pode defender o stalinismo! Como chamava seu equilíbrio? Não seria um pouco o equilíbrio do terror?

— Sim — diz fazendo biquinho. — Mas é preciso regular as trocas.

— Você não quer falar da Organização Mundial do Comércio?

— É preciso negociar novas regras, distribuir as riquezas de outra forma, salvaguardar as economias dos países pobres, permitir que exportem para os países ricos, é trabalhoso, mas sabemos como fazer...

— Quem governa o mundo, na sua opinião?

— Acabo de lhe dizer, Théo! O dinheiro!

— Não. Os Estados Unidos.

— Você não vai cair nessa, Théo! Tenho horror de quem é antiamericano.

— Veremos, tia Marthe. Quem se recusa a falar do aquecimento global? Quem dedica quase nada do orçamento para ajudar os países pobres? Quem quer acabar com a ONU? Os Estados Unidos. Quem persiste em subvencionar seus agricultores bloqueando o caminho dos países pobres? Os Estados Unidos e a Europa. Quem fixa as famosas regras da Organização Mundial do Comércio defendidas por você em detrimento dos pobres? A Europa e os Estados Unidos. Quem quer dominar o mercado dos medicamentos impedindo que os doentes que contraíram aids se sirvam deles nos países pobres? A Europa e os Estados Unidos. Os países ricos, minha cara!

— Não entendo mais você — diz Marthe. — Não faz muito tempo, você dizia que o liberalismo ignora fronteiras...

E assim por diante. No final, adormeci. Foi preciso que os dois me sacudissem, tal o sono em que mergulhei, e com que felicidade! Prem e Marthe, crápulas queridos. E depois, Paris, nevoeiro baixo, tudo cinza.

Seis horas de espera antes do próximo embarque, portão 28. Procurar uma poltrona, ajeitar os pequenos travesseiros, acomodar-se. Administrar a meus dois velhos pintinhos as cápsulas que protegem contra o impaludismo, a serem tomadas um dia antes da chegada a Camarões. Dar de beber. Para Prem, uma Coca; e, para tia Marthe, um chá — a xícara balança, a água quente cai, o saquinho fica meio fora, enfim, tudo errado, Théo! Fiz o que pude, e, se os dois não estão contentes, que se danem...

Meu celular vibra. Afasto-me. É Bozzie. Oito da manhã — espero que esteja sozinha.

— É você, coração? — voz fresca, e ninguém por perto. — Você está aqui? Em Paris, de verdade? Em que aeroporto? Fale mais devagar! Terminal D, na polícia, entrada N, destino Iaundê. Onde fica? Camarões? Ah! É na África, eu sabia. Mais um genocídio, é por isso que você está indo? Não? Você me explica aí. Como não vou poder entrar? Que tolice! Só para um beijinho, tem certeza?"

Dia de sorte em Bozzieland. Bom humor, ternura, ela toma o trem, chega logo. Em uma hora está aqui. Não me contenho, vou descer. Tia Marthe me retém pelo braço.

— Aonde vai?

— Lá embaixo, nos guichês, rever Bozicka — resmungo sem esperança.

— Ela vem? Então vou com você.

— Por favor...

— *Psiu*, sem discussão. Quero ver esse tesouro. Você me apresenta e desapareço. Discreta como uma formiga.

Acontece que existem formigas gigantes, que picam forte.

Marthe me segue, arfando de leve, e esperamos no lugar combinado, ao lado das cabines da polícia. Em pé, muito tempo. Para não se cansar, tia Marthe ora se apóia num pé, ora noutro. Eu já estou quase a persuadindo a ir se sentar quando avisto minha ré.

Jeans de cós baixo, barriguinha de fora, tee-shirt cor-de-rosa, casaco de oncinha falso, mochila vermelha, cabelos ao vento, alva e loura, Rainha das Neves. Coração acelerado. Sua beleza me fere. Nem chego a gritar seu nome. Fôlego cortado, pernas moles, e o ego pulsando em minhas calças. Ela está ali.

Amplos acenos, beijos de longe, a gente não pode se tocar. Ela dá uma cantada num policial, sorri para ele — quando Bozicka sorri, o céu se abre. O policial cede: "Você tem dois minutos, não desapareça, nada de gracinha, hein?". Ela entra como um dardo, nos abraçamos. Boca a boca, ela me aperta e me puxa, o tempo de um beijo profundo, e pronto, acabou.

Tivemos dois minutos. Ela retorna pela porta estreita. E, sob o olhar vigilante dos policiais, cola-se na parede de vidro onde gruda os lábios e bafeja.

E aí perco a cabeça. Atravesso o espaço proibido. Dois policiais se precipitam, estou preso. Aglomeração. Sou levado à delegacia. Marthe atrás de mim. Depois, o espetáculo.

"Senhor policial, o senhor não pode... — Quem é a senhora, por favor! — A tia do rapaz, senhor policial. Marthe Fournay. O senhor pode telefonar de minha parte para... — Por favor, senhora. Deixe-me fazer meu trabalho! — Que trabalho? Controlar um Robin Wood do amor? Tudo isso por causa de um beijo, senhor policial! Meu sobrinho tinha esquecido de dar um presente à namoradinha! Seja compreensivo! — Por favor, minha senhora! — Jamais! Cuidado, o senhor não sabe com quem está falando, tenho amigos jornalistas! — Levem daqui essa mulher! — Se um só policial me tocar, um só, o senhor está me ouvindo, caio dura. — Essa maluca é bem capaz de se machucar, cuidado, o que eu disse, ela desmaiou. Senhora! Senhora!"

Branca como uma folha de papel, Marthe caiu no chão. Eu disse que era médico, ele me deixou examiná-la; ela se divertia discretamente, eu não, pois não encontrava seu pulso. Estenderam-na sobre três cadeiras, pedi água, ela abriu um olho e me apertou o punho murmurando baixinho: "Estou fingindo, não se preocupe". Eu disse que ela precisava repousar, não, senhor policial, é melhor deixá-la aí. Hipotermia respiratória, vascularização insuficiente, o pulso quase inexistente, acho que basta esperar um pouco, eu disse qualquer coisa, ele resmungou, calou-se.

Durante o tempo do interrogatório, Marthe ficou ali, sobre as cadeiras, fingindo estar sufocada. Apresentei minhas desculpas às forças da ordem e tive de ouvir um sermão. Como era um pouco longo, e um tanto confuso, Marthe gemeu um "quero morrer" tirado de seu velho repertório de ópera. Vagamente preocupado, o policial se inclinou sobre ela. "Nosso avião para Camarões sai em quinze minutos, por favor..." O tal senhor estava de saco cheio. Ele nos liberou. "Bom, podem ir."

— Agora, sim! — diz Marthe tranqüilamente. — Precisava enrolar tanto assim?

Ele ameaçou processá-la por desrespeito à autoridade no exercício de suas funções, ela arrumou a situação rapidamente, e fomos embora.

Marthe caminha em silêncio, furibunda. Olho-a de soslaio, as faces recobraram a cor. Como ela fez para ficar naquele estado?

— Um velho truque de ioga — ela me diz. — Prendi minha respiração. Para diminuir o pulso não há coisa melhor. Quando estivermos no avião, terei duas ou três coisas para lhe dizer, meu sobrinho.

— Você não vai me dar bronca!

— Adiante!

Acordamos Prem e seguimos até o portão 28. Enquanto me encaminho para o portão de embarque, rumino. Pensar que não resisti a Bozzie! Que idiota! Ela me venceu! E por aí vai. Marthe me dá umas cotoveladas nas costas. "Mais depressa, Théo! Está fazendo cera, deixe pra sonhar mais tarde, já aprontou muito por hoje!" Ah, esse vôo para Iaundê promete!

Toda a África embarca conosco. Funcionários vestidos como lordes, velhas enroladas em tecidos dourados, marabutos de bubu branco, óculos escuros e barbicha, belezas típicas sobre salto agulha, jovens de cabelos trançados e bebês chorões. Sentamo-nos, apertamos o cinto.

Prem, um pouco atordoado.

— O que há? — pergunta Marthe franzindo as sobrancelhas. — De novo com febre?

— Nunca vi tanta pele negra em minha vida — ele diz baixinho. — E dizer que tenho primos que moram no Quênia...

— Ah! Théo, escute essa. Você sabia que os indianos têm medo dos negros?

— Não há negros na Índia, estou simplesmente surpreso — diz Prem. — Lembro a vocês que tenho parentes em Nairóbi. Não me chamem de racista!

— Claro que chamamos! Você diz que nunca viu negros na Índia? Mentira. Os autóctones das ilhas Andaman são negros, e nem preciso falar dos preconceitos de casta! As raças superiores não têm a pele clara? As castas inferiores não são "queimadinhas", como você diz?

— Sei melhor do que você, minha querida, sou indiano, humanista acima de tudo. Ao menos me esforço para isso. E procuro entender toda a humanidade. Nos grupos humanos há os que têm curiosidade por outras comunidades, mas eles são em número pequeno, e há os que se protegem do desconhecido. Temer o contato com outros povos, não há nada mais comum no mundo, todos os antropólogos comprovam esse fato.

— Veja só — diz Marthe. — Que antropólogo, por exemplo?

— Bem, só para ficar com algum francês, vejamos o seu Claude Lévi-Strauss. Li *Raça e história*. E o que encontrei? Faz um bom tempo que a noção de humanidade parou nas fronteiras do acampamento. Em inúmeras tribos, chamam o outro de "lêndea", "macaco de barro", "malvado" ou "bárbaro", e o conceito de humanidade só diz respeito a eles. Eu, homem; você, animal. O estrangeiro é uma aparição, uma espécie de fantasma que não tem nada de humano.

Ele diz isso tranqüilamente! Não me contenho.

— Mas o racismo é isso!

— Também acho — diz Marthe. — Lêndea, macaco de barro, pelo amor de Deus, Prem...

— Mas não sou eu que digo isso! — diz irritado. — Estou citando o testemunho de um antropólogo! Vocês são de uma arrogância incrível! Evidentemente, para europeus do século XXI, isso não é difícil! Vocês interiorizaram tanto seus direitos humanos que não conseguem compreender o raciocínio de grupos freqüentemente perseguidos... A maneira como pensam incomoda vocês? Então reflitam. Vocês não os chamam de "lêndeas", mas os chamaram de "selvagens" por muito tempo, e ainda hoje lutam para encontrar um termo com o qual possam designar esses pequenos grupos oprimidos. Indígenas? Primevos? Primitivos? Autóctones, segundo a denominação da ONU?

— Perdoe-me — diz Marthe. — Às vezes sou injusta.

— Tudo bem! Porque, vocês sabem, os exemplos abundam! Freqüentar os outros povos não tem nada de natural... Que fizeram os conquistadores quando encontraram os ameríndios pela primeira vez? Submeteram-nos ao suplício da estrapada, mergulhando-os na água para saber se eram homens ou animais. E o que fizeram os índios por sua vez? Queimaram vivos os brancos, para ver se tinham alma. E não são os povos que se trombam, são seus deuses! Não esqueçam o que lhes disse sobre o espaço mental dos nichos ecológicos...

— O fato é que você não se sente à vontade diante de um negro.

— Mas também não me sinto à vontade ao desembarcar em Paris, minha querida! Como você se sentiu ao chegar à Índia pela primeira vez? Fale a verdade, Marthe.

— Faz tanto tempo... Que me lembre. Tinha dezenove anos... Cheguei a Bombaim e... meu Deus! Você tem razão. Eu estava morta de medo. Mas não era por causa da cor da pele, estava profundamente triste e aquela multidão sem fim...

— Era o Outro — diz Prem. — Nada demais. Se for honesta, identificará em você lampejos de medo do Outro à primeira vista. À primeira vista somente. Não mais que isso. Depois, a gente se acostuma.

— Muito bem, tia Marthe. O que diz Lévi-Strauss sobre essa segunda fase?

— Ah, depende. Há um bom exemplo no segundo tomo da *Antropologia estrutural*...

E Prem começa a contar uma história extremamente complicada dos índios da América do Norte. Lá pelo final do século XIX, os Mandan e os Hidatsa foram obrigados a viver juntos. Acuados pelo exército dos brancos a coexistirem na mesma reserva com menos espaço, eles se adaptaram ao longo do tempo. Eram parecidos? Não. Mas também não eram muito diferentes. Seus mitos e suas lendas, de certa forma, se harmonizavam. Os dois povos, mandan e hidatsa, tinham como heroínas mulheres salvadoras; para um deles, a heroína era um bisão fêmea branco; para o outro, uma espiga de milho. Elas não eram iguais nem diferentes, ambas remetiam à alimentação, às estações, aos hábitos alimentares: o bisão fêmea remetia à caça; a espiga de milho, à agricultura. Finalmente, esses povos se entenderam. Bom! Quando foi preciso decidir o local das habitações, os sábios desses povos fizeram uma declaração mais ou menos assim: "Seria melhor que nossas casas não ficassem muito próximas umas das outras. Nem muito distantes. Se muito próximas, nossos jovens entrarão em conflito, haverá guerra. Se muito distantes, eles não se conhecerão e haverá guerra. Vamos construir nossas casas a uma distância correspondente ao alcance da fumaça das casas...".

— Essa é a verdade — conclui Prem. — Para evitar que um povo domine o outro, basta encontrar a boa distância em termos de vizinhança. Nem muito longe, nem muito perto, uma distância equivalente ao alcance da fumaça das casas, estabelecida de comum acordo. Senão o motim estoura, depois o massacre. Fui claro?

— Oh! Perfeitamente — diz Marthe. — Mas não tem nada de engraçado.

— É sempre melhor que impor sua lei moral aos desconhecidos — ele resmunga. — E agora boa-noite!

Ele se enrola em sua manta e faz cara de quem está dormindo. Marthe e eu nos levantamos, vamos caminhar um pouco.

— Você queria me dizer um monte de coisas, minha tia?

Ela enrubesce, agastada. Cala-se. Torce a boca.

— Perdeu a língua?

— Escute, Théo... Não quero me meter nos seus assuntos.

— Por favor!

— Mas acho que você corre o risco de se arrepender.

— Você não gosta de Bozicka?

— Oh! Mal a vi.

— Mas você não foi com a cara dela. Estou enganado?

— Ela me lembra alguém — diz Marthe com um ar sonhador. — Deixe-me lhe fazer uma pergunta. O louro dos cabelos dela é natural?

Ela não diz mais que isso.

Mergulho no computador.

De volta aos pigmeus de Camarões. Esse é um país engraçado, cuja ponta vai até o Chade como um dedo curvo, dunas, areias e deserto; ao sul, na parte em que está a floresta, vivem os pigmeus. Os que vão nos receber são os Bakola, que vivem em pequenos grupos dispersos ao longo da linha do oleoduto; trata-se de cerca de 2500 caras que vivem da caça e da agricultura. Este é o desafio do oleoduto: os pigmeus poderão continuar a caçar e a plantar quando o lugar onde vivem se transformar num grande canteiro de obras.

O oleoduto tem 1078 quilômetros de extensão. Quando estiver funcionando, vai transportar o equivalente a 260 mil barris de petróleo por ano. Seu ponto de partida está na região de Doba, no Chade, e seu ponto de chegada é um navio-tanque gigante estivado em mar aberto, a onze quilômetros de Kribi, uma pequena estação balneária na costa de Camarões. Esse navio-tanque pode estocar sozinho 2 milhões de barris. Os números são gigantescos. Depositadas num banco em Londres, as divisas do petróleo, que já começam a entrar, proporcionarão 120 milhões de dólares por ano ao Chade; a Camarões, mero território de passagem, nem tanto. É o Chade que é dono dos campos de petróleo, "nosso sangue", como dizem os chadianos.

Nosso sangue, petróleo? Isso me dá calafrios.

Camarões: 15% de terras aráveis, 5% de campos irrigados, 50% de floresta equatorial. Cinqüenta por cento de floresta, num planeta que tem dificuldades para respirar, é um tesouro de biodiversidade. O tesouro corre perigo de ser saqueado? Sim.

Esta noite, vou jantar com um cara da Global Forest Watch, que vai me fazer uma síntese sobre o desmatamento, esse câncer do pulmão do planeta. Como é de praxe, ele vai começar pela exploração de madeiras tropicais, mas esse tema ainda não está bem claro; em Camarões nunca se sabe, ele me disse pela internet. Por quê? Quem sabe! Grande mistério. No entanto, esse país não está sob ditadura!

Línguas oficiais: inglês, francês, alemão, herança de uma colonização complicada. Vizinhos turbulentos: a oeste, a Nigéria; a leste, a República Democrática do Congo — pelo menos o que resta dela —; ao sul, o Congo, o Gabão e a Guiné Equatorial, todos ricos em petróleo. O país produz café, cacau, borracha e, evidentemente, algodão. Merda de algodão! Desde quando os países ricos se aproveitam do algodão dos pobres? Camarões: 15 milhões de habitantes, taxas de crescimento demográfico em torno de 3%, o suficiente para produzir multidões de jovens desempregados, como em toda a África.

Camarões: fronteiras indeterminadas, país pilhado. Rodeado por guerras: em Serra Leoa, na Libéria, na República Democrática do Congo. Por que guerreiam? Por causa dos diamantes. Em matéria de tráfico, as complicações são tão grandes que os comerciantes aceitaram o registro dos diamantes pelo processo de Kimberley, concebido para moralizar esse comércio. Desde então, os diamantes passaram a ter certificado. É uma vitória das ONGs especializadas em exigir transparência no mundo dos negócios, que têm uma palavra de ordem simples: "*Publish what you pay*", declare sua renda por meio de uma pessoa idônea, isto é, uma instância capaz de verificar a veracidade de suas declarações. E as guerras continuam...

Por causa das florestas. Estão tão devastadas pelas facções que o Conselho de Segurança da ONU decidiu embargar o comércio de madeiras tropicais na Libéria. E os Camarões? Estão nesse redemoinho.

E o que leio? Um país que não vai tão mal? Ah, sim. Nem um só golpe de Estado em vinte anos. Se você comparar com a Costa do Marfim, não é nada. E se esse oleoduto enriquece a Exxon, por outro lado terá gerado milhões de empregos, foram 10 mil no Chade, isso só durante a construção.

Como? Os pigmeus? Claro que há quem se ocupe deles! Vocês acham que somos selvagens! São indenizados — cada trecho, cada árvore, e, se você acha que eles não negociam, engana-se. Esses povos são terríveis negociantes. Como? Seus terrenos de caça? Está sonhando! Não se pode querer tudo. Ter ao mesmo tempo empregos e territórios virgens para a caça, isso é impossível! Aliás, os pigmeus, você sabe, há muito tempo viraram sedentários... Não, não, não fomos nós, foram os missionários, as irmãzinhas de Jesus e as de Assunção. Não somos responsáveis por isso! Chegamos depois... Alguns estilos de vida desapareceram? Não temos nada a ver com a diversidade cultural. Dirija-se à Unesco, vá ao balcão ao lado. Você se diz impotente? Não podemos fazer nada. Quantos são? Coisa de 1 milhão, mais ou menos? Francamente, você está brincando. Nós, que damos assistência aos países pobres, temos mais o que fazer.

Já sei até o que meus velhos vão dizer amanhã. Suas loas ao progresso, seus sonhos de emprego para todos. Sua sabedoria irrefutável diante da minha revolta. Estou em busca de quê? Do amor pela floresta. Do respeito às grandes árvores. De um precário equilíbrio entre natureza e cultura, da salvaguarda dos pequenos povos ameaçados pelo Ocidente desde o século XVI. Acontece com a humanidade o mesmo que ocorre com as espécies biológicas: sua diversidade se estiola de forma semelhante.

Na estrada que se estende do aeroporto até Iaundê, as árvores medem quarenta metros de comprimento, são gigantes pesarosos e esgalhados. Os troncos intermináveis são finos, as folhas só nascem no alto e da ponta dos galhos pendem rendilhados de um verde apodrecido, liquens bizarros que vislumbramos em meio às brumas. É da cor de sangue de boi a terra de laterito, onde queimam madeira; línguas de fumaça se elevam ao longo dos campos. Crianças escalam os barrancos e dão adeus aos carros que passam. As mulheres deambulam, com uma trouxa na cabeça, que lhes mantém o pescoço bem firme, como antolhos num cavalo. Cabanas precárias, teto de zinco ondulado sob nuvens pesadas. Palmeiras infernais, de um verde irresistível. Baldes de plástico vermelho, rosa em estado puro, verde-laranja, manchas de cor num belo pesadelo. Caminha-se sempre sob a ameaça de tempestades.

A cidade é tranqüila. Construída sobre colinas, coberta de pradarias, vive de forma moderada, misturando o velho, o novo, a imitação, o antiquado, o mau gosto, o moderno, a fachada dos grandes hotéis. É para lá que vamos, para o conforto, o luxo — não quis correr riscos, pois, em poucos dias, Marthe terá de caminhar durante horas.

Não faz muito calor, estamos numa boa altitude, e, no entanto, a umidade da floresta se faz sentir. Lençóis levemente úmidos, ar-condicionado suspeito, água escura em torneiras entupidas, carpetes molhados, metade cheiro de mato, metade de água sanitária. "Parece Calcutá sem o Ganges", diz Prem.

— Não parece com nada — diz Marthe. — Essa mania de comparar é ridícula. Parece Iaundê, capital de Camarões, só!

— Mas isso me agrada! — protesta o amigo Prem. — Calcutá é minha cidade, eu não esperava encontrar um pouco de Bengala na África, é uma boa surpresa!

Prem tem os olhos pesados de sono, e Marthe resmunga, cansada. Depressa para a cama. Amanhã, partir cedinho de carro, pegar algumas horas de estradas até Kribi, à beira-mar.

Boto meus dois velhos rapidamente para dormir e saio ao encontro do cara da Global Forest Watch, no restaurante, uma espécie de bistrô chique em que os camaroneses endinheirados levam suas "filiais" para jantar.

Ele se chama Martin Clay, é canadense, revoltado — seu país é um dos maiores importadores de madeira. Longilíneo, trintão, louro-cinzento, de olhos buliçosos e brilhantes sob os óculos de tartaruga, um belo sorriso de Cristo. Pobre rapaz! Masca um chiclete para fugir do cigarro e mexe com os dedos nervosamente — falta de magnésio? Proponho um baseado; ele recusa, nem pensar. Tem cara de onguista responsável, que carrega o peso do mundo nos ombros.

— Onguista? Que é isso? — ele se espanta.

— Acabo de inventar. Onguista, derivado de ONG. Ou é melhor ongueiro? Militante de ONG, se preferir.

— Você está debutando no movimento — diz com ar de reprovação. — Quando adquirimos experiência, não brincamos mais.

— Nem mesmo à noite, para descontrair?

— Você não se dá conta — diz com ar grave. — Daqui a cinqüenta anos, todas as florestas primárias terão desaparecido, e as conseqüências serão terríveis! Terríveis!

— É por isso que estou aqui. E então?

— Melhor ficar logo sabendo: vai ficar chocado com a quantidade de árvores tropicais derrubadas. Os madeireiros não gostam de muita conversa. Com tudo o que pesa sobre eles, dá para entender.

E lá vêm os números: 80% da floresta primária mundial degradada em trinta anos, a maior parte pelo corte das árvores para explorar as madeiras tropicais, sem contar os 25% de aumento previsto daqui até 2010. O que nos leva a 75% de degradação das florestas primárias. Puxa! Não, não são apenas os grandes exploradores, os pequenos camponeses também desmatam, sem nenhum cuidado, para ter seu pedacinho de terra, que, devido a partilhas ou intervenções governamentais, diminui a olhos vistos, de forma que são obrigados a cortar as árvores para conseguir o terreno. No final das contas, as pequenas propriedades causam tantos danos quanto as multinacionais, se não mais.

— E você sabe dos resultados — diz Martin. — Primeiro, quando a copa das árvores desaparece, a temperatura no solo aumenta em proporções consideráveis. Na Amazônia, ela é doze graus mais elevada que na parte úmida ainda coberta de plantas. Segundo, como o ciclo da transpiração das folhas se desregula, as árvores não expelem mais umidade na atmosfera, e as chuvas diminuem. Terceiro, o resíduo das chuvas tropicais não é mais retido nos solos desmatados e os lençóis freáticos sofrem com isso. Os solos, nesse caso, estão "cozinhados". Quarto, haverá então inundações e deslizamentos de terras. Quinto, quando a floresta é destruída, o carbono, armazenado nas árvores na proporção de 40% do carbono terrestre, libera-se sob a forma de CO_2. Sexto, quando há florestas, o solo se recicla em nutrientes com as matérias orgânicas originadas das árvores, mas sem florestas não há mais nutrientes. Entendeu?

— É o apocalipse! Aumento do aquecimento global, desperdício das águas pluviais, inundações e catástrofes, erosão definitiva dos solos. O que mais?

— Pois bem, as soluções! — diz. — Primeiro, deixar de desperdiçar; segundo, reciclar as madeiras cortadas, reciclar o papel; terceiro, proibir a exploração das madeiras da floresta primária, boicotar os arquitetos que recorrem a ela; quarto, obrigar o governo a criar parques nacionais, impedi-lo de se lançar em obras caras utilizando madeiras preciosas; em suma, a história de sempre, percebe?

— E os camponeses?

— Que os governos lhes paguem para reflorestar! Mas para concretizar essas idéias é preciso ter uma visão de longo alcance. Primeiro, anular as dívidas dos países pobres; segundo, aconselhar os agricultores a fazer o reflorestamento com árvores fixadoras de nitrogênio; terceiro...

— Chega! Pare de contar nos dedos! Parece um ábaco!

Gritei. Martin, estupefato, olha os cinco dedos de sua mão esquerda que servem de contador para a mão direita.

— Meu Deus, você tem razão — diz por fim. — Estou tão absorvido por meu trabalho que de vez em quando me torno um pouco mecânico. Precisava ter olhos nas costas para vigiar tudo, e é tão difícil convencer as pessoas! Todos os dias, tenho a impressão de estar pregando no deserto. Quando subvencionam a cultura das bananeiras, os governos da África estão certos de que fazem o bem, não é? Mas não. O bananal exige grande desmatamento. E isso pode acontecer em qualquer outro lugar. As pessoas não sabem. Precisaria... Precisaria...

— Mas vai dar certo — digo-lhe. — Vamos conseguir. Fale-me dos pigmeus.

Seu rosto se ilumina, ele cospe o chiclete. Para me acompanhar entre os pigmeus bakola, convocou um nutricionista, um jovem antropólogo e até um pigmólogo camaronês.

— Acompanhado por essas pessoas, pode ter certeza de que vai conhecer verdadeiros pigmeus, na floresta de verdade — diz. — Porquê, de outra forma! Você sabe que em Kribi, a alguns quilômetros da estação balneária, inventaram uma aldeia, ao mesmo tempo falsa e verdadeira, composta de figurantes pigmeus que se vestem andrajosamente para os turistas? Na floresta é bem diferente, você vai ver. A penumbra, o canto dos pássaros, as borboletas gigantes, os insetos, a vida borbulhante da diversidade, é bonito, meu velho... Se eu tivesse tempo, iria com você, gosto tanto das árvores!

— E dos pigmeus?

— Também — diz. — Coitados! Proteger a floresta é proteger os povos que vivem nela.

Suspiro profundamente. Martin me lembra um profeta. E, como todos os profetas, quando chegam os pratos, ele os devora, é um ogro.

No fim, até fumou um cigarro de haxixe. Isso me tranqüilizou.

Ao voltar para meu quarto, encontrei uma Bíblia na mesa-de-cabeceira. Abri ao acaso. Isaías, XIX, 2-7. "E se extinguirão as águas do mar, e o rio minguará e secará. Os rios se esgotarão, os regatos do Egito diminuirão e secarão, as canas e os juncos murcharão. Que pereçam as nações que pecam e seus filhos corrompidos!"

Nada agradável. Para dormir, prefiro reler o "Cântico dos cânticos", e dou com palavras que me encantam, IV, 10-16: "Fonte dos jardins, poço de águas-vivas, ondas que correm do Líbano!". Penso em Renate, minha musa liquescente, minha água-viva.

Dentro da noite, sonho com ela. Completamente nua e despenteada, Renate geme durante o sono, de olhos abertos. Acordo, embalo-a, afago seus cabelos, eu a penteio, repouso docemente a cabeça ausente no travesseiro.

No dia seguinte, meus dois velhos não param de bocejar. Por duas horas, estarei tranqüilo. Olho à vontade a faixa de betume que circula entre os taludes vermelhos. Uma multidão em marcha, tranqüila e cansada. Todo mundo a pé, levando na mão, na cabeça, os pacotes, os filhos, a bagagem. Carregados de trouxas, de sandálias e sem meias, avançam, em fileiras cerradas. Nesse amanhecer, os bubus vibram; ao longo da estrada, nos tabuleiros, vendedoras bem vestidas exibem frutas ou legumes, goiabas, mamões, melões, batatas-doces. Resolvemos fazer uma paradinha.

E, de repente, o horror. Eu já havia visto outros em Serra Leoa, mas nenhum igual àquele!

Vá saber por que sucumbi.

Suspenso na ponta de um gancho, um pequeno animal morto posto à venda. Não maior do que um carneiro recém-nascido; não sei o que é. O ser desconhecido tem pelame de corsa, orelhas pequenas, barriga inflada, prestes a estourar, olhos brilhantes, ainda com um pouco da vida que se esvai. Do lado, uma ferida sangrenta, tiro de fuzil, caça. Acaricio seu flanco, a pele me parece morna, vão esquartejá-lo; os olhos, de uma negridão profunda, saltarão, será cortado em pedaços, dele se fará um guisado...

— Veja, um antílope-lebre — diz Marthe. — A carne não é ruim, se bem me lembro. Oh! Mas o que vejo! Um porco-espinho! Um macaco! Que maravilha!

Há outros ganchos, outras vítimas. O pior é o macaco dourado de nariz azul, mãos agarradas em torno de um pau. Tenho vontade de vomitar, afasto-me.

— Você não está bem, Théo? — grita Marthe. — Prem, vá lá ver.

Prem vem ao meu encontro. Ele não se admira muito.

— É o animal morto? — ele me pergunta.

— Sim — digo soluçando.

— Muito bem — diz Prem. — Para compreender quem não come carne, é preciso ter visto um animal morto e ter se compadecido. Agora você sabe o que é isso. Sempre que comer um pedaço de carne, vai se lembrar de que você é um canibal, Théo!

— Vou vomitar, Prem!

— Já é alguma coisa — diz. — Você terá tempo para pensar nisso. Vomite bem e não vá procurar discussão com sua tia!

Vomito, me limpo, me afasto; enquanto isso, Marthe espera, de braços cruzados, diante do macaco dourado de nariz azul.

— Então, entrou em crise? — ela dispara. — Eu pensava que você fosse mais forte, meu querido... Deve ter visto mortos em seus campos de refugiados! Esses mortos eram homens, não eram animais!

— Não enche!

— Não vejo por quê! Perto do Natal, você deve ter visto nas feiras, em Paris, faisões expostos nos açougues, ainda com penas, caças ainda com pêlo, e durante as festas você comia tudo sem fazer drama!

— É aí que você se engana, minha velha! Completamente. Uma vez, no campo, estávamos na casa dos Vatelin, na fazenda ao lado, você estava lá, tia Marthe, a avó deles matou um coelho. Mamãe quis me poupar, mas vi a cena! A velha tinha arrancado o olho com a faca, o coelho se debatia, o sangue espirrava em todas as direções; vomitei, lembra-se?

— Oh! E como — diz Marthe. — Você vomitou nos meus sapatos.

— E você me explicou pacientemente. Para sangrar um animal, é melhor arrancar o olho. Acho que foi naquele instante que virei ecologista.

— Você mudou — diz Marthe. — Nunca falava dos animais. Só se interessava pelos deuses do Egito.

— Justamente! Todos os deuses do Egito têm cabeça de animal! Eu me encontrei, não acredita?

— Sim — diz, tocada. — É verdade! Não tinha pensado nisso.

— Uma coisa é certa, tia Marthe. Desde o olho do coelho,

não consigo mais ver animal abatido. O antílope, com olhos doces que pareciam de gente, pois é, não agüentei!

— Você nunca entregou os pontos nos campos de guerra, não é verdade?

Ela não me dá trégua. Não pára!

Deito-me à sombra do carro, fecho os olhos, cruzo os braços para evitar a luz. De repente, dou um pulo. Não devemos entregar os pontos em plena guerra, é isso o que você quer, Marthe. As lembranças ficam para depois, para quando eu tiver tempo. Por enquanto, prefiro não ter. A prova está aí, o antílope. Um olho negro num corpo sem vida, e eu vomito, Marthe, estou nauseado.

— Se você desabou por causa de um antílope foi porque essas imagens borbulhavam dentro de você...

Ela me segura pelo braço. "Passou o mal-estar?", cochicha. Vamos fazer de conta que sim, está bem? Esqueça. Voltemos à vida.

Eu lhe falo ao ouvido.

— Você vai me dizer por que não gosta de Bozzie?

— Nunca disse isso! Nem a conheço.

— Deixa de história, tia Marthe. Preciso de uma explicação.

— Bem! Mas não agora. Esta noite, está bem?

Espero. E esta noite estaremos em Kribi. Longas línguas de areia, cafés dançantes ao ar livre e canoas, palmeiras, garças. Kribi é uma praia para turistas, cheia de bangalôs de madeira simples, peixe na brasa, mosquito à vontade. Não esquecer as cápsulas! Quase toda a África está infestada de febre amarela. Uma boa metade da Ásia, quase toda a América Central, 300 milhões de casos por ano, 2,7 milhões de mortos por ano, dos quais 90% são africanos...

Não dou o braço a torcer.

Estou obcecado pelo *Plasmodium falciparum*, forma de impaludismo perniciosa, que mata. Ele se origina no sangue do homem infectado, que germina no estômago do mosquito, que passa para o homem ao picá-lo. Daí vai para o fígado. Em dez dias, vem a rebordosa. O plasmódio sabe como burlar os sais de quinino e se defender dos ataques do homem. Renate explicou isso muito bem em Nukus. *Plasmodium falciparum* contra a humanidade: deu empate. E quando o *Plasmodium vivax* não mata, deixa seqüelas, suor-tremedeira-suor, em ciclos de três horas, vontade de morrer, de entregar a alma a Deus...

É a natureza, senhora. Os parasitas também têm o direito de viver. A senhora não mencionou outro dia o exemplo do ciclo da siclemia? O que a gente pode fazer se os insetos picam? Lutar contra isso? Muito caro. Quinhentas mil crianças mortas por ano? Azar. Essa situação só vai mudar quando *falciparum* e *vivax* envenenarem a Europa. Paciência! Estamos quase lá! Pelo que ouvi, com o aquecimento global, as fêmeas do mosquito anófele, as únicas capazes de transmitir a doença, poderiam se divertir voltando à Europa, onde foram exterminadas sem dificuldade não faz muito tempo. No Languedoc, ou na costa oriental da Córsega, as "febres" atravessaram todo o século XIX, foi preciso esperar os anos 30 para erradicar de vez o mosquito dessas regiões. Pensar que em Versalhes, durante os trabalhos de Le Nôtre para criar o pomar do rei Luís XIV, os operários morriam de impaludismo!

— Você está certo de que estamos bem protegidos, Théo?

— Mais do que isso, impossível.

— Por mais que eu tenha me lambuzado de citronela, minha batata da perna está toda picada, prefiro dormir debaixo do mosquiteiro. Vamos, Prem. Boa noite!

— Tia Marthe, a gente precisava conversar agora...

— Tem muito mosquito, Théo. Amanhã!

Os mosquitos servem de desculpa, isso sim! Estou sozinho. Meu pensamento se volta para o antílope, para os pequenos, os órfãos, os pobres... E vejo de repente o olho de um bebê mártir, semimorto de fome em meus braços. Eu o reidratei, alimentei, nutri, e ele se recuperou. Para um que salvei, quantos outros... Não adianta pensar. Você sabe muito bem, Théo, que não é preciso reabrir essa ferida.

Durante o café-da-manhã, conhecemos meus companheiros. São eles, Valentin Janvier, jovem etnólogo francês, Hugo Thurmann, nutricionista holandês, e um grande camaronês que se apresenta berrando: "Bom dia! Félix Fru Oyono. Sou, imaginem, um pigmólogo banto!".

— Desculpe-me, não há muitos pigmólogos bantos, não é?

Ele explode num riso, num riso aberto, rouco.

— Vocês devem saber que os bantos são acusados injustamente de terem reduzido os pigmeus à escravidão!

— Injustamente é pouco — resmunga o nutricionista holandês.

— É uma acusação mentirosa! Bantos e pigmeus bakola vieram juntos para cá. Saíram do lago Tumba e do lago Mayi-Mdombé, no Congo, na metade do século XIX, expulsos por inundações devastadoras. Temos a mesma língua e o mesmo destino. Por isso, nem me falem de escravidão! Os bantos e os Bakola coabitam.

— Coabitam — diz Marthe. — Coisa estranha. Parabéns.

— Obrigado! — diz Félix, todo vaidoso. — Camarões é um mosaico de povos misturados, e é um milagre ver um país viver quase sem discórdia, sem guerra civil... Há muito o que fazer em etnologia. Quanto a isso, eu queria que nosso jovem amigo nos falasse um pouco mais sobre suas pesquisas. Diga lá, Valentin!

Alívio! Valentin é da minha geração. Nariz arrebitado, cabelos castanhos, olhos negros maliciosos, pele branca sardenta — aperto no coração, penso em Renate —, ele é muito simpático. Universitário desmiolado, musicólogo em formação, Valentin se interessa pelos cantos pigmeus, célebres no mundo inteiro.

— Você quer criar um coral de pigmeus na Escola Normal Superior? — diz Marthe. — Seria o máximo!

Valentin enrubesce diante do ataque e me chama ao lado.

— Pelo amor de Deus, quem é essa mulher maluca?

— Minha tia. Nem se preocupe, ela é inoxidável.

Partimos num 4 x 4 por estradas transitáveis, areia branca, nada de vermelho, tudo corre tranqüilamente. À margem das estradas, erguem-se casas de barro e de palha sustentadas por travessas de bambu, uma técnica banta de construção. O campo é tranqüilo, dividido entre as plantações de amendoim e mandioca. Ao lado das casas estão os bananais e os cacauais, com folhagens frondosas nas alturas. Como por toda parte da África, os habitantes caminham. Aonde vão?

De onde vêm? Empurrados para o acostamento, os ciclistas ziguezagueiam. Sempre há uma criança que sai de um quintal para atravessar a estrada. E sempre uma mão adulta para segurá-la, mão mágica que surge do nada, a mão de um deus. A criança rola no chão, levanta-se rindo, ninguém presta atenção nela, todos se dirigem a algum lugar, a criança se senta e come uma raiz distraída.

Ao fim de três horas, pigmeus. Pequenos? Não. Um bom metro e meio, talvez mais. Sou um pouco mais alto, mas nem tanto... E eu que acreditava no que dizem os livros! Que pigmeu vem do grego *pugmaïos*, que significa "que bate no cotovelo", que os pigmeus eram os menores seres do mundo... Não, não é o tamanho deles que me chama a atenção, mas a pele acobreada. Notamos logo: a pele dos pigmeus bakola é moreno clara com reflexos dourados. Não são nem franzinos nem têm ar doentio, são risonhos, maliciosos, e não estão nus, mas vestidos como todo mundo na África: os homens, camisa sobre a calça, e as mulheres, amplos vestidos de babados de renda bordada, daquela que chamamos *ndoeukettes*, no Senegal.

— Sim, mas cuidado — diz Félix. — Os pigmeus que acabamos de ver já são meio sedentarizados. Os bantos não estão aí à toa! Vejam a igreja. As irmãzinhas de Jesus fizeram bem seu trabalho. Nossos pigmeus têm boa saúde, mas deixaram de caçar. Enfim, quando digo "nossos pigmeus", compreenda, é de brincadeira. *Stop!* É aqui que entramos na floresta. A pé.

Na aldeia dos pigmeus à beira da estrada, as casas são também do estilo banto, de barro e palha. Nenhum sinal das cabanas de palha impermeáveis, diligentemente construídas pelas mulheres. Mas, ao observarmos a refeição sendo preparada no fogo a lenha, descobrimos que se trata de um prato à base de esquilo terrestre, pequeno roedor cinza, listrado de preto, bastante gordo e saboroso. Primeiros odores de caça pigméia.

Depois, é hora de nos embrenharmos na grande floresta.

O caminho é cheio de escarpas, estreito, repleto de raízes entrançadas, de árvores caídas, de terra apodrecendo, formigas gigantes em lentíssima procissão! Félix, o pigmólogo, adverte-nos. Não se brinca com as formigas. Aquele que cruza uma coluna avisa quem vem atrás, gritando: "Formigas!". A ordem é clara: parar de caminhar. Deixar que as formigas gigantes e venenosas passem.

Prem improvisou um cajado e caminha garbosamente, exceto quando ouve a ordem "Formigas!". Tia Marthe arfa, mas acompanha. Não peço mais que isso. Se, pelo menos, ela olhasse para o chão. Que nada, olha para cima, procurando os pássaros. Não os verá. Formigas! Os papagaios chalreiam no cimo das árvores, seus assovios ecoam, o teto de folhagens é altíssimo, o dossel é lá nas alturas, inalcançável. Sua amplidão permite a passagem dos sons, mas não deixa que nossa vista o alcance... Para não tropeçar nos insetos que picam, a ordem é caminhar olhando para o chão. Formigas!

Conseguimos evitá-las. As formigas passaram. Paramos. Estamos sobre um elevado de terra de onde se vê um riacho que temos de atravessar descalços. Todo mundo tira os sapatos, menos Marthe.

— Tire os tênis, tia Marthe!

— Sempre me disseram que não devemos, em hipótese alguma, pisar descalços nas águas africanas — diz. — Será que não vamos pegar esquistossomose?

É mesmo! Nem pensei nisso. Teoricamente, é verdade.

— Você não responde, Théo. A esquistossomose é grave!

— Mas tem tratamento, tia Marthe. Para morrer disso, precisaria que...

— O quê? — diz Marthe, apavorada. — O que preciso fazer? E Prem? Não somos mais jovens!

— Vamos. Vocês não correm perigo nenhum.

Tive que empregar voz de comando, daí obedeceram na hora. E lá estão eles, descalços na água corrente, atravessando o riacho. Riacho transparente, mas isso não quer dizer nada. Não estou seguro, mas não devo demonstrar medo. Veremos depois! Sentados na outra margem, meus dois velhos enfiam as meias de novo, metodicamente, depois os sapatos. Levantam-se, dão-se os braços. Prem pega o cajado, e a caminhada prossegue. Legal!

Mais uma hora e chegaremos ao acampamento pigmeu que viemos visitar. Ao sairmos da escuridão das árvores gigantes, é tanta luz que os olhos não suportam.

Luz! Sol ardente desenhando uma clareira entre imensas folhagens. Uma clareira, como é bela! É um buraco azul dentro da escuridão verde.

Respiramos, olhamos. As cabanas não são cobertas com palhas, são feitas de capim-sapê e zinco ondulado. Embora estejamos em plena floresta primária, os pigmeus do acampamento não vivem só de caça. Vemos um pomar, um bananal e pés de abacaxi, iguais aos que observamos ao longo da estrada. As casinhas são de alvenaria, construídas em estilo banto. Onde estão as cabanas redondas e as palhas trançadas?

— São coisas do passado — diz Félix. — Não digo que não haja mais casas de palha! Mas a situação melhorou. A gente acha que está lidando com pigmeus sedentários, quando, na verdade, se o chefe decidir, todo o acampamento pode ser abandonado amanhã. Um pouco mais distante, no lado direito, a alguns quilômetros do caminho pelo qual viemos, poderíamos ver os restos do acampamento anterior, abandonado há dois ou três anos. É o chefe quem decide, e, por falar nele, aqui está. Mas silêncio! Não podemos perturbá-lo.

Sob um toldo aberto aos quatro ventos, lá está o chefe. Qual a idade dele? Indecifrável. Entre quarenta e setenta primaveras. Pele dourada curtida, cabelos ficando grisalhos. Não se levanta para nos saudar. Está concentrado numa mulher banta, muito chique em seu vestido florido, com uma elegante peruca de tranças. Sem mexer a cabeça, o chefe lança um olhar enviesado — nada amistoso! —, depois se volta para a mulher banta, que ele interroga em voz baixa. Que faz uma mulher da cidade em plena floresta?

— Olhe bem — murmura Félix.

Num dos pilares que sustentam o toldo, vejo uma cabeça de boi cuidadosamente descarnada e toda enfeitada com fitas vermelhas. É uma engenhoca complicada que nos causa mal-estar. De um lado, da cabeça do boi caem fitas vermelhas sobre uma roda feita de pedra, lisa e escura, oleosa, cercada de areia. E, do outro, transpassadas com todo cuidado, as fitas se enrolam em fios estendidos que vão de um pilar a outro, algo como um amuleto, uma espécie de miçanga gigante.

Esse vermelho! Não é a mesma cor das bandeirolas lavadas do deus Shiva, velhas e cor-de-rosa; não, as fitas do chefe pigmeu são da cor de sangue fresco. Dá arrepio. No fundo de uma cabaça colocada sobre o círculo de areia, raízes torcidas enlaçam pedaços de cortiça. Embora não saibamos onde estamos, em que templo, a visão do sangue fresco vermelho nos induz à percepção de que estamos num recinto sagrado.

Depois de observar tudo à nossa volta, nosso olhar recai sobre o chefe, que resmunga sem nos encarar. Ele abre uma pequena mochila de couro, de onde tira uns grãos, após contá-los, coloca-os na mão da mulher. O negócio é sério. Nada a ver com transação comercial. O chefe pigmeu é curandeiro.

Logo a mulher chique deixa a tenda, abre um sorriso e vem nos dar um bom-dia.

— Puxa! Que caminho comprido! E eu vim a pé! — ela geme mostrando os sapatos de salto alto. — Pra falar a verdade, não foi fácil!

— E a senhora está aqui por quê? — pergunta Prem, sem rodeios.

— Porque, para curar, é melhor um nganga pigmeu — diz baixinho. — O pigmeu é muito mais forte!

— E que parte do corpo a senhora veio curar?

A elegante desconversa. São coisas que a gente não deve perguntar. Tia Marthe vê que ela está embaraçada, segura a moça pelo braço, leva-a a uma outra tenda onde é possível se sentar confortavelmente sobre colchões de palha. O hospital.

— O chefe Matthias é um grande xamã bakola — diz Félix. — Nenhum acampamento pigmeu tem essa opulência; repare como a mulher do chefe está vestida, ela usa rendas e guarda-chuva!

Não é um guarda-chuva qualquer. Enorme e em quatro cores: vermelho, verde, amarelo, azul. Sob a sombra colorida, o belo rosto da velha senhora pigméia, afável e zombeteiro, se desfaz em mil sorrisos. E seus bordados ingleses fazem frufru; coquete, essa mulher! Gostei...

Recapitulemos. Sob a tenda que serve de sala de hospital, tia Marthe conversa com a mulher chique.

Perto das bananeiras, sob o sol, a mulher do chefe parece estar num desfile de moda.

E, sob a tenda principal, o chefe curandeiro nos espera.

Ele fica sentado. Seu semblante é severo. Félix dialoga com gestos amplos, coloca a mão no peito, parece pedir desculpas. O chefe lhe diz palavras fortes, acho que o xinga por ter sido perturbado. Que história é essa de chegar sem avisar, no meio de uma consulta?

Félix se curva humildemente, tira cédulas do bolso, coloca-as no chão. O chefe faz um gesto de impaciência ou de perdão. Félix vem falar com a gente.

— Tomei uma bronca — diz, um pouco constrangido. — Deveríamos tê-lo avisado, mas, se eu avisasse, vocês não veriam o chefe Matthias trabalhando! Teríamos tido uma acolhida protocolar, e não seria proveitoso.

Estou autorizado a interrogar o chefe, Félix é meu tradutor; e Valentin tomará notas. Ficou combinado que devemos caminhar em direção a ele bem devagar; a lentidão, na África, é proporcional ao poder. Ele se levantará sem nos estender a mão, e começaremos a longa litania das saudações à africana: Como vai? Muito bem, obrigado, e você? E as crianças, vão bem? E a mamãe? E seu pai e sua mãe? E a saúde? Interminável recitação. A polidez é lenta como o poder. Leva tempo para trocar as primeiras palavras. E os negócios, como vão?

Vamos às coisas sérias.

Félix conhece muito bem o chefe Matthias. Quando ele traduz as perguntas que faço, o olhar do chefe fica perigosamente inquieto. Lição bem compreendida? Não tenho como saber. Exceto talvez consultando a intuição do amigo Prem, que escuta, de olhos semifechados, a cantilena de perguntas e respostas. O chefe responde direto e bem rápido. Como se decidiu o traçado do oleoduto? Cada acampamento foi consultado. Cada acampamento ou cada chefe? Dá no mesmo!, Félix responde asperamente. Pois então. Como muitos outros, o chefe Matthias quis que o oleoduto não passasse muito longe de seus terrenos de caça, não mais que cinco metros de seu acampamento. Ah é?

Sim. A essa distância, um bananal é objeto de uma compensação financeira calculada nas alturas, como o plantio de abacaxis, o bananal, ou as plantações de mandioca no quintal, minuciosamente mensurados. O oleoduto significa muito dinheiro para os pigmeus. Além disso, durante a construção, médicos percorrem o canteiro, o que facilita muito o acesso a remédios. Pois então! Mas eu acreditava que o chefe Matthias fosse um curandeiro!

— Você não vai misturar, apesar de sua pouca idade, a medicina dos xamãs e os antibióticos! — diz Félix. — O chefe Matthias tira o encosto dos doentes e os salva das bruxarias. Não é a mesma coisa! Os dois se complementam.

Então tá.

É verdade que, em plena guerra, num campo de refugiados, eu não tive tempo de estudar essa diferença. A medicina de urgência que pratiquei é de outra natureza, bisturi, cirurgia, injeções. Não há tempo para falar, não há tempo para escutar. O corpo é como um objeto em nossas mãos. Não é que eu goste disso, mas escolhi, que jeito. Em tempo de massacres, é preciso cuidar dos corpos que sangram. Obsessão.

Ao ver que rumino minhas eternas preocupações, Félix emenda. Desde que aprenderam a cultivar a terra, os pigmeus bakola não se contentam mais com os produtos da colheita e da caça, mesmo que não tenham abandonado suas atividades tradicionais. Por que mudaram? Não há mais o que caçar.

Ah, é assim? Por causa do oleoduto?

— A construção foi concluída há pouco! — ruge Félix. — Não, não é culpa do oleoduto. É por causa do corte de muitas árvores da floresta; pergunte às sociedades francesas, japonesas, malasianas, que exploram a madeira de Camarões!

— Pergunte-lhe assim mesmo se, para ele, a construção do oleoduto é um bem ou um mal!

Félix levanta os ombros e traduz. O rosto do chefe Matthias se ilumina, ele sufoca de rir e responde, malicioso.

Ele não tem nada contra o oleoduto. Nada.

— O que eu lhe disse! — Félix grita, triunfante. — Vocês, das ONGs, vêem o mal em tudo que é lugar! O pior é que não enxergam os verdadeiros problemas. Sabe qual é a verdadeira ameaça que o oleoduto traz para os pigmeus? A aids, meu amigo, a aids!

— Como por toda parte na África, imagino.

— Ah, não! Pior! Construir o oleoduto traz massas de operários de tudo que é canto, e eles ficam longe de suas famílias; não se trata apenas de uma estrada aberta para a aids. É uma auto-estrada. Temos muito a fazer! Você compreende agora o porquê de nossa vigilância. Sabendo de tudo isso, podemos cuidar melhor da alimentação deles. Mas isso não é mais comigo. Hugo, explique a nosso jovem amigo ecologista como se dá o equilíbrio alimentar de nossos pigmeus!

Seus pigmeus, nossos pigmeus! Félix, o pigmólogo, me cansa. Para me livrar de sua conversa fiada, chamo Hugo num canto, sob as árvores. É um austero holandês de barbicha, casado com uma camaronesa, um desses homens apaixonados pela África e que não saberiam viver sem ela.

Faz seu trabalho com seriedade.

— Diferentemente dos pigmeus do Leste de Camarões — ele começa —, os Bakola não sofrem de bócio e não têm carência de iodo, pois o oceano, bem próximo, pode fornecer um pouco de sal iodado.

— E se não tivessem o oceano?

— Então fabricariam sal com cinzas, um processo muito comum para obter potássio. Dizem, não sei se é verdade, que a mandioca impediria o bócio. Mas os Bakola dos acampamentos têm dificuldade de absorver ferro, e sofrem de amebíase, mal muito comum aqui, como na maioria dos países pobres. O grande problema é a insalubridade. As latrinas? Ficam "atrás da casa".

Falta de higiene, sei o que é isso. Isso quer dizer amebas e vermes. Enquanto Hugo disserta longamente, lanço um olhar para a tenda onde deixei o chefe. E o que vejo?

Prem conversa com o chefe Matthias, com a ajuda de Valentin, que serve de intérprete. O chefe Matthias está iluminado, arrebatado, e sua palavra vibra, desferida sobre o amigo bengalês com uma força inusitada...

Félix não parece contente. Ele é o intérprete. Em que assunto está se metendo o jovem Valentin?

— Eu não sabia que você falava nossas línguas! — Félix lhe diz. — Você deveria ter me avisado!

— É verdade que conheço um pouco a língua dos pigmeus — desculpa-se Valentin. — Para morar aqui, é preciso!

— Você pretende ficar? — diz Félix em tom seco.

— Alguns meses — diz Valentin.

— E o que é que ele está dizendo? — pergunta Félix apontando para o chefe.

— Nada de especial — diz Valentin enrubescendo. — O chefe Matthias fala de um programa de documentação dos pigmeus. Dão a eles carteiras de identidade, definem seu estado civil, para protegê-los dos plantadores e dos policiais.

— Cirepe, ano 2000 — resmunga Félix. — Sei da história. Em sete anos, conseguiram expedir quarenta e cinco carteiras de identidade na região de Lolodorf.

— O chefe contou a história de um pigmeu que se rebelou contra seu empregador porque não havia recebido o pagamento e ficou como refém três dias. Foi em 1989. Três dias é muito tempo! Mas, uma vez livre, prestou queixa. Era a primeira vez que um pigmeu prestava queixa contra um banto, diz o chefe.

— Há patrões ruins em qualquer lugar — diz Félix. — E eu ficaria surpreso se, na realidade, o empregador não terminasse pagando o salário com mandioca.

— Justamente! Não é legal. Por isso o patrão banto foi condenado. Um ano de prisão.

— Ótimo! — diz Félix. — Maravilha, perfeito!

— Apesar disso, o chefe considera você um amigo — diz

Prem, sem tirar os olhos do chefe Matthias. — Ele insistiu muito nisso.

— Eu também — diz Félix, incomodado.

— O chefe acrescentou que foi bom saber que você trabalhava para a Exxon, porque, pelo menos com você, ele estava protegido — diz Prem, sem tirar os olhos dos olhos do chefe. — Eu não sabia que você era pago pela Exxon.

— Sou — diz Félix. — Por quê? É proibido?

Silêncio embaraçoso. O chefe Matthias sorri bastante.

— Acha que seria melhor deixar o estudo dos pigmeus nas mãos de etnólogos ocidentais pagos pela Exxon? — indigna-se Félix. — Não me refiro a você, Valentin. Se me tornei um pigmólogo, foi para proteger populações, que, de fato... Que talvez... Enfim, que foram maltratadas por nós. Quero ver você dizer que isso é ruim!

Há um coro de indignação, de forma alguma, Félix! Claro que não! Não se trata disso, jamais pensaríamos isso, e outras litanias.

Félix se senta ao lado de Matthias, que lhe dá uma forte cotovelada na barriga e fecha os olhos discretamente.

— Em 1904, um pigmeu do Congo foi apresentado na Feira Mundial de Saint Louis, nos Estados Unidos — diz Félix. — Sei quase tudo sobre as injustiças cometidas contra nossas minorias pigméias. Ele tinha vinte e três anos, chamava-se Ota Benga. Depois foi encaminhado a um zôo do Bronx. Os pigmeus sempre despertaram interesse nas pessoas por causa da pequena estatura, da pele clara e de seu charme.

— Não só os pigmeus — diz Valentin. — Na França, ficamos por muito tempo com os restos da Vênus hotentote, que devolvemos à África do Sul faz alguns anos. Ela foi levada de volta dentro de frascos, aos pedaços, coitada. E sei que, no antigo Museu do Homem, temos ainda o esqueleto do rei dos flup, um povo de Casamance, de religião diola, preso a um suporte e cuidadosamente guardado num armário.

— Que história é essa, cara? Está divagando!

— Não, Théo! Vi esse esqueleto, vi com meus olhos. Casamance está em rebelião armada contra o governo de Dacar há mais de vinte anos. É uma dessas guerras civis que já caíram no esquecimento. Para muitos rebeldes, a guerrilha só terminará quando o rei dos flup voltar a sua terra natal.

— Mas como esse esqueleto chegou ao Museu do Homem?

— Você sabe que a França teve um império colonial?

— Quem não sabe?

— Não parece que você conhece história, meu garoto. O rei dos flup foi capturado nos anos 1900 pelo Exército francês, que o colocou numa cela com outros prisioneiros de guerra. Bem! Só os militares franceses não sabiam que, em Casamance, os reis não podem comer na frente de outras pessoas.

— Já ouvimos essa história, Théo, há muito tempo — diz Marthe. — Não se lembra?

— Espere... O rei morreu de fome, é isso?

— Isso mesmo — diz Valentin. — Os colonizadores se apossaram do corpo — um butim de guerra como qualquer outro — e o descarnaram para conservação. É vergonhoso. Até recentemente não havia como devolver os restos do rei dos flup aos diolas de Casamance. As coleções nacionais eram inalienáveis, era proibido tocar nelas. Nem pensar.

— Vivam os direitos do homem!

— Vivam! Finalmente, a lei sobre as coleções nacionais mudou, devolvemos a Vênus hotentote, mas guardamos o esqueleto do rei dos flup. Acho que essas histórias acontecem com as minorias perseguidas no mundo. Os diolas de Casamance são minoria no Senegal. Os pigmeus são minoria em Camarões. É questão de respeito à dignidade das pessoas. Quantos despojos reais conspurcados existem na história do mundo? E, por falar nisso, durante nossa grande Revolução, não tiramos os esqueletos de nossos reis de seus túmulos, na basílica de Saint-Denis?

— Não tome como modelo a Revolução Francesa — diz Marthe. — É muito fácil! Claro que houve excessos. Depois de tanta opressão e de tanta fome, como agir diferente?

— Eu preferiria que meu país agisse de forma correta — diz Valentin. — Para ficar tudo em paz, gostaria que devolvessem o rei dos flup ao país dele.

— Ah! — diz Félix. — Esse sim é um ato de honestidade. Você pode acreditar que em Camarões protegemos convenientemente nossa minoria pigméia.

— Parece que os pigmeus foram os primeiros habitantes de Camarões — diz Valentin. — Já ouvi muito isso. É verdade?

— Lenda! — diz Félix.

— Lenda é uma palavra fraca — diz Hugo. — Dizem que os

pigmeus são os verdadeiros donos da terra. Os únicos na África ligados diretamente à terra, às raízes. Por que você acha que viemos de tão longe para consultar o chefe Matthias? Porque, sendo pigmeu, ele tem poderes místicos enormes. Faz parte dos maiores nganga de Camarões...

Quando ouve a palavra *nganga*, o chefe Matthias reabre os olhos. Depois levanta o indicador e começa um discurso que soa como uma advertência.

— O que está acontecendo? — diz Marthe.

— Nada — diz Valentin. — O chefe não quer que se fale de seus poderes sem mais nem menos...

— Aquela paciente empregou essa palavra, *nganga* — diz Marthe. — O que quer dizer?

— É uma história complicada, dona Marthe — diz Félix. — A pessoa penetra no potente sistema da feitiçaria em Camarões... *Nganga* é uma palavra que significa "mestre do segredo" em grande parte da África Central. Temos que falar dela com respeito. Não se admire, não faça ar de desentendida...

— É mesmo, a senhora toma o chefe Matthias por um idiota! — diz Valentin. — Ele entende tudo...

O chefe parece dormir. Mas, sob as pálpebras fechadas, o globo ocular se movimenta com energia.

— Não tem perigo — diz Félix. — Ele não fala francês. Mal sabe três palavras em inglês! Continuo. Em Camarões, quando alguém fica doente, ou se alguém morre, a única pergunta que se faz é de quem é a culpa. Aquele que está doente, ou que morreu, é considerado vítima de um feiticeiro antropófago...

— Não é possível! — diz Marthe. — Canibais, em Camarões, em pleno século XXI?

— Não se trata de canibais de verdade! São devorações simbólicas, ou seja, ninguém corta ninguém em pedaços para cozinhar numa panela, entende?

— Ah! De doentes imaginários, eu entendo — diz Marthe.

— De forma alguma! — diz Félix. — Isso não tem nada de imaginário! Trata-se de outra visão de mundo, dona Marthe. Esqueça a medicina ocidental científica, esqueça os medicamentos que só tratam uma parte do corpo. Pense na força dos espíritos...

— Eu? Imagine! — diz Marthe.

— A senhora se acha então única no mundo, com seu precioso corpo, seu precioso pensamento? Imagina talvez que o corpo social não pese sobre a senhora com todas as forças? Mas, se eu lembrá-la de que muitos tipos de câncer são de origem psicossomática, a senhora vai entender melhor?

— Tenho a impressão de que tanto na África como na Índia — diz Prem — os médicos nunca cuidam dos indivíduos sem levar em conta o contexto.

— Ah, na Índia também? — diz Félix. — Que interessante! Vocês têm um sistema de feitiçaria? Aqui, a doença e a morte são sempre obra de um feiticeiro mau, mas o que é bom saber é que esse gênio malvado se encontra normalmente entre os membros da família. A tia que mora longe e não pôde assistir ao enterro é a primeira a ser acusada, uma vez que só um feiticeiro, ou uma feiticeira, não conseguiria ver o cadáver do enfeitiçado sem desmaiar. Então, se a tia não está presente, é porque não quis se confrontar com sua vítima, é claro! De nada adianta negar. Nenhum aparelho jurídico ocidental pode defender um feiticeiro recém-descoberto na família. Nada de advogado de defesa. E se a pessoa tentar fugir do rito, é pior!

— Que injustiça! — exclama Marthe.

— *Psiu!* — diz Félix em voz baixa. — Pedi que não reagisse... Os nganga, mestres do segredo, são os que perseguem os feiticeiros. Partem em viagem para enfrentar as confrarias feiticeiras em terríveis campos de batalha, mas a senhora entende, eu acho, que não se trata de viagens reais, isto é, de viagens de fato...

— Você quer dizer que ficam em transe, com o corpo enrijecido pela catatonia, e que a viagem deles é em sonho? — diz Prem.

— Numa formulação ocidental vinculada às aparências exteriores, poderíamos aceitar essa interpretação — diz Félix, todo cuidadoso. — Inútil dizer que os nganga não pensam assim. Quando estão de volta, põem-se a trabalhar. Mas somente à noite, com fogueiras que os doentes devem pular nove vezes. Eles convocam todos os membros da parentela e os submetem a uma espécie de exame diante do conselho de família. Isso se chama *Esa*. O nganga deve saber falar bem, usar uma linguagem bonita misturada com palavras pigméias, deve poder mostrar a furiosa batalha que ele conduz, destruindo os poderes bruxos e tornando-se assim apto a encontrar o culpado na família. No fim, acha-se o culpado. E é aí que o processo se torna interessante: o culpado confessa publicamente, e fazem uma cerimônia para lhe tirar o poder de enfeitiçar.

— Acho esse sistema condenável — murmura Marthe. — Não há como se defender... Onde ficam os direitos?

— Sua atitude é típica dos brancos — diz Félix. — Na realidade, trata-se de uma maneira inteligente de reparar o dano coletivo gerado por um luto ou um acidente grave. Os segredos de família escapam de todas as bocas, são expostos, detalhados, trazidos à luz, depois são resolvidos. Não há sanções jurídicas, simplesmente procedimentos rituais, repletos de ervas medicinais para pacificar as pessoas. O feiticeiro que tinham acusado se transforma num caçador de feiticeiros, não oferece mais perigo, nem para os que ama nem para os outros. É preciso tomar cuidado! Podemos enfeitiçar sem querer os seres que mais amamos. Esse sistema pode lhe parecer absurdo, mas protege todo um grupo, é assim.

— Acho esse dispositivo engenhoso — diz Prem. — Temos um pouco esse tipo de ritual no hinduísmo. Por exemplo, depois de uma cremação, os familiares do falecido devem tomar banho nas águas de um rio, um banho de surpresa, geralmente friíssimo, que limpa a sujeira do corpo morto. Nada a ver com a justiça dos homens. Não tenho nada contra!

— E como alguém se torna nganga em Camarões? — pergunta Marthe.

O chefe abre um olho fulminante, faz uma careta e o fecha. Assustada, Marthe esboça um movimento de recuo.

— Por meio de uma longuíssima iniciação — diz Félix. — O nganga aprende a fechar os olhos para o mundo a fim de ver melhor as coisas obscuras. Teoricamente, o processo é secreto.

— Mas vale dizer que isso foi contado por um jesuíta francês, Éric de Rosny, que se tornou um nganga em Camarões — diz Valentin. — Com a autorização de sua hierarquia católica. O livro se chama *Les yeux de ma chèvre* [Os olhos de minha cabra]. Ele não tem nada de secreto! Foi publicado na França em 1981 na famosa coleção Terre Humaine. O chefe nganga dilatou a pupila dos olhos do jesuíta com umas gotas, para que ele pudesse encarar o sol por muito tempo, e a cabra evocada no título do livro foi a que serviu de exutório para o destino do futuro curandeiro. Uma espécie de cabra emissária.

— Um nganga é um homem em combate — diz Félix em voz

baixa. — Ninguém pensa em contrariá-lo. Todos os livros publicados sobre esse assunto não impedirão que as potências do Bem e do Mal guerreiem.

— É por isso que você protege os pigmeus? — diz Prem. — Pergunto porque, em seu lugar, eu agiria exatamente como você...

Félix estoura numa risada e lhe dá um tapinha no ombro. O chefe Matthias franze as sobrancelhas, se levanta, vai até o quintal e se dirige à mulher. Parece que está furibundo! Ela suspira e sai arrepanhando as saias.

— O chefe não está contente — diz Félix. — Pensa que estou revelando segredos. Ameaça-me com os piores feitiços se eu continuar a desobedecer... E acaba de dizer que está muito tarde para irmos embora. Ele nos convida para passar a noite em seu acampamento. Devemos aceitar, meus amigos. Sua mulher já foi preparar a refeição.

Quando a luz se apaga sobre o verde bananal, as árvores gigantescas desenham sombras chinesas sobre o fundo negro da noite. Lua em fase quarto crescente, estrelas piscando. A refeição é servida numa grande bacia esmaltada fabricada na China. Mergulhamos a mão no prato de aipim, Félix e a mulher elegante levam o bocado à boca com os dedos em concha, enquanto desajeitadamente tentamos fazer o possível com o indicador, o polegar e o médio. Os pedaços de aipim têm cheiro de terra e de folhas, impregnam o ar, esse é o cheiro da floresta. É um prato de carne, de antílope, parece um guisado, tem um gosto estranho e bom, devo dizer.

No escuro, não distingo nenhum traço desse belo animal que me revoltou tanto o estômago. Aprecio o prato com os outros, sem remorso. O chefe sumiu sem comer conosco, não o vimos sair, imagino-o procurando plantas medicinais sob o dossel da floresta, ou então dormindo sobre seus segredos, de olhos abertos. Depois de seu grande *meeting* ao crepúsculo, os pássaros se calaram, não se ouve um só pio. Ruídos secos. O fogo crepita, os galhos rangem, bichos deslizam sobre as folhas úmidas, um discreto uivo na floresta. Faz um pouco de frio, estamos bem. Nossas camas serão de palha trançada sobre o chão de terra batida; tia Marthe se arrepia, puxa sobre si um cobertor xadrez.

Acomodamo-nos para dormir, conversamos, Valentin é quem mais fala.

— Minha primeira noite entre os Bakola! Nem acredito, é maravilhoso... Como o céu é limpo! E essa lua!

— Belíssima — diz tia Marthe. — Como você chegou à etnologia?

— Pela prática. Quando pequeno, cantei num coral e quis entender o canto dos outros povos. Estudá-los de fora, de forma abstrata, eu achava pouco! Preciso do meu corpo para pensar.

— Mas você se formou em alguma coisa?

— Ah, sim! Em latim e grego clássico. São línguas mortas que não servem diretamente, mas indiretamente. Os modelos da Grécia antiga são muito úteis... a senhora não imagina. Por exemplo, ao saborear esse prato, penso no ensaio de Plutarco sobre a carne dos animais, "Sobre comer carne", de acordo com a tradução de Amyot no século XVI.

— Plutarco, o autor grego? — diz Félix.

— Exato! "Esses pobres animais que exclamam: 'Se você precisa de mim por necessidade, não lhe peço para me salvar a vida, mas só se precisar muito; se for para comer, me mate; se for por gulodice, não'." Não é magnífico?

— Incrível, você sabe isso de cor! — admira-se Marthe.

— Ah, sim! Texto e tradução de Amyot: "Mas nós tratamos com tanta delicadeza o horror que é matar que, em vez de dizer carne, dizemos iguarias, e precisamos de outras iguarias para tratar a carne, misturando-a com vinho, óleo, mel, geléia, vinagre, mergulhando, para dizer a verdade, um corpo morto em molhos siríacos e...".

Valentin torra a paciência. Culto demais.

— Você não vai ficar recitando a noite inteira!

— Cale a boca — diz Marthe. — Escute, é tão bonito. Você tinha parado nos molhos siríacos. Continue, Valentin.

— Tem certeza, senhora? Porque, se estiver incomodando...

— Não, não incomoda ninguém! Não é, Théo?

Não se trata de incomodar, é que ele sabe demais. Não acho isso normal, é mais jovem do que eu, leu todos os livros. E eu, como fico?

— Não se deixe impressionar — ela diz. — Continue!

Valentin tira da mochila uma lanterna e um livro.

— A partir desse trecho não sou mais capaz de recitar de cor

— diz acendendo a lanterna. — Então vou ler: "Mergulhando realmente um corpo morto em molhos siríacos e arábicos; e as carnes estando assim maceradas, amaciadas, e, sem meias palavras, apodrecidas, precisaremos muito de nosso calor natural para cozê-la, e, não podendo cozê-la e digerir, ela nos torna perigosamente pesados; isso sem falar dos vegetais crus que nos trazem graves doenças". O espantoso é que os vegetarianos de hoje não conhecem esse texto premonitório.

— Premonitório! Não acho — diz Hugo. — Todo mundo sabe que um dos primeiros alimentos da espécie humana foi a carne crua, e que o grande progresso foi poder cozinhá-la. Recusar-se a comer carne é renegar a herança das proteínas e se isolar dos homens do passado. Não estou dizendo que é preciso comer carne todos os dias, mas sem ela o equilíbrio alimentar fica comprometido. Precisamos ser carnívoros.

— Não mais do que o necessário — diz Valentin. — E mais! Plutarco retoma também as teses de Pitágoras, para quem comer carne é cometer um verdadeiro crime. Os pitagóricos eram certamente os vegetarianos mais radicais do mundo... A ponto de não comer favas, porque sua vagem lembra o feto humano.

— Totalmente idiota — diz Félix. — Prefiro o discurso dos animais. "Se precisar, me mate para sobreviver, e se não precisar, não me mate!" Os caçadores pigmeus pensam exatamente assim. Mas, na verdade, Théo, se você é um ecologista convicto, se quer ajudar a salvar os pigmeus, como aceita que cacem, que façam vítimas?

O que penso da caça? É igual a canibalismo.

Indignação de Marthe. "Ahn? Não! Não é possível! Mas você é louco, Théo!"

— Para seu governo, tia Marthe, há canibalismos e canibalismos. Todo mundo tolera o canibalismo em grave crise de fome, em que a pessoa é forçada a se alimentar de carne de cadáver quando não há nada mais para comer. Lembra do acidente de avião nos Andes, cerca de vinte anos atrás?

— Claro. Os sobreviventes devoraram os mortos enquanto esperavam socorro.

— Está vendo? Essa história pode mesmo ir muito longe. Houve tribos tão pobres que as mulheres engravidavam para parir prematuramente, e os fetos mortos se tornavam alimento. Isso parece terrível, mas é canibalismo devido à fome extrema. Antigamente, os inuítes do círculo polar, quando ficavam encurralados pela neve, não hesitavam em comer carne humana. Aceito esse tipo de canibalismo, e a caça também, nesse caso. É igual!

— Você pensa como Plutarco — diz Valentin. — Gosto muito de Pitágoras e de Plutarco, mas posso justificar o outro canibalismo, aquele que nada tem a ver com a penúria. O praticado quando matamos o inimigo para devorar o coração e o fígado dele e nos apropriarmos de seus poderes. Ou o praticado para regenerar as estátuas dos ancestrais. Ou para dar força ao grupo, enfim, todas essas atitudes que classificam como bárbaras. É também um túmulo que damos ao inimigo, uma maneira de tê-lo no organismo, uma honra... Não tenho razão, Félix? Você, que é etnólogo, o que acha?

— Não sei — resmunga Félix. — Vocês brancos nos acusaram muito de sermos canibais; tenho minhas desconfianças. Na época em que os países africanos se tornaram independentes, renunciaram aos ritos dos sacrifícios humanos praticados entre os dogons do Mali, por exemplo. Agora, ouvir vocês dizerem que isso tem justificativa parece-me simplesmente inaceitável! Há lugares na África onde essa prática não é coisa do passado...

— Ah, sim! Parece que o canibalismo volta com as guerras — diz Valentin. — Você viu isso, Théo! E aí?

Sim, em Serra Leoa, os meninos-soldados chegaram a esse ponto.

O pequeno comandante Ibrahim bebia toda manhã uma xícara de sangue fresco, sangue de um prisioneiro que ele mesmo decapitava ao acordar. Fez isso durante sete anos. Para firmar sua autoridade. Nem mesmo podemos julgá-lo. Como o julgaríamos? Que pena mereceria? Milhares de anos de prisão pelos milhares de africanos decapitados? Reeducá-lo? Mas isso significa o quê?

— Acho tudo isso insuportável — diz Prem. — Nem caça, nem carne, nem assassinato. Tenho razão de ser vegetariano!

— O que não dá nenhuma certeza — diz Valentin. — Fuja do gosto de sangue, ele retornará. Os ritos são necessários para limitar o derramamento de sangue.

— Chega! — diz Prem, furioso, se enrolando no cobertor. — Vou dormir. Boa noite!

— Eu também — diz tia Marthe abrindo a boca. — O dia foi longo, e estou cansada.

— Bem — diz Félix. — Então desejo a todos uma boa noite.

— *Goede Nacht* — diz Hugo, o nutricionista. — Encontro ao nascer do dia.

Quatro pacotes humanos enrolados em cobertor de lã xadrez. Um pouco mais adiante, a elegante dormiu sem coberta, com a saia levantada sobre as belas coxas redondas. Sobramos eu e Valentin. Nada de sono!

Caminhamos na ponta dos pés em direção à mata profunda. Nas tendas do acampamento, as pessoas roncam, tossem, dormem como qualquer indivíduo, ao som de ruídos. Conheço essas noites inquietas da África. Basta um olho, dois ouvidos apurados, um galho que range e uma pedra que rola, uma folha que farfalha, perigo! Por mais que estejamos atentos, esmagamos um inseto silencioso, espantamos um pássaro que sonha, fazemos estalar uma árvore, temos medo, estremecemos. É excitante! Escuro total. Valentin grita "Ai!", pára, puxa uma caixa de fósforos, risca, *pschit*, ilumina.

— Está maluco!

— Esqueci minha lanterna!

— Não justifica. Apague isso!

— Espere, tenho uma vela, espere...

Vela amarela, chama branca. Uma mão a segura, é o chefe. De onde saiu? Sombra imensa, mão dourada, a chama da vela ilumina os olhos dele, um pouco vermelhos, um pouco selvagens, terríveis...

— *Für you* — diz — *kein Feuer. Der Wald ist gefährlich. French, Ich do not know. Sorry...*

— O que ele está dizendo?

— Uma mistura de alemão e inglês — diz Valentin. — Línguas oficiais de Camarões e francês. Ele faz isso por você, Théo, agradeça-lhe!

— Obrigado, *Danke, thanks, Herr Matthias.*

Ele me dá um tapinha no ombro, é quase um carinho; depois sopra a vela e nos guia na escuridão. Faz-nos sentar sob seu toldo sagrado, acende uma lanterna de bolso, puxa uma garrafa de rum poeirenta, dá uma golada e a passa para nós. O álcool desce queimando a garganta. O chefe parece preocupado. Remexendo na cabaça de cortiça, retira uma pedra branca e redonda, uma espécie de bolinha de origem desconhecida. Coloca-a entre o indicador e o polegar e a exibe bem perto de nossos olhos. Sinto um pouco de medo, confesso.

— *Gottesdonner* — diz. — *Sehr well!*

— É um meteorito protetor — diz Valentin. — Ele o chama de trovão de Deus. Os pigmeus são conhecidos por sua capacidade de encontrar essas dádivas do céu.

— Por que está mostrando isso? Por que para nós?

— Ele não nos quer nenhum mal. Se nos dá um objeto, é porque quer nos proteger contra o azar. Nada de recusar, hein! A gente deve aceitar e agradecer.

De sua bagagem de mágico, o chefe Matthias tirou dois seixos, talvez sílex, e deu um a cada um de nós, mostrando-nos como usá-los. Polidas pelos séculos, essas pedras têm a forma de uma pistola. Valentin faz um longo agradecimento, e o chefe esboça um sorriso. Um leve sorriso de um senhor extremamente responsável e seriíssimo.

A noite está tranqüila. Podemos finalmente dormir.

A manhã chegou bem depressa, erguida como uma cortina de ferro. Antes de nossa partida, Valentin vai ver o chefe e o chama em particular. No rosto do chefe nenhum músculo se mexe. Depois eles vêm ao nosso encontro.

— O que você está tramando?

— Dei um dinheirinho a ele por ter nos protegido — diz Valentin. — Essa noite, você bem viu, o chefe Matthias nos ofereceu presentinhos. Nossos seixos em forma de revólver, espero que não tenha perdido o seu! Paguei por nós dois. Cabe a você ressarcir pela noite, meu velho.

Pagamos nossa parte, despedimo-nos, deixamos Valentin com o chefe Matthias e partimos. Como a água está fria, tia Marthe geme ao atravessar o riacho, e Prem escorrega uma ou duas vezes. O ar está úmido e claro, sem nada de sufocante. Tirante isso, nada a assinalar. Ah, sim! O nutricionista holandês está resfriado.

Caminhamos sem entusiasmo, como se não tivéssemos vontade de reencontrar a estrada, os carros, a gasolina e o mundo. Estou muito assustado, e aperto no meu bolso meu seixo-revólver, suave ao toque e duro, boa proteção.

À noite em Kribi, durante o jantar, aviso. Assim que estivermos de volta a Iaundê, iremos a Dacar e, de lá, a Saint-Louis, no rio Senegal.

— Tudo bem — diz tia Marthe. — Não entendi direito o que você quer fazer lá, mas tudo bem.

Tia Marthe, surpreendente! Totalmente curada, bem-disposta, capaz de me seguir até o fim do mundo sem reclamar.

— Só espero que lá não esteja muito calor, e que haja bons chuveiros — ela acrescenta. — Com água quente. E também adoraria um quarto bem refrigerado. E um minibar. Tomaria um champanhe com muito prazer.

— Só isso?

— Sim, por quê? Você sabe, Théo, a seu lado, me sinto uma noiva romana no dia de núpcias. "*Ubi Gaïus, Gaïa*", diz a mulher ao marido em latim: onde está Gaïus, está sua Gaïa.

— Não vejo a relação!

— Você e eu, nosso caso é igual, Théo querido. Aonde você for, eu vou.

Não vejo diferença entre uma noiva romana e um pote de cola, e não quero uma tia nos meus calcanhares. O que devo responder? Nada! Tia Marthe está salva, e eu aliviado. Bom! Não vou me queixar, há coisas piores. Desde que ela não se meta em meus assuntos...

— Na verdade, Théo, eu estava pensando... se você quer realmente pesquisar sobre a caça, por que não vai conhecer os inuítes, no Canadá? Você estava falando deles há pouco.

— Isso não está em meu roteiro, minha tia, é por isso.

— Mas deveria estar! Lá você veria mesmo o que acontece quando se proíbe a caça aos animais que fazem parte de uma cultura, como as focas, por exemplo.

— Você não vai querer que eu justifique o massacre das focas! Já que é assim, por que não as baleias?

— Claro! As baleias! Vá vê-las, Théo. Falaremos delas depois...

— Mas isso não me interessa.

— O que eu estava dizendo, você sabe...

— Cale a boca, Gaïa. Gaïus não quer, você se recolhe. É assim.

Eu me pergunto se não era preferível quando tia Marthe estava doente.

DESERTOS, LIXO, MAU CHEIRO

Pensei: pelo menos, tia Marthe não se mete na minha vida particular. Não fala de Bozzie — enfim, quase. Parece ter esquecido Renate — melhor para ela! Quanto a mim, sofro. Tia Marthe não menciona mais minha amiga de infância, Fatou, do Senegal, que ela adorava. Vamos à terra natal de Fatou, e eu penso "Que bom que tia Marthe não diz nada!". Mas por pouco tempo. Que ingenuidade a minha!

Mal entramos no avião para Dacar, ela ataca. Cadê Fatou? Notícias dela? Está no Senegal ou continua em Paris? Ainda não se casou, não? E patati-patatá.

Fatou está em Paris, estuda direito, trabalha. Não, não a veremos. Mas você sabe, tia Marthe, deixei de ver Fatou. Não! Não brigamos. É que não temos mais tempo, acontece! Quantas vezes por ano nos encontramos? Não sei... Duas ou três? A vida particular de Fatou? Não sei de nada. Ela não se abre sobre seus amores. Claro que não! Não consigo imaginar Fatou sozinha na vida. Ah, sim, continua a mesma, sempre gentil, seria melhor ainda se não se vestisse como um motoqueiro!

— Você iria adorar essa garota — diz ela ao amigo indiano, que opina vagamente. — Esperta, encantadora e boa! Como um pão fresco. Mas Théo não gosta de mulheres agradáveis. Prefere as ordinárias.

— Escute, tia Marthe, não estava no meu roteiro te trazer e agora você começa a me encher o saco. De duas, uma: ou cala a boca ou adeus!

Ela baixa a cabeça e tira os óculos. Os lábios se crispam. Ah, conheço, vai chorar, não tenho dúvida! Merda! Não deveria ter falado assim.

Como se eu tivesse tempo de me dedicar às histórias de Fatou. Ora bolas! Ainda não fiz o relatório de nossa viagem a Camarões... E o que vou escrever? Que o desenvolvimento do oleoduto Chade—Camarões é bom para os pigmeus, que vão finalmente fazer parte do mundo moderno? Ou então que, ao desmatarem os terrenos de caça, ao sedentarizarem os pigmeus, vão transformá-los, e para pior? Honestamente, não sei mais. Se fosse sincero, responderia: "Um pouco dos dois, meritíssimo senhor", como nos telefilmes americanos, quando o advogado talentoso dá uma reviravolta na situação. Exxon? Absolvida. É mesmo, Théo?

Meu próximo tema de reflexão é simples. Desertificação de um lado, lixo do outro.

Parece que o maior desmatamento da Europa se deu na costa dálmata, na atual Croácia. Por quê? Porque a República de Veneza ia atrás de madeira boa e nova para construir suas embarcações. Por causa do arsenal da Sereníssima, a costa dálmata perdeu suas árvores.

Depois dos oásis espetaculares do Uzbequistão, rodando em direção a Khiva e Nukus, vi os pedregulhos tomarem conta de todo o espaço, mal protegido por pequenas plantas suculentas de flores amarelas, espinhosas; daqui a pouco nem isso haverá. Na Índia, toda a costa oeste desde Bombaim desliza lentamente em direção ao mar, porque os *ghâts* — os contrafortes das colinas — estão tão desmatados que a terra não se sustenta mais. No Norte, a oeste de Nova Delhi, o deserto do Thar cresce, enquanto, na Idade Média, segundo o que se conta, o Rajastão era totalmente coberto por florestas... O rio Níger seca; foi preciso promover em 2004 uma conferência multilateral sobre a bacia do Níger, com os países interessados, para tentar salvar o curso das águas. Quanto a Pequim, o deserto de Gobi começa a ameaçar a cidade com ventos de areia, e, por mais que se refloreste, é tarde demais.

Com o lixo acontece o mesmo. Amontoa-se e aumenta no ritmo do deserto. Transforma-se muito freqüentemente em enormes continentes a serem explorados pelos miseráveis. Egito, Filipinas, Dacar, Nordeste, eldorados a descobrir! Montanhas de ouro! Armados de gadanhos, os catadores exploram os detritos com tanta engenhosidade que aldeias nascem sobre eles. Flores de lixo!

Do outro lado da pista que acompanha o grande lixão da cidade de Dacar, uma mulher caridosa pagou a instalação de uma escola para aprendizes de carpinteiros, na exata fronteira entre a propriedade do Velho Mundo e do Novo Mundo construído sobre himalaias de lixo, cheios de gaivotas crocitantes e de cães amarelos. E, nesse mundo novo, com os pés nus, só de sandálias, garotos encontram uma lâmpada queimada, uma manga de camisa, uma roda de bicicleta. Ninguém para tirá-los dessa situação. É ruim? Sim, mas nem tanto, dizem. Tudo se recicla, nada se perde, e, de acordo com o que comentam, nos himalaias de lixo se encontra o material usado nas favelas. Há quem glorifique o talento desses fuçadores que não têm escolha. É demais!

Depois de presenciar isso, a gente volta para casa de avião e, lá chegando, joga os papéis na lata de lixo azul, o vidro na verde, o plástico na vermelha e dorme tranqüilo. Graças a nós, as montanhas de lixo que o mundo ocidental acumula baixarão um milímetro por ano. Os pobres? A eles resta exercer seu talento sobre as próprias montanhas. O lixo é deles, não?

Dois mundos.

Em países como a França, separamos o lixo e não há mais lixeiras. Mas, nos países pobres, vive-se do lixo em cima do lixo. Há escândalo maior? Creio que não.

Interesso-me por uma microexperiência realizada nos arredores de Saint-Louis do Senegal.

Quatro a cinco horas de estrada de Dacar a Saint-Louis, quatro a cinco horas pelo Sahel. Atrás de cada deserto há uma história, e estou de saco cheio desses críticos ácidos que não constroem nada, contentam-se em vociferar, agarram-se em cipós sem raízes. Será que, por meio da história, pensamos melhor, contribuímos mais? Quero saber como se constitui um Sahel.

Tenho um informante de primeira cepa. É meu amigo Souley, filósofo de formação, professor de história das religiões em Chicago, senegalês licenciado pela Universidade de Dacar, e que veio passar algum tempo aqui, com os pais.

Sobrevoamos Marrocos, depois a Mauritânia. Não vai demorar muito. Souley não conseguiu se liberar para nos receber ao descermos do avião, mas somos bem grandinhos para nos virarmos, não?

Não. O aeroporto de Dacar é uma enorme bagunça, os motoristas de táxi disputam os passageiros, somos espremidos, pisoteados, comprimidos, disputados e, quando chegamos à rua, o sol é tão forte que não paramos de piscar os olhos. É verdade que em Camarões, como em Nova Delhi, o nevoeiro bloqueia o ar e o céu não é azul. Mas no Senegal! É de um azul fulminante. África intensa.

Souley nos enviou um amigo de sorriso luminoso que veio nos buscar num Toyota. Mais para tímido, o amigo de Souley. Não diz uma palavra ao empilhar nossa bagagem, nem ao nos fazer entrar no carro. Colado ao volante como se fosse uma bóia, ele dirige com suavidade a cinqüenta por hora. Estamos numa auto-estrada.

O cimento dá o ar de sua graça cinzenta nas construções durante todo o trajeto; constroem muito em Dacar. Mansões cor-de-rosa com arcadas, arranjos ornamentais, muxarabiês, terraços, e logo aparece a cidade com suas avenidas, arranha-céus, feiras, multidões e crianças mendigando, as chamadas *talibês*, obrigadas a ganhar seu sustento exigindo que as pessoas pratiquem a caridade.

Dar? Não dar? Nenhuma solução.

Se você dá, entra no jogo dos marabutos, seus professores, e, se não dá, as crianças vão apanhar naquela noite mesmo. No capítulo da ecologia dos direitos do homem, se for fazer uma reforma, não esquecer dos marabutos.

— Sabe — diz tia Marthe —, bastaria aplicar estritamente os artigos da Declaração Universal dos Direitos do Homem...

— Mas quem os redigiu depois da guerra, tia Marthe? Os brancos!

— Não totalmente — diz Prem. — No que tange à redação da Declaração Universal de 1948, o francês René Cassin presidia a comissão, na qual se encontravam o doutor Chang, um chinês de Taiwan, e o doutor Malik, do Líbano.

— Dois entre quantos?

— Tudo bem, Théo — diz Prem. — Os redatores eram oito. Mas não se pode jogar fora tudo de uma só vez! Se não há regras, é pior. Antes de jogar os direitos do homem no lixo, seria preciso escrever outros.

— E que talvez não fossem totalmente pensados por cristãos, não?

— Oh, não só isso! — diz. — E nem só por judeus e muçulmanos. Sim, Théo, é isso, sonho com os Direitos do Homem completamente diferentes, frutos de uma fonte de inspiração que não pertença aos três grandes monoteísmos do mundo ocidental. Para vocês, as coisas são claras. Há um só Deus criador, que delega ao homem um direito sobre a natureza, sem restrições. E, por outro lado, esse Deus exige pouco quanto ao respeito à ordem natural, pois ele mesmo, na Bíblia, não a respeita.

— Estou perdida — diz Marthe. — Na Bíblia?

— Veja só. Nas profecias de Ezequiel, Javé fala ao inspirado e descreve o mais belo cedro do Líbano. Nos galhos dele pousavam todos os pássaros do céu, sob seu abrigo ficavam todos os animais, à sua sombra viviam numerosas nações. Para nós, hindus, uma árvore assim é sagrada. Adivinhe o que faz o Deus único? Ele a abate. A árvore tinha crescido além da conta.

— É uma metáfora que mostra o orgulho do homem, ora! — diz Marthe. — Você não pode...

— Essa — diz Prem — é a interpretação de vocês, que são do Ocidente. Sou do Oriente, e a leste do mundo pensamos que o homem não tem privilégio, que os deuses são legião, e as vidas, inumeráveis. Não temos um jardim chamado paraíso numa vida futura, como os cristãos e os muçulmanos. E, ao contrário dos judeus, só temos uma vida. O Bem, o Mal, que dão sentido à existência de vocês, não têm o mesmo valor em nossa forma de ver o mundo. Quanto à igualdade, vejamos! Imaginem uma perspectiva planetária em que se encontrem as espécies naturais, todas as espécies, Théo, e não somente o homem, no mesmo nível. Isso seria um enorme progresso.

E como fazer para formular direitos do homem que valeriam para todas as espécies? Direitos do homem? Para as plantas, os pássaros, os répteis, os mamíferos, direitos do homem? Isso não se sustenta! Que história é essa, Prem?

— Inspiro-me uma vez mais num texto de Lévi-Strauss, bem curto — diz. — Ele analisa três perspectivas ecológicas que levam em conta essas idéias. Inicialmente, estuda o bloco do hinduísmo e do budismo; depois, os sistemas de pensamento dos povos autóctones; e por fim o estoicismo, que impregnou durante muito tempo o mundo romano. Ordens de mundo diferentes daquelas que o Ocidente nos impôs. Entre os povos indígenas da América, assim como entre nós, na Índia, a igualdade entre o animal e o homem é uma evidência. E o estoicismo, Théo? Você o entende?

— Faz tempo que tia Marthe fala dele, é o golpe do cosmo, não? O mundo é um grande animal em que todos os seres vivos têm o mesmo valor e os mesmos direitos?

— Lévi-Strauss tira daí uma fórmula brilhante, pelo menos do meu ponto de vista. Você me dirá o que pensa. Ele diz: "O homem é um ser vivo".

— Concordo, e daí?

— Não há daí. Tudo está dito. O homem é um ser vivo, é uma das espécies naturais, uma entre outras. Por isso tem, em relação às outras espécies, alguns direitos — o de se alimentar delas, com precaução, por exemplo — e sobretudo deveres. Deveres para com a natureza.

— Sim, nosso companheiro em Benares dizia alguma coisa assim. O swami, lembra? E daí?

— Daí Lévi-Strauss afirmou, diante de uma comissão do Parlamento francês, que essa era a única formulação verdadeira dos novos direitos do homem.

— O quê? Estou sonhando? Quando foi isso? O que disseram?

— Foi em 1976. Os deputados o escutaram educadamente.

— O homem é um ser vivo, mas isso é muito legal! É bem melhor que os estóicos! Já sei como vou terminar meu relatório!

— Calma! — pondera Marthe. — Faltam duas ou três coisinhas. A questão nuclear, por exemplo.

Isso me tranqüiliza.

O carro pára, o amigo desce, dá adeus e some. Souley se precipita e me beija com carinho.

— Tudo bem? — diz enquanto tira as bagagens do carro. — Eu estava um pouco preocupado, você sabe. Meu primo Babacar quase não fala francês.

Aos cinqüenta anos, Souley parece ter trinta, apesar dos cabelos brancos. É um sonhador feliz, de mãos finas, de família numerosa — um dia, ele me disse que era príncipe.

— Um príncipe, veja só! Que honra!

— Souley tinha me explicado que seu sobrenome remetia a um pequeno reino que desaparecera depois da independência, e que provavelmente seus avós tinham sido escravistas, como muitos outros pequenos reis cuja renda provinha da venda de escravos, seus irmãos africanos.

Meu amigo Souley se importava muito com essa questão, pois a tomada de consciência do escravismo praticado pelos príncipes africanos é estranhamente recente, do final do século XX, praticamente ontem! E meu amigo filósofo tinha motivos para se interessar pelo assunto, pois em 2003 o conjunto do clericato senegalês, bispos à frente, pediu perdão por esse crime, partilhado com o Ocidente.

Por que tão tarde?

— Calma, Théo! Isso foi em 2003. Se comparado à França, não é tão tarde assim. Em que data o Parlamento francês reconheceu o tráfico de escravos como "crime contra a humanidade"?

— Não sei. Na época de Victor Schoelcher, em 1848?

— Bote mais cento e cinqüenta anos, Théo. Em 1998! E você concordará que os traficantes negreiros franceses eram muito mais culpados, empilhavam-nos de qualquer maneira nos porões de seus navios!

Na época dessa conversa, esse tema não fazia parte de minhas preocupações. Eu não tinha ouvido Prem, não conhecia o pigswami, não sabia que ia encontrar o chefe Matthias, nganga pigmeu. Normalmente, os ecologistas que conheço não se ocupam nem da ecologia da memória nem dos nichos ecológicos dos refugiados. Eu só me interessava pelo deserto. E nem me sentia culpado.

Mas Souley não concordava comigo. É um homem apaixonado por explicações e era por isso que me esperava em Dacar, capital de um país saheliano.

Ele nos instala em sua casa — simples, branca, de teto plano. Marthe e eu, num quarto, Prem no outro. Desconfiada, sua esposa passa pelo corredor, estende-nos uma mão tímida e desaparece. Souley sorri e nos aponta as amplas almofadas em que recostamos, com copos de uísque nas mãos.

— Então, Théo? Pronto para enfrentar o Sahel?

— Você sabe que também me interesso pelo lixo!

— Sei, mas o Sahel é um todo. Não chegarei a defini-lo como um ecossistema, mas, pensando bem, esse deserto é repleto de histórias!

— Conte.

Souley pensa, batuca no queixo.

— Se me permite, comecemos por um caso que aconteceu nos anos 90. Existe uma espécie de costume das autoridades do Senegal: desqualificam uma reserva florestal e presenteiam com ela pessoas influentes no plano religioso, para se reconciliarem. Assim, de acordo com o costume, o presidente do Senegal decidiu doar uma reserva catalogada ao califa dos mourides — se não me engano, Théo, já que você veio aqui quando de sua primeira viagem, provavelmente se lembra das confrarias sufistas em que se dividem os muçulmanos do meu país.

— Os mourides? Não são eles que acham que o trabalho é igual à oração? Com suas estranhas milícias religiosas enfeitadas de *dreadlocks* e com capas de Arlequim, como é mesmo que vocês os chamam?

— Os M'Baye Fall, mourides dispensados das orações pelo fato de trabalharem o dia inteiro. Vejo que você tem boa memória! Dito isso, não se pode confundir a doutrina do M'Baye Fall com a de todos os mourides! Em geral, a palavra de ordem lançada pelo xeique Amadou Bamba, fundador da confraria, é a mesma. *Ligey-si top Yalla-la bok*, em uólofe, o que quer dizer: "O trabalho faz parte da oração". Mas os M'Baye Fall interpretam-na de modo diferente. Segundo eles, Amadou teria dito: "Trabalhar é orar. Trabalhem para mim e rezarei por vocês". Assim, os M'Baye Fall pararam de orar. Eles são dispensados de toda espécie de obrigação, não fazem o ramadã, podem beber álcool...

— Mas, então, em que são muçulmanos?

— Trabalham! Seguem devotamente as ordens do califa. E sabe o que aconteceu? O califa dos mourides era, nessa época, o neto de Amadou Bamba. Então, o presidente do Senegal deu-lhe uma floresta de palmeira-leque, a mais bela das palmeiras, as que têm o tronco duro como aço. Pois bem! Uma semana depois, sob a ordem do califa, a floresta foi completamente destruída!

— Que loucura!

— Sim, mas por que o califa mandou que destruíssem a floresta?

— Para fazer carvão com a madeira?

— Não, não. Para plantar amendoim! O famoso trabalho dos M'Baye Fall, conhecidos pela arte de manejar as ferramentas, concentrou-se, desde o começo, nas plantações de amendoim. Tinham de arrotear o terreno, transformar a savana em terra arável, e, uma vez feito esse serviço, plantava-se o amendoim, moderno, rentável, valendo ouro...

— Mas todo mundo sabe que o amendoim destrói completamente a terra!

— Todo mundo? Está brincando, Théo! No final do século XIX, ninguém sabia que a plantação de amendoim podia esgotar o solo. Depois, o velho califa, que não recebe ordem de ninguém, ficara no antigo mundo e não conhecia nada das técnicas agrícolas. Dão-lhe uma floresta? O califa obedece aos costumes. Como não há nada melhor que o amendoim, desmatam e plantam. Sem essa de reserva florestal!

— E ninguém reclamou?

— Claro que sim! Desde então, os mourides dedicam-se ao reflorestamento, juram que protegem as árvores melhor que ninguém, mas é tarde demais! É preciso meio século para fazer crescer uma bela palmeira-leque... Se você pensar no número de palmeiras sacrificadas pelo amendoim, vai entender como se faz um deserto.

Religião *versus* natureza. É um clássico. Religião contra natureza e natureza contra a humanidade. Precisamos nos reconciliar com aquela que destruímos.

— Não vá tão depressa, Théo — diz Souley. — A cultura do amendoim não é a única causa do desmatamento. Por todo o Sahel, preparam a comida em fogo de carvão. Nada melhor para acelerar o desmatamento! E depois, nas encostas da curva do rio Senegal, os fulas criam animais, e os rebanhos circulam devorando o verde... Enfim, embora você fosse muito pequeno na época para se lembrar disso, tivemos, na África saheliana, longos anos sem invernada.

— Invernada?

— Foi o nome que os colonos franceses deram à estação das chuvas que caem na África Ocidental de julho a novembro. Mas lá se vão vinte anos, e nada mais de chuva ou de gritos de gaivotas, enfim, nada. Nesse tempo, o deserto avançou de tal forma em Abidjan, capital da Costa do Marfim, que a areia passou a cobrir os carros à noite... Um deserto se alastra com muita rapidez. Num espaço de quatro ou cinco séculos.

— E o que fazem para barrar essa expansão?

— Há trabalhos caríssimos, financiados pelos senhores dos fundos...

* * *

Quando ouvi isso pela primeira vez, "senhores dos fundos", compreendi "senhores que afundam". Mortas de tédio, essas pessoas bocejam enquanto fazem contas em calculadoras para dar uma esmola aos países africanos, e com sua ganância cavam um abismo sem fundo. Foi essa a minha versão para "senhores dos fundos".

Na África, quando se trata de financiamento, evocam-se os misteriosos investidores, ou seja, a comunidade internacional. Tudo depende dela, a água, a eletricidade, as estradas, os remédios; e esses investidores afundam tudo. Agora que sei como funciona, acho que não me engano mais.

— Grandes construções? — diz Marthe. — Souley, não é isso que vocês, na África, chamam de "elefantes brancos"?

— É verdade! Enquanto está no papel, tudo bem. Colocam a primeira pedra. O dinheiro chega, e depois todo mundo sabe o que acontece...

Suspiro profundo. Souley nunca emprega a palavra *corrupção*. Esse negócio contamina seu país — o dinheiro que evapora.

— O mundo ainda não pensou o bastante sobre a tradição dos caciques — diz com voz suave. — Na África, aquele que tem o poder está obrigado a distribuir pessoalmente o dinheiro. Veja bem! Não estou falando do dinheiro do Estado; para isso, seria necessário que existisse a idéia de Estado. Refiro-me à obrigação de repartir o dinheiro entre os membros da família, sob pena de reprovação. Trata-se de uma lei não escrita, inalienável. Então, o que você chama corrupção...

— Entendi, você não gosta de falar disso...

— Corrupção existe em todo canto, também nos seus países; é só lembrar dos escândalos financeiros da Enron e da Parmalat: americano legítimo e branco, europeu legítimo e branco. Foram só os africanos que desviaram dinheiro?

— Temos o mesmo sentimento na Índia — diz Prem. — Também temos o costume de mandar nossos dirigentes para a prisão, por corrupção. A acusação é tão freqüente, tão normal, que me parece ser própria da essência da democracia, mas não há nada a fazer. Sou um pouco como você, Souley, sou cético. Quando nos chamam de corruptos, e logo vocês, os antigos senhores, vejo nisso uma chama de colonialismo.

— Você disse tudo! — diz Souley. — Mesmo que eu seja o primeiro a saber... Enfim, veja, não sou claro comigo mesmo, sou contraditório. Tenho o direito, não?

Eu o encho de murros para relaxá-lo, faço-lhe cócegas, ele ri. "Pare, Théo! Não tenho a sua idade, me respeite!"

— Em síntese — ele retoma —, as notícias não são ruins. Sejamos sérios. Nem tudo se resume a grandes construções. Começamos a pesquisar técnicas antigas para armazenar água da chuva. No Mali, camponeses ergueram barragens de retenção feitas de barro e voltaram a plantar com a ajuda da irrigação. Dizem — mas isso é muito bonito! — que um rio voltou a correr em seu leito seco. O que se fez de melhor aqui, no Senegal, foi o "cinturão verde": uma rede de pomares e de verdura confiada a hortelãos, em torno de Dacar. Cultivam legumes, algumas plantas e flores.

— É bom dizer que isso não é nenhuma novidade...

— Tudo bem, mas assim que você sai de Dacar rumo a Saint-Louis, o deserto retoma o que lhe é de direito. E isso não é tudo! Vá para o Sul do Senegal, em Casamance, na África Equatorial, onde chove muito; o desmatamento lá é menos visível, mas nossa!... Depois da independência, os anos de seca empurraram para o Sul do Senegal vendedores que se abasteciam na rica Casamance e voltavam para Dacar naquele famoso navio que afundou em 2002...

— O *Joola*, eu me lembro — diz Marthe. — Pior que o *Titanic*. Com um número três vezes maior de passageiros, carga máxima acima da autorizada e todas as bóias de segurança violadas. Que tristeza, Souley!

— E ainda há vestígios dessa tragédia. Famílias se acabaram. Tive muita sorte, não perdi ninguém no desastre. Perto de 2 mil vítimas! E as mercadorias não vêm mais de Casamance, como antigamente. Na época, porém, não eram só comerciantes que vinham se abastecer de frutas e legumes; havia também camponeses arruinados, vindos do Norte. O que fizeram? O de sempre. Passaram a cultivar amendoim. E acabaram com as matas sagradas!

— Você se lembra, Théo? — diz Marthe. — Vimos uma floresta sagrada.

Claro! Eu me lembro. Tia Marthe tinha me levado a Casamance para encontrar um rei numa floresta sagrada.

Vermelho, ele estava vestido de vermelho, o mesmo vermelho-sangue que ornamenta os altares do chefe Matthias. Ele presidia uma cerimônia de iniciação no maior segredo, e tínhamos tomado grandes precauções para vê-lo.

— Mas você não pode mais ir lá, Théo — diz Souley. — Mesmo que a região seja mais tranqüila, é ainda comum os militantes atacarem os viajantes, e não sei se você conseguiria uma autorização. Lembre-se apenas de que, em matéria de ecologia, as religiões não são inocentes.

— Podem desmatar — diz Prem —, como na Índia, a fim de fazer fogueira para os mortos.

Souley se levanta, dirige-se à sua biblioteca, de onde volta com livros de sociologia sobre a confraria dos mourides e a cultura do amendoim: ao ler "tapete vegetal destruído pelas plantações de amendoim", entendo que trabalharam bem com a enxada, como os monges na Idade Média.

— Boa comparação — diz Souley. — Os M'Baye Fall arrotearam a terra por razões religiosas. Também tivemos nossos monges. Mas não podemos comparar. Ouvi dizer que na França, nesses últimos anos, o espaço reservado às florestas tinha recuperado a extensão do século XIII.

— Isso significa que querer é poder!

— Isso no seu país — ele corrige. — Aqui, se não chove, o que podemos fazer? Em Burkina Faso, tentaram bombardear as nuvens com chuva usando aviões especiais...

— Não diga que isso funciona!

— Funciona, mas a um custo exorbitante! Há também a solução que empregam na região dos sereres.

— O canhão contra o granizo, como nos vinhedos franceses?

— Não, isso não! A invocação, Théo. Temos iluminados de um tipo especial, chamados *saltingués*, que invocam a chuva ou, pelo menos, a prevêem durante grandes cerimônias mágicas e populares; enfim, é espetacular, e, você sabe, os jornais publicam as predições dos *saltingués* como se fossem feitas pelo serviço de meteorologia. Na verdade, é o nosso serviço de meteorologia.

Vamos partir amanhã em direção a Saint-Louis, bem cedo. Faltam três horas para o dia terminar. Meus velhos estão exaustos, Souley janta em casa, vou passear.

Numa outra ocasião, durante minha viagem, eu assistira a um sacrifício de touro numa praia, próximo a um pequeno porto de pesca, uma tradição do minúsculo povo lebu. Estou voltando lá. A luz diminui rapidamente, os refletores jogam sua forte luz amarela sobre a madeira dos balcões de açougue. As mulheres dos pescadores esperam a volta das canoas, sopra um vento suave, e não me canso de olhar os bubus que moldam os seios, as coxas, as enormes bundas das divas lebus. Souley me contou que elas tinham o privilégio absoluto de comprar o peixe de seus maridos, para revendê-lo e ficar com o dinheiro. É por isso que são tão belas, com amplos decotes, muito seguras, falantes, de cabeça erguida, mão ligeira se precisar dar um tapinha na amiga ao lado.

A chegada invisível das canoas na noite. Urros de esforço dos rapazes que sirgam cá da praia. Entre as divas, o tom se eleva, pois os peixes chegaram, passando de mão em mão, enormes, escamosos. Bolsa do mar, o pregão diante do cesto, todos berram, uma algaravia. Cédulas trocam de mãos, moedas faíscam, o peixe some dentro de sacos de plástico. As vendedoras se vão num passo rápido, seus homens bebem soda. Desse frenético movimento browniano, fica em mim um sentido de harmonia. O destino dos peixes asfixiados? Estou pouco ligando para isso. Quando me acho completamente só, me sacio na fonte humana, como se estivesse precisando participar, sedento.

Bebi longos tragos dessa fonte. Foi como fazer amor; eu era quase homem. Comprei uns pastéis no caminho, voltei para a casa de Souley atravessando a Medina. Uma melodia tranqüila toma conta da cidade, um coro de homens de voz grave, estamos na terra do islã. O mundo mergulha na paz, a gente se sente bem. Na casa de Souley, o silêncio. Devoro os pastéis, fico com os lábios salgados. O que diria Bozzie? Ela teria enfrentado as vendedoras com unhas e dentes para salvar os peixes. E o que teria dito Renate?

Um minuto de loucura. Telefono. Secretária eletrônica. Deixo uma mensagem incompleta. "Renate, sou eu. Estamos no Senegal, tudo vai bem. Ou não. Um beijo. Théo."

Tenho saudade de seu olhar verde-laranja, de suas costas

nuas, de seu doce abraço. Durmo com ela, não com Bozicka. Ao acordar, escancaro as janelas do quarto. Vento de areia. O ar está amarelo, o céu bege, mal dá para ver os telhados, o que dirá o mar. É isso! Tia Marthe vai ver o que é bom pra asma.

— Uma pena! — diz Souley. — O harmatão raramente sopra nesta época. Dizer que estávamos tão bem com os alísios! Vocês iam ver o céu! Nem uma nuvem. Vamos ter cuidado na estrada de Saint-Louis. Há acidentes freqüentes, vocês sabem.

Não deve ser pior que na Índia, com os mesmos ingredientes: rebanhos, ciclistas, burricos, crianças perambulando, atravessando a pista intempestivamente, caminhões enlouquecidos, camelos, cabras, carneiros. Só que, no deserto, há muito pouca gente, e, com exceção dos rebanhos, sempre inumeráveis, cruzamos pouco com seres vivos, mesmo que sejam imprudentes. Evidentemente, sob o nevoeiro, a gente não vê as pessoas.

Paradinha no acostamento. Caminhando apressada pela areia, tia Marthe explora as moitas esquálidas, procura um lugar mais escondido a fim de satisfazer suas necessidades naturais e desaparece atrás de um baobá que exibe cotos fantasmas.

Resta um pouco de verde e algumas frutas felpudas pendentes na ponta de um longo caule. Muito seco, o baobá. Tudo para economizar. Neste período do ano, os baobás sobrevivem com muito pouco, porque são ervas.

— Ervas, essas árvores enormes? Só pode estar brincando, Théo!

Pois é, são ervas! Esses gigantes torturados não têm nem raízes nem estruturas lenhosas. São ervas ocas. Souley nos conta que, no passado, os griôs eram enterrados no oco dos baobás. Em pé e na argila, para preencher o buraco.

— Os griôs e só eles — diz. — Por razões de casta, pois os griôs estão na base da escala, são cantores, contadores de histórias, mas, como as florestas, desclassificados.

— Então é como no meu país? — diz Prem. — Há castas aqui?

— Há castas por tudo que é canto! — diz Marthe. — Na Europa, temos nossos tecnocratas, uma nova casta que não fica devendo nada às antigas, não é mesmo, Théo?

— Não, você está errada! As castas são de origem! Qualquer um pode ser tecnocrata, mas, se você não nasceu griô, ou brâmane, nunca será griô, jamais brâmane... Você fala como uma ONG, Marthe! Não a reconheço mais!

— Dizer que esse jovem tolo acha que é o único revoltado da família — ela suspira. — Por que interrompi os estudos superiores, na sua opinião, Théo? Pois é! Para me isolar com alguns amigos numa fazenda da Califórnia. Flower power, sabe o que isso significava?

— Sei, quer dizer... Não! Esqueci, tia Marthe. Um troço qualquer durante a guerra do Vietnã?

— Um troço qualquer — ela resmunga. — Era um movimento! Houve 58 mil americanos mortos na Indochina, já pensou? Queríamos simplesmente a paz, o amor, as flores. Não queríamos mais o mundo tal como era. Queríamos reinventá-lo...

— Altermundialista antes da hora?

— Uma antiga forma de ser ecologista. Sabe, Théo, estudei esse tipo de movimento: desde a Idade Média, com freqüência, de repente, ninguém sabe como, as pessoas juntam suas coisas e partem para viver isoladas, estão cansadas do mundo como é, imaginam um outro. Pois bem, foi o que fiz.

E foi falando disso até Saint-Louis do Senegal.

Fico contente por você, tia Marthe, legal, você teve sua juventude, agora me deixe ter a minha, puxa! Enquanto ela fala, observo as cabras apoiadas sobre as patas traseiras para alcançar uma folha perdida numa acácia.

De repente, perto da cidade, o vento pára.

Caem algumas gotas, a chuva-de-manga, dizem. Uma chuvinha fina e deliciosa. Milagre! O mundo fica luminoso, as árvores adquirem uma silhueta; os animais, pêlos; e as pessoas, olhos. Os lenços de lã não cobrem mais o rosto, volto a ver gente sorrindo, o tempo está claro. Há casas de palha com telhados pontudos de sapê, cercas de espinhos para proteger os pobres pomares. Atravessamos aldeias cuidadosamente isoladas, pois, é fácil de se perceber, o mundo exterior mostra-se hostil. Vento de areia ou tornados, tempestades de verão, chuvas torrenciais, é preciso estar preparado para tudo no Sahel.

Chegar à cidade significa atravessar aldeias destruídas. Os casebres dão lugar a cubos cinzentos de telhado plano. Não há mais aldeias fechadas, mas casas ao longo das estradas. Algumas lojas, centrais telefônicas, andaimes, perpianhos, tijolos, uma barafunda, e ele, o lixo. Subúrbio.

Acidente. O carro se enfia num pântano que não é de terra lamacenta. Não. No lugar da terra, que, pelo menos, está seca, o que vemos é um mundo de sacos de plástico. E essa espécie de lama maléfica é azul, daquele azul simplório que caracteriza todos os céus. Peixe pescado em Soumbedioune, saco de plástico azul não degradável; três tomates, um limão, um saco de plástico azul não degradável; uma caixa de molho de tomate, saco azul não degradável. Eles inflam como pequenos ventres monstruosos, as crianças se divertem pra valer, o solo desaparece sob os detritos, elas riem dentro da maré de plástico azul não degradável. De um cano furado a água jorra aos borbotões, e não é por acaso, é por falta de manutenção. A pobreza é isso, conheço-a de cor, saco de plástico azul num mar de lama, água estagnada que beberão porque não há outra, no melhor dos casos será fervida, mas isso é sonho; cólera, ameba, tifo.

Evidentemente, quando atravessamos a ponte Faidherbe, o lixo se torna mais urbano. Pequenos montes de lixo seco diante de cada casa, fezes endurecidas, petrificadas, areia nas ruas, buracos no asfalto, mas não há mais lama, e quase não há mais sacos. É a antiga capital administrativa do Senegal, grandes construções francesas, cidade grande de pescadores; nos canais, as longas canoas pintadas passam rente aos pelicanos.

Nós nos instalamos na casa da família de Souley, com seus primos, uma litania de saudações — "E a família vai bem?" — até sair o chá de menta, frescor fervente. Estamos cansados, Marthe dorme no sofá; é preciso transportá-la para a cama.

Não a acordaremos para o jantar. Souley, Prem e eu saímos para passear pelas ruas da cidade, entre homens. E, como as garotas de Saint-Louis têm a reputação de serem as mais elegantes da África, nosso indiano, maravilhado diante dos pescoços alongados das belas muçulmanas de turbantes complicados, olha-as despudoradamente, e elas caem na risada.

Prem também nunca viu mouros de bubu azul.

Sentamo-nos num pequeno bistrô à beira de um canal repleto de canoas. Toalha xadrez, sombreiro, vento encanado. O tipo de lugar em que eu gostaria de estar com Renate. Mas ela não está aqui, e só estou entre homens.

Prem não sabe nada da história dos mouros, ele se pergunta quem são essas pessoas esguias de túnica azul-celeste, tão bem engomada e cheia de bordados.

— Não são africanos! — ele diz. — Não têm a pele negra.

— O país ao lado se chama Mauritânia — diz Souley. — Os mouros vêm de lá. Há também muitos negros na Mauritânia, os haratans, que são descendentes de escravos, mas, no conjunto, não têm representantes no poder mauritano. Não se prenda à cor da pele, é um assunto mortífero.

Sem subir o tom de voz, Souley lhe conta como os artesãos mouros, instalados em Dacar há décadas, foram massacrados nos anos 90, por questões de fronteiras com a Mauritânia vizinha. Querelas de pastores, incidentes de rebanhos, a coisa cresceu, até o pogrom dos mouros.

— Os mouros praticam, então, outra religião sem ser o islã? — pergunta Prem.

Não. É o mesmo islã.

Depois me desligo. Falam ainda dos mouros. Prem fantasia sobre a pele clara deles, Souley rebate. Mal ouço. Troca de números. Prem, 1,4 bilhões de indianos; Souley, 8 milhõezinhos de senegaleses.

Não agüento mais, me levanto, vou fumar unzinho até o cais. Prem e Souley discutem; para mim tanto faz. O ar está gostoso, a água bate nas canoas, vejo um pelicano adormecido, a cabeça sob a asa, o céu está estrelado, magnífico, estou só.

Ligo para Renate. Sua voz ao telefone. Vertigem. De cada duas palavras só ouço uma, tudo bem. Gosto dessa mulher. Nem sei o que dissemos um ao outro. Quando reponho o telefone no gancho, devo estar com um ar estranho, porque Souley está de pé ao meu lado.

— Tudo bem, Théo? Achei que você ia desmaiar! Está morrendo de fome. Venha comer o peixe, vamos!

Como meu peixe grelhado, voltamos protegidos pela mais bela das noites, sentindo a doçura extrema da beira-mar. Caminho com uma exaltação que não conhecia, conduzido pelas palavras de Renate — "Sim, Théo, eu também" —, o que mais ela dizia? Ah, sim: "Isso nunca me aconteceu antes". Caminho sem sentir os pés, as pernas, plano sobre os canais como um pássaro que voa. Mesmo o cheiro que assalta meu nariz me é indiferente.

E, no entanto, o cheiro vem de longe. Da cidade de Sor, ao lado de Saint-Louis. Os bairros de pescadores geralmente emanam um forte odor, e os eflúvios nos trazem o cheiro de peixe seco. Fortíssimo, fedorento, deteriorado, é o melhor dos condimentos. Indispensável podridão. Meu Deus, como fede!

Fui despertado pela voz amplificada de um muezim difundida pela mesquita de Saint-Louis. A gravação da fita engasga, mas é o canto do dia, e me sinto feliz. Tomo um banho de chuveiro e lavo o passado. Adeus, Bozzie!

Esta manhã nos reunimos no pequeno terreno onde se desenvolve a experiência que selecionei para meu dossiê. Tenho vontade de testar se tia Marthe adivinha de que se trata. Ela quis me tirar informações, mas não abri o jogo. Pedi ao jovem voluntário que nos serve de guia para não explicar antecipadamente.

— Aqui estamos, minha velha. Agora é sua vez!

— Pensemos um pouco — diz. — O que estou vendo é... um terreno baldio? Um jardim? Ou será um cemitério? Parecem grandes túmulos em terra fresca. Impossível! Não haveria homens removendo-os... Estarão retirando corpos? Não, não estão. Deve ser um novo tipo de plantação de cogumelos.

— Quase!

— Quase? Espere... Vejo cinco ou seis sujeitos com um forcado, eles remexem alguma coisa. Mas está fumegando, Théo! Veja! Olhe o vapor! Não é terra, juro, é esterco!

— É a compostagem, senhora — diz o ajudante.

É um sujeito da minha idade, 25 ou 26 primaveras, muito seguro de si. Do tipo irritante que não dá o braço a torcer. Parece um economista que quer refazer o mundo, mas enfim! Não prejulgue, Théo. E o cara tira a mão do bolso para, num gesto largo, apontar seu exército de ajudantes.

— Vocês vêem ali — diz — um grupo de jovens aprendizes convocados para participar do saneamento urbano. O lixo é recuperado naquele galpão que vocês estão vendo lá longe, depois fazem a triagem, um caminhão vem buscar o plástico, um outro o vidro, um outro o papel, e, com o que resta de organismos biodegradáveis, nossos jovens estão preparados para fabricar composto orgânico, que depois será enviado para os pomares no entorno de Saint-Louis.

— Você está dizendo que os ensina a tratar o lixo, é isso?

— Sim, minha senhora! Trata-se de uma visão moderna alinhada com a idéia de desenvolvimento sustentável, isto é, com a idéia de se educarem os jovens para um urbanismo limpo. Já selecionamos aqui os agentes multiplicadores que ensinarão a eles, futuros jardineiros, como jogar o composto no pé das mangueiras.

— Agentes multiplicadores?

O voluntário exemplar suspira. Diz para si que, com aquela mulher ignorante, é preciso começar tudo de novo. Tia Marthe não fala a mesma língua dos voluntários.

— Um agente multiplicador é alguém com experiência, que passou por... digamos assim, experiências, e está traquejado o bastante para transmitir seus conhecimentos às jovens gerações — ele diz, todo compenetrado.

— Você quer dizer uma pessoa mais velha, não é?

— Oh, senhora! — diz o ajudante.

Já ouvi muita conversa fiada, mas como a dele nunca! Fala cientificamente do processo de fermentação, fala de aerobiose, explica por que a temperatura se eleva, como se desprende o dióxido de carbono, como se forma o amoníaco, é de um tédio mortal, e vejo Prem bocejar. Marthe se impacienta.

— Vejo que o composto é regado com água, não é?

— A umidade é indispensável para a fermentação, senhora — responde o jovem voluntário. — É preciso haver aeração, umidade.

— Se eu fosse eles, mijaria em cima — ela diz.

— Mas, senhora! — indignado, o jovem enrubesce.

— Você não falou em amoníaco? A urina tem essa substância, então não vejo por que...

— É verdade — diz Prem. — A coisa andaria mais depressa, fariam economia de água... Em meu país, as pessoas se aliviam nos campos, todo mundo sabe disso.

— Nosso amigo vem da Índia — diz Marthe. — Aliás, acho que você não sabe que, na China popular, a estrumeira é quase inteiramente composta de excrementos humanos.

— Na China, é outra história. Mas o nível de higiene...

— Na França, quando eu era criança, os camponeses mijavam no monte de estrume atrás da casa...

— Na França! — arrepia-se o jovem voluntário. — Mas a prefeitura não teria...

— Vi com meus olhos e eu mesma fiz isso — diz olhando-o nos olhos. — Quer ver como é?

— Senhora! — exclama o rapaz, que agora se mostra inseguro. — De jeito nenhum... Eu a proíbo...

— Seu insolente! Sabe qual a minha idade? Não seria eu exatamente o que você chama de agente multiplicador?

— Bom! — diz Souley. — Acho que está na hora de perguntarmos a ele o caminho.

É assim que as pessoas se despedem na África.

Marthe está bem chateada, o jovem me dá pena, os habitantes de Saint-Louis se divertem à beça. No carro, Souley demonstra contrariedade.

— A senhora perdeu a cabeça, dona Marthe! Na frente dos africanos, dos muçulmanos, dos homens, uma mulher falar em urinar...

— Eu disse "mijar", Souley — retruca Marthe.

— Aí é que está o problema! É uma grosseria!

— Ah! O que você queria? — ela suspira. — Aquele jovem era tão pedante. Tenho horror a esse tipo de vocabulário que menospreza as pessoas com palavras difíceis. Você diz "urinar", eu digo "mijar" e pronto! Se o choquei, me desculpe.

Eu me irrito.

— Você poderia ter calado a boca e escutado! Entendeu o que aquele sujeito dizia sobre aerobiose? O que sabe sobre isso?

— Ele falou de amoníaco, falou ou não falou? Aquilo tinha cheiro de xixi, tinha ou não tinha? Espera realmente convencer as pessoas com números, com estudos assustadores? Não! É preciso falar com simplicidade!

E por aí vai. Marthe ataca.

Que, sendo os corpos o que são, todo alimento vai virar fezes, que o que entra pela boca com prazer voltará à terra passando pelo ânus, que a gente inventa palavras para evitar a morte, que o mundo não será diferente só por trocar "mijar" por "urinar", que do pó viemos e ao pó retornaremos, que o lixo será lixo e que as coisas são o que são...

Acredito que ela ficou ofendida ao saber que era um agente multiplicador. Talvez, em síntese, tenha medo da morte. Talvez essa senhora tão bem-educada queira sentir na boca palavras cruas.

— Não sei o que a senhora pensa, dona Marthe — diz Souley —, mas, se as pessoas não foram à escola, não sabem nada de regras de higiene, para elas não há perigo em mexer num monte de esterco e depois comer sem lavar as mãos. Os que aprendem hoje a separar o lixo, quando tiverem filhos, lhes ensinarão a não jogar os sacos de plástico azul em qualquer lugar.

— Sim — ela murmura. — Mas é um sujeito assim que vai ensinar... Nada lembra mais um velho colonizador que um jovem voluntário, já notou? E o mundo deve ficar assim, e o mundo deve ficar assado; sai dessa, Théo! Não agüento.

Bruscamente, minha cabeça dá um clique. E se eu fosse, sem saber, colonizador? Se fosse justamente isso o que me agradava em Bozzie?

A autoridade da coisa julgada, ser todo certezas. Esse remorso colonial é como o *Plasmodium vivax*. Uma malária de efeitos recorrentes. Cada um se acha no dever de se meter na vida dos outros em situação crítica, todo mundo pensa assim; mas, sempre que a gente de fato se mete, fica se sentindo culpado por ter invadido o outro, algo semelhante ao que faz a malária. Por que fui me meter nisso? Às vezes, entre amigos, falamos assim. Por que fui me meter nisso? Os colonizadores eram cheios de boas intenções, queriam exportar o humanismo francês, educar as populações, torná-las iguaizinhas a nós... Dizemos que basta esquecer essas coisas, que a cor da pele, os escravos, os navios negreiros, a bandeira tricolor e as guerras de conquista, tudo isso faz parte do passado, distante, muito distante de nós, senão não fazemos mais nada, nos acomodamos, não nos mexemos mais, morremos. Finalmente, vamos dormir tranqüilos, e, quando dormimos, o mosquito chamado "por que me meti nisso?" volta e pica. Apenas esperou a noite para picar.

— Em que está pensando, Théo? — diz Marthe. — Não gosto muito quando você fica assim calado.

— Eu me pergunto como podemos ajudar as pessoas.

— Ah! desconfie — diz Prem. — Quando queremos ajudar a qualquer preço, há sadismo no ar. Não tenho dúvida.

— Impressionante! Como vou aproveitar isso para meu dossiê, diga? Devo acrescentar a minhas associações que ações ecológicas para proteger o meio ambiente provêm de um sadismo dissimulado?

— Dissimulado não! — diz Marthe. — Mas inconsciente, sem dúvida. Saber que há sadismo nas ações ambientais é um bom caminho.

— Lembre-se das palavras de Freud — diz Prem. — Há três

coisas impossíveis: psicanalisar, educar e governar. Impossível, sim, mas é preciso que haja quem eduque e também quem governe.

Aí, fazemos o quê, doutor?

Vamos direto à reserva natural do Djoudj, um pântano enorme, ideal para as aves migradoras. Estamos na estação apropriada; trata-se de um patrimônio nacional senegalês. Conheço o dilema das reservas naturais: se quisermos ser democráticos, temos de abri-las ao grande público, mas então as reservas vão ter dificuldade para sobreviver. Por que, sob o pretexto de protegerem os pássaros, os homens se acham no direito de vê-los? Por que não deixá-los em paz? Ah! Mas é que pagamos para sua proteção, meu caro; daí, pensam as pessoas, temos o direito de olhar!

Embora tenha o olhar reticente, uma vez no barco me extasio. O traseiro dos pelicanos que mergulham, sua decolagem rasante, o pescoço sinuoso das anhingas africanas, as garças nos galhos, o marabu corpulento e, sobretudo, exaltando a natureza e seus encantos poderosos, Sua Majestade, o Mau Cheiro. Quente, envolvente, sufocante. As assembléias de pelicanos sobre os montes de titica. Os grandes bicos moles cor de laranja que estalam no vazio, os peixes que engolem, o ciclo dos massacres, o horror desta vida que digere e defeca, mas essas plumagens também, como isso tudo é belo! Deixar pra lá?

Não podemos. Mesmo ali a coisa está feia. O diretor da reserva do Djoudj nos conta suas mazelas. Os aguapés, bisonhos destruidores de vida, sufocam os pântanos e privam as aves de alimento. Para acabar com os intrusos, seria preciso muito dinheiro. Que os donos do dinheiro façam suas doações...

Há dias em que a gente gostaria de não sair de debaixo das cobertas para não ouvir mais nada. E o mundo que se acabe!

O barco avança cortando o tapete de aguapés com dificuldade. Se pelo menos, entre as espécies intrusas, só houvesse os aguapés. Os ratões-do-banhado, que expulsam os castores; os pitus; os sapos-bois, espalhados pela Europa depois de fugirem de um aquário; os siluros de viveiro, que foram parar nos rios depois de uma inundação; as pequenas tartarugas, que as crianças soltam depois de ficarem de saco cheio delas; sem esquecer minha amiga alga azul, que escapou do museu oceanográfico de Mônaco...

Sentada no fundo do barco, minha querida tia pigarreia, sinal infalível. Marthe vai falar, atenção! Silêncio!

— Se bem entendo — ela diz —, para manter os pássaros numa reserva, é preciso que o homem interfira. Sabem em que isso aqui me faz pensar? No mais belo dos jardins. Lianas, cascatas, velhas árvores frondosas, galhos se arrastando sobre a grama, crisântemos, margaridas, ciclamens, cogumelos, um lugar refinado.

— O Paraíso? — diz Souley.

— Não! Estou falando de um jardim de verdade. Enfim, de verdade, é o que acreditamos, tão belo é o trabalho. Natural? Tudo ali sofreu interferência do homem. Os galhos, cuidadosamente curvados depois de muito esforço; as flores, cultivadas; as cascatas, construídas; as lianas, enlaçadas pelas mãos do jardineiro. Tirando os cogumelos, que nascem livres, nada é natural nesse paraíso. Tudo falso! Conclusão: a natureza não sabe jardinar. Se a deixamos livre, não temos jardim. Aqui é a mesma coisa: se deixarmos o aguapé invadir os pântanos, a natureza se encarregará de expulsar os pássaros. Então, como vocês vêem, a natureza...

— Onde a senhora viu esse jardim, dona Marthe? — diz Souley.

— Num romance de Jean-Jacques Rousseau.

— Em *Júlia ou a nova Heloísa*, aposto! O jardim de Júlia! Eu dizia para mim mesmo que sua descrição me trazia uma vaga lembrança. É nesse lugar, no romance, que Rousseau torpedeia a ilusão natural, não é?

— E com razão! — diz Marthe. — A idéia de que podemos encontrar uma natureza intacta é uma idéia comum, mas burra. E isso extrapola a questão das árvores e das flores! No princípio dos princípios, não há paraíso. Jean-Jacques Rousseau definiu bem que não se pode deixar de sonhar com a liberdade sem jamais ter sido livre. A primeira frase do *Contrato social*, Souley! "O homem nasceu livre, mas está aprisionado por toda parte." No princípio dos princípios, também não há liberdade. Ela se adquire pela luta. E o jardim que Júlia cria com a imaginação é como seu casamento, uma bela ilusão. Enfim, tudo isso não é sério. Não entendo mesmo como vocês, ecologistas, pretendem intervir e ao mesmo tempo deixar a natureza livre. Não tem lógica!

— O importante é protegê-la do homem, tia Marthe! O aguapé não chegou aqui por acaso... Alguém trouxe uma muda, de bobeira, sem pensar, e ela começou a se multiplicar nos pântanos. No fim das contas, transportar algo de um lugar para outro é perigoso. Observe os mosquitos: como entram nos aviões, encontramos o *Plasmodium vivax* nas cidades, no outro lado do mundo. Não estou dizendo que o ideal seria parar de viajar...

— Mas é o que você está dizendo, Théo — diz Marthe. — Rousseau isolou-se, desconfiava do mundo, mas era bastante lúcido para entender sua cota de ilusão. Não transportar mais nada? Não transformar mais nada?

— Há uma solução — diz Prem. — Isolar-se numa gruta, no alto de uma montanha. É o que fazem os verdadeiros ascetas no meu país, à imagem de seu deus, Shiva. Vou contar uma história. Um dia, Shiva ficou viúvo. Inconsolável, voltou para o Himalaia e entrou em meditação. Uma mortal se apaixonou pelo deus que havia se ausentado do mundo e decidiu seduzi-lo. Para ter a atenção de um deus, entre nós, é preciso saber se transformar. Chamamos a esse processo *tapas*; é semelhante às mortificações que, no seu país, faziam os santos do catolicismo ao se flagelarem ou ao se ferirem com cilícios. A bela Parvâti decidiu então se castigar ficando imóvel, em pé. Permaneceu assim por tanto tempo, tanto tempo, que se transformou numa planta. O corpo tornou-se fibroso, a pele se transformou em casca, na ponta dos dez dedos nasceram botões de flor... Quando ela virou arbusto, o deus Shiva a viu e casou com ela.

— Não sei aonde você quer chegar — diz Marthe.

— O que conta é a renúncia ao estado de humanidade. Para respeitar a natureza e para alcançá-la, é preciso pelo menos imaginá-la. E aí, deixá-la como está? Impossível. Mas a gente pode se intrometer na natureza como se fosse a bela Parvâti.

— Tudo bem, Prem. Se for preciso transformar com mil precauções, escolho a solução Parvâti. Estou pronto a me colocar sob a casca...

— Não se brinca com isso, Théo, cuidado! A meditação de Shiva pode durar milhões de anos.

— É isso, vire ermitão — diz Marthe. — Seja coerente.

— A vantagem — Prem me sopra no ouvido — é que, depois de uma longa meditação, Shiva ejacula violentamente. O traçado de um cometa! Um prazer absoluto.

— Nada de cochicho! — diz Marthe. — O que vocês estão conspirando?

Não diremos, Souley ficaria chocado.

* * *

Sor, a cidade dos pescadores, é uma continuação dos bairros mais periféricos de Saint-Louis. Quanto mais nos aproximamos, mais atroz fica o mau cheiro. Com as entranhas abertas sobre caixotes, os peixes deixam-se devorar pelo sol. Parece que as pessoas de Sor são extremamente ricas. Sob os telhados de zinco ondulado, matronas se acomodam sobre tesouros. E parece também que terminam por esquecer o fedor. De certo modo, é verdade, é melhor a decomposição da carne de peixe do que a ação poluidora do ozônio. Você acha mesmo isso, Théo? Sim. O ozônio não tem cheiro de nada. O gás doméstico também não, por isso deram-lhe um cheiro para identificar melhor o monóxido de carbono, que mata. Sim, o animal vivo tem fortes odores, a natureza fede, e isso é privilégio seu. Pensemos nisso.

Marthe pôs um lenço no nariz, e Souley a olha com cara estranha.

— Que foi? — diz Marthe. — Vocês acham que estou exagerando? Estou protegendo meu olfato!

— De jeito nenhum! Quando estou na Bretanha na casa de meus amigos Le Cerf, faço exatamente o mesmo — ele responde. — Uma pocilga industrial se instalou perto de onde moram, não suporto o fedor de esterco, e, para passear pela lande, ponho o lenço no nariz. Na Bretanha, trata-se simplesmente da criação intensiva, desumana para os animais, enquanto aqui são apenas produtos da pesca; então, veja bem, são duas coisas bem diferentes...

— Animais criados de forma desumana! — diz Marthe. — O que quer dizer isso? Nada!

— Isso quer dizer que os homens se aviltam quando tratam indignamente os animais que vão lhes servir de alimento — ele responde.

— Veja, Prem, é curioso! Souley se exprime quase como um dos nossos. Não pensava encontrar tão longe de meu país um homem de pensamento indiano...

— Estou muito lisonjeado — diz Souley. — Não passo de um simples filósofo, e li muito os estóicos. Sou também um sufi, e nós, sufis, somos não violentos por convicção.

— Mais um pouco, camarada — diz Prem —, e você vira vegetariano.

— Não acredito — diz Souley. — Gosto muito de um carneiro assado, e o islã não proíbe a carne, salvo a de porco. Não, não me sinto preparado para renunciar à carne, mas a violência infligida aos animais me choca.

Dou minha contribuição, e daquelas. Algumas vezes, quando quero bater forte, bato. E como!

— Imagine uma pocilga no Ocidente, tia Marthe. Consegue ver os porcos amontoados uns sobre os outros? Num espaço exíguo, sem ar para respirar, confinados, destinados ao extermínio industrial e ao aproveitamento dos subprodutos? Em que isso a faz pensar, diga, grande humanista? Consegue ver os cadáveres uns por cima dos outros?

Ela dá um grito, Prem e Souley se assustam. Marthe está muito pálida e fico sem jeito. Falei besteira.

— Eu o proíbo, Théo! Como se você não soubesse que na Alemanha, recentemente, seus amigos ecologistas colocaram lado a lado num cartaz — num cartaz, Théo! Na Alemanha! — animais mortos e judeus mortos nos campos! É terrível!

— Posso tentar explicar, Marthe? Por favor, você sabe que não quis comparar...

— Está rindo da minha cara! Você está envenenado! Vocês, ecologistas, não escapam, não há nada a fazer, foi assim que começou o Shoah na Alemanha... Desde o início do nazismo, Théo. Com a lei nazista sobre o bem-estar dos animais. De tanto querer respeitar os animais, terminaram por preferi-los aos homens. E o que acontece? Decidem eliminar uma parte da humanidade. Os judeus, isso não é levado em conta, não são animais. Nazismo, ecologia, tudo farinha do mesmo saco, Théo. Você é impossível, impossível!

— Mas me dê uma chance! O impossível era tratar os judeus e os ciganos como animais, reaproveitando os subprodutos dos cadáveres. Os cabelos para fazer chinelos, dentes de ouro, a pele para abajur...

— Chega! — diz Souley. — Conhecemos essa história. Chega!

— Queria dizer apenas... Não deveríamos tratar os seres vivos como fizeram com os homens nos campos.

— "Nós" quem, Théo? — diz Souley. — Está delirando!

— Desculpe. Quero dizer os nazistas. Os nazistas desumanizaram os homens para exterminá-los, e, do meu ponto de vista, penso que talvez seja uma lição que poderia ser aplicada aos outros seres vivos... Poderíamos humanizá-los, não?

— Théo, Théo, foi com o homem que o Deus de Israel fez uma aliança — diz Marthe —, não com o animal! Por que Deus teria substituído por um cordeiro o filho de Abraão prometido ao sacrifício do pai sob ordem Dele, um simples cordeiro? Deus mostra claramente que não quer mais o sacrifício humano, e que prefere sacrifícios de animais!

— Deus sabe que não estou de acordo com os propósitos de Théo — diz Souley —, mas conheço etnólogos que afirmam o contrário, dona Marthe. Segundo eles, antes de ser sacrificado, antes de ser degolado, o animal, em qualquer religião, é entronizado homem. Aqui, antes de cortar o pescoço do carneiro no dia do Aid, nós, muçulmanos, saudamos o animal como um membro da família. Isso faz com que o carneiro sacrificado entre numa espécie única criada por Deus. Quase como no sonho de Théo...

— Eu sou ateu, e Deus está morto, Souley!

De emoção, Marthe deixa cair o lenço, e Souley gentilmente o apanha.

— Espero que não, *Inch'Allah* — diz ele, dando-lhe um beijo na mão. — Seja indulgente com seu sobrinho. Théo está dizendo besteira, mas é humano.

— Quero me sentar — ela murmura. — Ali, no dique.

É um pequeno dique que se projeta sobre os rochedos; garotos brincam de carniça, pescadores consertam suas redes, o sol, de tão forte, deixa o ar quase esbranquiçado, até as gaivotas descansam. E também Marthe, que guarda o lenço e puxa um minúsculo leque japonês da bolsa.

— *Pfft!* — ela suspira. — Um dia, no Canadá, assisti ao esquartejamento de um cachalote. Fedia tanto, perguntei-me como era possível tirar daquela massa fedorenta a bolota que contém o âmbar-cinzento, que serve de base para perfumes. Quando a gente sabe de que isso resulta! Calamares engolidos, restos de animais devorados, uma matéria cerosa, de cor cinza, macerada durante dezenas de anos... Finalmente, entendi. Em doses minúsculas, a podridão não fede. Chamo isso de princípio de nuoc-mâm, você sabe, o molho vietnamita à base de peixe seco.

— Chega de conversa, senão vamos perder a canoa — diz Souley.

Mas ela não ouve. Ainda está muito irritada. Sinto-me culpado.

— A respeito do animal e de Deus, Prem, isso me lembra uma outra história, que li num livro de Lévi-Strauss, tão caro a você. Ele tinha uns trinta anos, estava exausto ao fim de uma expedição difícil e não podia sair da aldeia em que estava, pois aguardava o retorno do médico da equipe.

— Isso foi onde?

— À beira do rio Paraguai, no Brasil, antes da Segunda Guerra Mundial. Ele se pôs a escrever uma nova versão de uma tragédia de Corneille, *Cinna*.

— *Cinna?* — diz Prem. Não estou sabendo. Em que livro Lévi-Strauss fala dela?

— *Tristes trópicos*, seu livro mais famoso. Como é que você ainda não o leu?

— Veja bem, minha cara amiga, já me disseram várias vezes que, em *Tristes trópicos*, seu grande etnólogo fala bastante mal da Índia. Por isso nunca li.

— Você é muito suscetível, Prem.

— Sou mesmo. Então, esse Cinna?

— Era um aristocrata romano que pretendia assassinar seu cunhado, o imperador Augusto, culpado de querer ser deus, como Júlio César antes dele. Augusto pretendia, tornando-se imperador, ascender à condição de divindade com votação do Senado. Cinna foi desmascarado antes do atentado. Em vez de condená-lo à morte, o imperador o perdoou.

— Só isso? — diz Prem.

— Dona Marthe, as canoas não vão esperar por nós...

— Espere! Lévi-Strauss nos situa no instante em que o imperador vai ser divinizado, nesse momento que chamamos apoteose. É uma cerimônia particular e íntima, sem testemunhas, só o imperador e um...

— Você vai nos contar tudo isso mais tarde — diz Souley, que puxa Marthe pela cintura. — Não temos mais tempo! Théo, Prem, peguem-na cada um por um braço, e vamos embora!

Corremos, carregamos Marthe; ela cede, ganhei seu perdão. Logo chegamos ao cemitério dos pescadores. Basta atravessá-lo e estaremos à beira do oceano. Diminuímos o passo. O cemitério dos pescadores é uma simples colina de areia batida pelo vento, com pobres túmulos muçulmanos, remos fincados, pedaços de madeira. Os túmulos são recentes e numerosos.

Segundo Souley, os pescadores de Saint-Louis são tão experientes que os japoneses pagam seus serviços para expedições em alto-mar, muito longe do Senegal, no golfo de Guiné. Como fazem?

É simples. Os japoneses metem embarcações inteiras dentro de seus barcos gigantes, cujos alçapões engolem as canoas e suas equipagens.

Uma vez no local de destino, os alçapões se abrem, e as canoas são arremessadas ao mar. Acabam com as áreas de pesca, dizimam os peixes. E as mortes que ocorrem?

É preciso ver como as canoas lutam contra as ondas para transpor a barra diante de Saint-Louis. Trinta metros de madeira pintada, equipes usando impermeáveis, tempestade constante; mesmo com bom tempo, o mar é bravio e recalcitrante. Muitos não voltam.

Nessa hora, as canoas, animais de madeira de nariz longuíssimo, ultrapassam a barra em direção à praia. Mal atravessam, pencas de crianças se penduram nelas, colocam-nas sobre pneus, e as mulheres esperam, com os cestos debaixo do braço. O peixe é triado na areia, bem rápido. Os homens de impermeável desembarcam, estão vivos. Dessa vez, pelo menos.

E pensar que na França tudo se baseia no princípio da precaução!

Essa desproporção assustadora entre o risco dos ricos e o risco dos pobres. Risco dos ricos: comer carne de vaca, fumar cigarro, beber, andar de carro; e o risco dos pobres, hein! Simplesmente não comer, morrer de fome. Não ter carro para levar uma criança ao hospital. Não ter dinheiro suficiente para comprar remédios. Não saber onde enterrar o filho morto. Depender dos ricos para o contrabando de cigarros? Normal, eu faria o mesmo. Risco dos ricos: morrer de calor aos noventa anos. Risco dos pobres: noventa anos, você está brincando? Os pobres não chegam a cinqüenta.

Se Bozzie estivesse me ouvindo, a essa altura eu estaria morto.

Ela leva ao pé da letra o princípio da precaução. Joga no lixo os remédios que vão perder a validade em um ano, quando é o caso. Só bebe água, nem mesmo cerveja sem álcool. Não come carne de nenhum tipo, nada que não seja queijo curado, enche-se de vitaminas, é atenta às suas cinco rações de frutas e legumes por dia, às suas porções de peixe gordo duas vezes por semana, corre para o herborista aos primeiros sinais de febre, consulta horóscopos, videntes, marabutos! Ah, Bozzie... Não é a preocupação com a humanidade que a consome!

Adorei esse egoísmo adolescente sem concessões, mas uma boneca não ama, minha Bozzie, minha Barbie. É hora de guardar você numa caixa de sapato junto ao elefante de pelúcia da minha infância, vamos! Uma boa faxina.

— Você está bem amargo — diz Marthe. — Em que está pensando?

— Em minha namorada, aquela de quem você não gosta.

— Que é isso, e por quê? É por causa do peixe?

Sim! Bozzie peixe frio. Bozzie de guelras infladas, Bozzie que me trai na cama, curo minha raiva em cima de um pedaço de cortiça, caranguejos correm, e entro na água todo vestido, mergulho, as crianças gritam de alegria, as mulheres que separam o peixe aplaudem... E deixo a espuma e o mar me lavarem, me levarem.

Eu queria ser céu. O homem é um ser vivo e eu também!

— Cuidado com as ondas! — grita a voz preocupada. — Théo! É perigoso!

Um pedaço de madeira boiando bate em mim. Vertigem, a água me invade. Meus tímpanos tinem, fecho os olhos, os lábios, rolo sob a onda monstruosa, afundo, morro.

Souley se joga, me puxa para a areia. *Vlapt!* Um tapa e mais um.

— Seu maluco — murmura Souley entredentes. — Está fingindo! Pare, pare, pare...

Quanto mais quer que eu pare, mais bate. Abro os olhos e vejo o céu nublado, estou de cílios colados, não vejo quase nada, exceto ela, minha tia, Marthe ou Renate, minha bem-amada, de joelhos na areia, e em torno dela vejo um monte de olhos cheios de compaixão e medo.

Era brincadeira, rapazes, não levem a sério, o que é isso... Quero me levantar — não consigo, sinto dores, batem-me nas costas, mexem meus braços. Jogo água pela boca, tusso, estou acordado, basta.

Marthe segura meu pescoço e tenho a impressão de que quase me afoguei de verdade.

— Devagar — diz Prem. — Todos juntos, vamos levantá-lo, um, dois, três, já! Pronto! Enxugue seu sobrinho, Marthe. As pálpebras estão cheias de areia. Agora sim. Sente-se, Théo!

— Não foi nada — digo, com raiva. — Bebi além da conta. Não precisam fazer um carnaval!

— Não fale, meu pequetito — diz Marthe. — Vamos voltar para o hotel e tomar um bom banho quente. Alguém pode me emprestar uma canga para cobri-lo?

— Não leve a mal, senhora, mas, para aquecê-lo, seria melhor tirar a roupa — diz uma voz feminina. — O sol está forte, basta tirar as roupas dele! Virem-se, crianças, pra gente tirar as calças dele. Tire os tênis, Meriem, e você, Penda, o cinturão. Vamos, depressa!

Uma porção de mãos para me despir, belas mãos negras com dedos com cheiro de mar. Num átimo, estou de cueca. Adoro! Perdida em meio aos sorrisos das mulheres de amplos bubus, Marthe recolhe calças, camiseta, cinto, meias, tênis, que ela segura pelos cordões.

Fiquei um bom tempo sem me mexer.

Antes de mergulhar no Atlântico, o sol lançou uma fagulha deslumbrante que me fez lembrar a luz de um pequeno brilhante na asa do nariz. Deixei-me levar por sua cintilação e saí caminhando com minhas próprias pernas, lentamente. Limpo, feliz, purgado. Marthe não está contente.

— Essa mania que você tem de me assustar! Com catorze anos você caiu doente, tinha suas razões, queria pôr seus pais à prova, até entendo, mas na sua idade, Théo! Você é adulto! Não vai começar com asneiras! Se é para me agredir...

— Mas não é...

— Cale-se! Quando a gente engole água, fica calado!

Desabei em minha cama; já era tarde quando voltei a mim. Três cadeiras à minha volta, Souley, Prem e Marthe, cada um com a cara enfiada num livro. Tomavam conta de mim. Estou com um pouco de fome. Vamos jantar bem pertinho, num hotel.

Ninguém comenta meu afogamento. Falam das ondas fortes, da barra, das redes, das canoas decoradas, do olho amendoado pintado de preto na proa amarela, da Mauritânia bem próxima, das disputas dos pescadores pelas áreas piscosas. Não aconteceu nada na praia, esqueçam! Silêncio sobre a face das águas. Uma tropa de anjos passa por nós, à mesa.

— Curioso esse silêncio — diz Prem. — Aproveito para dar um aviso. Em breve vou deixar vocês, meus amigos. Assim que voltarmos a Dacar, pego o avião para Nairóbi, para ver meus primos.

— Como assim? — espanta-se Marthe. — Você não disse nada antes!

— Agora ou nunca — ele diz. — Agora que me acostumei com a pele negra, como diria você, *my dear*, atravessarei a África sem problema.

— E o que vai ser de mim sem você? Você veio por causa da minha terapia!

— Digamos que ela termina aqui, Marthe — responde Prem. — Você não precisa mais de mim.

— Sabe mesmo guardar segredo! — fulmina Marthe.

— Perceba como está curada — diz Prem. — Você fervilha pelo menos uma vez por dia, começa a querer mandar em todo mundo... Aliás, isso já faz um bom tempo.

— E quantos são esses seus famosos primos?

— Em Nairóbi? Uns cinqüenta. Trabalham em hotéis e na área de informática. Você conhece a diáspora indiana.

— Vamos ter saudades de você — diz Marthe. — Mas entendo.

De novo, o silêncio. Apenas mudou de natureza.

— Você nos deve o fim de sua história, minha querida Marthe — diz Prem sem mais nem menos. — Deixou-nos à beira do rio Paraguai, com um imperador romano...

— Ah! O caso da tragédia de Lévi-Strauss. Onde parei mesmo? Tinha mencionado o imperador Augusto e seu amigo Cinna, um etnólogo que volta da expedição e se apaixona por Camille, a irmã do imperador? Cheguei a contar isso?

— Sei lá! — diz Prem. — Era a apoteose, e seu imperador Augusto ia ser divinizado. Ele tinha ficado sozinho com não sei quem, você não teve tempo de terminar. Um confidente?

— Até certo ponto — diz Marthe. — É uma águia.

— Claro — diz Souley. — A águia, símbolo do Império Romano.

— Mas essa águia não é de forma alguma imperial! É uma

ave viva, de plumagem morna, um animal voador que caga e, sobretudo, que fede...

— Uma verdadeira ave — diz Souley. — Essa águia serve para quê?

— Está ali para que o imperador compreenda a natureza de sua apoteose. Augusto será deus quando tolerar que insetos copulem em seu pescoço, passeiem sobre sua pele sem reagir, quando aceitar as fezes animais, quando ele próprio for um animal...

— Nojento — diz Souley. — E o que o imperador pensa disso?

— Fica horrorizado! — diz Marthe. — Ele é apenas um homem!

— Interessante — diz Prem. — Nossos iogues passam por esse tipo de provações e geralmente as superam. É um sonho maravilhoso não pertencer mais à humanidade...

— Quando vi retalharem o cachalote — diz Marthe —, o mar estava rubro de sangue. A espuma das ondas não era mais branca, mas cor-de-rosa, como se tivessem decapitado um gigante...

Chega! Desisto de comer.

— Bem — diz Marthe entusiasmada —, paremos com os massacres! Então, Théo, qual é o prazo para enviar seu dossiê?

— Três meses.

— E o que ainda falta fazer durante o resto do seu périplo?

— Gostaria de fazer uma pesquisa de campo na América, e depois o mais difícil, o tema da energia nuclear. E não sei como fazer isso, porque no papel é fácil, mas provar que se esteve lá é outra história!

— Quanto a essa parte, eu poderia talvez...

— Marthe, o dossiê é meu!

— Deixe-me falar! É que um velho amigo meu faz parte do conselho de administração de...

Basta que eu mostre um instante de fraqueza, e Marthe cai em cima de mim, pronta a se encarregar de tudo, como se eu tivesse quinze anos. Um velho amigo aqui, um velho companheiro ali, resolvo esse lance, pago.

— Sei o que você pensa, Théo. Minhas relações não são da primeira juventude, você quer se virar sozinho e tem medo de que eu o comprometa. Mas não estou lhe propondo dinheiro! Quero simplesmente lhe abrir uma porta que ficará fechada sem mim.

— O que é que você propõe?

— Entrar numa usina de tratamento de rejeitos. Ver o monstro de perto com os inimigos. Botá-lo lá dentro. O resto é com você. Se for realmente livre, você aceita, Théo.

— Você está brincando, Marthe.

— Sou muito séria. Jogo aberto. Não sou avessa à energia nuclear. Porque, afinal, se entendi bem, há o aquecimento global de um lado, a necessidade de reduzir o efeito estufa do outro, e entre os dois o tema nuclear. Escutei você, Théo. E me parece que o maior perigo, o mais urgente, é o aquecimento global. Sei o que você vai dizer, é preciso acelerar o desenvolvimento das energias renováveis, as eólicas, a solar, os carros elétricos, perfeito! Mas temos tempo?

— Se a gente se empenhar e se for possível contar com a ajuda do vento, do sol, da energia das ondas, da biomassa, sim, claro!

— Você acha mesmo? Você diz que o mundo enfrentará de três a cinco graus de calor a mais em 2020, e acha que isso não vai acontecer se fecharmos as centrais nucleares? Enfim, essa é a sua visão, Théo. Tenho a impressão de que olhar o monstro com seus gerentes vale a pena.

— Mas são uns nojentos! Lobistas pagos discretamente para fazer propaganda! E você quer que eu discuta com eles?

— Por que não? — diz Souley. — Desde que me mudei para os Estados Unidos, conheço os lobistas. São pagos abertamente para fazer esse trabalho. Pelo menos com eles o jogo é claro.

— Eu me pergunto se Théo não teria medo de ser criticado — diz Prem. — E se ele sair de lá convencido? Quando as contradições são muito fortes, temos medo, fugimos, protestamos, é mais simples, não?

Psicanalista desgraçado! Ele me desmascarou. Visitar uma central nuclear com um crachá, eu seria execrado, sem dúvida!

— Isso não leva a nada, Théo — diz Marthe. — Pense. Deixe o sono fazer seu trabalho.

Ao acordar, pensei.

Decido deixar Bozzie. Telefono, ela atende. Apertozinho no coração, mas tudo bem.

Bem acordado agora. Muito excitado. Mas o que é que ela me conta?

— Sim, Théo! Como estou contente por você ter telefonado; encontrei alguém superlegal que me faz ver a vida de outro jeito...

— Espere, quem é esse sujeito? De onde ele saiu?

— Ele se chama Odon. Odon, o Grande. Ele dirige uma associação de proteção aos animais selvagens, você vai ver como é legal, vamos fazer amor como os animais...

— Não, Bozzie. Chega de sandices. Não faremos mais amor. Não te amo mais. Acabou.

Desligo. Isso me deixa um pouco mal. Respiro fundo e telefono para Renate, aquela que faz jus ao nome. Renasço.

Ela deixou Benares há um mês. Voltou para Berlim. A gente não diz quase nada. Ela virá. Quando? Assim que puder. Onde? Onde eu estiver. *Ubi Gaïus Gaïa*. Ela será minha mulher. Renate, meu renascimento, estou curado, durmo deliciosamente, o celular no travesseiro...

— Théo! Está me ouvindo?

— Sim, tia Marthe, pode entrar.

— Sabe que horas são? Quase quatro horas!

— Da manhã?

— Da tarde! Não é pra dormir o dia inteiro!

Ela se senta ao pé da minha cama, um poço cheio de afeição, os olhos brilhando de ternura por trás dos óculos. Com a mão acaricia o travesseiro, sinal infalível de que quer saber de tudo. E como não tenho mais nenhuma razão para esconder...

— Você parece muito melhor — ela diz. — O que aconteceu?

— Acabei o namoro — digo, me espreguiçando com um grande sorriso.

— Ah! — diz com um suspiro de alívio. — Bem, me desculpe dizer, mas é uma boa notícia.

— Também acho. Ela me enchia o saco.

— Então está sozinho? Não, como sou idiota. Ela vai bem?

Eu me faço de desentendido.

— Renate, ora! — diz Marthe. — Quando ela chega?

— Mas como você sabe disso? É vidente?

— Quando se trata de você, Théo, sim. Onde vai reencontrá-la?

Aqui, em Saint-Louis? Não tenho mais nada a fazer. Em Berlim? Em Paris? Não! Em outro lugar! Numa cidade é que não!

— Na Normandia, talvez? — diz Marthe.

— Normandia?

— O Contentin é uma bela região!

É no Contentin que a Cogema, firma francesa superconhecida, trata os rejeitos nucleares, em La Hague. Francamente, Marthe, só pode ser brincadeira. Para encontrar minha namorada há lugares melhores!

— Só acho lógico — diz Marthe. — Vocês se conheceram às margens do rio mais poluído do mundo, agora se encontram perto de uma usina de tratamento de rejeitos nucleares...

— Mas em Benares havia a água sagrada do Ganges!

— Bem! Vou reservar quartos no hotel em Saint-Michel.

Ela me convenceu assim, com esse monastério que se projeta sobre um mar que sobe à velocidade de um cavalo a galope.

DEU A LOUCA NA ENERGIA

— Você vai ver, eles são gente fina — diz tia Marthe. — Enfim, quando digo gente fina, sei o que estou dizendo. Pessoas legais...

Ela os convocou para minha visita à central de tratamento de rejeitos de La Hague.

Dá para imaginar os amigos de tia Marthe. Altos funcionários, moças bem-educadas, o horror. Uma só idéia na cabeça: mostrar que aquilo ali é o império da energia limpa. Somos limpos, tudo é limpo, o átomo é limpo, veja como minha central é limpa! Você disse nuclear? Sim, talvez.

Retida em seu laboratório por causa de um trabalho de manipulação, Renate virá nos encontrar no monte Saint-Michel, depois de nossa visita rápida à central de tratamento dos rejeitos nucleares de La Hague. Sozinho contra todos, decido ficar na minha. Defesa passiva.

Vamos tomar o avião, destino Normandia. O lobby está a postos. Dois sujeitos e uma bela senhora, a *cool* Neuilly, de vestido de linho e cinto dourado.

Ao avistar o mais velho deles, o conselheiro diplomático da firma, tia Marthe acorda, readquire seus reflexos. "Meu querido!", exclama com evidente prazer.

Como ela adora esses salamaleques! Antigamente, eu achava o máximo, agora isso me irrita. "Meu sobrinho Théo", diga pelo menos bom-dia. O "sobrinho Théo" ouve falar de seus feitos, de seus campos de refugiados, dá vontade de morder. Nós nos observamos sérios. O conselheiro diplomático tem olhar cintilante, charme, ar austero, é bom ficar atento. O outro é da EDF,*

(*) Electricité de France, a estatal francesa de energia elétrica. (N. T.)

boa cara de engenheiro, técnico e simpático. E a mulher é bonita — calma, meu velho. Calma.

O lobby começa assim que decolamos. Um aquecimento do clima aqui, uma explosão ali, trinta mortos numa mina de carvão na China, você viu? E nosso infeliz Protocolo de Kyoto! A energia nuclear não emite um grama de CO_2, é verdade...

O pior é que eles têm razão. A energia nuclear pode dizimar milhares de pessoas, destruir a tireóide, provocar câncer em quantidade, mas não emite gás que aqueça o clima. Se eu quiser ser honesto, devo me lembrar do que vão me dizer: é preciso escolher entre o perigo do efeito estufa e o perigo da energia nuclear. Chernobyl, 30 mil mortos, e quantos pontinhos a mais no aquecimento global? Incalculável. Mortes por inundação, incêndios, tufões, tempestades, seca, fome, quantas ao todo? Ninguém sabe.

Controle de identidade na entrada da usina. Crachás. Apresentação do engenheiro que nos guia. Logo adiante, vestiários. Uma jovem mede cada um de nós para avaliar o tamanho. "Para mim, um quarenta e seis, talvez um quarenta e oito", diz baixinho tia Marthe, um tanto constrangida. Com meu 42, levo minha muda e entro numa cabine. Tirar tudo, menos a cueca e o relógio. Visto o macacão branco, enfio os sapatos ditos de segurança, ponho o cinto do qual pende uma máscara em caso de necessidade.

Aqui ninguém brinca com o risco; ele está à vista. Ah! Primeira armadilha. É a mim que confiam a caixinha de controle, o dosímetro, como para dizer que eu par-ti-ci-po. Que piada! Desde já, sei que não precisarei disso.

Estamos num primeiro corredor, brancos fantasmas cruzando com fantasmas brancos. Um deles está com uma máquina fotográfica... Ora, ora! Se quisessem explorar essas imagens, com que cara eu sairia, eu, o ecologista de plantão? Alto lá!

— Evidentemente, vocês não terão o direito de publicar uma foto minha sem autorização, em virtude da legislação sobre o...

— ... o uso da imagem — resmunga o conselheiro diplomático. — Evidentemente!

Mesmo assim, o fotógrafo não sai de nosso pé. *Clique!* Nos longos corredores verde-água. *Clique!* No alto das escadas em que tia Marthe resfolega arrastando seus quilos pelos degraus de aço. *Clique!* Breve silêncio. Ultrapassamos finalmente a fronteira, a verdadeira. Penetramos nas entranhas do monstro. *Clique.*

— Vocês estão com sorte! — diz a bela dama *cool*. Chegamos bem na hora em que estão tirando as varetas de um vaso do reator!

O lobista nos explicou isso no avião.

Uma vareta contém as pastilhas de óxido de urânio enriquecido, e a chamam assim porque o longo tubo rígido, de três a quatro metros, reproduz a forma de um cilindro bastante fino. O conjunto formado por esses 284 tubos constitui um único elemento do reator nuclear, que abriga um total de 157 conjuntos. A vareta contém o combustível nuclear. É isso a Besta, que é puxada bem devagar do seu recipiente.

O vaso do reator. Invisível, enorme, sob a massa de concreto.

Estamos separados da Besta por um vidro de uma espessura considerável. O lugar de onde puxam a Besta é fulvo, iluminado por uma luz laranja, penso no dr. Fausto, brincamos com fogo. Meu Deus, como são compridas essas varetas! Não conseguimos ver a outra ponta. Fico apreensivo, mas não sei por quê. Parece um parto, e se a bolsa d'água se romper? Que demora! Finalmente, a Besta apareceu inteira.

As garras monstruosas que manipulam a Besta são braços que agem mecanicamente. Temperatura atrás do vidro: trezentos graus. Um calor dos infernos; no entanto, está tudo tranqüilo. Os técnicos manipulam os botões que dirigem as garras.

Fascinante. Esqueço o perigo mortal. Acorde, Théo! Em algumas horas, as varetas serão mergulhadas na piscina, em cuja área somos convidados a entrar. E quem espera na passarela em frente? O fotógrafo. *Clique!*

O imenso lago azul-turquesa que se estende sob nossos pés contém os reatores usados. Dois a três anos de imersão. Vemos boiando ali apenas superfícies quadradas, que formam um dominó gigante. Poucos espaços vazios. À direita, um ponto amarelo vivo permite deslocar as varetas como num quebra-cabeça chinês, para dar lugar a uma nova, recém-saída do vaso do reator. E, como tudo está previsto, as varetas são colocadas sobre uma base de borracha por causa dos riscos de sismos.

Sismo, no Contentin? Eles são muito exagerados, quase um despropósito!

— De modo algum — diz a dama *cool*. Houve um terremoto de quatro graus na escala Richter em Nantes, no ano passado. Ninguém o sentiu, foi um fato irrelevante, mas não podemos correr o risco. Imagine um abalo desses aqui! As varetas batendo umas nas outras, se entrechocando, as menos resfriadas deixando escapar seus raios...

— E o que vocês fariam num caso assim? — diz tia Marthe despretensiosamente.

— Num raio de dez quilômetros, distribuiríamos pastilhas preventivas de iodo para todos, mas isso não vai acontecer por causa dos amortecedores de borracha que nos protegem dos tremores de terra. Vocês sabem, somos os primeiros a medir a dimensão dos riscos radioativos!

— Não seria, por exemplo, o caso de cair na piscina! — acrescenta o conselheiro diplomático cacarejando.

— De forma alguma! — diz o engenheiro-chefe, com a curta barbicha tremelicando de raiva. — Envio freqüentemente mergulhadores para a piscina! Vocês estão protegidos da radiação por quatro metros de água, e a piscina toda mede nove. O que acham que acontece com os mergulhadores? A água não está irradiada, só faltava essa... Foi desmineralizada para evitar qualquer tipo de interferência. Ela seria perfeita para um banho. Um pouco quente, talvez, 35 graus.

Escuto, mas sem prestar muita atenção.

O azul da piscina é de tal beleza que me faz pensar em Bozzie. Intensa, luminosa, perfeita para um banho. Quanta inocência! A Besta na água azul-turquesa está apenas adormecida. Inclino-me, farejo, nenhum cheiro. A Besta está purificada, não tem cheiro de nada. De repente, tenho vontade de sentir a fumaça de carvão que cobre a África enquanto a desmatam.

Lamento ter de abandonar a Besta adormecida. Acredito ver o pior quando nos mostram, pela vigia de uma pesada porta, o local de armazenamento, amplo hall anódino. Vejo que o piso é marcado por um desenho bem bonito de bolinhas vermelhas.

— É ali — diz sobranceiramente a dama *cool* com um amplo gesto. — Todos os rejeitos inúteis estão nesse espaço.

— Não me diga que você vai fazer a gente entrar aí? — pergunta tia Marthe, sem esconder a apreensão.

— Sim! — replica a bela senhora abrindo a porta. — Não tenham medo!

Respiro fundo e entro assobiando baixinho. É um chão cimentado bem comum, exceto pelos desenhos de bolinhas vermelhas.

Onde estão os tonéis de rejeitos? Procuro com o olhar.

— Você está andando em cima deles — ela diz. — Ali onde estão os adesivos vermelhos. Nove metros de contêineres de rejeitos nucleares, quase toda a produção das centrais nucleares da EDF.

Levanto tolamente o pé. Imaginar que estou pisando nos despojos da Besta!

Explicam-me de novo. Já me explicaram tudo. Recomeçam.

Uma vez retirada da piscina, a Besta é esquartejada. Depois, como uma reles enguia em vinha-d'alhos, mergulham-na no ácido nítrico, isolam o caldo de urânio e de plutônio, tudo isso sem danificar o revestimento.

Os revestimentos são feitos de uma liga de estanho, ferro, cromo, níquel e zircônio, que se chama zircaloy — parece nome de agente secreto. Mas foi justamente por isso que foi escolhido. Zircaloy 007 não se deixa destruir pelo ácido nítrico. Zircaloy vai sobreviver ao molho de varetas.

Depois, recicla-se. O caldo de urânio e de plutônio é tratado. O plutônio, reduzido a pó, semelhante a café moído, vai servir para fazer o mox, um combustível reutilizável. Transformado em nitratos, o urânio volta a ser enriquecido. E faz de novo o percurso, varetas, montagem, fusão, piscina etc. O que sobra?

Os rejeitos. São educadamente denominados "produtos de fissão de alta atividade de longa vida" — e que longa vida! Três séculos!

Eles representam 3% do todo a tratar. E de que é feita essa merda da Besta? Pedaços de revestimento, partes metálicas, ponteiras, fragmentos tão perigosos que merecem tratamento à parte. Dissolvidos pelo ácido nítrico, os rejeitos, estocados por cinco anos em cubas de inox, calcinados, reduzidos a cinzas, misturados com grânulos de vidro, postos em forno a mais de mil graus, vitrificados, envolvidos por uma pasta negra parecida com obsidiana...

São lacrados em aço inoxidável, enterrados nesse cemitério de poços de concreto sobre os quais estou pisando.

A Besta está morta? Ninguém sabe. Como acontece com um cadáver entregue à ciência, os órgãos vitais são reciclados, enxertados. Isso é possível, o problema é que o conteúdo das entranhas do animal nuclear não morre nunca. Imputrescível. O excremento da Besta não vai servir de adubo para fazer crescer as alfaces das hortas. Não, essa pasta obsidiana será resfriada ao fim de quarenta anos. Depois, enterrada sob blocos de terra onde a grama crescerá. Mas o excremento da Besta estará sempre ali, e nunca se sabe...

Incomodado, saltito num pé e noutro, rápido, vamos sair daqui!

Tia Marthe bate papo com o conselheiro diplomático. Meu Deus, como ela me irrita! Eu a puxo pelo braço — "Tia Marthe, estou de saco cheio, vamos!" —, e ela exclama: "Meu sobrinho tem muito medo!". Sacana.

Mas no momento em que estou para ir embora... "Calma! Tem de passar pela descontaminação!"

Entrar na cabine quando a luz estiver verde. Colocar os pés nas marcas do chão. Costas contra a parede. Enfiar os braços até os dedos encontrarem um limite.

Agora o contrário. Encostar o peito. Esperar o sinal verde, sair. Estou limpo. Nenhuma partícula de radiação. Posso tirar a roupa. Favor jogar no cesto macacão e sapatos, que serão tratados como rejeitos.

— Parece que a gente está passando por uma radiografia — diz Marthe.

— Qualquer radiação, mesmo a médica, tem seus perigos! — exclama o engenheiro-chefe. — Sabem o que é um sievert?

— Uma espécie de pássaro?

— A unidade de medida de radiação ionizante sobre os tecidos vivos. Uma só radiografia do pulmão equivale a 0,7 milissievert. Quanto vocês acham que pegaram aqui?

— Não sei, mais ou menos sete?

— Nível sete? Você estaria morta! Sete é a gradação de Chernobyl. Em três dias, a leucemia a mataria... Não, senhora. Aqui vocês não receberam nem 0,001 milissievert. É o que expele anualmente — anualmente, senhora! — uma central nuclear francesa.

E eis você convencido, vencido, sem roupa. Vista-se. Não esqueça nada. Você caminha pelos corredores, desce escadas intermináveis, entrega o crachá, sai para o ar livre. O mar está bem perto, você respira a plenos pulmões. Pensa insistentemente nas emanações da Besta, impossível não pensar.

Cautelosos, os lobistas planejaram nos levar para almoçar numa casinha que fica num lugar alto, com vista para a enseada dos Moulinets. Estranho! Por duas ou três vezes quase vim aqui participar de manifestações ao lado de militantes do Greenpeace, cujo barco monta guarda ao largo da costa oceânica.

Do alto, não se vê grande coisa: o telhado de um casarão cuidadosamente pintado de verde, uma pontezinha, uma espécie de estrada que vai dar no mar. As cores são esplêndidas; a praia, de uma brancura infinita; e a doçura das verdes colinas faria um crocodilo sonhar. Como é singela esta praiazinha!

Radioativo, o Atlântico. O Greenpeace mediu: nele há iodo 129, césio 137, cobalto, prata e água com trítio. Quinhentos mil metros cúbicos de fluidos tóxicos! Não é tanto a praia que dá pena ver, pois ela é minúscula. Mas quem acredita que, uma vez ultrapassado o primeiro quilômetro, a radioatividade da água volta ao nível normal? Essas pessoas zombam de nós! Dizem que isso não contamina os peixes. Por falar nisso, nosso almoço, casualmente, é linguado. Sem saída!

Não vou cair na armadilha. Comerei esse linguado ao molho branco. Abrirei a boca só para comer e mastigar! Quanto ao resto, bico calado! Não vou dar a eles o prazer de polemizar.

— Vocês viram a praia? Criaram tanto problema por causa de um pedacinho de areia e alguns seixos! Admita que ela é muito pequena! — a dama *cool* dispara.

Não digo nada, engulo e mastigo, sem sequer levantar a cabeça. O conselheiro diplomático aperta os olhinhos vivos por trás dos óculos de tartaruga; ele entendeu meu plano. Marthe também. Para abafar meus silêncios, ela se lança numa tagarelice sem fim.

— Notei que vocês não fumam e não bebem nada alcoólico durante a refeição. Muito bem! Aliás, estou encantada. Em nenhum momento senti o menor medo. Tudo é tão bem inspecionado... Mas o importante, para mim, não estava lá. Vou dizer. Achei a usina de vocês uma beleza! De tirar o fôlego. Sua energia é limpa, muitas precauções, oh! E depois! Sou da geração que não tem medo da energia nuclear. Vimos coisa pior!

Daqui a um segundo, ela vai nos dar o golpe do antigo combatente. Dito e feito! E os bombardeios e as casas pegando fogo, chega, Marthe, por favor!

— Pare, tia Marthe — digo-lhe baixinho. — Não é porque você sobreviveu a uma guerra mundial que tem todos os direitos. Por favor!

— Nesse caso, fale você — ela me diz também em voz baixa. — Seu silêncio é uma falta de educação! Você é terrível, Théo. Você me responde uma coisa?

Certo.

— E aí, Théo? — diz, imperiosa.

— Impressionante — digo entre dentes.

— Ah, não! — diz tempestuosamente a dama *cool*. — Façanos perguntas! Não fique mudo! Vocês, ecologistas, são todos assim? Desconfiados e calados. Não sabem conversar calmamente. Faça um esforço!

— Muito bem. Acho que a senhora está preocupada demais. É estranho! O que estão escondendo? Por que tanta demonstração de segurança? Vejo que vocês querem a qualquer preço dizer que tudo é muito seguro. Se acham que assim vou confiar...

— Aí é um pouco além da conta! — troveja o senhor conselheiro. — Antes os ecologistas nos criticavam por não mostrarmos nada, por desenvolvermos o programa nuclear no mais completo silêncio. Tinham razão. Saímos da sombra para a luz, mostramos tudo, e a suspeição continua... Diga-me: o que é preciso para convencê-los?

— O que quer dizer com "antes"?

— Seus pais não tinham nem mesmo idade para gerar vocês... — resmunga. — Eu era rapaz quando a França entrou na era nuclear. Não creia que não havia razões para isso!

— Oh, sem dúvida! Os Estados são monstros frios capazes de ter as melhores razões do mundo!

O olhar esperto dele esmaece, está com cara de bravo. Marthe não hesita. Da outra ponta da mesa, ela me atira uma bolinha de pão:

— Seu zombeteiro ignorante!

— Deixe, Marthe, estou acostumado — retoma o conselheiro. — Você permite, Théo? Vamos fazer um passeio pela história. Tudo começa em... Espere, eu me lembro que, no fim dos anos 60, durante uma reunião que devia orientar a escolha dos tipos de centrais para a França, a maioria dos engenheiros presentes condenou as centrais alimentadas a carvão em favor das alimentadas a óleo combustível.

— Nos anos 60, escolheram o petróleo? Pois então, não tinham o dom da vidência, confesse!

— Exatamente! Todo o potencial hidrelétrico estava pronto, as barragens, a usina maremotriz de Rance estava planejada, e o programa nuclear apenas engatinhava. Só havia duas centrais, a de Marcoule — mas a produção era apenas de dois megawatts, uma miséria — e a central de Chinon, a primeira, hoje um museu... Não preciso dizer mais nada! Um dos meus colegas — dávamos os primeiros passos na profissão — fez uma única pergunta. O que aconteceria se os preços do petróleo subissem bruscamente devido à escassez da substância? Riram na cara dele! O petróleo era uma fonte de energia i-nes-go-tá-vel, havia em todo canto do mundo, em suma, meu jovem colega diplomata foi ridicularizado.

— É verdade que há petróleo em todo canto!

— Não tanto quanto você imagina, mas isso não interessa. O importante é que, três anos depois, a hipótese de nosso jovem diplomata se concretizou. Os países árabes formaram um bloco para fazer subir o preço do barril de petróleo. Foi o primeiro choque petrolífero, em 1973. O inimaginável aconteceu...

— Pois é! Sabemos muito bem que a Opep muda regularmente o curso do petróleo!

— Mas era a primeira vez que a Opep resistia a seus compradores ocidentais. Atenção, não estou dizendo que os países petrolíferos estavam errados. Simplesmente, saíamos de uma era colonialista, bruscamente, sem aviso. O petróleo ficou muito caro. Lançaram um programa de economia de energia, áreas de Paris ficaram às escuras, para grande prejuízo dos turistas que tanto nos trazem — lembro-lhes que o turismo é a primeira fonte de recursos do país. Coloque-se um pouco na pele do Estado.

— Não é do meu gosto...

— Desconfio. Pierre Messmer era o primeiro-ministro. Ponha-se no lugar dele. Você sabe que, na França, temos os melhores técnicos nucleares, sem esquecer Pierre e Marie Curie nem Frédéric e Irène Joliot-Curie. Não há outra saída! Um só grama de urânio enriquecido libera a mesma energia que 2,5 toneladas de carvão. Você mesmo teria pensado duas vezes?

— Sim! Por causa de Hiroshima. E há também madame Curie, que morreu por ter manipulado urânio, todo mundo sabe dessa história. Isso eu não esqueço!

— Nem eu — diz ele calmamente. — Isso não o impede de todo ano fazer radiografias dos pulmões. Pelo que sei, você vai se formar em medicina. Vai optar por não fazer uso da medicina nuclear? Jure que não vai usar o IRM para fazer um diagnóstico!

Você não está sendo sério, rapaz. A energia nuclear civil é formidavelmente útil ao homem. Isso era tão evidente que, na hora da decisão, ninguém pensou em divulgar o fato. A decisão de passar para a energia nuclear não gerou nenhum protesto na França. E, se houve, na época o Estado não tinha como hábito levar em conta a opinião pública.

— Você diz isso na maior tranqüilidade!

— Bem tranqüilamente — ele responde. — Você não imagina quanto a mentalidade mudou. Posso citar um exemplo? Quando a Argélia se tornou independente, em 1962, Ben Bella assinou um acordo com De Gaulle: até 1966, a França continuaria seus testes nucleares no Saara, seria o tempo de preparar a ilha de Mururoa, no Pacífico. Um dos meus tios trabalhava naquele setor. Ele me contou algumas vezes que, antes de uma explosão, a única recomendação dada ao pessoal consistia em recuar um quilometrozinho e usar óculos escuros para não ficar cego.

— Só isso?

— Só isso, meu jovem. Na época, pensavam que um teste nuclear não era mais perigoso que um eclipse solar. E sabe o pior? Essas grandes bandejas de cobre trabalhado, essas cruzes de Gabes que os tuaregues fazem e que são vendidas aos turistas nos mercados da África, durante anos foram fabricadas com sucata dos testes atômicos. Ninguém ligava para isso.

— E os turistas?

— Não sabiam de nada! Ficamos chocados diante de tanta falta de informação, exceto por entender que não sabíamos de nada. Absolutamente nada! A ignorância reinava. Pagamos caro por isso. Agora escancaramos tudo. O que poderíamos estar escondendo?

— Em que se transformam as roupas que usamos?

— Em rejeitos tipo A, de vida curta, compactados e estocados em tonéis de metal — diz o senhor engenheiro EDF. — Observe o que eu disse: "de vida curta". Em se tratando de rejeitos, gostaria de lhe dar algumas informações. Cada cidadão francês produz em média cem quilos de lixo tóxico por ano, e, dentro disso, os rejeitos nucleares não passam de um quilo. E olhe lá! E, desse quilo, só cinco gramas ficarão radioativos durante milhões de anos...

— É isso! Você falou! O futuro fica emporcalhado por milhões de anos com esses cinco graminhas de lixo indestrutível!

— Mas esses cinco gramas são reciclados!

— Muito bem. Passemos aos rejeitos de vida longa. Quanto em cada quilo?

— Precisamente, 95 gramas. Os que são enterrados, sobre os quais você caminhou. Convenhamos que não é muito!

— O que vocês fazem com as centrais desativadas? Vai dizer que também são uma besteira?

— Claro que não! Desativar uma central leva 54 longos anos. Uma central nuclear funciona durante quarenta anos, e leva-se mais de meio século para desmontá-la. Quatro anos para desativá-la, cinco para desmontar as instalações, 45 para deixar a radioatividade diminuir naturalmente. Só depois a grama volta a nascer.

— É isso — conclui o conselheiro diplomático. — Onde está o problema?

— Vou lhe dizer, senhor conselheiro. O problema é o estado das centrais nucleares no ex-Leste europeu. O problema é a deterioração dos submarinos nucleares russos. O problema é o controle da matéria físsil no Paquistão, não me diga que não está sabendo de nada disso! A energia nuclear é realmente uma solução universal? Não. Ela funciona a rigor num país que não está ameaçado de falência. E mais: ninguém está livre de um desastre. Agora, se acontece um desastre desses, digamos, daqui a cinqüenta anos, o que vai acontecer com os rejeitos?

— Pensamos nisso! Criamos o Instituto de Proteção e Segurança Nuclear, que é uma instância independente francesa que se pretende transformar em um organismo de cooperação internacional.

— E no caso de uma falência universal, o que acontece? O problema é que vocês estão fazendo uma aposta perigosa sobre o futuro.

Ele se cala, depois puxa o celular, procura algo no bolso do paletó, de onde tira uma agenda eletrônica e me olha com ar zombeteiro.

— E isso, você acha que é inútil? Aposto que você carrega esses mesmos aparelhinhos. Escute, não vamos entrar numa discussão sobre o progresso, não terminaríamos nunca. Pelo que sei, você trabalhou em países em que o genocídio se faz na base do cutelo; você sabe então como é possível regredir de maneira radical. A verdadeira questão da energia nuclear não é a idolatria do progresso, e sim o risco da falta de energia.

Reponho meu garfo sobre a mesa sem terminar o linguado. O cara é debochado, mas honesto. E acho que ele vale uma boa discussão.

— Atenção, François — intervém tia Marthe. — Théo vai atacar com a energia eólica e as placas solares...

— Ele está certo, mas a energia eólica não ganhou a simpatia das pessoas, é barulhenta e antiestética — ao menos é o que dizem alguns ecologistas. Quanto às placas solares, elas podem servir para colocar em funcionamento as fábricas, a indústria de congelados e muitas outras coisas, mas não geram eletricidade quando escurece.

— Ah, é? — espanta-se tia Marthe. — Por quê?

— Porque, minha querida amiga, não sabemos ainda estocar eletricidade. Simples!

Esses dois me irritam! Eles se exprimem muito bem, jogam conversa fora, dissertam. "Minha querida amiga" de um lado; "Meu jovem", de outro...

A bela dama *cool* me olha de banda, com preocupação. Sente o clima, me dá uma piscadela. Bom! A brincadeira já durou o bastante.

— Vocês me pediram para falar, e não consigo dizer nada... Com todo o respeito que lhes devo, agora fiquem quietos!

Ficam espantados. É minha vez!

— Se vocês tomam tantas precauções, é porque essa energia é terrivelmente perigosa. Três acidentes nucleares em meio século, isso é muito!

E desfio a litania de cor.

Em 28 de março de 1979, o reator número 2 da central nuclear de Three Mile Island, na Pensilvânia. Técnicos perfeitamente bem instruídos se enganam quanto a alguns dados, e o coração do reator funde. Não houve mortos, por milagre.

Em 26 de abril de 1986, o reator número 4 da central de Chernobyl funde e explode, destruindo as 2 mil toneladas de concreto que a protege; 10% da radioatividade se dissemina pelo ar. Trinta mil mortos, sem contar os que vão morrer ao longo dos anos.

Em 30 de setembro de 1999, numa usina de tratamento de produtos nucleares, em Tokaimura, no Japão, técnicos se enganam de tanque, e a fissão começa inesperadamente. Dois mortos.

E não sabemos o número dos mortos desconhecidos, esses mártires ocultos do início da era nuclear.

— O que diziam seus engenheiros naquele tempo? Que a fusão do coração do reator era rigorosamente impossível! Como querem que a gente confie em vocês? Aconteceu três vezes. Vocês não podem garantir nada!

— É verdade — diz o senhor EDF. — Você tem razão quanto a Three Mile Island e Tokaimura. Jamais poderemos chegar ao risco zero. O mais perfeccionista dos técnicos de alto gabarito pode se distrair no momento errado. Mas, em relação a Chernobyl, a coisa é diferente. Você sabe, evidentemente, que lá não havia nenhum cinturão de segurança; aqui há três. São eles: um, o envoltório metálico em torno das pastilhas de combustível; dois, a cuba de inox do reator, e, o mais importante, três, o de concreto, que não havia em Chernobyl. E também, para acontecer aquele desastre, os técnicos violaram não sei quantas regras de segurança... Loucos!

— Sei. Outros podem ficar loucos, não?

— Mas não doentes, porque o relatório médico é muito bem controlado! Não, esse não é o risco maior. O risco maior é voar. Quando você toma um avião, pode cair nas mãos de um comando terrorista, o comandante pode ter bebido além da conta, pode ocorrer uma tempestade ou então, como no caso do Concorde, é possível dar de cara com um pedaço de outra aeronave na pista de decolagem... E isso impede alguém de entrar num avião? O trem pode descarrilar; o carro, nem se fale; a bicicleta pode tombar e...

— Sei — eu digo com impaciência. — Mas o que me parece inadmissível é que façam disso uma política exclusiva.

— Mas não é o caso! Você sabe que aqui, na EDF, trabalhamos muito com energias alternativas? Procuramos um ideal de equilíbrio entre a energia nuclear, a eólica, a solar e a gás. Temos também, com o Mali, um projeto de acesso à energia e aos serviços, que chamamos de Access, que consiste em levar luz aos lugares mais distantes. Como? Com o fotovoltaico, energia eólica de pequena escala, a micro-hidráulica, para evitar emissões de carbono. Se forem precisos grupos eletrógenos, nós os associamos a lâmpadas de baixo consumo, o que é sempre melhor para reduzir o carbono que a vela, o carvão de madeira ou, pior, o querosene. Está bom assim?

— Vocês se dão conta da responsabilidade que assumem ao despacharem trens inteiros carregados de rejeitos nucleares?

— Vamos falar disso! — explode o conselheiro diplomático. — Na sua opinião, de onde vêm esses vagões? Vêm da Alemanha, porque o governo alemão prefere nos mandar suas cargas perigosas a enfrentar seus militantes ecologistas! Assim é fácil decidir pelo fim da energia nuclear, mandando os rejeitos para o vizinho!

— Justamente! Quando toda a Europa acabar com a energia nuclear, não haverá mais rejeitos perigosos. Certo?

Eu os encurralei. Tia Marthe não tira os olhos da toalha. Acho que gritei. Eh! Que vão para o inferno!

— E, enquanto esperamos, o que fazemos? — resmunga o senhor EDF. — Jogamos tudo no mar, como se tentou fazer no começo?

Nada, nada, chegamos à sobremesa. Ninguém ainda falou no efeito estufa, muito menos no perigo do aquecimento global. Essa gente é impossível! Estão de tal forma presos à defesa da energia nuclear que perdem a visão global do futuro...

— Não sou muito versada em energia — diz calmamente tia Marthe —, mas uma coisa eu entendi: uma central nuclear não eleva de forma alguma o aquecimento da Terra. É verdade?

Na mosca!

— Não estava nos meus planos falar disso — diz seu amigo François. — O assunto me parecia fácil demais, e Théo queria discutir o problema nuclear, então...

— Então você me toma por um imbecil — digo. — Todo mundo sabe que, ao contrário de sua máquina mortal, o carvão joga gás carbônico na atmosfera...

— Todas as energias fósseis e não somente o carvão. E as minas alemãs de linhito são o que há de pior. Estamos diante de um dilema: as energias fósseis, como petróleo, carvão e gás, que aquecem a temperatura média, ou as energias que não aquecem a atmosfera, como a nuclear.

— E quem decide? — diz Marthe.

Silêncio.

— Você não acha, Théo, que nossa discussão é um luxo? —

François me pergunta. — Nós, os países ricos, temos os meios de frear o aquecimento global. Seria criminoso não fazê-lo. Enquanto os países pobres tiverem tantos analfabetos, não conseguirão uma formação técnica. Conseqüentemente, a manutenção fica problemática. E mesmo assim! A catástrofe da Union Carbide, em Bopal, mostra que a alfabetização de alguns não é suficiente. O diretor indiano da Carbide era um gestor de muito bom nível. Somente lhe pediram para conter os gastos, então...

Chegou-se à saturação, ao descaso com as regras de segurança, à preocupação com os lucros e o resto que se dane! O gás cianídrico se propaga pelas favelas de Bopal e mata 30 mil pobres, os mais pobres...

— Mesmo assim, eu me pergunto...

— Mais o quê — diz tia Marthe rispidamente.

— Por que não encontramos outros meios de estocar eletricidade a não ser nas pilhas de curta duração?

— Quem descobrir como estocar eletricidade ganhará o prêmio Nobel! — exclama François.

— Enquanto isso não acontece, não há escolha — pragueja o senhor EDF. — Para produzir eletricidade, é preciso fazer girar as turbinas. Para isso, é preciso aquecer a água, pô-la sob pressão, transformá-la em vapor, que ativa as turbinas ligadas entre si por um alternador. É simples como dar um bom-dia, ninguém ainda encontrou algo melhor!

— Sabem, creio que é preciso partir para Flamanville — corta a bela dama *cool*. — Continuaremos a discussão no carro...

Tudo muito organizado. A caminho de uma central bem limpa... Então me vem a idéia de que a energia nuclear é tratada como o sexo: *safe sex, safe uranium*, gigantescos preservativos enfiados por anões enluvados em pilhas de ejaculação mortal...

— Bela paisagem — comenta François. — Esta região foi poupada pelo remembramento, a maior parte das sebes foi preservada. Você deve gostar, Théo.

— O remembramento? — repito, completamente perdido.

— Ah! Você não sabe. Depois da guerra, não sei que instância do Estado decidiu um belo dia reagrupar as terras para transformá-las em grandes campos de cultura intensiva. Quase destruíram essas sebes, pequenas áreas que têm a função de reter a água da chuva e preservar os pássaros e os insetos. Foi uma bela besteira.

As moitas de hortênsias azuis desfilam ao longo das casas de pedra amarela. As pradarias são de um verde que desafia a Inglaterra, e as sebes estão firmes. É um belíssimo lugar. Que se registre no grande livro da recriação do mundo: desmembrar o remembramento.

De repente, o mar e, com ele, a central nuclear de Flamanville. E como ela está aberta a visitações, é grande o controle de segurança. Deixar documentos de identidade na portaria, pegar o crachá, que contém embutido um cartão parecido com os de crédito, com o qual você abrirá inúmeras portas. Basta tirar o cartão do crachá, colocá-lo no dispositivo, digitar o código secreto que lhe foi dado no primeiro controle, esperar a luzinha verde e, pronto, liberado. O meu código é dó. Será que o da bela dama cool é ré, e o de tia Marthe, mi?

Os corredores são enfeitados de tijolinhos. Não veremos a piscina em que mergulham o conjunto de barras de combustível durante um ano, antes de serem transportadas por contêneires para ficarem imersas durante três anos na central de tratamento de rejeitos de La Hague. O reator é estritamente inacessível. E os vasos do reator? Não podemos vê-los?

Sempre que um trem, vindo da Alemanha, atravessa a Europa transportando esses vasos, nós nos mobilizamos. Imagine se um dos contêineires tomba, se esboroa, cai do trem ou, pior, imagine se esse trem descarrila! O que vai escapar, hein? Água radioativa e varetas.

— Para ver os vasos do reator, só em abril — o diretor da central me diz gentilmente. — Só no momento da parada programada é que se pode ver o coração do reator, porque é a hora em que se troca um terço do urânio. A propósito, colabore, senhor, ponha seu capacete.

— Por quê? Não há piscina, não há reator em parada programada, o que falta?

— A sala de controle, senhor. Um dos nossos engenheiros vai lhe explicar a história do enriquecimento do urânio. É um pouco árida, mas se o senhor quiser...

Por favor.

Vinte vezes me contaram, vinte vezes se perderam no caminho. É preciso dizer que eram três para me esclarecer, os amiguinhos de Bozzie, que não eram especialistas no assunto. Uma bela barafunda, U 235, U 238, núcleos, prótons, nêutrons... Eu estava perdido.

Felizmente o cara tinha paciência. E me explica tudo, desde o princípio, desde a época em que nos dicionários se definia urânio como "metal branco sem valor".

Hoje, o minério de urânio é extraído de minas a céu aberto — o que provaria sua inocuidade, pois o homem sempre recebeu uma fraca dose de radioatividade (esse discurso não me convence, pois sei que, devido a uma mina de urânio no Limousin, se colocou um rio próximo em perigo, seus peixes morreram). Mas, diz o sujeito, é uma simples questão de concentração, como no caso de qualquer tipo de veneno. Um minério natural é pouco radioativo porque os átomos radioativos estão misturados com outras substâncias e, portanto, diluídos. Lançados num lugar confinado, rejeitos industriais concentrados podem se transformar em veneno (como um rio não é um lugar confinado, continuo reticente). Bem, diz o sujeito, é um direito seu.

Numa tonelada de minério, encontramos de um a três quilos de urânio natural, que vai passar por uma série de transformações ("Atenção", diz o cara, "agora complica um pouco."). No estado natural, o urânio é uma mistura de duas variedades diferentes de átomos ("Chamados isótopos", ele diz.). E esses dois isótopos não têm as mesmas propriedades nucleares: o urânio 235 é muito mais físsil que o urânio 238.

Físsil?

— Você sabe pelo menos o que é a energia nuclear da fissão? — pergunta o tal.

— Faça de conta que não sei nada.

— Ela vem da ruptura de inúmeros núcleos atômicos que liberam, ao se romper, uma formidável energia, infinitamente maior que a energia térmica. E você sabe qual é o outro tipo de energia nuclear?

— A fusão? A que encontramos nas estrelas?

— E nas bombas termonucleares — diz o tal. — Podemos continuar.

O problema com o excelente urânio 235, tão facilmente físsil, é que a energia de fissão é mínima.

— Felizmente! — ele diz. — Senão a Terra teria explodido há muito tempo.

No minério natural, a proporção de urânio 235 é de um átomo contra 140 átomos de urânio 238. Para obter a energia da fissão, é preciso aumentar a proporção de urânio 235. Dito de outra forma, é necessário enriquecê-lo.

Uma vez britado, dissolve-se o minério no ácido sulfúrico entre outras substâncias químicas e se obtém o *yellow cake*. É um bolo amarelo que contém 75% de urânio. Depois é preciso transformá-lo em hexafluoreto de urânio gasoso. Por que nesse estado? Para fazê-lo atravessar paredes com milhares de furos, repetindo a operação 1400 vezes seguidas. Como o urânio 235 é mais leve que o urânio 238, as moléculas gasosas se enriquecem em urânio 235 um pouco mais a cada passagem. Caracterizamos essa operação como "separação isotópica".

Pronto! Estou perdido.

— Nada de pânico! — diz o sujeito. — Inicialmente, memorize que o urânio 238 é inútil; eu diria até mais: ele atrapalha a fissão do urânio 235. Depois, lembre-se de que essa fissão, como a do plutônio, solta, ao se dividir em dois, uma energia considerável, a energia da fissão. Entendeu?

Digamos que sim.

— Bem. Normalmente, no estado natural, os nêutrons originados de uma fissão de urânio 235 são captados num núcleo de urânio 238, terminando em um núcleo que não fissiona, chamado urânio 239.

— Espere. De onde saem esses nêutrons?

— Você entendeu bem o princípio da química nuclear? O nome já diz — o termo *nuclear* é um adjetivo formado a partir da palavra *núcleo*; em latim, *nucleus* —, a química nuclear trabalha sobre a estrutura do núcleo do átomo. O núcleo é constituído por duas partículas, o próton, que é estável, e o nêutron, que é instável em estado isolado, mas pode ficar estável quando associado a prótons. Podemos bombardear o núcleo do átomo, quebrar a energia de ligação entre o próton e o nêutron e mudar a proporção dos nêutrons no núcleo que daí resulta. Somente esse núcleo obtido pelo bombardeamento é instável: a radioatividade é essa instabilidade.

— A da fissão?

— De forma alguma! A radioatividade pode existir mesmo quando não bombardeamos os núcleos, é um processo espontâneo. A fissão é provocada pelo homem graças ao bombardeamento, e é ela que desprende a energia de que precisamos. Em vez de esperar que os núcleos se desintegrem espontaneamente, vamos obrigá-los a se desintegrar de forma brutal e rápida. Para isso, provocamos a separação isotópica — obtida a partir do hexafluoreto de urânio gasoso —, e essa separação vai até a proporção certa para obter a fissão nuclear, ou seja, numa pastilha de reator, um só urânio 235 contra trinta urânios 238.

— E se a gente retomasse a história? — diz François, que reaparece ao meu lado. — Eu prefiro.

— Tudo bem — diz o sujeito. — Foi em 1939 que começou a epopéia da fissão. Nessa data, o francês Frédéric Joliot, o americano Enrico Fermi e o alemão Otto Hahn começaram a trabalhar sobre o destino dos nêutrons obtidos da fissão do urânio 235. Tratava-se de evitar a captura deles pelo urânio 238 — e de terminar no núcleo 239, que não fissiona, pois, sem fissão, lembre-se, não há energia. Para isso era preciso diminuir a velocidade deles, e em seguida provocar com eles uma nova fissão em um dos raros núcleos de urânio 235 restantes.

— Por que diminuir a velocidade?

— Para impedir que os nêutrons sejam capturados, mais precisamente para aumentar sua chance de provocar a fissão de um outro urânio 235. Acontece que os núcleos físseis de urânio 235 são mais sensíveis aos nêutrons lentos que aos nêutrons rápidos. Para ter um choque, é preciso, pois, diminuir a velocidade.

— Como se, ao atravessar lentamente uma pista, a gente tivesse mais chance de ser atropelado por um carro?

— É... De certo modo — diz o sujeito. — É uma comparação engraçada, mas sim. De forma que, assim, de fissão em fissão, fazemos funcionar uma reação em cadeia. O primeiro reator nuclear foi construído em 1942, em Chicago, por Leo Szilard e Enrico Fermi, com barras de urânio e blocos de grafite. Enfim, evoluímos muito. Agora, a partir do urânio 238, pouco físsil mas abundante, produzem-se toneladas de plutônio, um material prático, extremamente físsil, separado e purificado com facilidade, e que não necessita de moderador. Bem mais simples em princípio! Uma vez separado o urânio, obtém-se com o plutônio um núcleo constituído de um único isótopo físsil, sem correr o risco de que os nêutrons sejam captados. Somente a técnica era difícil de dominar; tratava-se do princípio do super-regenerador Superphénix, por enquanto abandonado...

— Já está na hora de irmos embora — diz a bela dama *cool*.

— Nada disso! Quero saber de onde vem exatamente o perigo nuclear.

— Vem dos fragmentos de fissão do urânio — diz o sujeito. — Eles emitem raios perigosos. É preciso também se proteger da dispersão de matérias radioativas. É o reverso da transmutação!

— Mas o avião nos espera! — diz a dama.

— Um minutinho... Qual é o seu nome?

— Gilles — diz o sujeito tão gentil —, Gilles Pateau.

Não saberei nada dos nêutrons que escapam, mas creio que o destino deles é continuar atritando outros núcleos de urânio físsil, e assim por diante. Nos últimos segundinhos, Gilles Pateau quer me contar todo o resto, e isso provoca um atropelo de palavras das quais ressalta que é extremamente importante absorver os nêutrons quando da fissão do urânio enriquecido, senão se transforma numa bomba, num grande estouro, na dita "reação global"; ele ressalta que a rapidez de diminuição da velocidade deve ser de dois quilômetros por hora, que o fluido refrigerante recupera o calor de fissão...

Tarde demais. A hora está adiantada, e apressamos o passo. A bela dama *cool* consulta o relógio a todo instante; quanto aos caras, estão com o ouvido colado aos celulares. "Sim, querida, estou indo. Mais duas horas e estou aí."

Estou um pouco confuso. Tenho a estranha impressão de ter sido levado na conversa. Mentiram para mim? Não. Enfim, não acredito. Não devo ter feito as perguntas adequadas. Vejamos, o meio ambiente? Sob controle. Perto da central, vi biguás fazendo ninhos. Águas subterrâneas, analisadas uma vez por mês; pastagens, leite para consumo humano, uma vez por mês; frutas, legumes, musgos, algas, uma vez por ano. Verificam tudo. Parece que instalam escadas para peixes migradores, mas isso quero ver com meus próprios olhos.

A segurança dos rejeitos?

— Tenho uma pergunta — digo quebrando o silêncio. — Como vocês testam seus contêineres de rejeitos?

— Você não vai acreditar — diz a bela dama *cool*. — Eles são jogados do alto de nove metros, lançados de uma altura de um metro contra a ponta de uma estaca de quinze centímetros de diâmetro, aquecidos a oitocentos graus durante meia hora e durante oito horas ficam mergulhados num tanque de quinze metros de profundidade. Entre outras coisas.

— Outra coisa — digo em tom áspero. — Imagino que, de vez em quando, vocês mandam seus rejeitos para um país pobre, não?

— Isso é proibido pela convenção de Basiléia, desde 1994 — resmunga François. — Sei que somos assustadores, mas você exagera, Théo. Deixemos o programa nuclear civil. Você pode me dizer se alguma bomba atômica explodiu depois daquela lançada sobre Nagasaki, em 1945? Não. Não digo que devemos relaxar a vigilância, digo simplesmente que paramos ali.

— Ah, não! — exclama minha tia. — Não, você não pode dizer isso, François. A França fez seus últimos testes atômicos em 1995; a Índia e o Paquistão, em 1998. Não diga que nada explodiu! E as bombas atômicas estocadas pela Índia, pelo Paquistão, por Israel e por nós, franceses? E o dia em que um islamita desviar um aviãozinho para arremessá-lo contra suas centrais? Você certamente pensou naquele cientista paquistanês que forneceu os segredos nucleares a organizações terroristas!

— Quanto mais defendo o programa nuclear civil, mais desconfio do militar, confesso. Mas nossas centrais e a usina de La Hague são bem vigiadas. Não me perguntem como.

— Segredo de Estado?

— Um pouco!

— Mas você, François, como reagiu no momento de Hiroshima? — diz Marthe. — Eu era pequena...

— Eu? Oh! É muito simples. Eu tinha doze anos, acabávamos de ser libertados dos nazistas, morríamos de fome, tínhamos tíquetes de racionamento, e a guerra mundial continuava no Pacífico. O dia de Hiroshima. Desse famoso dia da explosão da primeira bomba atômica, saiba que não guardo nenhuma lembrança. Muito menos da de Nagasaki. O imperador do Japão entregou as armas, a Segunda Guerra Mundial chegava ao fim. Foi tudo o que ficou da época. Os mortos eram aos milhões na Europa, então, você sabe, é horrível, mas trezentos mil a mais ou a menos...

Fim da cerimônia. Não adianta, o lobby é forte. Dá lições de história às criancinhas.

A ESPERANÇA FAZ VIVER

São seis da tarde e o sol declina. Nós nos despedimos, ninguém ficou magoado; gostei bastante deles, devo dizer. Tia Marthe tinha razão, seus amigos são gente fina, embora existam cogumelos que também parecem coisa fina, mas matam quem os come. Exagero? Acho que não.

Entre pradarias e hortênsias, Marthe e eu nos damos ao luxo de um pequeno passeio. Penso nas pessoas daqui, que vivem da Besta, que recebem pastilhas de iodo com toda segurança porque estamos na Europa, na Europa Ocidental, a oeste da União Soviética. E os outros? Os contaminados em Chernobyl?

Tropeço numa pedra, me desequilibro; não tivesse me apoiado no braço de tia Marthe, teria quebrado a cara. É nesse instante que me vem à cabeça uma idéia clara. Se é preciso a gente se engajar numa vida, numa só, a ecologia não é minha primeira opção.

Minha primeira opção é a luta contra a desigualdade.

— Veja bem — diz Marthe —, numa coisa dou razão aos Verdes. Se você quer acabar com as desigualdades, primeiro tem de cuidar do meio ambiente. A água em primeiro lugar.

— A distribuição da riqueza, você quer dizer!

— Claro que sim, a água...

Penso no iodo necessário em caso de acidente nuclear. Podemos imaginar um mundo sem perigo?

— Claro que não — diz Marthe. — Viver, em si, é um risco. Nenhum princípio de precaução nos impedirá de morrer quando chegar a hora.

— Mas o princípio de precaução está inscrito na Carta do Meio Ambiente!

— Na certa vão querer acrescentar esse princípio à Constituição francesa! É o cúmulo.

— Espere, Marthe. Seria bom que um país incluísse a preservação do meio ambiente entre seus direitos e deveres fundamentais! Que se preocupasse com as ameaças que pesam sobre as futuras gerações e sobre os outros povos, entende? Eu disse "sobre os outros povos", e você não acha isso bom?

— Acho, mas o artigo sobre a aplicação do princípio de precaução me horroriza. E a pesquisa?

— Primeiramente, a pesquisa dispõe de um artigo só para ela; depois, o princípio de precaução consiste em tomar medidas provisórias, recheadas de procedimentos de avaliação dos riscos.

— É isso o que não funciona. Vamos matar o progresso!

— O progresso hoje não é mais o mesmo. Veja bem, tia Marthe. O progresso está profundamente comprometido por causa da degradação dos recursos naturais, isso não é difícil de entender!

— Não — ela admite. — Nisso concordo. Mas não vejo como podemos desenvolver pesquisas com a espada de Dâmocles pendente sobre o laboratório. É isso o que tolhe a liberdade de espírito!

— É só estar atento aos efeitos perversos de uma descoberta. A pesquisa deve servir ao meio ambiente, é simples. Isso permite limitar os riscos...

— Muito boa idéia — ela corta. — Então comece com você. Pare de flertar com a morte!

E Marthe assume o volante.

Vamos ao encontro de Renate no monte Saint-Michel. Passamos por Potorson. A abadia aparece no alto do rochedo de granito, apontando o infinito. Antigamente, a maré subia velozmente como um cavalo desenfreado, engolindo transeuntes imprudentes, mas a lenda acabou. Um dique liga o monte ao continente. Antes, havia monges beneditinos, herdeiros dos que construíram a imensa abadia e de seus sucessores expulsos pela Revolução Francesa até os anos 1960, mas a vida monástica acabou. Os monges deixaram o local em 2001. Foram substituídos pelos turistas. O passado do monte Saint-Michel não comporta mais seres vivos.

Há uma bruma sobre a quase ilha e grandes faixas cor-de-rosa num céu malva. E quem está sobre o dique, de *trench coat* branco? Minha bela de trança ruiva, olhos verde-laranja. Minha garota, Renate Stern. Beijo cinematográfico, The End, meus amigos.

Ela é da altura ideal para mim, perfeita, pele suave, voz doce, a curva de suas costas preenche o vazio de minhas mãos, eu a suspendo, carrego-a como a uma noiva; continuamos em Benares e nada mudou, salvo o ruído do mar como um grande búzio, e a ausência das vozes roucas soando em híndi. Marthe que se vire! Não somos mais deste mundo.

Ao descermos para o jantar, não há mais ninguém na sala. As luzes estão apagadas e nos damos conta da hora. Nossa! Quase meia-noite! Mas estamos morrendo de fome! Então nos agasalhamos, saímos à procura de algo para comer. Os turistas dormem.

Resta uma brasserie, que está quase fechando, onde mendigamos alguma coisa para comer. O sujeito é resmungão. "Ah, já fechamos, não servimos mais, não há mais ninguém na cozinha. Como? Um pouco de pão com manteiga? Mas isso não existe, senhor. Não fazemos isso a essa hora. O que está dizendo? Está apaixonado? Fico feliz por vocês, mas o que posso fazer? Espere amanhã de manhã. Café-da-manhã completo por dez euros, pãezinhos especiais, café ou chá, suco de fruta..."

— O que é que há, meu Loulou? — diz uma voz sonolenta de mulher.

— Um casal que quer pão com manteiga! — grita o tal.

— Jovens?

— Apaixonados! Se preocupe não, minha fofinha, não são violentos!

Passos na escada, a porta se abre, uma cabeça aparece. Uma mulher de roupão, de cabelos encaracolados como os de um marquês, nos examina dos pés à cabeça com um olho maroto.

— Já entendi — diz suspirando. — Perderam a hora, hein? Espere aí que vou preparar o pão de vocês. São quinze euros, serviço noturno, sabe como é! E o pão não está fresco.

Devoramos o pão seco na noite. É somente quando nos deitamos que vejo o dedo de Renate, vermelho e inchado.

— Não é nada — ela cochicha. — Caiu meu curativo. Deve estar no chão, vou botar um limpo. Tenho outros na mochila, eu me cortei no laboratório.

No laboratório! Meu sangue gelou. Com o que ela mexe...

Desinfetei com álcool, botei um curativo novo no dedo, enrolei com gaze branca, ficou parecendo um boneco, dei um belo laço, acrescentei grandes orelhas — como boa bióloga, Renate sempre traz uma caixinha de primeiros socorros na bagagem.

Quero saber como Renate se feriu assim, mas ela não diz nada. Ou quase nada. Um acidentezinho sem importância.

Reencontramos Marthe na manhã seguinte, os olhos de Renate brilham. Marthe a acha um pouco pálida, mas o amor, o pão com manteiga, em suma, quando estamos felizes, não somos muito atentos.

— Tudo isso é muito bom, muito bonito, minhas crianças — diz Marthe —, mas vou deixar vocês à vontade. Tenho o que fazer em Paris; você vai ficar contente, Théo, tenho hora marcada no hospital para fazer uma bateria de exames. E sabe de uma coisa? Você deveria aproveitar a ocasião para escrever seu relatório com tranqüilidade. Está bem atrasado!

Não nos fizemos de rogados. Aluguei um carro, levamos tia Marthe até o trem com destino a Paris e nos pusemos a trabalhar. Renate, a pessoa ideal. Não me incomoda, no ponto.

— Não! Porque, se você diz isso, querido Théo, justifica o programa nuclear, não concordo. Você sabe que na Alemanha decidiram acabar com as usinas!

— E o aquecimento global?

— Você não diz uma palavra sobre economia de energia! Podemos reduzir a iluminação, usar menos os aquecedores, apelar para os pulôveres...

— Tolices! Isso não basta.

— Se você quiser uma reforma radical, certamente não vai conseguir. É preciso pensar em pequenas economias, você sabe, Théo, só funciona desse jeito. Nada de banho demorado, assim se economizam litros de água; uma casa bem construída, corretamente isolada, vai gastar menos energia para aquecer no inverno. Se todo mundo apagasse a luz ao sair de uma sala, se todo mundo usasse lâmpadas de baixo consumo, se desligassem o computador em vez de deixar no *stand-by*, quanta economia não se faria!

— Vá lá, vá lá! E, quando faz quarenta graus à sombra, a gente dispensa o ar-condicionado? Você viu os efeitos de um único verão violento sobre velhos organismos despreparados?

— Que os preparem então! Que os ensinem a se hidratar! A

usar roupas úmidas, que não os deixem sozinhos! É nosso mal, Théo. Vivemos muito sós. Desaprendemos a viver em família. E não me fale em climatização! Nos países pobres, isso serve para mostrar quem é rico; nos palácios oficiais, nos hotéis, nos palacetes dá para pegar uma gripe, porque ele gela...

— *Ela* gela, minha querida. *Climatização* é palavra feminina, portanto, o pronome é usado no feminino, *ela*.

— Se me enganei quanto ao pronome, primeiro isso não me acontece com freqüência, depois, não tem importância, Théo. Precisamos tentar viver sem a climatização, como o antigo presidente do Senegal, aquele que foi apelidado de Girafa, por causa da altura. Conhece essa história? Quando ele era presidente, proibiu que ligassem o ar-condicionado em sua presença!

— Certamente ele tinha medo de se resfriar!

— Talvez sim, talvez não, Théo. Ele preferia se aclimatar a seu país. Você age como se a humanidade continuasse podendo viver no luxo! Temos de nos desacostumar. Não de uma só vez! Precisamos nos esforçar. Compartilhar. Mas você quer fazer escolhas radicais. Não, Théo!

Renate pouco a pouco se revela.

Quando penso no radicalismo de Bozzie! Um escorpião transparente se agita em minha barriga. Azar o meu! Esquecerei.

— É preciso tempo — diz Renate. — Também tenho meus resquícios.

Algumas semanas depois, estamos em julho, a primavera se foi, as rosas estão murchas, podemos nos banhar no canal da Mancha. As dedaleiras florescem ao longo das sebes bem verdejantes.

Tia Marthe, com um envelope na mão, ar meio estranho, parece bolar mais uma de suas surpresas.

Ela teria vindo só para me dizer que seus exames estão ótimos, que não há mais nenhum sinal de enfermidade nas radiografias dos pulmões, que ela quer mostrá-las a mim. É possível acreditar nela?

— Desembucha, tia Marthe. Eu conheço você! Aposto que está com alguma idéia na cabeça, vamos logo, diga o que é...

Finalmente, ela fala. A idéia? Os inuítes. Quando ela me falou deles pela primeira vez, parti para cima dela com tanta veemência, juro, que ela se calou.

Os inuítes! Crianças encapotadas, técnica dos iglus, grandes tambores xamânicos, boi-almiscarado esculpido em pedra-sabão, bebês focas esquartejados sobre o gelo rubro, pederneiras de pele de urso-polar, eu tinha minha panóplia de imagens e de desenhos; aos dezesseis anos tinha lido o livro do geógrafo Jean Malaurie, *Les derniers rois de Thulé*, da coleção Terre Humaine, edições Plon, um velho livro de leitura agradável.

Só uma coisa me chocara. Jamais esqueci os meios que os inuítes usavam para regular a demografia: deixam os velhos morrer na banquisa, e, quando um homem morre, matam o filho que ainda está mamando. Por mais que eu tenha a mente aberta, o infanticídio... Não vou falar disso a tia Marthe, discutiríamos. Falo de outras coisas. Repito que todo mundo cita os inuítes, que estão muito na moda e que o ilustre geógrafo Jean Malaurie...

— Muito romântico — diz Marthe. — Um lirismo maravilhoso e confuso. Mas não é à toa que se fala dos inuítes. Você sabe quem é Knud Rasmussen? Quando era menina, Rasmussen fazia parte do grupo de exploradores que encantavam o mundo, na mesma dimensão dos alpinistas de artelhos congelados que escalavam o Himalaia. O gosto pela façanha, o sofrimento, a resistência! Mais tarde, li Rasmussen. Ele nasceu na Groenlândia e foi criado como um pequeno inuíte...

Digo que estou pouco me lixando, que os inuítes não interessam ao meu trabalho; ela responde que não, que não entendo nada disso, e que eles complementariam o tema dos pigmeus bakola. Em quê? Ela dá uma de misteriosa. A caça, ela diz. Como se eu tivesse alguma chance de caçar um urso-polar nas terras dos inuítes! Mas a caça não é o que a gente pensa, ela diz. É re-gu-la-men-ta-da. Tudo bem! Não é o bastante para uma viagem desse porte. E as calotas polares?, ela pergunta.

— O que é que têm as calotas polares?

— Você sabe que, por causa do aquecimento global, estão se derretendo?

Então são as calotas, não são os inuítes!

— Os inuítes de que falo conseguiram a autonomia depois de uma longa luta.

— Ora, vamos! Está brincando! Como a Índia, então?

— Não! Estou falando de autonomia, não de independência. Mas, no caso da Índia, é bem verdade. Como Martin Luther King e Nelson Mandela, o líder do combate pela liberdade dos inuítes escolheu a não-violência. Não seria esse um de seus valores?

— Sim, mas de que você está falando? E de quem?

Ouço o nome de John Amagoalik, pai da liberdade dos inuítes do Canadá. Descubro a história de um herói, seu passado.

Ele morava numa pequena aldeia à margem da baía de Hudson, em Inukjuak. Em 1953 — o menino tinha seis anos — o governo canadense embarca à força um grupo de famílias de Inukjuak num quebra-gelo chamado *C. D. Howe*. Era julho, época em que os inuítes acampam com suas pobres tendas, que pedem para levar com eles, salientando que não precisam ir muito carregados e que encontrarão no local todo o equipamento necessário.

— No local, apenas com uma tenda? Eles vão para o sul, então? Para um lugar mais quente?

Claro que não! Para o Alto Ártico, no extremo norte.

O quebra-gelo *C. D. Howe* recolhe alguns inuítes na baía de Hudson, depois na de Baffin, e desembarca à força uma parte das famílias numa praia do Alto Ártico, em Craig Harbour, para lá do círculo polar. Os outros são desembarcados um pouco mais adiante, em Resolute Bay.

No Norte de Craig Harbour e de Resolute Bay é tudo deserto. Faz muito mais frio, até menos noventa graus, a neve não permite construir iglus, e era agosto, o inverno se aproximava. Os inuítes de Inukjuak levavam apenas suas tendas, e nenhum equipamento os aguardava. Não tinham espingardas, lâmpadas, nem roupas, nem cobertores, nem cães, nem trenós, nem facões para cortar a neve. Para não morrerem de fome, os que foram para Resolute Bay chegaram a remexer o lixo de uma base militar instalada nas proximidades. Os de Craig Harbour não tiveram nem mesmo esse recurso.

— Então ficaram doentes, não foi assim? Tuberculose, imagino.

A tuberculose. Todas as famílias ficaram doentes. Levadas ao hospital oficial, crianças se perdem de seus pais, pois não há registro civil. As mães desaparecem sem que os médicos tomem o cuidado de avisar seus maridos, os mortos só serão descobertos bem depois; é uma história silenciosa, uma abominação burocrática decidida por funcionários brancos.

— Mas por que isso?

— Você não vai acreditar, Théo! O governo federal do Canadá pretendia fazer uma experiência. Queriam deixar os inuítes à solta em plena natureza, sem nenhuma ajuda. Ao mesmo tempo, mataram os cães dos trenós para obrigar as famílias a se tornar sedentárias, pois lhes parecia irritante aquela mania de se deslocar continuamente!

— Entendo. O bom e velho racismo antinômade!

— Pior. Nem os militares da base tinham o direito de contatá-los. Ah, são um povo caçador? Então se virem! Não têm mais espingardas? Não é da nossa conta. Voltem às origens, comecem do zero, inventem tudo de novo!

— O que caçavam então?

— A foca, a morsa, com extrema dificuldade. Esqueceram de avisar aos deportados que as renas que fornecem as peles mais quentes eram estritamente preservadas por cotas e que era proibido caçar o boi-almiscarado, você sabe, esse enorme animal de longos pêlos que se parece com o iaque do Himalaia. A experiência decidida pelos burocratas de Ottawa levou vários daqueles pobres indivíduos a morrer de fome.

— Que experiência, nada! O que havia por trás desse argumento?

— Interesse político. Para o governo do Canadá, tratava-se de povoar a qualquer preço o Grande Norte, numa época em que os soviéticos e os americanos ocupavam parte do círculo polar. Está vendo? E quem poderiam enviar para morar nessas regiões desoladas? Os inuítes, porque estavam acostumados. Simples como um bom-dia.

— Entendi tudo. Só faltou encontrar um espertinho para dizer que isso seria uma experiência para testar os limites da resistência humana, e é assim que chegamos aos crimes contra a humanidade.

— Outros foram cometidos no começo da Guerra Fria, nunca esqueça isso, Théo. Aqueles malditos anos 50! Os ingleses deportavam em massa para a Austrália, o *apartheid* entre brancos e pretos se instala na África do Sul...

— E os franceses?

— Nos anos 50? Em 1947, o governo francês reconheceu a culpa pelos massacres em massa em Madagáscar. Sem falar num crime de guerra, a matança de Thiaroye, no Senegal. Soldados senegaleses que não tinham recebido seu soldo se revoltaram, e o Exército francês os abateu friamente.

— E ninguém fala disso!

— Ninguém quem, Théo? Seus ecologistas xiitas? Aposto que não sabem de nada.

— Claro que sabem! — diz Renate. — A senhora está enganada, dona Marthe! Na Alemanha, prestamos atenção nesses fatos. Há sempre alguém que sabe e, quando fala, o relato não se perde completamente. Ouvi falar do campo de Thiaroye, eu mesma vi um filme de Sembène Ousmane; de Madagáscar, a mesma coisa. Devemos confiar no cinema.

— Como não soube disso? Não vi esses filmes.

— Porque vive pelo mundo! Você escolheu esse tipo de vida, Théo.

— Algo me diz que acabou — diz Marthe. — As viagens de Théo ao estrangeiro acabaram.

O que é isso! Calma, mulheres!

— Diga, então, Marthe, em vez de bancar a pítia: você iria ao Grande Norte?

O governo federal mudou de política, e os deportados foram enviados para o sul a fim de se integrarem à sociedade canadense. Escolas, educação, bares, bebida, consumo, abundância, fartura. Para coroar tudo isso, inventaram para eles um registro civil com sobrenomes, uma catástrofe para um povo que dá a seus filhos o nome de um avô ou de um pai desaparecido...

— O registro civil não é uma catástrofe! Não exagere!

— Mas é uma catástrofe quando a base dos nomes próprios repousa na reencarnação! Os inuítes não têm sobrenomes. Não há aquilo que chamamos "nome próprio". Ah, eu ia esquecendo o mais importante. Desde 1941, os burocratas do governo canadense quiseram identificar seus selvagens do círculo polar. E o que fizeram? Penduraram no pescoço deles um pedaço de papel machê com um número de matrícula. Números, como fizeram com os deportados dos campos de extermínio... Em papel machê! Num lugar com neve! Claro que os números se apagaram.

— E os sobrenomes?

— Bah! Meus amigos inuítes os usam com muito humor. São muito alegres, você vai ver. Isso não impediu John Amagoalik, com seu nome e sobrenome impostos, de reclamar justiça para os deportados do Alto Ártico.

Ele agüentou o exílio numa tenda sob um frio insuportável e, alguns anos depois, freqüentou uma escola. Mas, uma vez integrado, como acontecera antes com Gandhi, que começou sua trajetória como advogado no tribunal londrino, o antigo menino deportado virou agente de informação regional de Baffin para o governo territorial do Noroeste canadense, e foi aí que tudo começou. John Amagoalik pediu que se devolvessem as terras aos inuítes nos anos 70 e propôs a criação de um território que se chamaria Nunavut.

— O Nunavut! — exclama Renate. — A única terra autônoma no círculo polar... Claro!

Exigências em comissões, de comitê em comitê, o antigo deportado obstinou-se na luta pela autonomia de seu país. Vinte anos de batalha, sem trégua, sem violência. Argumentando, raciocinando, usando o direito do Canadá contra sua própria burocracia, exatamente como Gandhi lutou contra os ingleses com a ajuda do direito britânico. Pouco a pouco, os governos cedem. Em 1993, a lei sobre a criação do Nunavut é ratificada, e John Amagoalik se torna o chefe da comissão de criação do Nunavut. Ele escreve relatórios que vão desaguar na autonomia desse país, em abril de 1999.

— E você sabe o melhor? — diz tia Marthe. — Os relatórios de John Amagoalik tinham o mesmo título: "O rastro de nossos passos sobre a neve fresca". *O rastro de nossos passos sobre a neve fresca 1, O rastro de nossos passos sobre a neve fresca 2...*

— Magnífico! — diz Renate. — Quando vemos as nossas pegadas, é porque ninguém passou antes... A neve virgem! Se eu fosse você, Théo querido, iria.

— Sabia que seria fácil convencer vocês — diz minha tia.

Ei! Mas eu não disse nada!

— Achava que você tinha se interessado pelos modos de vida dos povos autóctones — retoma Marthe. — Porque sabem melhor que nós como estar próximo aos animais e à natureza. Não?

— Talvez, mas visitar as reservas na América do Norte? Se é para constatar que o álcool fez seus estragos e que a cultura se perdeu...

— Primeiro, o Nunavut não é uma reserva! — grita Marthe. — Segundo, a cultura não se perdeu, ela se adaptou. Detalhe!

— Ela se adaptou? Queria ver isso de perto!

— Só depende de você, bonitinho...

— Mas você não vai expor os pulmõezinhos à neve!

— No Nunavut, nesta época, é verão! Não vou lhe dizer que morreremos de calor, mas prometo que teremos mosquitos...

— Não os grandes pernilongos pretos que picam pra valer... — geme Renate.

— Sim! Seja o que for isso. Em compensação, não vejo nenhum perigo para meus pulmões. Sobretudo se aterrissarmos na capital. É um dos maiores aeroportos da região.

Um aeroporto agora! Ruídos, cheiro de gasolina!

— Sim, um aeroporto. E o mar de Baffin, uma paisagem incrível, uma maneira de viver que ensina a se proteger, um novo país rico em minerais, e aquelas terras, Théo, aquelas terras entregues a seus donos sem guerra, sem atentado! De todos os valores de sua ecologia, o mais importante é a paz...

O.k.! Renate me olha com ar suplicante. Compreendo que não tenho o direito de recusar. Direção Montreal, troca de avião, vôo para Iqaluit, a capital. Viagem de núpcias antecipada. Quando partimos? Daqui a uma semana. Por quanto tempo? Veremos.

Chegamos. De cara, o azul transparente do mar.

Não é o azul-rei da Côte d'Azur, nem o azul-cinzento do Atlântico, nem o azul-turquesa dos mares do Sul, não. Azul-gelo com reflexos esmeralda. É um mar impassível, apenas liberado para o verão. E as margens são rubras, de um vermelho bonito e denso.

Não se trata do vermelho brilhante dos bordos no outono, nem do carmesim da flor de hibisco, nem do vermelho-sangue fresco dos curandeiros africanos, não; é o vermelho dos liquens, violeta matizado de laranja. A terra? Uma poeira leve, uma lama antiga que se espalha sob as rodas dos 4 x 4, ou dos carrões americanos e seus gigantescos pneus.

Nada de asfalto. Pistas, marcas de neve eterna acumulada. As casas? São chalés de madeira pintada, verde Nilo ou rosa esmaecido, sobre pilotis. Telhados de zinco, escadas de madeira clara. Cores, cores brilhantes depois do rigorosíssimo inverno, cores frescas como carne fresca, o céu é de uma beleza infinita. E, como é verão, parece uma aldeia para bonecas grandes, um desenho animado, só faltam Mickey e Minnie de anoraque, com sapatos brancos e os olhos arregalados. Não estamos neste mundo, estamos num outro. Um pedaço de arco-íris ao fundo sobre as colinas faz o papel do mágico de Oz sobre o oceano, as mulheres com seus bebês agasalhados; não acredito, vou acordar. A temperatura é amena. Renate tira sua luva de lã e aperta minha mão.

Não faz muito frio, de dez a quinze graus, caminhamos levantando poeira a cada passo. Não há um só floco de neve, mas vestígios no cimo das colinas que avançam sobre o oceano. Os postes de eletricidade parecem levemente inclinados como vemos nos faroestes; não há um gato, mas ouvimos os cães latirem ao longe.

Não aqueles ganidos dos sobrados de subúrbio, não, verdadeiros uivos, uma matilha de lobos na coleira. No caminho, vemos pelas portas abertas linóleo, geladeiras, mesas de fórmica e aparelhos de tevê. O que mais? Mulheres que tricotam, crianças às voltas com joguinhos eletrônicos, homens sentados com ar sonhador, panelas sobre o fogão, um mundo pequeno-burguês. Onde estão os laços de ternura fortalecidos nos iglus, a brutalidade da vida, os ataques de fúria, de raiva, os vendavais furiosos dos xamãs, de olhares convulsos, as lâminas que perfuram seus corpos sem que sangrem?

— Isso me lembra a França da minha infância — diz Marthe. — Nos anos 60, as salas das fazendas no interior tinham esse tipo de coisa, linóleo, televisão e chaleira no fogão. Como foi bom ter vindo!

— Egoísta! E o meu trabalho? Quero ver as focas!

— Ah, claro, se você pensa que está num filme, não chegaremos lá, Théo...

— Por favor — diz Renate. — Não gosto quando vocês começam a brigar.

Calo a boca. Tia Marthe nos guia até o centro da cidade. De repente...

Fica numa praça de terra, no meio da lama. Um grande prédio novinho, faiscando, de superfícies de vidro polido como gelo, lança-se aos céus. No centro desse bloco que reflete o azul, duas ranhuras gigantes de madeira amarela formam arcos que quebram a tirania do vidro. Parecem asas paralelas, trilhos postos em pé. Como descrever melhor?

Um trenó gigante! Há vidro em excesso!

— Você está diante do Parlamento de Nunavut, Théo. Estão nos esperando. Suba a escadaria!

Lá estão duas mulheres; uma branca, a outra não.

A outra é de Nunavut. Pele de cobre, cabelos negros como carvão, uma mecha luminosa sobre o rosto, ruguinhas de riso, pálpebras e covinhas, as maçãs do rosto nunca tiveram nome tão exato, maçã autêntica, vermelha, sobrancelhas arqueadas negríssimas, largas, lábios grossos, olhar vivo. Em que continente estamos? No Nordeste da Índia, vi esse ar de China e os rostos muito redondos, vi a obstinação de viver no frio, mulheres heróicas carregando cestos nas costas, o olhar escrutador e vivo. Estamos então na Ásia? Ou no extremo nordeste do Norte da América? Ponho para funcionar minha imaginação delirante.

Passo a passo sobre o gelo caminham os primeiros homens vindos da Mongólia, atravessam os estreitos e desbravam os mundos; eles vêm da Ásia, plantam no Grande Norte as sementes que mais tarde floresceriam sobre esse ramo de macieira.

— Como ela é bonita! — diz Renate, com um curto e leve suspiro. — Que idade você dá a ela?

Jovem. Vinte anos? Quinze? Ela é toda pequenininha, e transpira um pouco, é muito quente para ela esses quinze graus. Enxuga o suor que escorre pela testa.

— Olá! — diz Marthe. — Bom dia, Annick!

O ramo de macieira recua timidamente. Annick é a outra, a branca, de jeans, tênis, capa amarela, faces rosadas e cabelos louros. Sacode a cabeleira cacheada e vem abraçar tia Marthe, que lhe estende os braços e depois me aponta com o dedo. Tudo de novo! Revejo-me com quinze anos, um guri que minha preciosa tia apresentava a seus velhos amigos. E o que devo fazer? Ser ponderado?

Tomo Renate pela mão, avanço na direção da loura e lhe estendo a outra mão.

— Olá! Sou Théo Fournay, você sabe, o sobrinho. Pois sou o antigo doente, o rapaz condenado pela leucemia, sim, sou eu. Estou certo de que Marthe já lhe contou tudo. Aproveito para lhe dizer que estou curado e que tenho vinte e seis anos, dentição completa, saúde perfeita. Apresento Renate, minha companheira, que é alemã e bióloga. E quem é você?

— Théo! — exclama Marthe indignada. — Isso não são maneiras. Deixa de ser mal-educado!

Annick explode numa gargalhada, deixando entrever a corrente de ouro no pescoço. Ri de um jeito muito bonito. Parece uma cascata montanha abaixo.

— Bom dia aos três! Deixem-me lhes apresentar Aviaq, minha amiga, relações-públicas do Parlamento. Ela vai nos guiar em uma visita, e vou ajudá-la.

— Você é intérprete? — pergunta Renate gentilmente. — Fala a língua dos inuítes?

— Não! Não falo o inuktitut, mas conheço bastante Aviaq. Eu me chamo Annick Cojean, sou jornalista. Já vim aqui fazer uma reportagem em 1998, exatamente um ano antes da proclamação da independência, e foi assim que conheci Aviaq. Era uma garotinha adorável!

— A reportagem de Annick foi publicada — diz Marthe. — *Cap au Grand Nord*. Foi esse livro que me deu vontade de conhecê-la e...

— E quando sua tia põe uma idéia na cabeça! — diz Annick. — Ela vivia no Brasil, disse que me ajudaria a entrar em contato com o movimento dos sem-terra. Conheci Marthe em Recife, um pouco antes da eleição do Lula... Em resumo, ela me fisgou. Aviaq? *Are you ready to proceed?*

Aviaq está pronta. Sua voz é um murmúrio, sua voz é um sorriso. A porta do trenó gigante se abre. Renate e eu entramos na ponta dos pés. Reina lá dentro um silêncio leve, perturbado por tosses e murmúrios, como numa igreja ou num templo hindu. Eu sei, sinto, trata-se de algo sagrado. O recinto parlamentar tem uns trinta lugares, dezenove dos quais são reservados para os eleitos. Vejo as cabines dos intérpretes e uma espécie de altar, uma pedra oca cheia de um líquido transparente.

— Há tradutores para as línguas que são usadas aqui — diz Annick. — O inuktitut, o inglês e também o francês. Mas Aviaq ainda não sabe falar francês, está aprendendo. A lamparina de pedra? Mostre-lhes, Aviaq. Acenda o *qulliq*.

Aviaq põe fogo no líquido, um óleo inodoro se ilumina, é óleo de foca. Acompanhando o caminho da fumaça, levanto a cabeça e percebo: estamos num iglu, não de neve, mas de madeira. O divino de que tratam ali começa a ficar claro: o grupo no iglu, o consenso, a chama da lamparina na escuridão do inverno.

— Nunavut — diz Aviaq. — *Our land*, nossa terra. *Inuk means a man, Inuit, several men. We have also a flag, Annick, can you help me?*

— Aviaq quer falar da bandeira! Observem as cores, azul e ouro: azul, para o oceano, ouro, para as riquezas do solo; ao lado, uma estrela e, no centro, o monumento de pedra que marca os lugares sagrados, o *inuksuk*.

— Parece um gigante de braços estendidos — diz Renate.

— É verdade! — diz Annick. — O *inuksuk*, feito para servir de guia na bruma do inverno e nas longas travessias, é uma montagem de pedras que representam um homem que aponta o caminho. É um antiqüíssimo símbolo inuíte, mas o Nunavut possui também brasões bem recentes, vejam o escudo, com dois animais em pé. À direita, o narval, sobre a banquisa do inverno; à esquerda, o caribu, com as patas traseiras sobre as flores do verão. Os brancos foram buscar *caribu* na língua algonquina, *kalibu, xalibu*, assim como tomaram emprestada dos índios crees a palavra *esquimó*, aquele que come carne crua, de sentido bem pejorativo. Melhor evitar seu emprego.

O caribu em pé no brasão. Seus chifres saúdam a coroa dos Windsor, enquanto a pata dianteira acaricia a superfície invisível do céu. Há algo de sexual em sua entreperna de cervídeo, enquanto o unicórnio-do-mar, que repousa sobre a cauda, contenta-se em apontar o longo chifre para o vazio. Confuso entrelaçamento de animais soberanos que reinam no Grande Norte em torno de uma coroa da Inglaterra.

— Agora o detalhe — diz Annick. — Vou lhes mostrar. No alto, a coroa da monarquia britânica, uma vez que a federação do Canadá é membro da Comunidade Britânica. Sob a coroa, vocês podem ver a forma do iglu, que simboliza essa assembléia. Depois, há uma espécie de ovo dividido em dois: no alto, na parte escura, está a estrela polar, que serve de ponto de referência e de guia para as longas viagens, mas também para os conselhos dos sábios, e, abaixo dessa estrela, vemos cinco círculos dourados sob o horizonte. E, enfim, a divisa...

— *Nunavut Sanginivut, Nunavut, our strength* — diz Aviaq.

Nunavut.

Superfície: 2 milhões de quilômetros quadrados, enorme. População: 27 mil habitantes, entre os quais 17,5 mil só estão aqui há sete anos, muito pouco. Iqaluit, a capital, tem menos de 5 mil habitantes — o tamanho de uma pequena cidade da Europa ou de um povoado na Índia. O chefe do governo e seus ministros — todos muito jovens — são escolhidos por consenso, e os antigos têm um lugar especial. Uma democracia?

— Eleições de sufrágio universal! — diz Annick. — Em teoria, os membros do governo são eleitos por todos os que moram no território, sejam inuítes ou não. Na realidade, os deputados foram eleitos pelos residentes, mas o primeiro governo de Nunavut foi escolhido por aclamação. Como se poderia passar da organização tradicional para a democracia de tipo ocidental de um só golpe?

No Canadá, a Constituição reconhece três grupos de autóctones, os índios, os mestiços e os inuítes.

Gosto da palavra *autóctone*. De origem grega, significa "vindo da própria terra"; não há termo mais exato, e é melhor do que *selvagem*, que os canadenses empregaram na famosa "lei sobre os selvagens", em 1786.

E as Primeiras Nações! Primeiras entre os iguais, é assim que, desde 1980, se chamam os povos indígenas no Canadá, que têm um estatuto diferente dos inuítes desde 1973.

Nessa data, o governo do Canadá acolheu dois tipos de reivindicações, as reivindicações globais e as especiais.

As reivindicações chamadas "especiais" valem para os índios que tinham assinado tratados com os conquistadores ocidentais.

E as reivindicações globais? Ah! Isso é outra história.

As reivindicações que chamamos "globais" vieram de regiões em que os direitos de propriedade dos autóctones nunca foram objeto de tratados. Mais claramente, são as terras roubadas pelos brancos e que, com muita dificuldade, foram restituídas aos índios.

Títulos de propriedade, direitos de pesca, direitos de captura, medidas de indenização financeira, e o nome define as Primeiras Nações, "primeiras entre os iguais".

— Isso é impensável na França! — exclama Marthe. — Primeiras entre os iguais? Mas isso não quer dizer nada! A unidade da República não admitiria jamais tal coisa!

— Sabe que você está ficando velha? — digo-lhe. — Você lutava pela libertação dos povos colonizados e, agora, vem com essa história da República?

— Sim, tudo bem, você tem razão. Mas é complicado! Peça então a Annick para falar dos mestiços, você vai ver.

Definição de setembro de 2002, vinda do Conselho Nacional de Mestiços: "Mestiço significa o indivíduo que identifica a si mesmo como mestiço, pertence à nação histórica ancestral dos mestiços, não se confunde com os outros povos aborígines, e se vê reconhecido pela Nação Mestiça". Um mestiço canadense é, então, uma pessoa de ascendência mista, é índio-francês, índio-inglês ou índio-escocês. Alguns mestiços afirmam que são o único povo verdadeiramente autóctone do Canadá, visto que seriam os únicos a ter criado um grupo.

Agora sei por que sou ecologista. Proteger as espécies naturais não me bastará se eu não acrescentar a isso a proteção dos povos em perigo. Por quê? Não sei.

É mesmo contraditório. Proteger os povos em perigo é deixá-los matar animais.

— Oh! Então vou lhe contar uma história — diz Annick. — Para minha reportagem, tinha feito contato com o presidente da associação dos caçadores de um lugarejo chamado Pangnirtung. Minha pele branca, em si, já não era um bom começo. Mas, quando descobriu que eu era francesa, sabe de quem ele se lembrou? De Brigitte Bardot.

— Da velha Brigitte Bardot?

— Você é muito jovem para se lembrar da campanha que ela lançou por causa do massacre de filhotes de focas! Foi em 1983.

— Mas vi as fotos! Bardot tinha razão. Ninguém tem o direito de fazer aquilo!

— Devagar — diz Annick. — Quem nos deu o direito de massacrar as baleias durante um século? Matamos trinta mil, um exagero! Os recursos alimentares dos inuítes dependiam inteiramente do óleo de baleia. Os baleeiros da Escócia foram punidos? De jeito nenhum. Tínhamos o direito de comprar as peles aos inuítes antes de decidir que era imoral caçar o urso e a foca? A companhia inglesa da baía de Hudson não foi punida. Por que decidimos, nós, os poderosos, estabelecer cotas sobre todos os animais de que se alimentavam os inuítes? O boi-almiscarado, a baleia, a morsa... Restava a foca. Daí se movimentam Brigitte Bardot, a associação Greenpeace, estrelas que boicotam as peles de animais e é o suficiente! Toda a economia dos inuítes desaba.

— Matar animais protegidos, pelo amor de Deus!

— Não grite assim — diz Annick. — Quando se trata das focas, Aviaq compreende muito bem o que se fala. Vamos sair daqui. O melhor é que ela lhes dê mais explicações.

Deixamos o parlamento de Nunavut, perambulamos ao longo das ruas, seguimos os profundos sulcos traçados pelas motos. Nos cruzamentos, erguem-se bolhas estranhas pré-fabricadas, em forma de abóbora. São iglus?

Não, são bares. Jovens entram e saem, desocupados. Parece que o índice de suicídio é dos mais elevados do mundo, assim como na maior parte das zonas boreais, por causa da falta de luminosidade durante a longa noite invernal. A falta de luminosidade se soluciona razoavelmente bem no hospital, com painéis luminosos para onde se olha o tempo necessário, mas no Nunavut a noite faz parte da colonização. Nos Estados Unidos, longe do inverno boreal, encontramos uma taxa de suicídios elevada nas reservas dos siuanos, que conhecemos como sioux, os mais perseguidos da América do Norte.

A caça acabou, essa é a razão.

As jovens gerações de inuítes do Nunavut se tornarão certamente técnicos, administradores; a vida de antes se perdeu. Na Groenlândia, domínio dinamarquês, retomou-se a caça à foca, ainda que em proporção reduzida, por causa dos jovens inuítes delinqüentes. Procuram assim proporcionar a eles uma volta aos tempos dos rituais de iniciação. Resistência, sofrimento, coragem, como diria tia Marthe. A caça morreu, nossos rapazes não têm mais gosto pela vida, diz Aviaq, com os olhos a brilhar. Raiva, nostalgia, dor, um pouco de tudo...

Tenho vergonha dos meus pensamentos de branco ecologista.

Nesses rituais de iniciação, enfiavam a cabeça do caribu na neve, deixando os chifres de fora, para mostrar que a caça era boa. Jogavam um pouco de água salgada na boca da foca abatida antes de esquartejá-la sem deixar restos, os ossos eram jogados no mar em devoção. Honravam a cabeça do urso morto, respeitavam a regra de repartição das carnes de acordo com as idades, durante uma refeição fúnebre de estilo antropofágico. Antropofágico, verdade?

— Quase — diz Marthe. — Lembre-se! Ao comerem o animal para sobreviver, eles o reverenciam como um membro da família. Não vamos voltar a falar disso! Você vê bem que, no caso dos inuítes, proibir a caça é uma verdadeira tragédia!

— O animal comido cru — diz Aviaq.

Mal era esquartejado, eles o devoravam! Completamente cru.

E aí, Théo? Está convencido de que não existe distância verdadeira entre as espécies naturais? Eu achava que você queria baixar a bola do homem, colocá-lo em seu devido lugar na natureza... É preciso ter conhecimento, meu velho!

— Veja bem, Théo — diz Marthe. — Antes de comer cru, o inuíte corta a carne e a reparte segundo regras específicas. É aí que está sua humanidade. Não confunda!

— Ela tem razão — diz Renate. — Ninguém quer negar as leis da espécie humana. Elas são múltiplas, diferentes, mas há uma espécie humana da qual fazemos parte. Simplesmente, aprendemos a desconfiar de nós.

— De quem?

— De nós mesmos. Veja a história deste lugar! Num século, caçamos a baleia; no outro, proibimos. Uma hora, massacramos as focas, depois proibimos. Só que o *nós* dos poderosos aniquila de leve os que caçavam os animais polares com sabedoria, de acordo com regras específicas.

Quatro mulheres contra mim, a favor da caça!

Estou tão surpreso que tropeço numa pedra e vou ao chão. Sangue na minha cabeça. De onde? Um ferimento na testa. O sangue escorre pelo nariz, não vejo nada. E então, ó delícias, quatro mulheres me levantam e cuidam de mim, lenço de tia Marthe, lenço de papel de Annick, curativo de Renate e o polegar de Aviaq bem pressionado sobre o ferimento. Não, não dói. Sim, concordo, o sangue. E por que não dividir minha carne enquanto vocês estão aqui, garotas?

Passada a emoção, seguimos para o pequeno museu de Iqaluit. Uma casa simples de madeira, algumas vitrines comoventes, cheias de utensílios de um cotidiano antigo. Não é o mais importante.

Estatuária, arte dos inuítes. Esculturas. Minúsculas, de osso. Maciças, de pedra-sabão escura e brilhante, arpões, flechas, facões para neve, colheres de chifre de bisão, desenhos feitos com caneta esferográfica, com lápis de cor, com grafite, todos mostram seres fantásticos, asas de carne e cauda retorcida, caribus que dançam como nos brasões, homens que se transformam em animais, um mundo fantástico, deslumbramento dos exploradores.

O xamã, de olhar lascivo, esculpido em osso de morsa, tem patas de urso e mãos de gente, traz algo de animalesco no rosto e porta um tambor que captura os sonhos.

Com sua linda voz fininha, Annick me explica a origem das estatuetas em pedra-sabão. No passado, durante o inverno, os inuítes passavam o tempo esculpindo essas imagens nos despojos de animais que lhes serviam de alimento, dentes de urso, presas de morsa, ossos de baleia limados pelas ondas. Não comiam pão, que não tinha grande valor; era a época em que os inuítes adoravam escutar o escocês baleeiro que tocava acordeom. Terminadas as campanhas de pesca assassina, o escocês, depois de destruir as baleias, ia embora deixando o acordeom como lembrança.

Nos anos 50, chegam os etnólogos com os militares. Os pequenos trabalhos invernais dos inuítes mudam de função e de natureza.

O olhar dos ocidentais lhes dá outra dimensão. As pequenas esculturas em osso se tornam obras de arte valorizadas. Hoje, com a proibição do marfim, os inuítes esculpem em pedra-sabão peças enormes, que custam caro no mercado de arte e que são expostas nas galerias. Antes anônimas, as peças são assinadas, e a escultura é uma das principais fontes de riqueza do país. Nem precisa dizer que os artistas não se contentam em esculpir apenas durante o inverno.

Nesse meio-tempo, Renate e Marthe discutem para saber se aquilo é ou não é arte. Por favor! Deixem-me olhar com calma!

— Não seria melhor falar um pouco de história da arte? — sugere Annick. — Os especialistas distinguem vários períodos. Primeiro, o período paleoesquimó, 1700 a.C. Depois, o período que chamamos "histórico", que vai de 1770 a 1940. Finalmente, chegamos à aurora da arte dos inuítes, a partir de 1949. Não é uma data qualquer. Em 1949 foram feitas as instalações militares no Grande Norte canadense. Vocês verão que se considera que, antes da chegada dos brancos, não há história, como é comum acontecer quando se trata de povos autóctones.

Sempre achei terrível que a história comece com os brancos. Que se fale de arte a partir da instalação das bases militares é uma loucura. O que vejo sobretudo, claro como o dia, é como os inuítes fogem pelo desenho, pela escultura, e, se for preciso pagar muito caro pela estátua de um boi-almiscarado deitado no chão como um fio terra, tudo bem! Que, pelo menos, os marchands sirvam para reparar os danos. É um raciocínio simplista? Claro que é. Primário? Claro que sim. Sinto raiva.

Renate fica preocupada, acaricia o dorso de minha mão, resmungo, me afasto. Ela desaparece na sala vizinha e, na volta, coloca na palma da minha mão um objeto liso e pesado. Um presente.

É um ursinho que dança, preto e verde, equilibrando-se numa enorme pata e apontando o focinho gracioso para o lado. "Ele se parece com você", ela diz. "Quando fica amuado. Mas as garras dele não aparecem, é um urso bem gentil. Vamos, querido Théo, dance!"

Derreto-me. A ternura de Renate me leva às nuvens, me entrego e lá estou eu erguendo uma pata, depois outra, dançando, a ponto de fazer o chão de madeira tremer, e ela ri, minha re-nate, re-nascida, abraço-a tão forte e apertado que meu arranhão deixa uma marca de sangue em seu rosto juvenil; se eu pudesse voltar no tempo!

Calma. É muito cedo ainda. Fique quieto, Théo, você ainda não terminou. Falta percorrer um bom caminho para chegar à vida verdadeira.

Compramos sanduíches, peixe defumado entre duas fatias de pão americano, comida universal comprada no hotel, e vamos comer numa praia distante, no lugar em que antigamente se erguiam as instalações da companhia inglesa de peles, a da baía de Hudson.

Monumento tombado. Um ar de faroeste, do mais puro Ocidente. A rocha que foi descascada brilha rubra ao sol, uma barca ancorada na areia mostra seu flanco vermelho, tudo é vermelho, exceto o mar. E lá está uma família, pai, mãe e filho, que improvisa um fogão acendendo gravetos, coloca uma panela, uma fumaça se desprende. Nós nos aproximamos. É um piquenique de carne de caribu.

Essa fumaça tem um cheiro diferente. É o único momento em que sou transportado no tempo, para fora da história, para antes dos inuítes. É estranho, mas eu me sinto em casa. Quando fazemos um piquenique nos campos da Europa, parece que procuramos a mesma coisa. O intemporal, o bucólico, as formigas e as abelhas que importunamos, a casinha de palha e a fumaça que se eleva do fogo de gravetos. Paisagens impossíveis, pintura antiga, miragens! Esse tempo antes da história inexiste, o sol brilha sobre os liquens, e o mar de cobalto descansa em seu azul;

mas no aeroporto os aviões de carga decolam com um ruído infernal.

Ao voltarmos ao hotel, fazemos um desvio para ver os cães. Como estamos no verão, são amarrados com longas correntes em postes firmes, num terreno de onde brota uma tímida grama. Sem trenó e sem gelo, estão desempregados esses terríveis huskies de olhos azuis, pêlo de lobo, branco sedoso, negro profundo, eles estão famintos e disputam os pedaços de carne que lhes jogam no chão. Foram treinados para brigar, para se despedaçarem uns aos outros. Disputa sangrenta, grunhidos furiosos.

Um riacho corre na parte baixa do terreno baldio. Dois huskies atracados rolam grunhindo, e a carne que lhes escapa cai no riacho. Bocas famintas, caninos afiados, língua negra, mordidas, fome devastadora, uivos. Outros huskies, saciados, de orelhas erguidas, estão atentos. A grama no talude escurece, o sol desaparece por trás das nuvens que passam, um rastro dourado ilumina os últimos cães, as luzes se acendem nas casas, uma, duas estrelas brilham parcamente no céu, pois não há noite, o corpo de Renate tem reflexos de pérola, e seus cabelos soltos são de um tom totalmente malva.

Tia Marthe me emprestou um velho exemplar do livro de Knud Rasmussen, o explorador dinamarquês criado como um inuíte, *Du Groenland au Pacifique, deux ans d'intimité avec des tribus d'esquimaux inconnus* [Da Groenlândia ao Pacífico, dois anos de intimidade com tribos de esquimós desconhecidos], edições Plon, 1929, fotos em papel branquíssimo, texto em páginas amareladas, quinta edição. Antes de dormir na noite luminosa, mergulho nele.

> As primeiras neves já recobrem os cimos e nos lembram a volta da fria estação. O ar é vivo e límpido; nenhum vento a soprar sobre as águas do estreito de Bering, onde os blocos de gelo deslizam lentamente, levados pela corrente para o norte. Uma calma majestosa reina sobre toda a paisagem. Diante de mim, tudo é banhado pela viva luz do sol e do mar cortante sobre a tundra pantanosa e monótona que se estende a perder de vista atrás de mim.

Estou aqui.

A fome não era incomum naquela época. Acontecia de os velhos se enforcarem para não serem um peso para o grupo em perigo. Acontecia, em certos lugares perdidos das regiões polares, de as meninas serem mortas, como na China, como na Índia.

Manilaq, sessenta anos, mãe de doze filhos, teve oito meninas, quatro meninos, sete meninas mortas; Sumanik, 33 anos, sete filhos, duas filhas mortas, duas vendidas.

"Se vocês soubessem, ó estrangeiros, o medo que sentimos em certos momentos, compreenderiam por que somos tão dados a festas, cantos e danças."

Acontecia também de se comer carne humana em caso de necessidade, quando era esse o único meio de sobreviver. Isso não ocorre mais. Acontecia de os salmões fincados na neve ao ar livre não serem suficientes para alimentar os inuítes e de, por causa das tempestades de neve contínuas, não haver mais focas nos buracos de pesca. Em 1770, ocorreu um massacre em Bloody Falls, por culpa da companhia inglesa da baía de Hudson, que recrutara índios para roubar o cobre dos inuítes.

O chefe dos índios se chamava Manotabbee. Samuel Hearne, a única testemunha branca do caso, viu cravarem uma lança na terra através do corpo de uma menina. O branco interferiu. A lança se desviou e se cravou no coração. Os índios não matavam os inuítes, que não eram pessoas como eles; os índios matavam os esquimós, comedores de carne crua, vistos como animais.

— Em Ottawa — revela tia Marthe no outro dia de manhã —, na sala de leitura do Parlamento federal, há um afresco antigo que representa um esquimó muito simpático.

— Verdade?

— A legenda é muito direta! Está escrito "Esquimó". Todo agasalhado, de verde-oliva debruado de vermelho, com um cão de trenó a seus pés, o esquimó conserva o nome dado pelos índios, um nome de brancos. Ao lado, no afresco, uma menina de cabelos louros transporta tranqüilamente um balde, enquanto sua mãe dá de comer às galinhas. Há mais. Uma mulher de boné com uma toga antiga brande um ostensório e uma tocha acesa, com um título que explica tudo... *The spirit of the printed word.*

— O espírito da palavra impressa? — diz Renate. — É belo, não?

— Não acho! — diz Marthe. — Para os autóctones que não sabem ler as letras impressas, aquilo não quer dizer nada! Eu queria que você entendesse isso, Théo.

— Mas isso foi numa outra época — diz Renate.

— Não tão distante — diz Marthe. — Não vejo como os povos sem história nos perdoariam por tê-los obrigado a entrar para a História à força de perseguições. Acho que Théo tem razão. A descolonização mal começou.

— Mas a colonização começou no século XVI! — diz Renate.

— Há, portanto, cinco séculos para reparar.

— O interessante — diz Annick — é que, antes de chegar ao estatuto constitucional, os autóctones se consideravam povos do Quarto Mundo.

— Quarto Mundo? Na França, a gente denomina assim os povos mais pobres.

— Sim! É a mesma idéia. Quarto Mundo quer dizer "os mais desprovidos dos seres humanos". Destituídos de poder, explorados, colonizados dentro dos países industrializados e até mesmo colonizados dentro dos países pobres... Hoje, os povos do Quarto Mundo formam um bloco à parte. Ou seja, para sermos claros, um grupo como o dos aborígines da Austrália, dos maoris da Nova Zelândia, dos ainos do Japão, dos saamis dos países escandinavos e dos ameríndios da América.

— E da África, ninguém?

— Por enquanto, não.

Nem a sombra de um pigmeu. Do "continente" indiano, ninguém, embora por lá as "tribos" pululem. A coisa está apenas começando. Os povos do Quarto Mundo têm o direito de votar, de aprender a ler, fazem parte da nossa história, entraram nela à força. Nós é que forçamos. Mas sem o direito de caçar, embora o animal seja seu alter ego.

Encontro em Rasmussen o mito de origem dos índios e dos brancos. Era uma vez uma jovem que não queria se casar.

— Clássico — diz Marthe. — Lévi-Strauss garimpou esse mito entre os índios brasileiros e o intitulou "A filha malcriada". Nas lendas em geral, trata-se de uma moça que não quer partilhar o alimento e, sobretudo, não quer se deixar partilhar...

Para puni-la, o pai a leva para uma ilha no meio de um lago e a deixa com seu cão. O cão dorme com a jovem e se casa com ela — é isso mesmo. Ela dá à luz uma ninhada de cachorrinhos. Arrependido, o pai da moça, agora avô, para não deixá-los morrer, vem de caiaque trazer carne para os cães, seus netinhos. Mas, quando os filhotes crescem um pouco, a mãe ordena que virem o caiaque para que o avô se afogue. Os cachorrinhos obedecem. O avô morre. Mas, com isso, os pequenos ficam sem carne! Como alimentar cachorrinhos numa ilha no meio de um lago?

A jovem mãe retira as duas palmilhas de suas botas de pele. Coloca numa delas alguns de seus filhotes e manda que saiam pelo mundo. A palmilha transformada em canoa leva os cães para um país em que se tornam brancos. Ato número um.

A outra palmilha, que leva o restante dos cachorrinhos, flutua até dar nas terras em que se transformam em índios, com a ordem de vingar a mãe, matando todos os inuítes que encontrarem pela frente. Ato número dois.

O rancor da filha malcriada é terrível. Dos filhos mestiços, ela fez brancos e índios, que matarão os inuítes para vingá-la.

Assim se desfaz o frágil equilíbrio entre o animal e o homem. Protegemos a baleia, a foca e o panda, mas abatemos centenas de milhões de civetas chinesas e de frangos portadores da gripe aviária. Salvaguardamos a cabra do Himalaia em detrimento dos mercadores da Caxemira que teciam os xales *shatoosh*, tão finos que passavam por dentro de um anel, nós os proibimos em nome da ONU. Entretanto, deixamos exércitos de crianças matarem seus irmãos mais velhos em massa no Camboja, em Serra Leoa, nossos preciosos homenzinhos transformados em criminosos de guerra...

— Não precisa dar uma de professor de moral! — diz Renate. — Se não está contente com os ecologistas, transforme-os! Ensine-lhes o respeito à caça!

— Está sonhando! Se escrever isso em meu relatório, vou ser linchado!

— E daí? — diz Marthe. — De qualquer forma, você tem uma contradição para resolver. Ou cuida dos homens ou da natureza. Você sabe muito bem. Escolha.

— Não há terceira via? Você me cansa, Marthe. Consulte o livro de Rasmussen, página 198. Lá estão as duas fórmulas mágicas que se devem proferir, não sem antes evocar Qeqertuanaq, a pessoa que as elaborou. Se a gente não seguir essas duas regras, as fórmulas perdem o poder.

— Não vejo aonde isso vai dar — diz Marthe —, mas tudo bem. Continue.

— Primeiro convoca-se Qeqertuanaq, a criadora da invocação. Depois, em voz baixa, pronuncia-se a fórmula para atrair os animais de caça: "Animal marinho, entregue-se ao amanhecer. Animal da estepe, entregue-se ao amanhecer".

— Muito bem — diz Marthe. — E a outra?

— É a minha, a preferida, para os médicos do mundo. Fórmula para estancar hemorragias. "Aqui está o sangue da mãe do pequeno pardal. Estanque-o. Aqui está o sangue que correu de um pedaço de madeira. Estanque-o." Sabe de uma coisa?

— Não, diga — diz Renate.

— Concluirei meu relatório assim. Abrirei o trabalho explicando, com a fórmula de Lévi-Strauss, os novos direitos do homem e o concluirei com a mãe do pequeno pardal. O homem é um ser vivo, tem deveres para com as espécies, ele deve estancar o sangue da mãe do pardal e também o sangue que escorre do pedaço de madeira. Isso vai ficar bom, não acha?

Como Renate estava bonita naquela manhã de verão! Ela havia colocado na cabeça um *cloche* de pêlo cinza; ficou bonito junto aos cachos ruivos. Durante o amor à luz da noite, o ferimento que eu tinha na testa reabriu. De manhã, sangrava. Renate se levantou. Depois de dar a volta em torno da cama, ela se ajoelhou e lambeu o sangue da minha testa. Murmurei com a voz mais doce do mundo, no ouvido da mulher amada, a fórmula da dama de Qeqertuanaq. "Estanque-o."

NARRATIVA DE TIA MARTHE

Era uma aeronave simples, um aviãozinho que devia voar de Iqaluit a Saint-Pierre-et-Miquelon, sobrevoando o Labrador. De lá, Renate deveria pegar um vôo comercial e voltar para a Europa, primeiro Londres, depois Berlim.

Théo, Annick e eu havíamos decidido ir a Ottawa, onde Théo tinha um encontro científico a respeito das calotas polares. Ficaríamos por um ou dois dias, o tempo de Renate voltar ao laboratório em que trabalhava, e iríamos a seu encontro num vôo direto. O amor deles era simples e a vida era simples, controlada como gosto, com um ronco de avião decolando. Lembro-me de ter pensado isso e que minha vida estava salva. Um motor bem azeitado.

Não soubemos na hora. Em companhia de Annick, alugamos um helicóptero e sobrevoamos a Terra de Baffin, na direção do cabo Dorset. Théo buzinou tanto no ouvido do piloto que conseguimos voar de portas abertas por alguns segundos, em pleno vento. Lembro-me da alegria de Théo levantando o polegar em sinal de vitória, com os fones anti-ruído nos ouvidos. Lembro-me da nuvem de poeira durante a aterrissagem e das mulheres esculpindo baleias-azuis na pedra-sabão. Foi um belo dia vivido na inocência. Só na volta soubemos. O avião de Renate se espatifara no aeroporto de Saint-Pierre-et-Miquelon, nenhum sobrevivente.

Chegamos lá na manhã seguinte, Théo, Annick e eu. Um aeroporto minúsculo rente aos rochedos, com uma pista que segue a linha do oceano. De lá, eu via uma cidade minúscula, um pequeno porto, um campanário de aldeia, telhados verdes, telhados vermelhos ou azul-celeste. Na pista de asfalto uma grande agitação silenciosa, barreiras e faixas proibiam a passagem, e o monte de metal retorcido sem nada em volta. Nada.

Os corpos estavam na câmara-ardente localizada diante do prédio do conselho geral de Saint-Pierre-et-Miquelon, bandeira a meio pau. Foi lá que Théo encontrou Renate envolvida numa mortalha opaca, ao lado de um caixão aberto. Ele se ajoelhou, estendeu a mão, tocou a abertura do zíper e se levantou. Ele não dissera uma só palavra desde a noite anterior.

Entendi muito rápido, deixei-o com Annick e apressadamente me dirigi às repartições da subprefeitura. Obter autorização para abrir a mortalha de Renate parecia impossível. Théo não era concubino nem marido, não possuía nenhum vínculo matrimonial, nem ele nem eu tínhamos parentesco com Renate Stern, cujos pais, aliás, chegariam no próximo vôo vindo de Montreal.

Argumentações, discussões sem fim. Mostrei as fotos tiradas com a Polaroid, Théo e Renate no dique do monte Saint-Michel, Théo e Renate diante do piquenique de caribu na praia da companhia da baía de Hudson; o comandante da polícia, que viera imediatamente de Paris, balançava a cabeça com ar desolado e dizia não — "Não, senhora, sinto muito, é preciso aguardar os pais".

Telefonei para Paris, pedi a intervenção dos amigos, o subprefeito me recebeu gentilmente — "Impossível, senhora Fournay, lamento muito, só os parentes do morto...".

Théo saíra da câmara-ardente e me esperava entre coníferas e relva. Quando me viu, perguntou-me em silêncio se eu tinha conseguido; eu disse "não" com a cabeça e ele teve um mal-estar. Annick amparou-o, mas Théo escorregou entre seus braços. Não ficou desacordado por muito tempo. Com o corpanzil de criança sacudido por soluços secos, de punhos cerrados, socava o chão desesperadamente. Nem uma lágrima, nem uma palavra. Meu pobre Théo!

Perdi o controle, forcei a porta do escritório do amável subprefeito e gritei tanto que terminei sendo atendida.

Só por cinco minutos, sob vigilância discreta, e que ninguém saiba de nada. "A senhora diz Renate Stern? Ah, sim. A ruiva. Preste atenção, senhora, o corpo, enfim, o que resta dele, não está pronto. Não estou certo de que seja uma boa idéia, senhora. Ah, bom, a senhora está? Bem. Vou dizer ao médico para deixar ver o rosto, e só. O resto é terrível. Melhor evitar. A senhora entendeu bem?"

O pior, na saída da subprefeitura, era ver o rosto de Théo iluminado de alegria por poder ver enfim sua Renate morta.

Annick e eu amparamos Théo firmemente quando o médico fez deslizar o fecho ecler. Tivemos sorte. Ela estava um pouco inchada, mas ainda reconhecível, boca intacta com um suporte no queixo e os olhos fechados. Uma atadura lhe envolvia o pescoço até embaixo do queixo. Parecia uma jovem freira adormecida.

Com um gesto, Théo fez sinal ao médico para abrir mais o saco de plástico branco; como previsto, o médico recusou-se a fazê-lo, e apertei Théo com todas as minhas forças — "Não, Théo". Nada feito! Théo empurrou o sujeito e abriu até o fim. Quando penso nisso! Abaixo do pescoço não havia mais nada. Um monte de papel e pedaços de pano para fazer volume.

Théo tateou lá dentro sofregamente, às tontas. Ouvi-o murmurar palavras incompreensíveis, parece-me tê-lo ouvido dizer "De um só golpe, melhor assim"; ou ainda, mas não estou certa disso, "Foi por trás", em um tom neutro, ele estava espantosamente calmo, quase profissional. Seu espírito não estava mais ali. Agachou-se perto da morta, ninou a cabeça por um longo tempo, alisou os cachos ensangüentados, penteou-a demoradamente e depois a repousou sobre a mortalha. Ele disse: "Não é possível, meu Deus, o que está acontecendo, não pode me acontecer nada pior na vida", ele suspirava fundo como um garoto que soluçou muito, e lágrimas corriam, poucas, mas grossas lágrimas. Havia umas cadeiras, e eu tremia tanto que o médico me obrigou a sentar. Annick aproximou-se de mim por trás e colocou as mãos em meus ombros. Eu a ouvia falar, não sei mais o que ela disse. Os minutos passaram, o médico tocou o braço de Théo, era o sinal, tempo esgotado, precisavam fechar aquela maldita mortalha, Renate desapareceu. O fecho enganchou nos cabelos e uma mecha ruiva ficou presa; Annick tirou da bolsa um canivete suíço, abriu a tesoura e cortou a mecha, que pôs nas mãos de Théo. Nunca esquecerei o ruído do fecho ao cerrar a mortalha opaca de plástico branco.

— Ela não deve ter sofrido — disse o médico. — Foi uma morte rápida.

Ele nos ofereceu ajuda, tranqüilizantes, uma injeção, talvez? Um conhaque? Théo não escutava.

Eu o puxei para fora; ele caminhava como um sonâmbulo ao sol. Fomos para um hotel, parecia a Bretanha da minha juventude, cortinas de cretone, quadros de caça, beliches, e meu Théo se pôs a chorar copiosamente. Creio que terminei por adormecer. Por volta do meio-dia, o avião de Montreal pousou em Saint-Pierre-et-Miquelon. Naquele momento Renate já estava no caixão, toda coberta com um lençol de cetim branco. Estava apresentável quando seus pais a viram.

Creio ter sido nesse instante que me lembrei da curiosa frase que não me saía da cabeça durante minha pneumonia: "Se eu fosse Deus, teria piedade do coração dos homens". Não lembrava de jeito nenhum o nome do autor, mas sabia pelo menos por que ela me voltava. Não podia fazer mais nada por Théo, nada de nada, era preciso que ele atravessasse seu inferno, para depois sair inteiramente chamuscado e então começar a cicatrizar.

Annick viajou para Paris, e ficamos em Saint-Pierre o tempo necessário para ajudar o sr. e a sra. Stern a levarem Renate num caixão chumbado, papéis, procedimentos, vôo em direção a Frankfurt, onde ela seria enterrada ao lado dos antepassados maternos no cemitério judeu, no jazigo da família.

O dia do enterro estava muito bonito, havia um mundo de gente nas alamedas, a família de Renate, os amigos dela tinham vindo de tudo que era canto, de todas as idades e de todos os países, o rabino lembrou o sentido do luto judeu, nem inferno, nem paraíso, más o coração dos vivos como memória dos mortos, e Théo, embora gói, pronunciou algumas palavras a pedido dos pais dela. Muito conciso, muito simples, num alemão que ensaiara como um louco com meu irmão e minha cunhada, que chegaram de Paris na véspera. Não tropeçou em nenhuma palavra. Não tropeçou em nada. Uma cabeça ia ser enterrada, uma estrela-de-davi no pano de veludo que cobria o caixão de Renate, e o *kadish* foi pronunciado quando o corpo já começava a entrar na sepultura. Os vivos haviam cumprido sua parte, e o sol brilhava com toda força.

Em Paris, quando as portas automáticas se abriram depois da alfândega, uma multidão de amigos esperava Théo. Ele se deixou abraçar, beijar, acariciar, desapareceu nos braços deles. Fatou, em prantos, estava na primeira fila, brava, protegendo seu amigo de todo mundo, com um ar de desafio incrível — "Tente fazer algum mal a ele e você vai ver". A seu lado, um punk com uma crista de sioux roxa puxava um cão pela coleira, um enorme chow-chow ruivo com a língua bem escura. Foi o cão que Théo viu primeiro. Ele hesitou três segundos e depois se foi. Fatou o levou, com o chow-chow e o punk, silenciosos.

Instalada na casa de meu irmão, aguardava notícias. Pelo que minha cunhada e eu sabíamos, Théo estava em casa, trabalhando no relatório. Ele falava o mínimo possível ao telefone. "Tudo bem? Tudo bem. Está escrevendo? Mais ou menos. Mas você não está doente? Não, estou bem." Tínhamos como limite não infringir as regras de cortesia das saudações africanas, sem grandes arroubos: "Tudo bem? Tudo bem". Ele não punha o pé fora de casa e eu me perguntava quem se ocupava dele. Fatou? Não o tempo todo. O punk então?

Fizemos um juramento de que não iríamos perturbá-lo em casa. Fatou vinha de vez em quando nos tranqüilizar: "Nem se preocupem! Está tudo bem. Tomamos conta dele". Nós? Quem seria esse "nós"? Ela se calava.

Para driblar o tédio, dei telefonemas, fiz consultas na internet, reuni a documentação a ser enviada a ele pelo correio. Théo ainda tinha três meses, dois, quinze dias, uma semana. Um mês depois veio nos ver sem avisar. Quando ele chegou, eu estava só.

Havia emagrecido muito, tinha os olhos fundos, sempre baixos. Não me beijou. Colocou sobre a mesa da sala de jantar as cem páginas que havia digitado e se deixou cair numa poltrona.

— Não redigi sozinho essa merda de texto — disse. — Fatou me ajudou.

Sua voz estava fraca, calou-se durante um tempo. Esperei.

— Dediquei a Renate, como era de esperar. Agora, estou pouco ligando para esse concurso. Com o que está escrito aí, de qualquer maneira...

— Você não tomou partido contra a energia nuclear?

Saiu sem querer. Essa mania do diálogo! Eu me xingava de todos os nomes quando ele me respondeu como se fosse a coisa mais banal.

— A energia nuclear? Não. Comparada com o desastre do mundo? O tema nuclear não me parece essencial. A caça, também não, não sou seu alvo. Descrevo o pacto entre o animal e o homem, seus laços indissociáveis na caça, por aí. Diante da demagogia dessa fundação, eu ficaria admirado se me dessem uma bolsa, mas pra mim tanto faz.

— Fatou não disse nada?

Ele sorriu vagamente.

— E você, Marthe? Notícias de seu marido maluco?

Eu não tinha nenhuma. E estava muito bem.

— E assim estamos viúvos, minha cara — disse. — É só uma maneira de dizer.

— É preciso deixar o tempo correr, Théo.

— Bobagem! Quero preencher o tempo. Matá-lo! Terminar os estudos, recomeçar! Cuidar das pessoas daqui, dos pobres!

— Das pessoas daqui, Théo?

— Por que ir longe, procurar a morte? Ela já me pegou. Tenho muito o que fazer a respeito do Quarto Mundo, ele existe também entre os ricos, sabia? Estancar o sangue que corre, suturar, é isso, estancar as hemorragias, consertar tudo por toda parte, as pessoas, as árvores, os animais... Viver intensamente, devorar o tempo! Farei isso com mais freqüência em vez de deixá-lo passar...

Seus olhos faiscavam, ele estava irado, achei isso muito bom.

— É tão duro tudo isso, tão injusto! Por que estou vivo, diga-me, tia Marthe? Eu poderia ter entrado naquele avião com Renate; há dias em que penso que ela me deixou a vida como herança, é ridículo, não?

— Não, melhor pensar que foi um presente.

— Você não vai dizer como todo mundo que devo aceitar a morte dela. Esses subterfúgios açucarados, essas lições idiotas da psicanálise, odeio! Estou sofrendo e quero que me deixem sozinho com minha dor!

— Então seja estóico, Théo. Lembra? Separar as coisas que dependem de nós e as que não dependem. Aconteceu o acidente, e você desabou...

— Quando falo dele, é como se falasse de um horror. Digo que minha vida se divide entre antes do horror e a vida atual, depois dele. Vimos juntos o sangue no pescoço dela. Parecia um animal decapitado. Não dá para esquecer!

— Coragem, meu menino. É assim que se fala no interior. Você vai sair dessa.

Ele se levantou de um salto, fez chá para nós, com os gestos precisos que sempre teve ao se concentrar.

— Claro que vou sair — dizia ele ao derramar água fervente sobre as folhas de chá —, evidentemente! Já vi coisas assim, coisas que machucam, você sabe...

— Se você demorar demais com essa infusão, o chá vai ficar amargo. Passe-me o coador!

O chá estava intragável. Forte demais, amarguento. Bebemos em pequenos goles, queimando a língua. Ele nos fez bem. Théo chorou. Não se segurou, fungando, enxugando o nariz num grande lenço quadriculado.

— Aprendi a enxugar minhas lágrimas na marra — disse-me quando terminou. — Ser estóico deve ser isso. Estancar é uma ação que depende de mim. Na realidade, penso então que... Fatou é agora uma moça feita. Ela tem um sublocatário, o punk do cachorro. Ele se chama Sigismund.

— O chow-chow?

— Aquele cão me ajudou pra valer. Ficava deitado aos meus pés me dando calor enquanto eu chorava, olhava-me com olhos meio estúpidos, incrível como ele é generoso. Tudo está bem, tia Marthe! Tudo está bem!

Não quis saber de mais nada.

Segurei suas mãos entre as minhas, beijei-as, enquanto ele, incomodado, mas sem puxar as mãos, dizia: "Vai passar, tia Marthe, pode ir, esqueça".

Ouvimos a chave girar na fechadura, e minha cunhada chegou. Théo se refez depressa, nos separamos. Ele estava, como dizer? De luto, como é normal, à beira do abismo em que dançava havia muito tempo. Ele viveu dez anos de uma só vez.

Antes de voltar para casa, ele me mostrou como finalizava o relatório sobre ecologia. Citava o texto de Lévi-Strauss pronunciado diante do Parlamento francês em 1976 e desenvolvia a formulação dos novos Direitos do Homem, inventado pelo etnólogo francês: "O homem é um ser vivo".

A conclusão era muito curta. Em algumas linhas, ele relatava a morte de Renate.

> Durante essa pesquisa, tive a meu lado uma mulher que eu amava. Ela se chamava Renate Stern. Este texto deve tudo a ela. Era européia, como eu, e bióloga. Encontramo-nos em Benares, nos apaixonamos, ela me acompanhou até o Uzbequistão, à margem do mar de Aral; nós nos reencontramos em Nunavut, e ao partir

ela tomou um avião em Iqaluit. O avião caiu em Saint-Pierre-et-Miquelon. Quando revi minha bem-amada, só restava a cabeça em sua mortalha. Afirmar que o homem é um ser vivo é infinitamente doloroso quando choramos a mulher que amamos, mas persisto e assino, o homem é um ser vivo que não é mais, na verdade nunca foi, o dono e senhor da natureza.

Nós, dos países ricos, apagamos da memória esse fato que milhares de seres vivos conhecem há milênios. Na véspera da morte de Renate Stern, eu tinha descoberto como os xamãs inuítes estancam as hemorragias. Quando a revi na mortalha, seu pescoço cortado não sangrava mais, eu não podia fazer mais nada por Renate, nem mesmo espalhar aquele sangue morto. Mas, sendo um ser vivo, tenho a obrigação de continuar minha vida, estancando as hemorragias.

As últimas palavras estavam em letras maiúsculas. Era a fórmula mágica da dama Qeqertuanaq.

"AQUI ESTÁ O SANGUE DA MÃE DO PEQUENO PARDAL. ESTANQUE-O. AQUI ESTÁ O SANGUE QUE CORREU DE UM PEDAÇO DE MADEIRA. ESTANQUE-O."

AGRADECIMENTOS

A autora agradece a todos aqueles que inspiraram este romance, assim como aos que contribuíram para sua conclusão.

Em especial a Jérôme Bonnafont, por sua inesgotável paciência e pela quantidade de informações fornecidas ao longo dos anos, bem como a Jacques Binsztok, o mais atencioso dos orientadores literários.

O mesmo a Jacqueline Laporte e a René Cleitman, pela amigável e constante presença.

A Michaël Krüger, meu editor alemão, pela idéia deste romance, que tivemos juntos em Londres, em 2000.

A Jean-Marie Clément, orientador de pesquisa no CNRS, pela ajuda dada sobre genética.

A Gilles Henri, professor da Universidade Grenoble I (Joseph-Fourier), pela sua contribuição no que diz respeito à química nuclear.

A Emmanuel Desveaux, diretor de ensino e pesquisa no museu do Quai Branly.

A Jean Malaurie, diretor da coleção Terra Humana, das edições Plon.

A Bertrand Loiseau, consultor do Banco Mundial sobre o oleoduto Chade—Camarões.

A Tobie Nathan, diretor da delegação África dos Grandes Lagos, na agência universitária da francofonia, em serviço em Bujumbura na época em que este livro foi escrito.

A Jean Malochet, livreiro em Paris (Les Routes du Voyage).

A François Scheer, embaixador da França, e a Jean-Pierre Bourdier, diretor de meio ambiente da Electricité de France.

A Claude Leblanc, o Thoureil.

A Annick Cojean.

A Cécile Backès, Jérôme Clément, Geneviève Guicheney, Irène Frain, Alain Lasfargues e Danièle Sallenave.

Às Editions du Seuil, a Anne de Cazanove e a Claude Cherki, pela leitura dos trechos científicos e por todo o trabalho realizado.

E evidentemente a A. L.

ESTA OBRA FOI COMPOSTA EM PALATINO PELO ESTÚDIO O.L.M. E IMPRESSA PELA PROL EDITORA GRÁFICA SOBRE PAPEL PÓLEN SOFT DA SUZANO BAHIA SUL PARA A EDITORA SCHWARCZ EM OUTUBRO DE 2005